新訳

ドリトル先生と秘密の湖

ヒュー・ロフティング
河合祥一郎＝訳

角川文庫
24378

息子のクリストファーに

Doctor Dolittle and the Secret Lake
by Hugh Lofting
1923, 1948

新訳　ドリトル先生と秘密の湖　目次

Doctor Dolittle and the Secret Lake

Doctor Dolittle and the Secret Lake

この本に登場する人間と動物たち

ジョン・ドリトル先生　John Dolittle
動物と話せるお医者さんで、博物学者。
月から帰り、不老不死を研究中。

トミー・スタビンズ（ぼく）　Thomas "Tommy" Stubbins
助手の少年。忙しい先生に代わって、
動物たちのめんどうを見る。

ガブガブ　Gub-Gub, the pig
食いしんぼうな子ブタのぼうや。
泣き虫であまえんぼう。

ポリネシア　Polynesia, the parrot
物知りのおばあちゃんオウム。
先生に動物のことばを教えた。

チープサイド　Cheapside, the sparrow
ロンドン育ちの都会スズメ。
口が悪い。妻はベッキー。

ココ王　King Koko
ファンティッポの王さま。
先生の古いお友だち。

ジム　Jim, the crocodile
むかし先生が飼っていたワニ。
妹のサラが家を出た原因。

どろがお　Mudface, the turtle
ノアの大洪水を経験したカメ。
世界最古の生き物。妻はベリンダ。

エベルとガザ　Eber and Gaza
ノアの下で働く少年と、
王妃専属の少女歌手。奴隷。

ノア　Noah
六百歳。動物園の園長。
箱舟を造った。動物語が話せる。

第一部

第一章　月から持ってきた種

ぼくは、ジョン・ドリトル先生のおうちの事務机で書きものをしていました。朝の九時ごろです。

オウムのポリネシアが、窓辺にすわって外のお庭をながめていました。このオウムは、船乗りの歌を口ずさみながら、木の枝が風にゆれるのを見つめていたのですが、ふいにギャアとさけぶと、歌をやめました。

「トミー」と、ポリネシアは言いました。「あのろくでなしのマシュー・マグが、門のところに来てるよ。」

「ああ、そりゃいいや！」ぼくは、机から立ちあがりながら言いました。「なかに入れてあげよう。マシューおじさんには、ずいぶん会っていなかったものなあ。」

「ふん、どうせまた、牢屋《ろうや》に入ってたんでしょうよ――いつものようにね。」オウムは、ぶつぶつ言いました。「ジェンキンズさんのところから、ウサギだかキジだかを〝ちょいとお借り〟してたにちがいないね――まじめに働かない密猟者だよ！　あたしゃ、台所へ行って飲み物をもらってこようっと。」

ぼくは急いで行って、大きな玄関のドアをあけました。

マシュー・マグが、にこにこしながら立っていました。

「やあ、トミー・スタビンズ！」マシューは、さけびました。「会うたびに三十センチぐらい大きくなってるんじゃないか。」

「ずいぶんごぶさただったからねえ、マシューおじさん」と、ぼく。「入ってよ。なつかしいなあ。」

「ありがとよ、トミー。仕事のおじゃまじゃなきゃいいんだがな。」

「だいじょうぶだよ。おじさんが来てくれて、先生もきっとおよろこびになるよ。ぼくの研究室に行こう。それから先生をさがしに行って、おじさんが来たことをお知らせするよ。」

「おまえさんの研究室だって！」マシューは、ぼくのあとから、廊下を歩きながら言いました。「自分の仕事部屋をもらったってことかい？」

「まあね」と、ぼく。「ほんとは先生の古い待合室だったんだけど、仕事部屋として使わせてもらってるんだ。そのほうが、先生は、ひとりで静かに書きものができるからね。ここだよ。どう、この部屋？」

ぼくは、廊下に面したドアをあけて、マシューをなかへ入れてあげました。ネコのエサ売りのおじさんは、息をのみました。

「うへえ、トミー、こいつはすげえな！　すてきな仕事部屋じゃねえか！　ここをひとりじめしてるのか。一人前になったもんじゃねえか。いやあ、おまえさんは、ラッキーなやつだなあ！」

「うん」と、ぼく。「とってもラッキーさ、マシューおじさん。」

「おまえさんのかあちゃんととうちゃんも、さぞご自慢だろうね。その若さで、偉大なジョン・ドリトル先生の秘書をやってんだもんなあ！　勉強も楽にできるだろうし、学校の先生におしおきされることもねえしなあ。しかも、ここがおまえさんの仕事部屋ときてる。机もありゃあ、インクつぼも本も顕微鏡も——なにもかもある！　もう先生と同じぐらいじょうずに動物のことばが話せるんだろうね。」

「いや、とんでもないよ」と、ぼくは笑いました。「先生ほどじょうずになんて、むりだよ。そんなこと、だれにもできやしないさ。とにかく、おじさんが来たって先生に伝えてくるね。先生、よろこぶと思うよ。」

「いや、ちょっと待った、トミー。まだ先生のおじゃまをしなくてもいいんだ。まず、おまえさんに話があるんだよ。ここだけの話——もし、おまえさんさえ、よければ。」

「そりゃ、もちろんいいけど、マシューおじさん」と、ぼく。「まあ、すわってよ。」

ネコのエサ売りのおじさんが、ひじかけいすにすわるあいだに、ぼくはドアをしめました。

「これでじゃまは入らないよ」と、ぼく。「少なくともしばらくは、ね。話ってなんなの、おじさん？」

マシューは身を乗り出して、だれかに聞かれやしないかというふうに、肩越しにうしろをふり返りました。

「あのなあ」と、マシューは言いかけると、笑いました。「おかしいじゃねえか？　おまえさんが先生といっしょに月旅行に行った話をするときは、ひそひそ声になっちまう。くせになっちまったみてえだな。新聞記者の連中にかぎつけられて、さわがれるのがいやだったからね。」

「うん」と、ぼくは言いました。「しかたないさ。」

「おまえさんと最後に会ったときのこと、おぼえてるかい？　先生は月から持ち帰ったメロンの種の研究にいそがしくなさっていた。月のくだものや野菜を食べれば人間が永遠に生きられるようになるって、がんばって月の植物を育ててらしたんだ。おぼえてるだろ？」

「うん、マシューおじさん。そうだったね。」

「話ってのは、そのことなんだ。その永遠の命ってのは、どうなったのかね？　おれには、ちょっといい話に思えたんだが。」

「どうかなあ、マシューおじさん。ぼくはできるかぎりお手伝いしてるけど、先生は少しがっかりなさりはじめてるみたい。このイギリスの気候は、月の気候とはかなりちがうからね。温室とか使って月の気候と同じようにしようとなさってるけど、これまでのところ、あまりうまくいってないんだ。先生がどういう人か知ってるでしょ、おじさん。ぜったい文句を言ったり、こぼしたりなさらない。だけど、それでも、しょげてるみたいだよ。ポリネシアも、そう言ってる。」

ネコのエサ売りのおじさんは、首をふりました。

「ふむ、トミー。あのオウムが、ドリトル先生は気落ちしてるって言うなら、そうなんだよ。これから先生はどうなさると思う？」

「そんなのわかんないよ、マシューおじさん。ぼくは先生をせっついたりしないし、先生も急《せ》かされるのはきらいだからね。月では、なにもかものんびりだったから、それで命をのばすことに興味をお持ちになったんだ。なさりたいことがいっぱいあって、それをぜんぶやるのに、いくらでも時間をかけられるようになればいいとお考えなんだよ。あくせくしたりしないでね。」

「また航海にお出かけになるかなあ、トミー？」

「わかんないよ、マシューおじさん。お出かけになるときには、そうおっしゃるよ。それだけはたしかさ。」

「ずいぶん長いこと旅行に出てらっしゃらないからなあ。ええっと――前は、いつだっけ？」

「ずいぶんむかしだね」と、ぼくは答えました。「それじゃあ、とにかく先生をさがしてくるから、ここで待ってて。すぐにもどるから。」

先生はご自分の研究室にいるはずでした。朝のこの時間なら、たいてい研究室にいらっしゃるのです。ところが、その日は、いらっしゃいませんでした。そこで、ぼくはオウムのポリネシアをさがしはじめました。ポリネシアなら先生の居場所を知っていると思ったからです。でも、ポリネシアも見つかりませんでした。それで、きっと先生はお散歩にでもお出かけになったんだろうと思うことにしました。

もどってきて、マシューにそう言うと、マシューは、このままドリトル先生のお帰りを待つわけにはいかないと言いました。パドルビーの町で、すませなければいけない用事があるそうです。でも、その日のうちにまた顔を出すと言いました。

そこで、ぼくは、じゃあまたねと言って、自分の研究室にもどりました。

おかしなマシューおじさん！　ドリトル先生の友だちであることを得意にしていて、いつか先生に航海に連れていってもらいたいと、ずっと楽しみにしているのです。世界じゅうを見てまわって、外国で冒険をしてみたいのです。でも、ポリネシアが言うには、「あの男はただ、いけないことをして警察から逃げたいだけだ」そうです。

第二章　アイリッシュ・セッター犬のプリンス

そのころ、先生のおうちとお庭には、ぼくがやらなければならない、ものすごくたくさんのことがありました。でも、ぼくのことを「ラッキーなやつだ」とマシューが言ったのは、そのとおりです。ぼくほど若くて、これほどいそがしくしていて、そしてしあわせな人はいないでしょう。そして、このぼく、湿原のほとりのパドルビーに住むトミー・スタビンズほど、勉強にいそしんだ年月のことを楽しく思い返せる人はいないと思います。

ぼくが、ドリトル先生の秘書として先生から受けた教育は、単によい教育というだけでなく、子どもがわくわくするような、すばらしく、おもしろいものでした。ぼくは、たいていの人がすっかり大きくなってから勉強するようなことまで、いろいろかじりました。天文学、航海術、地質学（岩や化石の歴史の学問）、医学、家庭菜園で薬用植物やふつうの野菜を育てる技術などなど、たくさんのことを、ぼくはとてもおもしろいと思いました。

でも、とりわけ、ある点で、ぼくの教育は、ほかの子と大きくちがっていました。動物語の勉強です。動物のことばができたおかげで、ぼくは、ふつうならわからないことをたくさん知りました。それは、先生も同じです。先生は、何度もぼくにこうおっしゃいました。

「スタビンズ君、ポリネシアがいなかったら――あれが何年も前にオウム語で私にことばをおしえてくれなかったら――私は、博物学について、今の四分の一もわからなかっただろうねえ。」

ぼくは、こう答えました。

「そうですね、先生。でも、動物たちが先生に感謝していることも忘れないでください。先生ほど動物の医療について知っている人はいないんですから。」

ただ、このぼくでさえ、動物のことばを知っていることが、かならずしもぼくらのためにならないのではないか、と思うときもありました。問題をかかえて先生のところへ押しかけてくる動物たち――畑をたがやす鋤《すき》を引く馬から、野原のネズミにいたるまで――のせいで、ぼくらの時間はかなりとられてしまったのです。それなのに、先生は、一頭も一匹も追い返したりなさいませんでした。

ぼくらは、医者としての仕事のほかにも、動物たちのためにたくさんのことをしてあげましたが、なかにはとても変わったこともありました。たとえば、その日の朝、ぼくが自分の研究室にもどってくると、先生の犬であるジップが待っていました。ジップは、友だちの犬を一匹連れてきていました。

この友だちというのは、アイリッシュ・セッター犬（猟犬の一種）で、名前をプリンスといいました。名前のとおり、貴公子《プリンス》でした。というのも、これほど貴公子らしい、紳士的な犬はいなかったからです。何か月も前に、ジップはプリンスを連れてきて、先生の「雑種犬ホーム」に入れてほしいとたのみました。プリンスは雑種ではありません――とんでもない！　品評会で優秀賞をもらったことがある育ちのよい犬なのです。きっとどこかの金持ちの家から逃げてきたのだろうと先生はうたがいましたが、ジップもプリンスも、プリンスがどこから来たか、だれにも言いませんでした。そして、お庭のはしの動物園のなかにある、先生の犬のクラブに入れてほしいと、一生懸命お願いしたのです。

ドリトル先生は、もちろん、もろ手をあげて歓迎しました。でも、クラブの規則があって、ほかの犬たち（クラブの委員会）がプリンスの入会を認めなければ、プリンスはメンバーになれませんでした。そして、大いにおどろいたことに、委員会は、初め、プリンスの入会を認めなかったのです。

なにしろ、みんな雑種なのですから、自分たちのクラブに血統書つきの犬なんて入ってきてほしくないのです。ジップはものすごく腹を立てて、委員会相手にけんかをふっかけました。その夜、ぼくは、真夜中だというのにとび起きて、けんかを止めに行かなければなりませんでした。

しかし、朝になる前に、委員会は折れてくれました。そして、この美しいアイリッシュ・セッター犬は、クラブのメンバーとして、とどまることになったのです。

さて、今朝がたの話にもどりますが、ぼくの研究室で待ちかまえていた二匹の犬を見たとき、すぐに、なにかあったなと気づきました。プリンスの誇り高いけれどもやさしい顔には、たいへんな悲しみのようすがあり、ジップはとても不満そうで、とりみだしていました。話をはじめたのは、ジップでした。

さて、動物との「話」といっても、ふつうの人間どうしの会話とはかならずしも同じではないということを、この本を読んでいるみなさんは、理解してくださらなければなりません。動物の「話」は、とてもちがっているのです。たとえば、話すのに口だけを使うわけではありません。犬は、しっぽを使ったり、鼻をひくひくさせたり、耳を動かしたり、はげしい息づかいをしたり、いろんなことをして気持ちを伝えます。もちろん、先生やぼくには、しっぽがないので、ふれませんが、代わりに燕尾服《えんびふく》のしっぽをふったりします。犬はとてもかしこくて、人間が燕尾服のしっぽをふると、どういう意味なのかすぐわかってくれるのです。

ドリトル先生は、ぼくよりもずっと前に犬のことばを学びましたから、ぼくは、とうてい先生のようにじょうずに話せません。それでも、ちゃんと話すことはできます。なかよしのジップから教えてもらって(それから、英語をとてもじょうずに話すオウムのポリネシアからもレッスンを受けて)、どんな犬とも——たとえドイツのダックスフントが相手でも——会話できるようになりました。

「あのさ、トミー」と、ジップは話しだしました。「プリンスは、もうここにいたくないんだって。出ていきたいって言うんだ。」

「出ていきたいだって?」と、ぼくは、たずねました。「どうして? 雑種犬ホームじゃ、居心地が悪いの?」

かわいそうなジップは、話をつづけるのが、とてもつらそうでした。前足でもじもじすると、とうとう次のように言いました。

「いや、トミー、そういうんじゃないんだ。だけど……そのう……プリンスは……あのう……そのう……つまり……」それからとつぜん、プリンスのほうに、乱暴にむきなおりました。

「おまえが話せよ、プリンス」と、ぶっきらぼうにジップは言いました。「なんで、おれにばかり話させるんだ?」

プリンスは、それまで窓からお庭をながめていました。今度は、プリンスがもじもじ身じろぎする番でした。やがて、プリンスはこう言いました。

「あのう、トミー、ぼくは……そのう……このことをトミーに相談しに来たのは……つまり、先生に話したくなかったのは……先生の気持ちを傷つけたくなかったからです。ぼくは、雑種犬ホームでとてもしあわせでした……こんなにしあわせだったことはないくらいです……これまで。でも……」

セッター犬は、そこで口ごもり、また窓の外をながめました。ぼくは、いったいなにが問題なのか教えてもらえるものなのか心配になってきました。午前中はもう終わろうとしていましたし、ぼくには、やらなければならないことがたくさんあったのです。

「おいおい！」と、ぼくは言いました。「はっきり言ってよ。クラブでの生活は悪くなかったんだよね。じゃあ、なんで出ていきたいの？」

また、短い沈黙がありました。とうとうプリンスがまっすぐぼくを見て、低い声でこう言いました。

「ウサギなんです、トミー。」

「ウサギだって？」ぼくは、息をのみました。「まさか、ウサギに追い出されるってんじゃないだろうね？」

「そうなんです」と、プリンスは言いました。「ウサギのせいで、生きていくのがつらいんです。」

「どうして？」ぼくは、たずねました。「わからないな。」

するとプリンスは、急に早口になってこう話しだしました。

「あのろくでもないウサギどもは、ひどく生意気なんです。トミー、あなたもごぞんじのとおり、先生はジップにもぼくにも、『ウサギにさわってはいけない』と、お命じになりました。『追いかけることさえ、だめだ』とおっしゃいました。先生のおうちやお庭に住んでいる動物はみんな、道具置き場に住んでいるドブネズミにいたるまで、平和に生活できるようにしてやらなければならないと、先生はおっしゃいます。先生はあまりにおやさしいのです。でも、あのウサギ連中を実際に見てほしいものです！　やつら、先生の芝生のいたるところに穴をほって、だめにしちまうんです。それだけじゃありません。ドリトル先生がウサギをぼくら犬から守っているというだけで、ぼくらをからかってみせるんです。それもどんどんひどくなります。今じゃ、ぼくが芝生を歩いていても、やつらは穴にかくれようともしません。こっちはやつらを見ないようにと、目をつぶらなきゃなりません。先日、目をつぶってお庭を歩いていたら、ごつんと木にぶつかってしまって、おでこにひどいけがをしてしまいました。やつらは、それがおもしろいと、大笑いしたんです。そのうちの一匹は――たしか、名前をフロッピーといいますが――それをはやして、歌を歌ったんです。こんな感じで――

しゃなりしゃなりと、みっともない！
見ろよ、プリンス、ろくでもない
つま先歩きで、気どってやがら
ばかにしてやれ、道すがら
あいつは、おいらを、つかまえられない！

こんなことは、犬だったら、とてもがまんできないことですよ、トミー。あのおぞましい、ちっぽけな、地下にもぐる、たれ耳のクズどもめ！　やつらに手があったら、このぼくにむかって、そう、史上最も有名な折り紙つきのアイリッシュ・セッターである最高の猟犬〝霧のウィル〟の孫であるぼくにむかって、親指を鼻につけてほかの指をひらひらさせて、ばかにしたにちがいないんだ……ぼ、ぼく、もうここにはいられません。」

犬が、どっと泣きくずれ、本物の涙を流すさまを想像してみてください。ちょうどそのときのプリンスがまさにそんな感じでした――ジップも同じようすでした。ぼくとしては、生意気なウサギの話にちょっぴり笑いたくなる気もしたのですが、この話をしてくれた育ちのよいセッター犬にとって、これがいかに深刻なのかがわかったので、まじめそうな顔つきで、こう言いました。

「そうか。でも、プリンス。そのばかなフロッピーだかなんだかいうやつに、先生から意見していただけばいいじゃないか。それだけで、そいつも態度をあらためるかもしれないよ。ほかのウサギたちも。」

「いいえ、トミー」と、プリンスは悲しそうに言いました。「先生と動物たちのあいだにいざこざを起こしたくないんです。それに、ぼくの鼻が――優秀な猟犬であったぼくの鼻が――だめになってきているんです。これ以上ここにいたら、ウサギとネコのちがいすら、かぎわけられなくなってしまいます。かぎやすい、しめった空気に乗ってただよってきても、だめでしょう。ここを出ていくよりほかないんです。」

「だけど、ここを出て、どこへ行くんだい？」

「それなんですが、トミー」と、プリンス。「そこでご相談なんです。人間は、飼い犬がいなくなると、新聞にそのことを書きますよね？」

「ああ」と、ぼく。「新聞広告のことだね。『さがしています』コーナーだね？」

「そうです」と、プリンス。「それだと思います。だけど、ぼくの場合は、いなくなった犬をさがす広告じゃなくって、犬の新しいおうちをさがす広告なんです。純血種のアイリッシュ・セッター犬をただでさしあげますって、新聞に広告を載せてくださいませんか？」

「そりゃ、もちろんいいと思うよ、プリンス。だけど、それじゃ、どんなおうちが手に入るかわかったもんじゃないよ。ここよりもひどいところかもしれない。」

「そしたら」と、プリンス。「ぼくが、どんなおうちがいいと思っているか、広告に書くわけにはいきませんか？」

「ふーむ！」と、ぼくはつぶやきました。「そいつは、いい思いつきだね。犬が自分の希望する家と飼い主を求めて新聞広告を出すってわけだ。人が犬を選ぶんじゃなくてね。」

「ぼくのことをほしがる人は多いと思います、トミー」と、プリンス。「うぬぼれているわけじゃないですけど、結局のところ、優秀な猟犬としてほかの犬よりもいろいろできますからね。そのことも新聞に書いてくださってけっこうです。ぼくが子犬を優秀な猟犬に育てますって書いてください。子犬たちは、人間が発砲する銃の前を走って、しっぽをぶっとばされてばかりいますからね。そう書いてください。猟犬になるための教室を子犬むけに開きますって。もちろん、ぼくが望むとおりの家と待遇をもらえれば、ですけど——ああ、もう少しで忘れるところだった。家には、子どもがいてほしくありません。つまり、すごくおさない子はいないほうがいいです。」

「どうして、プリンス？」と、ぼくはたずねました。「子どもがきらいなの？」

「好きですよ」と、プリンス。「でも、ちっちゃいのは——そうだなあ、六歳以下のは、かんべんしてほしいです。ああいうあかんぼうは、子ども部屋の床でワンワンと遊びたがるんですが、わかっていないんです。ぼくら生きた犬と、クリスマスでもらうような、ぬいぐるみのふわふわした犬とを区別できないんです。ぼくらの目を引っこぬいて、ほかのものと代えようとしたりします。しかも、それでぼくらが子どもにうなり声をたてようものなら、母親たちが大さわぎしてたいへんなんです……ああ、もうひとつ。ノミとり石けんは、使わないでください！　石けんで洗われるのは、こりごりです。」

そう話すプリンスの真剣な顔つきを見て、ぼくは、思わずニヤリとせずにはいられませんでした。ジップも、うなずいたり、低くうなったりして、友だちの言うとおりだと賛成していました。ジップは、プリンスのように猟犬として賞をもらったことはありませんが、においをかぐという点では、この純血種の猟犬よりもずっとすぐれていて、たくみなところがあるのです。ジップはまだ（ジップの名前が刻まれている）金の首輪をときどき首につけていましたが、これは何年も前に、においだけで無人島にいた船乗りを助け出したごほうびにもらったものです。

そこで、ぼくは、笑いをこらえているのに気づかれないようにするために、机の上の紙とえんぴつを取って、プリンスの話をメモしはじめました。

「だって、トミー」と、プリンスはつづけました。「あのノミとり石けんというのは、たいていコールタールのにおいがするんです。健康にはとてもいいのかもしれませんが、ひどいにおいなんです！　それに、どんな猟犬だって自分の毛が薬局みたいにぷんぷんにおっていたら、自分が追いかけているのが、キジなのかウズラなのかビール樽《だる》なのか、わからなくなってしまいますよ。」

「わかった、プリンス」と、ぼく。「それも書いておこう。ほかにあるかな？　ネコはどう？　新しい家にネコがいてもいいの？」

おどろいたことに、ネコは気にならないそうです。実のところ、先生が月から連れ帰ってきたネコのイティの大親友となったのは、プリンスだけでした。先生のおうちにいたほかの動物たちは、なんとなくイティをさけていました。でも、やさしいプリンスは、月のネコとお庭を散歩したり、話したりしているようすが見かけられました。先生といっしょに地球に行ってみようと決意した勇敢でひとりぼっちのふしぎな動物に、プリンスなりに同情していたのかもしれません。

そこで、ぼくは、『パドルビー・プレス』紙に、広告を出しました。広告史上、こんなものが出たのは、あとにも先にも、これっきりだと思います。こんなふうです。

飼い主募集

最優秀賞を受賞した犬〝霧のウィル〟の孫である純血種のアイリッシュ・セッ

ター犬を住まわせてくれる家をさがしています。お金はいりません。いつも放し飼いにし、くさりをつけず、柵《さく》にとじこめないこと。よくしつけられています。猟犬コンテスト西部地区年間最優秀賞三度受賞。この犬は、純血種の子犬をあらゆる獲物がとれる優秀な猟犬に育てあげます。ノミとり石けんを使うお風呂《ふろ》は禁止。試しにひきとってみるのも可。小さな子どものいる家はおことわり。家も家族も最上を希望。親切な猟場番人のいるところだけ申し込んでください。

申し込みは、「パドルビー・プレス」紙気付、「プリンスあて」へ

第三章　チープサイドがやってきた！

プリンスの広告が新聞に出てからあまりたたないうちに、よい家が見つかって、プリンスはぼくらのもとを去っていきました。しかし、毎月一度は週末の休みをもらえるように取り決めたので、プリンスは、先生やジップやクラブのなつかしい友だちのところへ遊びに来ることもできました。

いよいよ新しい家へ出発だという日に、プリンスは、ぼくの研究室へお礼にやってきました。

「どうもありがとう、トミー」と、プリンスは言いました。「こういうふうにしてくれて、ずっと気持ちよく暮らしていくことができます。クラブをやめたいなんて先生に言いたくなかったので。」

いつだって、そうなんです。動物たちは、なにかしてほしいことがあっても、先生の気を悪くするんじゃないかと思うと、ぼくのところへたのみに来るのです。ぼくが出した広告が新聞に載った日の朝などには、ズアオアトリという鳥のおかあさんが、ぼくに会いに来ました。「どうか、先生にお願いしてくださいませんか」と言うのです。ぼくは、ため息をついて、書きかけのノートをわきへのけ、どうしたのかとズアオアトリにたずねました。

「先生のことなんです、トミー」と、鳥は言いました。「うちの子たちに、鳥のエサをくださるんですよ――巣の近くで。」

「それのどこがいけないの？」と、ぼくはたずねました。

「いけないのかですって、あなた！」おかあさん鳥は、腹を立てんばかりにして言いました。「おかげで、うちの子たちは、飛ぼうとしないじゃありませんか！　ええ、そうです。数十センチほどバタバタして、しげみから地面におりて、エサをついばんでは、また巣に帰るぐらいのことはしますけどね。おとうさんもあたしも、どうしていいものやら、とほうに暮れてるんです。うちの子たちは、これまでみんな、じょうずに空を飛んできたもんです。ところが、あの子たちときたら！　納屋を飛びこえることさえできない。七面鳥みたいに太っちまったんですよ。自分で食べ物をさがしに行きもせずに、ぶくぶく太った顔をして……食べてないときは、一日じゅうぐうぐう寝てるんですからね……先生がエサを持っていらっしゃるまで――」

ズアオアトリのおかあさんは、泣きだしそうでした。そこで、涙がこぼれる前に、ぼくは、口をはさみました。

「先生にお話ししたらいいじゃないか？」ぼくは、たずねました。

「そんなこと、できませんよ。」おかあさん鳥は、すぐに言いました。「先生にはずっとお世話になってきましたから、とても――」

「ああ、なるほど。」ぼくは、あわてて言いました。「忘れてたよ。まあ、君たちも、ときには、ぼくに世話をかけすぎないようにと思ってくれるといいんだけどね……。わかった、先生に話してみるよ。すぐに行ってこよう。」

しかし、もちろん、ものすごくいそがしいときには、めんどうなこともありますが、動物たちがぼくに相談にやってきてくれるというのは、自慢していいことだと思います。なにしろ、先生を別にしたら、ぼくだけが動物語を話せるのですから。

ぼくは先生の研究室へ行ってみましたが、先生はいらっしゃいませんでした。ところが、おどろいたことに、ロンドンっ子のスズメのチープサイドがいたのです。先生の机の上に開いてあった本を見ながら、先生が昨晩お使いになっていたお皿からケーキのくずをついばんでいました。

「やあ、こんにちは、チープサイド！」ぼくは、さけびました。「君が来てるなんて知らなかった。いつから、ここにいたんだい？」

「今来たところさ。」チープサイドは、食べ物で口をいっぱいにしながら答えました。

「腹がへっちまってよ――こいつは、うまいケーキだな――よう、トミー、センセが読んでるこの本、なんの本だい？」

　ぼくは、開いた本の一番上を見ました。

「これは……ええっと……とても古い歴史のようなものだよ――ずっと、ずっとむかしのね。人間が、ほら穴とかに住んでた時代の。」

「たまげたな！」チープサイドがぶつぶつ言うあいだに、ぼくはページをめくってあげました。「お、見ろよ、絵があるぜ！　みょうな顔をした野郎じゃねえか？　なんて名だい？」

「書いてないよ、チープサイド。ただの洞くつに住んでる男の絵だもの。」

「こいつは、絵に描かれる前に、散髪してもらったほうがよかったんじゃねえか。だけどさ、トミー、なんだってセンセはこんなものを研究してんのかな？　月の植物やら永遠の命やらを研究してるって、おめえさん、言ってたじゃねえか。」

「そうだよ」と、ぼくは言いました。「だけど、最近は、先生はいわゆる〝先史時代〟のことについてずいぶん本をお読みになっているんだ。それというのも、月から帰ってきて以来、一生懸命研究なさってきたことがうまくいかなくて、がっかりなさったからみたい。」

「ふーん！」と、チープサイドは考え深そうに言いました。「先史時代だって？　ジョン・ドリトルセンセにゃ、そんなむかしのことを話してくれる友だちが少なくともひとりはいるな。」

「え、だれのこと？」ぼくは、たずねました。

「なに。カメのどろがおさ」と、スズメは言いました。「あいつならセンセにいろいろ教えてくれるだろうさ。なんせ、ノアのじじいと箱舟に乗った動物のうちの一匹だったって言うんだから。おれは、そんなほら話なんかちっとも信じちゃいねえけどな。」

「ああ、そうだったね！」と、ぼくは言いました。「君は、先生といっしょにどろがおに会いに秘密の湖まで出かけたんだったね、チープサイド？」

「あたぼうよ、トミー。あんなどろんこで、ひでえ旅はなかったぜ。あのどろがおってのは、おしゃべりでいけねえ。だけど、センセが古い歴史を知りたいってんなら、どろがおに聞きゃあ、どんな本よりもくわしく教えてくれるぜ。」

「そうだね」と、ぼく。「先生は、どろがおが語ってくれたいろんなことを書き記したノートをたくさん持ち帰ったよ。ぜんぶ大切に地下の書庫にしまってあるんだ、チープサイド。ほら、先生が月からお帰りになるのを待ってるあいだに、ぼくらが、お庭に作った書庫だよ。」

「そうだ、トミー。軽く二十冊はあったにちげえねえ。そして、カメ野郎が話し終えたとき、センセは、おれら鳥たちに、やつのために新しい家を造らせたんだ。どろがおが住んでた湖に石をどばどば落として、島みてえなのを造ってやったんだ。」

「うわあ、それじゃあ、ずいぶん時間がかかっただろうね、チープサイド！　どんなに大きな鳥だって、いっぺんにたくさん石を運べないだろうから。湖はどれほど深いものだったの？」

「見当もつかねえな、トミー。とにかく深かったことは、たしかだけどね。何日も何日もかかったぜ。もちろん、ワシみてえな、でかい鳥たちは、レンガぐらいでかい石を運べたけど、おれたちみたいな、ちっちぇえ鳥が運べるのは、小石どまりだもんな。」

「それじゃ、チープサイド、何日どころか何年もかかっちゃうよ！」

「いやいや。この仕事にとりかかった鳥は、何百万羽もいたんだ。ありゃあ、センセが郵便局をなさってたころの話でね——ほら、ツバメ郵便とかいってたやつさ。なんでも、どろがおは、その郵便でセンセに手紙を届けてもらったらしい。足がリウマチになってたんだ。」

「なるほど、チープサイド。いつものことだものね、動物たちがジョン・ドリトル先生に病気を治してくださいってたのむのは。」

「そうさ、トミー。ただ、そのときは、センセが患者のところまで行ったんだ。動物がセンセのところに来るんじゃなくてね。いやあ、秘密の湖まで行くのは、とんでもねえ旅だったぜ！　アフリカの奥地までふみこんだんだ。」

「君たちが造った島って、どれぐらい大きかったの？」ぼくは、たずねました。

「聖《セント》ジェームズ公園《パーク》ぐらいでかいやつさ」と、スズメのチープサイドは答えました。「ひょっとしたら、もっとでかいかもしれねえ。まったく、手前みそだが、たいした仕事をしたもんだぜ。すっげえ高くて、上は平たくなってんだ。どろがおが、泳ぎからあがって、そこで体をかわかせるようにってね。あんなすげえことを、一匹のカメのためにやるなんて、もったいねえこったぜ。だけど、センセは、ノアの箱舟に乗っていた動物のためなら、なんだってやってやらなきゃならねえっておっしゃったんだ。」

「それにしても」と、ぼくは、しみじみと言いました。「考えてみれば、すばらしいことだよね。」

「まあな」と、チープサイドは、うなりました。「だけど、おれにしてみりゃ、なつかしいロンドンに帰ることのほうが、ずっとすばらしく思えたぜ。センセが大洪水について、あのたくさんのノートになにをお書きになったか知らねえけどよ。物語のほうは、おれたちみんな、わかったけど、カガク的なとこは、わからなかったよ。」

「実を言うとね、チープサイド」と、ぼく。「ぼくもまだそのノートを読んでないんだよ。ずっといそがしかったからね……でも――まだわからないけど――君のおかげで、いいことを思いついたよ。ポリネシアをさがしに行こう――先生は、どちらにもいらっしゃらないんだ――たぶん、ポリネシアなら、先生の居場所を教えてくれるよ。」

第四章　先生が消えた！

ぼくは、まず台所へ行ってみました。そこには、先生のいつもの動物たちがいました。アヒルのダブダブがいましたし、犬のジップも、フクロウのトートーも、サルのチーチーも、ブタのガブガブも、白ネズミのホワイティもいました。ぼくが入っていったとき、台所はしんとしていました。でも、ぼくがドアをあける直前にみんなが話をやめたのだということが、どういうわけかぼくにはわかりました。たぶん、トートーがするどい耳で、ぼくが廊下を歩いてくる足音を聞きつけて、みんなをだまらせたのでしょう。

それから、ポリネシアがいないことに気づきました。ポリネシアはどこにいるか知っているかと、ダブダブにたずねてみました。それで、いわば、張りつめていた空気がこわれたようになり、みんなはどっと話しはじめました。でも、ぼくは、ダブダブの答えが聞こえなくなるから、静かにしてとたのみました。すると、ダブダブは長い話をはじめました。

先生が消えてしまったというのです！

ゆうべ先生が寝室へ行ってからというもの、だれも先生を見かけていないのです。ふつうだったら、そんな知らせを聞いても落ち着いていたと思うのですが、その日は、ぼく自身、朝から先生はどうなさってしまったのだろうと思っていたので、あわててしまいました。もうお昼近くになりますから、いつもなら先生のおすがたを何度も見かけているはずなのです。

しかし、この前、ぼく自身がマシューに話したように、ふだん陽気な先生は、このところ仕事のことで落ちこんでおられるようでした。それでも、ぼくがとりみだしていることは、ダブダブにも、ほかのみんなにも、感づかれないようにしました。「ドリトル先生だって、ちょっと散歩に出るのに、うちのだれかにいちいちことわらなきゃならないってわけじゃないんだから」と、ぼくは言いました。「町へお買い物とか、なにかそんな用事でお出かけになったのかもしれないじゃないか」とも言いました。

ところが、ダブダブがぼくをさえぎってした話は、深刻に思えました。ポリネシアがお庭に住むツグミたちにたのんで、先生をどこかで見た者はいないかと、すべての野鳥にたずねてもらったそうです。パドルビーの市場に住むスズメたちにも、先生が買い物をしているところを見かけたら教えてくれとたのんだそうでした。けれども、鳥たちは帰ってくると、先生はどこにも見つからなかった――町にも、田舎にも、いらっしゃらない――と言うのでした。（ダブダブは、その話をしながら、泣きそうになっていました。）

ダブダブをなぐさめてあげるために、なんと声をかけてあげればよいのか、ぼくにはわかりませんでした。ダブダブは、「先生のおうちで長年家政婦をやっているけど、こんなことは初めてだわ」と言って話を終えて、わんわん泣くのです。

幸い、ちょうどそのとき、診察室に病気のあかちゃんを連れたおかあさんイタチが来ているという知らせが届きました。そこでぼくは、チープサイドに「できるかぎりダブダブをなぐさめて、台所にいるみんなを元気づけてくれ」とささやいてから、先生の助手としての仕事をするために、急いで立ちさりました。

いったん診察室に入ると、とてもいそがしくなって部屋から出られなくなりました。あかちゃんイタチのほかにも、動物の患者がたくさんいたのです。診察をぜんぶすませるころには、もう午後も終わりになって、夕方の影が芝生に長くのびていました。それなのに、ドリトル先生は、まだすがたをお見せにならないのです！

こんなことが何日もつづいたら、どうしたらいいのだろうと、ぼくは考えはじめました。パドルビーの警察に行って、ドリトル先生の捜索を依頼すべきなのだろうか？ああ、なんてばかなことを考えてるのだろう！　鳥という鳥が先生を見つけられないというのに、警察に先生の捜索を依頼するなんて！　それに、ぼくがおばあさんみたいに大さわぎしているのを知ったら、先生はなんておっしゃるだろう？　どうお思いになる？　先生は大さわぎがおきらいなのに……でも、いくら先生が危険に対していつも落ち着いていて冷静だからといって、先生にあぶないことが起こらないということにはなりません……それに、ダブダブが言ったことは、ほんとうでした。つまり、先生がこんなことをなさるなんて、今までなかったのです。世間の人たちとはかかわりあいにならないまでも、ぼくたち先生のおうちの者は、いつだって先生がどこにいらっしゃるか知っていました。たいてい先生がなにをしていらっしゃるかも……先生は、どこへ行ってしまったのでしょう？　そして、なぜ？

こうした心配ごとを心に浮かべながら、ぼくは、おうちの裏の広い芝生を歩いていました。リンゴの木の下を通りかかったとき、よく聞き知った声がしました。

「ちょいと！　――トミー！」

見あげると、頭の上の枝に、オウムのポリネシアがとまっていました。

「先生が帰っていらっしゃるよ、トミー」と、ポリネシアはささやきました。「むこうの道から。ひどくおつかれのようだ。ずっと歩いていらしたみたいだね。あのばかなツグミやヒバリどもにどうして見つけられなかったのか、わからないけど。」

「とにかく、お帰りになられてよかった」と、ぼく。「ほんとに心配してしまったからね。」

「あたしもだよ、トミー」と、ポリネシア。「あたしも。でも、だまってなさいよ。先生がめんどうなことになったなんて、知らないふりをしてなきゃ。」

ところが、動物の世界では、知らせはあっという間に広がります。ドリトル先生のシルクハットが、お庭にあらわれたとたん、おうちからガーガー、キーキーという声が聞こえてきて、動物たちがドアや窓から飛び出して、先生をおむかえにかけつけたのです。

ポリネシアの言うとおりだと、すぐにわかりました。たしかに先生は、おつかれのようでした。それでも、いっせいにわいわいがやがやと話しだす動物たちに囲まれると、いつもの陽気で、やさしそうなほほ笑みが、お顔に広がりました。

「いったい、どこにいらしてたんですか、先生？」と、ダブダブがたずねました。

「イーストモアの荒れ地を歩いていたんだ」と、先生は悪びれもせずに答えました。

「十二時間も！」と、ダブダブはさけびました。

「まあ、それくらいだな」と、先生。「もちろん、しじゅう歩きどおしというわけじゃないが。とにかく、へとへとだよ。」

「台所へお入りください。お茶をいれてさしあげますから」と、ダブダブ。「ガブガブ、ジップ、ほかのみんなも、先生にしつこくまとわりつくんじゃありませんよ。先生が歩けるように、道をあけなさい！」

「ああ、お茶はいいなあ」と、先生。「そいつは、すばらしい。おまえがいなかったら、私はどうしたらよいだろうね、ダブダブ？――やあ、こんにちは、スタビンズ君。どうだね、調子は？」

「とてもいいです、先生」と、ぼくは言いました。「診察室では、急患が一件しかありません。キツネが足を折ったのです。」

「ああ、じゃあ、すぐに診てあげなきゃね」と、先生。「ダブダブがやかんを火にかけてくれているあいだに。」

しかし、おかあさんのように先生のめんどうを見るダブダブは、その夜、それ以上、先生に質問することを家じゅうの者に許しませんでしたので、ガブガブも白ネズミも、へそを曲げていました。

ぼくが先生の身に起こったことを教えてもらったのは、夕食もすんで、家の者のほとんどがベッドに入ってからのことでした。ぼくらは――先生とぼくは――先生の研究室にいました。ほかには、チープサイドとポリネシアがいただけでした。先生は、注意深く、考えごとをしながら、机の上のタバコ入れから、パイプにタバコの葉をつめました。ぼくら三人は、だまって、先生が話しだすのを待っていました。なにか重大な発表があるのだと、確信していたのです。

第五章　夢の終わり

先生はパイプに火をつけると、いすの背にもたれかかり、天井にむかってけむりをはき出しながら、こう言いました。

「今日、私は、とても重大な決心をしなければならなかった。これまでの仕事をやめなければならないと決めたのだ。それは、月から持ち帰った野菜の種を用いて人類が永遠に生きられるようにする仕事のみならず——」

ここで先生は、ふと口をつぐんで、読書用ランプの火をじっと見つめました。すると、苦々しさをかみしめるような悲しそうなほほ笑みが、先生の目にしばらく浮かびました。それから、先生はつづけました。「それのみならず——少なくとも今のところは——人間の寿命を長くする研究さえ……やめようと思うのだ。」

それから、沈黙がありました。ほんの数十秒だったと思いますが、ぼくには果てしなく長く感じられました。ぼくはポリネシアと、ロンドン・スズメのチープサイドを代わる代わる見やりました。ふたりともむずかしそうな顔をしていました。というのも、ふたりとも、ぼくと同じように、ドリトル先生が今ぼくらに言ったことがどれほど深刻なことかをよくわかっていたからです。

先生は、月から帰ってきてからというもの、寝食を忘れて、この仕事に――月の種を地球の気候できちんと育てるという仕事に――かかりきりでした。先生がぼくに外科と動物医学とを教えてくださったのは、毎日先生のところへやってくる患者をぼくがめんどうを見ることによって、先生がこの仕事にさく時間を作るためだったのです。

先生がいだいていた夢は、実に壮大なものでした。この世界の人間の生命を、先生が月で見たのと同じように、実質上永遠なものとするというものでした。秘密は、月での食べ物――野菜とくだもの――にあると、先生は確信していました。先生がぼくに説明してくださったように、ぼくらの地球のいけないところは、時間なのです。人々は、あまりにもいそがしくしている。もし――と、先生はおっしゃいました――人間が、いくらでも長く生きられるのだとわかっていたら、こんなふうに、ばかみたいにかけずりまわったりしないだろう。死という恐怖――それは、のんきなドリトル先生さえ感じていたことですが――その恐怖さえなくなったとしたら……。そう、それは、ものすごい夢だったのです。

そして今、先生はこの静かな研究室で、その夢をあきらめるとおっしゃったのです。研究に失敗したとおっしゃるのです！　ぼくは、このときほど、だれかのことをかわいすにドスンと腰かけた先生の体は、とてもつかれているように見えました。その目はランプをじっと見つめていて、ぼくは、先生がこのお部屋にいることを忘れてしまったのではないかと心配になりました。パイプの火もまた消えてしまっています。ぼくは、自分のいすからそっと立ちあがって、マッチをすると、先生のパイプの上にかざしました。

「ああ、ありがとう、スタビンズ君、ありがとう！」先生は、はっとしてすわりなおすと、そう言いました。

「教えてください、先生。」先生がぷかぷかとパイプをふかして、また火がついたとき、ぼくは言いました。「どうして今、そんなことを決心なさったのですか――つまり、どうして、よりによって今日なのですか？」

「ふむ、スタビンズ君」と、先生は、言いました。「今日、ある知らせがあったんだ。アメリカ先住民の博物学者であるロング・アローに、われわれが月から持って帰ってきた月の種を育てる手伝いをしてもらおうと思っていたという話はしたね。ロング・アローは、植物のことに関しては、すばらしい学者だからね。」

「ああ、そりゃあもう、先生、もちろんです。何年も前に、ロング・アローが行方不明になったこともよくおぼえています。あのとき、その居場所を見つけようと先生はがんばっていらして、それを教えてくれたのは、ムラサキ極楽鳥のミランダでした。

ほかの鳥たちには、居場所がわからなかったんです。」

「そうだ、スタビンズ君。ミランダからもうひとつ知らせをもらってね。そして――そのう――歴史はくり返すと言うだろ。ロング・アローは、また、行方不明なんだ。」

「でも、以前は、先生はお出かけになって、見つけたじゃないですか。また、同じようにできるかもしれません。」

先生は、首をふりました。

「あれは、まったくの偶然だったんだよ、スタビンズ君。あんな幸運がもう一度起こるとは期待できない。いやいや、ロング・アローに手伝ってもらおうという、私の最後の大きな望みは、だめになってしまったようだ。」

「極楽鳥は、ロング・アローになにか事故があったと思ったのでしょうか？」ぼくは、おそるおそるたずねました。

「いや、スタビンズ君、だれにもわからんよ。あの男は、命知らずの生きかたをしていたんだ。まったくおどろくべき男だ。私はいつも、あの男のことを心配していた。おそろしい危険を平気でおかすからね。」

深刻な気分になっていなければ、そういった話をおもしろいと思ったことでしょう。ドリトル先生とロング・アローは似た者同士だからです。どちらも、自分の安全のことなどちっともかえりみず、まばたきひとつせずに平気で危険をおかすからです。

「でも、先生」と、ぼくは、たずねました。「ミランダは、希望をつなぐようなことはなにも言ってくれなかったのですか?」

「知らせを持ってきてくれたのは、ミランダじゃないんだ」と、先生は答えました。「ミランダは、自分の娘のエスメラルダをよこしたんだ。それで、家まで連れてくることができなかった。エスメラルダはまだ若くて、ひどく人見知りをするからね。」

するとと、本棚の上にとまっていたポリネシアが、初めて口をききました。

「どうしてエスメラルダが今朝やってくるとおわかりになったんですか?」

「母親のミランダが海鳥に――こちらへむかうカモメに――告げて、教えてくれたんだ。」

「うーむ!」ポリネシアはうなりました。「だけど、このあたりの野鳥たちが、先生がお出かけになるところを見なかったってのは、どういうわけです?」

「そりゃもちろん、エスメラルダを待つのには時間がかかるとわかっていたからね。何時に到着するか正確な時間もわからなかった。極楽鳥がイギリスの田舎にふっとすがたをあらわしたりしたら、フィンチやスズメが寄ってきて、じろじろ見るに決まっている。だから、うちの庭にいた二羽のツグミに命じて、私がエスメラルダと落ちあう場所がどこかを正確に野鳥全員に伝えさせ、そこに近づかないようにと言ったんだ。」

「ぶったまげたね!」ポリネシアは、うなりました。「なぞが解けたわ! 気づくべきだった。」

「ロング・アローのほかには、いないんですか」と、ぼくは、たずねました。「先生のお手伝いができるような人は？」

「まあ、いるさ」と、先生はつかれたように言いました。「何人か偉大な科学者がいる。植物学者というやつだ。まさにこういった研究をしている人たちがね。『順化』というのが正式な呼びかただが、外国からの種や木々をほかの土地や気候で育てるにはどうしたらいいかという研究があるんだ。だが、とんでもないよ、スタビンズ君、私がそんな人たちのところへ行ったところで話にならん。こっちの頭がどうかしていると言われるだけだ。」

　ふたたび短い沈黙が部屋に広がりました。それから、先生は、パイプの中身をポンとたたいて出して、新たにタバコの葉をつめてから、こうつづけました。

「かなり時間をかけて考えに考えてから、決心したんだ。もう、どうしようもない。研究に費やした時間はむだになった……。時間、時間だ！　しかし、今すぐやめたほうがいい気がしてならない。とにかく今のところは。ほかにもやりたい仕事はあるし。研究してきた月の種は——特に長生きのメロンの種は——厳重に保管しよう。だが、順化の研究は中止だ。今日から」と、先生はなにかを払いのけるかのように、手を軽く動かしました。「今日から、スタビンズ君、あの研究はやめだ。終わったのだ。」

第六章　チープサイドとぼくは、ある計画を考える

先生が早々と寝に行ってしまうなんてめったにないことでした。先生はいつもあまりお眠りにならないのです。ところが、その夜は（まだ九時半にもなっていなかったと思いますが）、ぼくが先生の最後のことばに対してなぐさめの返事を考えているあいだに、先生は机をはなれて、おやすみと言って、研究室を出ていってしまったのです。

「うっへー！」と、チープサイドは、背後でドアがしまると、つぶやきました。「えらいセンセがあんなにがっかりしてるのなんて見たことないぜ。マジ、ありえねえ。あのセンセをなぐさめるのはたいへんそうだな。だけど、センセの気持ちは、だれだってわからあ。何年もかけてきた仕事をおっぽりだそうってんだから！　かわいそうなセンセ！　夕めしも食わずに、寝ちまうなんて。」

「ああ、先生を旅に連れ出すべきだね。」ポリネシアが、いらいらと言いました。「先生は、いきづまっていなさるんだ。そこが一番いけないところだ。今までこんなふう

にずっと同じ研究をつづけるなんてことはなかったからね。このとんでもない永遠の研究なんてものにかかずらわって以来、ほかのことを忘れちまってる。このひどいイギリスの気候をはなれて、気分転換をなさらなくちゃいけない。あたしもそうだね。今月は、たった二時間しかお日さまをおがめなかったし。毎日毎日、霧と雨ともやと霧雨ばかり。カエルとアヒルならよろこぶだろうが。今ごろアフリカじゃ――」

「だけど、ポリネシア」と、ぼくは口をはさみました。ポリネシアがイギリスの天気についていつもの長い講義をはじめることがわかっていたからです。「先生をどこへ連れていけばいい？」

「そうだよ、ポリーばあちゃんよ」と、チープサイドが先生のテーブルの上を飛びはねて、ケーキくずを見のがしていないかとたしかめながら言いました。「てめえは、いまいましいアフリカの気候が好きなんだろうが、暑すぎ――ありゃ暑すぎだぜ。それでも、センセに気分転換が必要で、それもひどく必要だってことは、賛成だね。」

スズメは、ピーチクしゃべりながら、テーブルの上をスキップしまくり、やがて開いた本の前にやってきました。その日の朝、チープサイドとぼくが話をしていた本です。ふいに、チープサイドは、ぼくを見あげて言いました。

「やったぜ、トミー、これでなんとかなるかもよ！」

「どういうこと？」ぼくは、たずねました。

「つまりね」と、スズメはさえずりました。「センセを航海に連れ出して、外国へ連れていくようにしたいんだろ？」

「そう」と、ぼく。「そのとおりだ。」

「しかも、センセは、いまだに命をのばす研究のことを忘れられずにいるってわけだ？　いくらセンセがもうあきらめるなんて言っても、忘れられないってことは、だれが見たって明らかだろ？」

「そうだね。」

「そこで、今朝おれたちがこの洞くつの男の絵を見ながら話したことだが、カメのどろがおは、ノアの箱舟に乗った――少なくとも、本人は乗ったと言っている。そいつは、古い時代の話だろ？」

「そうだね、チープサイド」と、ぼく。「それで？」

「ノアのじいさんは、何百歳にもなってるはずだ。ね？　つまり、なつかしいカメのどろがおにまた会いに、秘密の湖へ行くようにしむけてやったらどうかってことさ。」

「ああ、それはすてきだ、チープサイド！」と、ぼくはさけびました。「それだ！　大洪水になる前は、だれもが高齢になるまで生きていたというからね。それに、少なくとも、どろがおが先生に、どうやって長生きしたか――なにを食べて、どういう暮らしをしていたか、といったことを――なにか教えてくれるかもしれないしね。同時に、その計画で、先生は旅にお出かけになる——気分転換ができるってわけだ——それが今、なによりも先生に必要なことだからね。」

「まっさしくそうさ、トミー」と、チープサイドは、とてもえらそうに言いました。

「若いくせに、よくわかってるじゃねえか。」

「ポリネシア、君は、このアイデアをどう思う？」ぼくは、オウムのほうをむいて、たずねました。

「悪かないね。なかなかだと思うよ——ロンドンっ子のスズメにしちゃあ」と、ポリネシア。

「わかった、わかった、この脳みそなしの針刺し野郎め」と、チープサイドは、首の羽を怒りでふくらませながら、鼻を鳴らしました。「てめえが、二百年ほど年くってるってだけで、気どってんじゃねえよ。どれほど長生きしても、からきし頭が働かねえ鳥ってのもいるもんだなあ。」

「まあまあ」と、ぼく。「けんかをしないで、協力して事に当たらなきゃ。」

ぼくは、もう一度ポリネシアになにか考えがないかと、オウムのほうをむきました。

「そうさね」と、ポリネシアは少し考えてから言いました。「今は、ドリトル先生にしては、めずらしく航海をなさるだけのお金をお持ちだね。」

「そうだね」と、ぼく。「そうだと思う。」

「それじゃ、」と、ポリネシアはつづけました。「先生には、秘密の湖への前回の旅でお書きになったノートがたんまりある。あのカメが話した大洪水の話を書きとめたノートだよ。あたしゃ、その旅におともしなかったけど、チープサイドはしたね。」

「そうとも」と、チープサイド。「あんな旅、行かなくたって、なにもざんねんじゃないぜ、ばあちゃん。どこもかしこも、どろだらけだったんだ！　でも、センセは、昼も夜もなく、ノートを書きつづけてた。あのどろがお君が——少なくとも、センセがわかってるかぎりでは——箱舟に乗った動物の最後の生き残りなのだと、センセはおっしゃってた。すっげえ科学的事実なんだって、おっしゃってね。そこいらのやつらに読ませるようなふつうの本にぜんぶ書いたところで、だれにも信じてもらえないだろうってね——信じられねえってのはしょうがねえと思うな。でも、センセは、ものすごく重要な情報で、すっげえ大切だっておっしゃってた。いつかは、センセもそいつを役に立てなさるんだろう。ぜーんぶ書きとったんだ、ノアが言ったことも、ノア夫人が言ったことも、ノアの子どもたちが言ったことも。そして、ノートが足りなくなると、かわかしたヤシの葉を手に入れて、ノートの代わりにそいつに書いたんだ。あのいまいましいカヌーにぎっしり積みこんで帰ってきたから、しずんじまうんじゃねえかと思ったぜ。」

「トミー」と、ポリネシア。「そのノートの山を、あすの朝、さがしだしておいたほうがいいよ。先生が次にどんなお仕事をなさろうとしているのかわからない。なにしろ、いつだって、研究なさりたいことは何百万とあるんだからね。今晩は、たしかに憂うつで、気落ちしてらしたけど、いつまでもその調子でいらっしゃるはずがないんだ。一日かそこいらで、新しいことをはじめなさる。先生がご自身でなにかを思いついてしまう前に、どろがおをもう一度訪ねるということを持ちかけたほうがいい。だって、旅に出ないことを思いついてしまうかもしれないからね。この家から、はなれないことに、なるかもしれない。」

「そうだね、ポリネシア」と、ぼくは賛成しました。「あのノートの山は重要だね。あしたの朝一番に、さっそくさがしてみるよ。つまり、先生に話しかけてからね——おはようございますと言って、新しい航海についてちょっとさぐりを入れてからだね。」

「それがいいよ、トミー」と、ポリネシア。「先生がへそを曲げちまうようなことがないかぎり、あたしゃ、この件に口を出さないからね。まず、トミーが自分でやってみておくれ。どういう具合か教えてちょうだいよ。それじゃ——がんばって、トミー。」

「こっちも同じだぜ、トミー」と、チープサイドが眠そうに、ため息をつきました。「なんとかセンセを元気づけてやらなきゃならねえ。あんなふうに落ちこむなんて、見たことねえもんな。」

こうして、ぼくらのちょっとした委員会は解散となり、それぞれ寝に行きました。

第七章　どろがおの思い出と秘密の湖

　あくる朝、ぼくが先生の研究室に入っていくと、先生は机で仕事をなさっていました。ぼくがドアをあけると、先生は肩越しにちらりと見ました。

「やあ、おはよう、スタビンズ君、おはよう！」と、先生は陽気に言いました。「いつもより早起きだねえ？」（昨夜のようなことがあったあとで、先生がにこにこしていらっしゃるのを見るのは、ほっとしました。）

「おはようございます、先生」と、ぼくは言いました。「ええ、いつもより少し早いかもしれません。あのう――きのう先生がおっしゃったことをずっと考えていたんですけど。ちょっとおうかがいしたいことがあるんです。」

「なにかね？」と、先生は、ぼくが口ごもるのを見て、おっしゃいました。

「あのですね。先生がこれまでに出会った生き物で一番の年寄りはだれですか？――月の生物ではなくて、地球の、この世界の最古の生物はなんでしょう？」

「そりゃ、もちろん、カメのどろがおだ」と、先生は机の上の書類をまとめながら言いました。「あれはノアといっしょに箱舟に乗ったからね。どうしてまた――？」

先生はふっと口ごもりました。その手は、書類をつかんだままじっとしました。それから、先生は、ゆっくりとぼくを見あげました。

「どろがおか！」先生はつぶやきました。「ノア……動物たち……みんなものすごく古い時代に住んでいた――という言い伝えだ。だが、あのカメについては、うたがいがない――あの甲羅の作り……私がこの手で調べたのだ。あれは何千年も古いものにちがいない……。なにしろ、あの甲羅ときたら――ああ、だが、こんな長寿の研究はやめにしたんだった……それでも――」

ふたたび、先生はだまってしまいました。ぼくのほうではなく、天井を見つめていらっしゃいます。しばらくのあいだ、こまったように顔をしかめて、じっと天井をにらみ、そのあいだ、まるでひとりごとを言うかのようにくちびるを動かしていらっしゃいました。でも、ぼくは、そのことばのひとつ、ふたつを聞きとることができました。

「あれは……ずいぶんむかしのことだ。ものすごくたくさんノートをとった。だが、動物学と……歴史と……考古学だけだ。書きなぐったものだ。あれ以来、見返していないな……いったいどこに――」

すると、とつぜん、先生はぼくのほうをふり返って、ふだんの声でおっしゃいました。

「どうして、今日になって、こんなことをたずねたんだね、スタビンズ君?」

「あのですね、先生」と、ぼくは言いました。「もちろん、先生が秘密の湖にどろがおを訪ねた話はうかがっていました。どろがおのために島をお造りになったということも。でも、ぼくはその旅にごいっしょしなかったものですから、先生――そのう――生意気と思われたくないのですが、もし提案をしてもよろしければ――ちょっとしたアイデアですが……」

「ああ、もちろんかまわんよ!」と、先生。「話してみたまえ。聞きたいよ。」

「先生は、長年、月のメロンのような食べ物を育てて、地球の人たちに永遠の命を与えようとがんばっていらっしゃいました。でも、今の人たちよりもずっと長生きしていた地球の生物のことはあまりお考えになっていらっしゃらないのではないでしょうか?」

「うむ――そうだな」と、先生は、ゆっくりと返事をしました。「おおよそのところ、そのとおりだと言えるな、スタビンズ君。」

「では、もうひとつあります」と、ぼく。「もしこう言ってさしつかえなければ、先生はおかげんがよろしくありませんでした――ああ、病気というわけではありませんが、先生――ありがたいことに、先生は病気にかかることはありませんもの。でも、がっかりなさって――そのう――元気をなくして、先生らしくありませんでした。

「そうだね、スタビンズ君」と、先生はつぶやきました。「たしかに、その点じゃ、君の言うとおりだ。あの仕事をいつまでもぐずぐずつづけるべきじゃなかったんだ。だが、すでに費やしてきた時間をむだにしたくはなかったのだよ……。時間――いつだって時間だ！　……それに、どうなるかわからんもんだ。発見の歴史には、何年も必死でがんばったあげく、家族にやめてくれとたのまれて、ごはんをちゃんと食べて人間らしい生活をしてくれとお願いされるようになって、そんなときに――そう、もうあきらめようというときになって、ついに成功するなんてケースがよくあるものだ！　――いや、スタビンズ君、この研究というやつは、そこがこまったところなんだ。どうなるかわからんからね――だが、君の話をつづけたまえ。」

「先生には気分転換が必要だと思うんです。これまでがんばりすぎたからというのではありません。先生は、いつだってがんばっていらっしゃいますからね。そうではなく、この研究をあまりに長くおつづけになったからです――ほかに一切なにもせずに。」

先生は、それにはお返事をなさいませんでした。ただ、考え深そうにうなずいて、ぼくの言ったことに少し同意なさったことをお示しになりました。

「航海にお出かけになったらいかがですか、先生？」ぼくは、自分が興奮しているのをさとられないように、声をふるわせないようにがんばってたずねました。「前に航海に出てからずいぶんになります。そして、秘密の湖のどろがおをもう一度お訪ねになったらどうかと思うんです。少なくとも、あのカメから長寿についてなにか教えてもらえるかもしれないじゃないですか？」

「それは、スタビンズ君――そのう――ふたつのことにかかっているね。ひとつは、ふたたびどろがおを見つけることができるかどうか――あれから便りがなくなって、ずいぶんになるからね。ふたつめは、かりにむかしの生物がものすごく長生きをしていたという話がほんとうだったとしても、その当時どうして長生きができるようになったのか、あのカメ君がわかっていたかどうかということは、はっきりと確信がもてないということだ。」

「でも、先生」と、ぼく。「あのカメ自身が、すごい年寄りだってことには、うたがいはないのでしょう？　大洪水よりも前に実際に起こったことをおぼえていたのでしょう？」

「そう、まったくそのとおりだ」と、先生。「だが、どろがおは、とても知性の高い動物ではあるが、私がたずねたのは、大洪水の歴史についてだけだったからね。長寿の理由となるような情報、それも、当時なにを食べていたかとか、どのように生活していたかといった科学的な情報を教えてくれるかどうか、わからんね。」

「先生」と、ぼくは言いました。「湖への最初の旅は、もうずいぶんむかしのことじゃありませんか？　そのときのノートは、ごぞんじのように、火事にならないようにぼくが作った地下の書庫にしまってあります。そのノートを取ってきましょうか、先生？　そして、長生きの研究に役に立ちそうなものがないか、ノートを読み返してみたらどうでしょう？　どう思われますか？」

「そうしてはいかんという理由はないね、スタビンズ君」と、先生はしばらく考えてからつぶやきました。「そうだ。君の言うとおり、ノートを出してきて、いっしょに見てみようじゃないか。」

「わかりました、先生」と、ぼくは言って、静かに部屋を出ました。

　急いでいないふりをするのが、こんなにむずかしかったことはありません！　でも、先生の机からドアまでの数歩を歩きながら、前の晩にポリネシアが言ったことを思い出していました。「いいかい、トミー」と、ポリネシアは、ぼくが二階の寝室にあがるときにささやいたのです。「なにをするにせよ、先生を急かしちゃいけないよ。」

　そこで、ぼくは、ドアへ行くとちゅうで立ち止まり、先生の机からサンドイッチのお皿を取って台所の流しへ運ぶために、机までもどりさえしたのです。そして、外へ出ると、とても静かにドアをしめました。でも、ドアがカチリといったとたん、ぼくはつま先立って、風のように廊下をかけぬけ、先生がおっしゃったことを伝えようと、ポリネシアをさがしに行ったのでした。

第八章　ノートのなぞ

しばらくさがしてから、ポリネシアが台所の流しのポタポタ水がしたたる蛇口にとまっているのを見つけました。ひっくり返って、水を飲もうとしていたのです。そうしながら、スウェーデン語ののしりのことばを、水だらけになってガラガラとさけんでいました。

「聞いて、ポリネシア」と、ぼくは低い声で言いました。「先生のところから来たところなんだけど――航海の話をしたんだ!」

「おや、そうかい? ここじゃ、話もできないから、このネズミのシャワーからあたしを持ちあげて、あんたの肩に乗せとくれ……それでいい……さあ、あんたの部屋へ行こうか。ほかの連中に聞かれないで、おしゃべりができるうちにね。」

ぼくの部屋で、ぼくは先生が言ったことをポリネシアに早口で伝えました。話し終えると、年寄りオウムはつぶやきました。

「へーえ! ――そいつはいいじゃない、トミー。かなりいいね。少なくとも、先生は、このパドルビーにいなきゃならないような仕事があるとはおっしゃらなかった。こうなると、あのノートになにが書かれているか次第だね。先生は、忘れていなさるようだからね？　それもむりはない。あれこれいろんなことをノートに取っていらっしゃるんだから。」

「そうだね」と、ぼく。「大洪水の前の時代に食べていたものについてノートになにか書かれているようだったら、先生は、またあのカメに会いに行こうという話に賛成なさるだろうね――もっと質問したいだろうから。」

「そのとおり」と、ポリネシア。「今すぐ、あのノートの山をほり出しておいで。でも、ほかのやつらに気づかれないようにするんだよ――少なくとも、できるかぎりは。あのおバカなブタのガブガブやほかの連中は、かわいそうな先生を質問ぜめにしてしまうだろうから。自分たちも航海にいっしょに行っていいかどうかってね。」

「わかった、ポリネシア」と、ぼく。「できるかぎり、そっとやるよ。」

「そして、いいかい、トミー。急がなくちゃならないよ。ドリトル先生の性格はわかっているだろ。一分だってじっとしていられないんだから。気をつけないと、あっという間に先生はなにか新しい自然研究にとりつかれちまう。そしたら、もう先生の気をそらせるのはむりだからね。」

こうして、おうちのほかの動物たちに出くわさないように気をつけながら、ぼくは、地下の書庫の鍵《かぎ》を取りに行きました。この書庫にひとりで来ることはまずありませんでした。たいてい白ネズミのホワイティといっしょだったのです。それというのも、ずいぶん前に、ホワイティは、この書庫の館長となったからです。もちろん、ネズミのように小さな動物では、自分で本を動かすことはできません。そうした仕事をするために、ぼくが手伝いに行ったのです。

しかし、先生は、本の管理のためにネズミにはとても役に立つことがひとつあると発見なさいました。細かなところまで見ることのできる目があることです。本を食べて本をだめにしてしまう小さな虫といったような、先生やぼくの目には見えない小さなものでも、ホワイティには見ることのできる特別な視力があるというわけです。

それに、その小さな体で、どこへでも行くことができました。本を取り出さなくても、本棚にならんだままの本のあいだをぬけて行けましたし、ダニや、しめり気や、ほこりといったようなものでさえ見つけたら、ぼくに知らせてくれたので、ぼくらはそれに対処することができました。

ホワイティはたしかにすばらしい館長でした。先生がホワイティに小さな虫メガネをお与えになってからというもの、紙を食べる小さな虫の卵さえ見ることができるようになったのです。ホワイティはこの仕事を――そして、虫メガネも――大得意にしていました！

ホワイティは、またすばらしい記憶力を持っていました。先生は、大切なノートのほかに、博物学者や科学者が書いた本をたくさん持っていらして、そのなかでも特に貴重なものは安全のために地下の書庫に保管されていました。白ネズミはもちろん英語を読めませんでしたが、ぼくが最初に書庫に本を入れるときに、なんの本かを言いさえすれば、そのあとずっと、その本がどこにあるかをたちどころに言うことができるのでした。何年かしてから、ネズミ特有のにおいの感覚が、これに大いに役立っているのだと教えてくれたことがあります。背表紙に書かれた文字からでは本がなんなのかわからないとき、その色やにおいから、わかることがあるのだそうです。

今日、書庫のドアのがんじょうな錠に鍵をさしこんだとき、ぼくは肩越しにふり返って、ホワイティはどこだろうと思いました。小さなホワイティは、思いもよらないやりかたで、いつも、思いもよらないところからひょいと顔を出すのです。ものすごく好奇心旺盛《おうせい》で、自分の知らないうちになにかが起きるのががまんできないかのようです。

しかし、その日の朝は、ぼくはホワイティを出しぬいたと思いました。うしろのお庭には、ポリネシアがヤナギの木にいるばかりで、だれのすがたも見えません。年老いたポリネシアは、するどい目であちこちをじろじろと見て、ぼくのために見張りをしてくれていました。ぼくは、重たいドアをぱっとあけて、なかへ入ると、うしろ手にドアをしめました。

ぼくはマッチをすりました。部屋のまんなかにある大きなテーブルの上に、いつもオイル・ランプとロウソクを置いてあったのです。一番大きなランプをともしました。炎が大きくなると、テーブルの上にほこりがつもっているのがわかりました——ずいぶん、つもっています。ホワイティは書庫の本のみならず、家具や床をいつもきちんと、きれいにそうじしているはずなのに、おかしいなと思いました。

ぼくは、カメのどろがおと秘密の湖について書かれた例のノートの山がどこに保存されているか、正確な場所をおぼえていました。いつも読もう読もうと思いながら、まだ読んでいなかったのは事実ですが、それはしかたのないことでした。今や読書の時間が持てないのですから。ぼくはロウソクをともし、すぐにお目当てのノートがずっと保管されている部屋の北西の角へとロウソクを持っていきました。

最初にノートをしまったとき、ぼくは自分の手でていねいにノートを包んでしばり、湿気にやられないようにしました。そして、その包みを角の下から二番目の棚に——北側の壁に接するような感じで——置いたことをはっきりおぼえていました。包みは四つあり、かなりの場所をしめていました。

ロウソクの明かりをかざしてみてわかったのは、二番目の棚がからっぽだということでした！

ぼくは床にひざまずいて、のぞきこみ、棚のうしろのほうまで見てみました。ノートは一冊も残っていません。左手で棚の上をなでてみました。かみくだかれたノートの破片が、ぼくのひざもとの床の上に静かに落ちました。

書庫のほかの場所をさがしてみるまでもありませんでした。なにかが――深刻なことが――起こったのです。

ぼくは出口へかけつけ、鍵をまわして、ドアをぱっとあけました。外では、まぶしいほどの日だまりのなかで、ポリネシアが相変わらずヤナギの木にとまっていました。

「ポリネシア！」ぼくは、さけびました。「ノートが消えてしまった。なくなったんだ！」

第九章　白ネズミの書庫館長

ぼくが床にあったノートの破片を見せると、ポリネシアも書庫のなかをさがしまわったりはしませんでした。ののしりのことばを少しつぶやくと、ぼくに言いました。

「トミー、やつを見つけなきゃ――ホワイティを。このことについて、なにか知っているのはやつだけだからね。さあ、急ぐんだよ――やつをつかまえなきゃ。」

ポリネシアはぼくの肩にふたたびのぼりました。（ぼくといっしょのときは、いつも肩に乗るのです。）ぼくはランプとロウソクを吹き消し、書庫をしめて、家へと急ぎました。

「ねえ、ポリネシア」と、ぼくは、芝生を走りながら言いました。「今思い出したんだけど、書庫館長のホワイティが書庫の本についてぼくのところへやってきたのは、もう何週間も前のことだよ。いつもは数日おきにやってきて、どうでもいいことについて相談していたのに。ただ館長だからえらいんだってことを見せびらかしたいだけだったんだ。でも、今となっては――あれ、いつだっけな――よく思い出せないけど、ぼくのところへやってきて本のことで手伝ってほしいとたのんだのは、ずいぶん前のことだよ。」

「ふん！」と、ポリネシアは鼻を鳴らしました。「うさんくさいと気づかなかったのかい？　まあ、ネズミは、くさいもんだけど。」

「ああ、たしかにそう気づくべきだった」と、ぼく。「でも、とってもいそがしかったんだ――とりわけ、診察室はごったがえしていたからね。初夏はすごいんだよ。鳥たちのヒナが飛ぼうとするだろ。リスやキツネの子どもなんかも、けがをしたり巣から落っこちたりするからね？」

「あーあ！　――そんなこと、あたりまえだろうが」と、オウムはため息をつきました。「ドリトル先生は、トミーに手伝ってもらうようになる前は、ひとりでぜんぶ切り盛りなさっていたんだから、よくもまあ今生きていらっしゃると思うね。」

「ああ、ぼくはよろこんで仕事をしているんだよ、ポリネシア」と、ぼくは急いで言いました。「いやだなんて思ってない。それに、とてもおもしろいんだ――たいていはね。でも、結局、一日は二十四時間しかないだろう。問題なのは――」

「問題なのは、時間なんだよ」と、ポリネシアはさえぎりました。「それは先生ご自身がおっしゃってることだろ。『時間！　やりたいことをできるだけの時間さえあれば……』って。かわいそうに！　――それで、あんなに月の生命に夢中なんだ。さあ、家に着いたよ。これから、二手に分かれたほうがいいね。トミーは玄関から入って、あたしゃ台所のドアへ飛んでまわろう。気をつけて！　ホワイティを逃がしちゃだめだよ。もし、家のなかにいるならね。」

あとでわかったことですが、われらが偉大な館長のホワイティは、先生とぼくがノートの話をしているのを立ち聞きしていたのです。そして、ぼくがノートがないことに気づいてホワイティをさがしにやってくるとたいへんだと、もちろん思ったわけです。

さて、思いもよらないことでしたが、ホワイティを見つける——というか、つかまえる——のに、一日じゅうかかってしまいました。ネズミが（白ネズミであっても）、古いイギリスの田舎の家にかくれようと本気で思ったら、見つからないようにかくれる場所がどんなにたくさんあるかおどろくほどです。なんというかくれんぼをさせられたことでしょう！　ホワイティは、陶器をしまってある戸棚に入って、卵立てのうしろにかくれます。ポリネシアがさけぶのです。「そこにいるよ！」

動いて、陶器をひとつずつ動かしていくと、白いものがちらりと動いて、陶器をひとつずつ動かしていくと、白いものがちらりと

ところが、もう、そこにはいないのでした。ホワイティは、戸棚のうしろの節穴から飛び出すと、二秒後には、となりの部屋のカーペットの下にもぐりこんだり、二階のぼくの寝室にあがって、鏡台の時計の背後にかくれたりしていたのです。

このころには、もちろん、家じゅうの者たちが、追いかけっこにくわわっていました――ただ、どうしてこの小さな悪党を追いかけているのか（そして、どうしてホワイティが逃げまわっているか）は、まだ説明していませんでしたが。

ブタのガブガブは、これはなにか新種のゲームだと思ったようです。ホワイティをつかまえようとしてがんばってくれるのですが、ガブガブにできたのは、ぼくらのじゃまになることだけでした。十数回はガブガブにけつまずき、一度などは階段で（もう少しでホワイティのしっぽをつかまえそうになったのに）ひっくり返って、ぼくは屋根裏から一階までくるりと宙返りをしてしまいました。着地したときには、ひじにあざをこしらえ、両ひざをすりむき、頭にけがをして、しばらく、ものも言えなくなってしまいました。

そのあとで、ぼくらは、作戦会議を開きました。

「ねえ、トミー」と、アヒルのダブダブが言いました。「ここにネズミをつかまえるのにかけちゃ最高の腕を持つ仲間がいるわ――犬とフクロウよ。」

「もちろんだよ」と、ぼく。「ジップとトートーだ。」

「ほかのみんなは、お庭に散歩に出ることにしたらどうかしら」と、ダブダブは静かに言いました。「ジップの鼻とトートーの耳があれば、あの小悪魔がかくれている場所をすぐにつきとめられると思うの。でも、ふたりとも気をつけて」と、ダブダブは、ふたりのほうをふりむきながら言いました。「あのネズミがけがをするようなことがあったら、先生はおゆるしにならないわ。逃げ場がない場所へ追いつめるしかないわ。そして、説得するの。こうさんしろって。」

「それはいい考えだ」と、ぼく。「先生の前で質問されるだけだって言ってやればいい。ドリトル先生は、ホワイティがなにをしでかしたにしろ、ひどいめにあわないようになさるだろう。ホワイティは、ぼくのことは信頼しなくとも、先生のことは信頼して身をまかせるからね。ぼくらは前庭の芝生に出ているよ、ジップ。やつを追いつめたら、そっとほえて、教えてね。君の鳴き声が聞こえるまでは、もどってこないから。」

こうしてぼくらは、ジップとトートーを残して、お庭へ出ていきました。ジップがあとで教えてくれたところによれば、ホワイティを追いつめたのは、トートーだったそうです。ジップの鼻のよさは、ホワイティを追いかけるのにはあまり役に立ちませんでした。というのも、先生のおうちはあまりにもネズミくさかったからです。（ホワイティの友だちがいっぱい来たことがあったためです。）ジップの話では、一匹のネズミのにおいがどこで終わっていて、ほかのネズミのにおいがどこからはじまっているかなんて、どんな犬にもわかりはしないのだそうです。

しかし、トートーは、そのすばらしい耳の力で、壁と床とに聞き耳を立てました。そして、ホワイティは耳をかいたり、ひげをこすったりするたびに、トートーに気づかれていたのです。ましてや、別の場所へ移動したら、すぐにわかってしまいました。トートーは山のようにじっとして動かないでいることができました。そして、身動きせずに、じっと待ちつづけたのです。

とうとうホワイティは、家のなかに物音ひとつしないので、みんな外へ出ていってしまったのだろうと思いました。おなかがすいてきました。そして、暖炉のそばの石炭バケツのなかにクルミを半分残しておいたのを思い出しました。つま先立って、ホワイティはそれを取りに行きました。しかし、トートーの耳は、ネズミがしのび足で歩くのを、ぼくら人間が、馬が砂利道の上を走る音を聞き分けられるくらい、はっきりと聞きとったのです。トートーは、ジップに用意するように合図をしました。ネズミの白い体が石炭バケツの奥に入りこみました。そのとたん、ふたりは飛びかかりました。ふたりはネズミのたったひとつの出口であるバケツの口を押さえたので、ホワイティはとうとうつかまってしまったのでした。

第十章　大洪水の物語が消えたわけ

ジップのほえ声にこたえて、ぼくは家へ入り、ホワイティを上着のポケットに入れて、先生に会いに行きました。ポリネシアとジップとチープサイドがいっしょに来てくれました。肩にポリネシアを乗せて、ぼくがジップといっしょに先生の前に立ちはだかると、

「いやはや、これはどういうことかね、スタビンズ君？」と、先生はたずねました。ぼくは、ポケットから白ネズミをつまみだし、先生の前の机の上に置きました。

「ホワイティが説明してくれるでしょう、先生」と、ぼく。「大洪水について先生がお書きになったノートが書庫からなくなっているんです。一冊もありません。」

「なんてこった！」と、先生はさけびました。「地下の書庫からだって！　そんなことが？　どうしてそんなことになったんだね、ホワイティ？　君は、ずいぶんきちんとめんどうを見てくれていたじゃないか。」

「あのう――ちょのう――」ホワイティは、説明しようとしたのですが、ふと目をあ

げてポリネシアが怒りの目でにらみつけているのを見ると、その声はだんだん小さくなって、だまってしまいました。

「ほんとうのことを言うんだよ、さあ」と、ポリネシアはぴしりと言いました。「この——このおぞましい、チーズ海賊め！　言わないと、生きたまま飲みこんじまうよ。」

「おだやかに、おだやかに！」と、先生。「私の質問に答えさせようじゃないか、ポリネシア、たのむから。ホワイティ、ノートはどうなったんだ？」

「あのう、ひと月《ちゅき》半前のことなんでちゅが」と、白ネズミはふるえる声で話しだしました。「船ネズミたち（『動物園』99ページ）をおぼえているでちょうか、先生《ちぇんちぇい》？　先生のネズミ・クラブに入れてもらえないかとたのんできたんでちゅ。先生は、『ほかのメンバーがいいと言うなら、いいだろう』とおっちゃいました。その少《ちゅこ》ちあとで、船ネズミのおくちゃんが赤ちゃんをたくちゃん産むから、巣《ちゅ》を作《ちゅく》りたいと言って、おちちゅける場《ば》所《ちょ》がほちいと言ってきたんでちゅ。」

「それで、どこに巣を作りたいと言ってきたんだね、ホワイティ？」先生は、静かにたずねました。

「芝《ちば》刈り機をちまってある小屋でちゅ」と、白ネズミ。「でも、あいちゅらは外国から来たやちゅらで、暑《あちゅ》い国から来たものでちゅから、いちゅもヤチの葉っぱをこなごなにくだいたのを使《ちゅか》って、巣《ちゅ》の屋根を作《ちゅく》っていたんでちゅ。」

「ああ、べらぼうめ！——その先、どうなるかわかったぞ。」チープサイドがささやきました。

「なるほど、つづけたまえ、ホワイティ」と、先生。

「ちょこで、連中はぼくのところへ来て、要らない古いヤチの葉はないかとたずねたんでちゅ。最初《ちゃいちょ》、ぼくは、ないと言ってやりまちた。でも、ふと、思いちゅいたんでちゅ。おぼえておられるでちょうか、先生は、かちゅて大洪水《だいこうじゅい》の物語をどろがおにちてもらってノートをとっていたとき、ふちゅうのノートが足りなくなって、かわいたヤチの葉を使《ちゅか》って、ノートをとったでちょ？」

「うむ」と、先生は深刻な顔をして言いました。「おぼえておるよ。」

「あのう」と、白ネズミ。「ぼくは、書庫《ちょこ》ができてからぢゅっと書庫の管理をちてきまちた。ちょちて、先生は、秘密《ひみちゅ》の湖からお持ち帰りになったノートを一度もごらんになっていないことを知《ち》っていました。トミーが包《ちゅちゅ》みにちまっておいたまま、棚の同じところに置いてありまちた。」

もう一度、白ネズミは口をとざして、オウムの怒った顔をおろおろと見あげました。

「ちょれで」と、ホワイティは、小さな、おびえた声で言いました。「特に問題にならないだろうと思ったんでちゅ、船ネズミが借りても——」

「こんちくしょうめ、このこそどろめ！」ポリネシアが、ぼくの肩から、うなりました。「まさか、先生のノートを——アフリカを半分横断してまで記録したノートを——持っていって、船ネズミの夫婦が巣を作るのに、くれてやったっていうんじゃないだろうね？」

「でも、ノートをぜんぶ持っていっていいなんて言ってないんでちゅよ」と、ホワイティは、泣きそうになりながら言いました。「壁の下《ちた》にぼくが自分でほった穴を通って書庫《ちょこ》に入る方法を教《おち》えてあげてから一週間《ちゅうかん》ちかたってないのに、自分の巣《ちゅ》ばかりじゃなく、友だちの巣のために、ほかのノートもぜんぶ持ってっちゃったって、わかったんでちゅ。ちょのときでちゃえ、先生がお書きになったものは少ち残《ちゅこ》っているんじゃないかと期待ちてたんでちゅけど、もう手おくれでちた。ノートは一冊《ちゃつ》残らず、ぐちゃぐちゃにかまれて小ちゃくちゃれて運ばれてたんでちゅ。」

「でも、どうしてすぐに言いに来なかったんだ、ホワイティ？」と、ぼくはたずねました。

「こ、こわかったんでちゅ」と、ホワイティは口ごもりました。「ポリネチアが——」

　それから、沈黙がありました。そして、ぼくと同じように、部屋じゅうのみんなが、先生がなんとおっしゃるのか聞こうと待っているのがわかりました。しばらく先生は、片方の手の指で机の上をトトトンとたたいていましたが、とうとうひとりごとのようにつぶやきました。

「つい昨晩、あのノートのことを話していたばかりというのは、なんだかふしぎな気もするなあ……どろがおがまだ生きていて、また会えるとわかっていたら、ノートなどなくてもたいして問題にはならんのだが……だが——このところ——どろがおがまだ生きているとはどうにも思えなくなったんだ。海鳥たちに、どろがおの家へ行って、ようすを見てきてくれとお願いしたら、みんな、同じ返事を持って帰ってきた。あの巨大ガメのことは、もうわからないとね……。かわいそうなどろがお——すばらしい生き物だった。そして、どろがおが目にしてきたことといったら！　……私はずっと前にあのノートを見返しておくべきだった——きちんと清書し直して、いつでも出版できるようにしておくべきだったんだ……それが、もはや書けなくなってしまった。大洪水の歴史が失われたんだ！　ノアの箱舟の船上から大洪水を見守った動物なんて、もう一匹も残っていないんだ——われわれの知るかぎり……ま、『覆水盆に返らず』というやつだな。」

かわいそうなホワイティは、今や大声で泣いていました。ほかのみんなも、かなりみじめな気持ちになっていました。先生は、考えこんだままです。もう夜おそくなっていました。そこで、ぼくは、先生をひとりにするようにとみんなに合図して、みんなで研究室からそっと出ていったのでした。

第十一章　チープサイドはロンドンへ帰る

台所では、ダブダブがぼくらのために夕食のしたくをしていて、先生のところへ持っていくおぼんを用意していました。ぼくらの話はあまり陽気ではありませんでした。ひかえめに言っても、航海に出ようという計画や希望は、ひどくしおれた感じになってしまいました。

しかし、あったかいココアを飲んで、なにか食べると、だんだんと陽気になってきました。やがて、ロンドン・スズメのチープサイドが言いました。

「で、トミーぼうやよ、これからどうするつもりだ？——センセを旅行に連れ出す計画さ？」

「わからないよ、チープサイド——あのノートがなくなったんじゃ。ふしぎなことだけど、先生があれほど大切なものをあんなにすっかり忘れてしまうなんてなかったからね。先生は、あのノートに書いたことをひとことも思い出せないっておっしゃってるんだ。」

「ふん！　――あんなスピードで書いてちゃ、あたりまえだぜ」と、チープサイドは、うなりました。「あんなに早く書く人を、おれは見たことねえからな。それに、あのカメ野郎が話したことを、おれ自身、おぼえちゃいねえしな。センセのすぐそばにいたんだけど。」

「ものすごくざんねんだよ」と、ぼく。「ドリトル先生といっしょにいた君たちのだれも、思い出せないなんて。先生がおっしゃるとおりに、どろがおおが死んでたら、大洪水の話は永遠に失われてしまう。」

「そうだな、トミー」と、チープサイドは考え深そうに言いました。「だけど、ノートがなくなっちまったってことは、逆にうまくいくかもしれねえぜ。」

「どういうこと？」と、ぼくはたずねました。

「うん」と、チープサイドは、トーストに足をかけ、くちばしでその角をちぎりながら言いました。「どろがおおが死んじまったって証拠はまだねえわけだろ？　もしやつがまだ生きてるとわかったら――あるいは、生きてるかもしれねえってことになったら――センセはますます行きたくなって、どろがおおと、も一度話したいって思うだろうよ。どろにもう三週間すわりこんで、ノア夫婦のいざこざを聞きたがるだろうよ。ねえ、トミー、センセがおれたちの友だちのどろがおおの知らせを最後に聞いたのはいつだい？」

「よくわからないな」と、ぼく。「君も知ってるように、先生は一年じゅう、世界じゅうの鳥たちから知らせを受け取っているんだ。ええっと。どろがおの最後の知らせは——そうだな——三か月ぐらい前に届いたと思うよ。」

「ふーむ！」と、チープサイドはつぶやきました。「ってことは、三月ってことだな？」

「ええと——そうだね」と、ぼく。「そうだと思うよ。」

「その知らせをセンセに伝えたのは、なんの鳥だった？」と、チープサイド。

「ああ」と、ぼく。「たいていはカモメなんだけど——先生のために秘密の湖のある内陸まで特別に寄り道をしてくれるもっと大きな海鳥かもしれない。ときおり、サギやコウノトリみたいな足の長い鳥のこともある。でも、どうして、そんなこと知りたいの、チープサイド？」

チープサイドはその問いには答えず、代わりに、こうつぶやきました。

「今名前をあげた鳥のどれも、あんまりかしこいとは言えねえな、トミー。コウノトリだって！——あいつら、片足でつっ立って、いたずらぼうずみたいに、池で魚をとるしか能がねえんだ……ふん！　いいことがあるぜ、トミー。まあ、なにも出てこねえかもしれねえが、すげえことになるかもしれねえ。だけど、まずはともかく、女房のベッキーがどう思うか聞いてみてえな。おれは、今すぐロンドンに帰る——今晩。おれたちゃ、今シーズン最後の子どもたちを育ててるんだ。見たこともねえくらい、かわいいんだぜ！　そのうち二羽は、もう口がきけるんだ。ベッキーに言わせりゃ、こんなかわいい子は育てたことがねえってんだ。だけど――母親なんてのはそんなもんだ――子どもを産むたびにそう言うんだ。だけど、そんなことをおれが言ったなんて、あいつに言わないでくれよ。今晩、帰って子育てを助けなきゃ、大目玉を食らうんだ。」

「わかったよ、チープサイド」と、ぼくは、台所の窓をチープサイドのためにあけながら言いました。「もう少しゆっくりしていけたらよかったのにね。先生は、今回、君とはあまりちゃんと会っていないからね。先生はロンドンのニュースを聞くのが大好きなのに。君はいつも先生を元気づけてくれて――しかも、今こそ先生を元気づけなきゃいけないってのに！」

「そう、トミー、そのとおりさ。でも今回は、長く留守にはしないぜ。つまり、こっちが期待したとおりになるとしたら、すぐにもどってこなきゃならねえってことさ。でも、今晩は、かわいそうなベッキーのところへ帰って、助けてやらなきゃな。」

「うん。それはもちろんだよ」と、ぼく。「君たちはまだ、前と同じところに巣をかけているのかい――聖《セント》ポール大聖堂の外側に？」

「そうさ、トミー」と、チープサイドは言いました。「相も変わらぬ同じ場所さ。聖《セント》エドマンド像の左耳のなかさ。あのケーキ、まだ少し残ってるかな――おれがこないだの晩、センセの皿から食ってたケーキのくずと同じやつ？」

「ええ」と、ダブダブ。「食料庫に少しあると思うわ。見てくるから、待ってなさい。」

「でかいのじゃなくてもいいんだ」と、チープサイド。「風に逆らってロンドンまで飛んでくんだからね。あんまりたくさん持ってけねえからな――ああ、ありがてえ、ダブダブ！　そいつは、まさにおあつらえむきだ――ちょうどいい大きさだ。」

チープサイドは、ダブダブがテーブルの上に置いてくれた小さなケーキのかたまりを取ると、目をきらきらさせてぼくを見あげました。

「こいつは、子どもたちに、ごちそうになるぞ」と、チープサイド。「ちょいとしたサプライズだ。ジョン・ドリトルセンセのテーブルからもらってきたケーキだぜ！　すげえや！　ベッキーはこのことを聖《セント》ポール大聖堂あたりのほかのスズメの母親たちに、一週間は、自慢するだろうな。今度の子どもたちほど食欲旺盛《おうせい》なのはいねえからな！　ベッキーもおれも一日じゅうエサをとっては運ぶので、へとへとになっちまう。でも、みんな来週には巣立っちまう。そしたら、こっちも休めるってわけさ。」

「さよなら、チープサイド」と、ぼく。「ベッキーに、ぼくらから、くれぐれもよろしく伝えてくれよ。」

「あたぼうよ、トミー。センセをがっかりさせるなよ。ちょいとした思いつきがあるんだ。ひょっとしたらうまくいくぜ。あと数日したら、また会おう。じゃあな、みんな！」

それから、チープサイドは、両のつめでケーキをしっかりつかむと、つばさをばたつかせて、開いた窓から飛び出し、夜のなかへ消えていったのでした。

第十二章　博物学者の助手のお仕事

翌週には、先生の家は、ほとんどいつものありきたりの日常にもどっていました。あるいは、ひょっとすると、かなりそうした状態に近くなってきたと言うべきだったかもしれません。ドリトル先生のおうちでは、ふつうの状態がいつまでもつづくことなんてないんです。だからこそ、ドリトル家はおもしろいのかもしれません。

けれども、その数日間ゆったりとした生活を送れたのは、ぼくにとってもポリネシアにとってもありがたいことでした。チープサイドがロンドンへ飛んで帰ってしまった晩、ぼくが夜おそくまで働いている仕事部屋へ、ポリネシアがやってきました。あらわれたとたん、なにか変わったことを考えているらしいと、そのようすからわかりました。ぼくの机の上に飛んでくると、開いたドアのほうへ、静かにうなずいてみせます。どういうことかわかったので、ぼくは立ちあがって、そおっとドアをしめました。

ぼくは、ほほ笑みながらもどってきて、すわりました。

「もうあわれなホワイティが立ち聞きをするんじゃないかと心配しなくてもいいと思うけどね」と、ぼく。「君は、ひどくあいつをふるえあがらせてやったからね。」

「そうかもしれないけど」と、ポリネシア。「でも、あの小さな、どこへでも鼻をつっこむ、せんさく好きは信用できない。見つけたら手の届かないところへぶっとばしてやる。あれのいけないところは、なんでも知りたがるってことさ。もうすでに、チープサイドが今晩あたしたちと別れたあとどうするつもりか、つきとめようと、ちょこまかしてたんだから――幸い、そいつばかりはどうにもわからなかったようだけど。」

「そうだね」と、ぼく。「チープサイドって、ちょっとなぞめいているところがあるものね、ポリネシア？――君は、チープサイドがなにを考えていたか、わかるの？」

「そのことで相談に来たんだよ」と、ポリネシア。「いや、あいつがなにをたくらんでいるのかわかりゃしないよ。でも、これだけはわかってる。つまり、チープサイドは、けんかっ早い、下品な風来坊だってことさ。だけど、あいつがどういうやつか、みんながみとめることがひとつだけある。あいつがなにかやろうと決めたら、ぜったいやりとおすのさ。あの鳥には、言いだしたら聞かないロンドンっ子の根性があるからね――あたしゃ、好きだよ。」

「自分の思いつきをおくさんのベッキーと相談してくるって言ってたよね。それって、航海に関することかな、ポリネシア？」

「わからないね。」ポリネシアは、つばさをもちあげて肩をすくめるようにして、つぶやきました。「でも、ベッキーがなにを言おうと、あいつの気が変わることなんかありゃしないさ。ロンドンに着く前に、決心を固めていたとしたらね。」

「そうだね」と、ぼく。「そいつは、まず確実だね……。チープサイドって、おもしろいやつだよね。」

「まあね」と、ポリネシア。「先生のところにいるほかの動物たちは――すてきな書庫館長さんはもちろんのこと――あのスズメがなにをたくらんでいるのか知りたがってるよ。ばかなブタのガブガブは、今晩六回はあたしに質問してきたね。しかも、『あたしゃ知らないよ』って言っても、信じないんだよ、あいつは！」

オウムのポリネシアは、首を片方にかしげたまま、しばらく話すのをやめました。今この瞬間、だれかが入ってきてぼくらの話に口を出さないともかぎらないと思っているようでした。いや、ドアの外でだれかが聞き耳を立てているのかもしれません。でも、家のどこからも物音ひとつしませんでした。やがて、ポリネシアは話をつづけました。

「話したかったのは、こういうことだよ。チープサイドは、先生をアフリカへ――秘密の湖へ――連れていく計画を立てているのかもしれない。あいつは、最初の旅のとき先生といっしょに行ったからね。それに、あいつ、数日したらもどってくるとも言ってたでしょ。そこで、トミーにたのみたいのは、チープサイドが帰ってくるまで、先生がなにか新しい重要な仕事をはじめないように、先生の気をそらすようにしむけてほしいのさ。」

「うん、がんばってみるよ、ポリネシア」と、ぼく。「でも、君もよくわかっているだろうけど、先生がなにか計画をお決めになったら、そこから気をそらすなんてむずかしいよ。いったんこうと決めたら、てこでも動かないってことにかけちゃ、先生はチープサイドどころじゃないからね。」

「まさに、そこんところを言ってるのさ、トミー」と、ポリネシアは、低い、まじめな声で言いました。「チープサイドからの知らせがあるまでの数日間、先生がなにか新しい大きな計画を思いつかないように、先生をいそがしくさせておいてほしいのさ。先生は、この数か月間、おうちの切り盛りをトミーにまかせっきりにしてるだろ——診察室にやってくる動物たちのむずかしい外科手術は別として、ほとんどぜんぶトミーが仕切ってるじゃないか。」

「ああ——そうだね」と、ぼく。「そのとおりだ。」

「よろしい。そんなら」と、ポリネシア。「トミーが先生にお願いしたいようなことは、たくさんたくさんあるはずだ——先生に決めてもらうようなことがね。そうやって先生をずっといそがしくさせておいてほしいってことだよ。そこんところが大切だ。一日じゅう先生にくっついているんだ。」

「実はね、」とぼく。「先生に相談したいことは、山ほどあるんだ。先生はおいそがしいから、おじゃましないようにと、あとまわしにしてきたことが山ほど。」

「そりゃいいね、トミー」と、ポリネシア。「ああするか、こうするか、と先生をずっといそがしくさせておいておくれ。チープサイドは約束を守るやつだ。あいつは数日したら帰ってくると言っていた。ぜったい数日で帰ってくると、なにを賭《か》けてもいいよ。」

第十三章　夕食後のお話が再開される

実のところ、そんな具合に先生がぼくのために少し時間をさいてくださるとなると、なんとまあ先生の助力と援助が必要なことが次から次へと、よくもこんなにたくさん出てくるものだと、自分でもおどろいてしまいました。

まず、月の種のことがありました。先生はひとまずこの研究はおやめになるとはおっしゃいましたが、月の種は地球上でこれしかありませんから、いつかまた研究したくなるかもしれません。先生は種をポリネシアに渡しました。種を食べる鳥であるポリネシアなら、種を良好な条件で保管してくれるだろうと思ったからです。

それから、お庭のことがありました。これほどの雑草を見たことのある人はいないでしょう！　ぼくらががんばって月の種を育てようとした花壇と温室以外は、すっかり放っておかれていたのです。

そして今度は（ポリネシアとぼくとが、わざと一番ひどいところを先生にお見せしたので）、先生は、お庭の手入れをしてあげなければ、たいへんなことになってしま先生が背中をこちらへむけて、ラズベリーの茎を調べていたとき、ポリネシアが意味ありげにぼくにうなずき、ポリネシアがぼくと同じことを考えているとわかりました。ぼくはポリネシアに言われたとおりにしました。すなわち、毎日、朝から晩まで先生にへばりついていたのです。

そう、ポリネシアもぼくも、日中に先生をいそがしくさせておくのはたやすいことでした。ポリネシアとぼくがこまってしまったのは、先生がたいてい自分の研究室へ入って、とてもとてもおそくまで仕事をなさる夜の時間でした。なにしろ、先生がなにか新しい重要な仕事を思いつくとしたら、その時間帯だったからです。そして、一度思いついてしまったら、先生をそこからひきはなすのは至難の業でした。

しかしながら、この点で役に立つアイデアをくれたのは、ブタのガブガブでした。ある日の夕べ、ガブガブは家へ運びこもうと野菜のルバーブを集めながら（ガブガブはまだ野菜のめんどうをきちんと見ていたのです）、ぼくに言いました。「ねえ、トミー、先生のおすがたがまた見られるようになって、とてもありがたいねえ！　あの長生きの研究をなさっていたときは、お食事もなにもかも研究室でなさってたから、ぼくらにはぜんぜんお顔を見せてくださらなかったもの。」

「そうだね、ガブガブ」と、ぼく。「このほうがずっといいね。先生は、働きすぎだったんだよ――お机で。」

「先生は、ぼくのこと、ほめてくださったんだよ」と、ガブガブは鼻で大きな雑草を引っこぬきながら言いました。「ぼくのトマトの育てかたがじょうずだって。でもね、トミー、まだひとつざんねんなことがあるんだ――先生のことで。」

「へえ?」と、ぼく。「なんだい?」

「以前は、夕ごはんのあと、台所の暖炉のそばで、お話をしてくださったでしょ。」ガブガブは、どろだらけの鼻越しにぼくを見あげて、むかしをなつかしむように目をきらきらさせて言いました。「ああ!」と、ガブガブはため息をつきました。「なつかしいなあ。トミー、あのころはよかったよ!」

「そうだね」と、ぼくも賛成しました。「そのとおりだね。」

しかし、ぼくは、なつかしんでなどいなかったのです。ガブガブが今言ったことばについて考えていたのです。

「気づいてた、トミー?」ガブガブは言いました。「先生は、月からお帰りになって以来、暖炉のそばでお話を一度もしてくださっていないんだ。チーチーとトートーとぼくとで、きのう、そう話してたんだ。だって、以前は、毎晩、お話をしてくださっていたでしょ。」

「そうだな」と、ぼく。「ねえ、ガブガブ。先生にお話をしてくださいって、たのんでみたらどうだろう?――今は少し時間もできたことだし?――お願いしに行くときには、チーチーとトートーも連れていくといいよ。」

ガブガブは、そうしました。しかもチーチーとトートーのみならず、ドリトル家の動物全員、ホワイティ、ジップ、ダブダブ、それからもちろんポリネシアも行ったのです。納屋の足の悪い年寄り馬も、芝生の上を足をひきずってやってきて（先生の研究室の窓越しに）「長い夏の夕べを納屋ですごすのはとても退屈なのです」と先生に言いました。そして、先生がもし夕食後にみんなにお話をしてくださるのなら、かつてそうさせてくださったように、台所の窓の外でお話をお聞きしたい、と言ったのです。

もちろん、結局のところ、先生は、わかったとおっしゃいました。ご自身、とてもよろこんでいらしたようです。こうして、すべての動物たちがたいへん楽しんでいた、かつてのすてきな習慣——台所の暖炉の前での夕食後のお話——が再開しました。

夕食のお皿がかたづけられ、洗われるとすぐに、以前のように、みんなわれ先にと席を取りあいました。ほかの者よりも場所を取るガブガブは、すわって落ち着くまでいつも大さわぎをしました。白ネズミは、むかしのお気に入りの場所へとよじのぼりました——暖炉のかざりだな《マントルピース》のはしっこです。そこからだと、なにもかもがよく見えて、よく聞こえるのです。月のネコのイティも、かならず聞き手にまじっていました。ただ、みんなから見えない場所を選ぶので、気づかれないことが多かったのですが——
——そして、いつものように、イティはひとことも言わず、身動きもしなかったのです。

第十四章　嵐

　こうして生活のしかたが変わってきたからといって、すぐに先生が元気になったわけではありませんでしたが、ひところよりもずっと陽気になり、心も体も元気になり、おうちのなかや、おうちのまわりで起こっていることに興味を持ってくださるようになりました。

　そして、楽しくいそがしくしているときはそういうものですが、日々は足早にすぎていきました。

　ところが、嵐の夜、ポリネシアがぼくの仕事部屋へふたたびやってきました。夕食後のお話は終わり、先生も動物たちも寝ていました。ポリネシアが床の上をもったいぶってぼくのほうへ歩いてきたとき、風と雨が窓ガラスにひどく吹きつけていたのをおぼえています。

　それから、ポリネシアは、つめとくちばしを使って、重たいカーテンを、船乗りのようにたぐりながらよじのぼってきました。ぼくが書きものをしていた机の高さまで来ると、机にあがり、そこで羽毛をふくらませると、ぼくの目を見て言いました。「トミー、心配だよ――チープサイドのことが。もう知らせがあってもいいころなのに！」

「あれ、どれくらいたったかな」と、ぼくはペンを置いて、たずねました。「チープサイドがここから出ていってから？」

「今晩で十日になる。」ポリネシアは、うなりました。

「そんなに！」ぼくは、さけびました。「そんなにたったなんて、思ってなかった。」

「ほかの鳥だったら、心配しないんだけど――」と、ポリネシア。「前にも言ったように――チープサイドのことは、ずっと気にとめて見てきたのさ。あれは、とてもたよりになるやつだからね。あいつは、やると言ったら、ぜったいやる……なにかあったんじゃなきゃいいんだけど。」

「ああ、だいじょうぶだよ、ポリネシア」と、ぼくは、心配顔のオウムに笑いかけながら言いました。「あいつになにが起こるっていうんだい？　あのロンドンっ子のスズメほど、じょうずにたちまわる鳥なんか世界じゅうどこにもいないよ。」

「事故はだれにでも起こるものだよ」と、ポリネシアはつぶやきました。

ふいに、するどい突風と雨とが、家の片側に吹きつけ、窓ガラスがガタピシと鳴りました。

「この嵐で、君は気分が落ちこんでいるんじゃないかい？」と、ぼく。「まだ心配しなくてもだいじょうぶだよ。」

「いいかい、事故ってのは、だれにでも起こるもんなんだよ」と、ポリネシアは、ゆっくり、はっきりとくり返しました。

「でもね」と、ぼくは言い返しました。「チープサイドは、正確にいつ――何日で――帰ってくるって言ったわけじゃないだろ？」

『数日で』と言ってたよ、トミー。つまり、あたしの使いこなす七つの言語では、一週間以内――少なくとも、一週間以上ってこたぁないんだよ。それに、おくれるなら、なぜそう知らせてこないんだい？　チープサイドにゃ、スズメの友だちが大勢いるだろうに、代わりにここまで飛んできて伝言してくれりゃいいじゃないか。世界じゅうのどこにだって、ロンドン生まれのスズメはいるってのに。しかも、やっかいな鼻つまみ者じゃないか――ときどきは。」

ポリネシアがこんなふうに大さわぎをするのは、よほどのことでした。チープサイドと口論したりするのはよくあることでしたが、ほんとうはチープサイドがとても好きなのです。

今ポリネシアが言ったことは、まさにそのとおりでした。どうにも返事ができないので、ぼくはだまっていました。部屋の沈黙をやぶるのは、外の雨の音と、壁にかかった古いオランダ製の時計が時を――スズメと人間の生涯の時間を、分を、秒を――刻むチクタクという音だけでした。

やがて、本棚の一番上の棚の本の山の背後から、フクロウのトートーがすがたをあらわしました。ちょうどフクロウが目をさます時間で、いつものように、眠そうな顔をしていました。ポリネシアは背をむけていたので、トートーには気づきませんでした。耳もよければ暗闇で見るのも得意なトートーですが、静かに動くことにかけても、だれにも負けません。そのトートーが、とつぜん、つばさを広げさえせずに、机の上のオウムのそばに、お皿から落ちたプディングのように、ボテッ！と落ちたのです。

かわいそうなポリネシア！　おびえてギャーとさけび、ピンで刺されたかのように飛びあがりました。おそろしい船乗りののしりのことばが三か国語で飛び出しました。その一瞬、小さなフクロウの首をかみちぎろうとするかのように見えました。

「なにするのさ！」と、ポリネシアはさけびました。「クモみたいに天井から落ちてくるなら、くるって言いなよ！」

「すまなかった、ポリネシア、ほんとに、ごめん」と、トートーは、眠たそうな目をぱちくりさせて言いました。「なにかのせいで、目がさめたんだよ――急に。」

「へん！　――あたしとトミーが話してたからだろ」と、ポリネシアは、おどかされたことでまだプンプンしながら、ぴしゃりと言いました。「あのこそこそするチーズどろぼうのホワイティよりもひどいじゃないか。あたしたちの話を立ち聞きしようとしてたんだね。」

「とんでもない、ポリネシア、そうじゃないよ」と、トートーは静かに言いました。「君たちのおしゃべりのあいだ、ずっと寝ていたんだ。私を起こした物音は、庭から聞こえてきた――少なくとも、外から。」

「ばか言うんじゃないよ！」と、ポリネシアはどなりました。「外じゃ、すごい風が吹いているんだよ。雨もすごいんだ。あんな騒音のなか、なにも聞こえやしないよ。だって、もう嵐なんだから！」

「失礼ながら」と、トートーはうんざりしたように言いました。「われわれフクロウが、何千年ものあいだ、夜にほかの生き物がたてる音を聞きとるべく耳をきたえてきたことをお忘れのようだね――聞きとれなきゃ、つかまえて食べることもできないからね。」

「ああ、ふざけたことを言うんじゃないよ！」ポリネシアは、うなりました。「じゃあ、なにを聞いたって言うんだい？」

「私の目をさましたのは、」と、トートーは言いました。「風に逆らって飛んでくる鳥の音だった。かなり嵐のひどい夜でも、私にはどんな鳥が飛んでいるかわかる――空気を打つつばさの音でわかるんだ。もちろん、ほかに別の種類の鳥がごちゃまぜになっていなければ、の話だけれど。」

　ポリネシアがすっかり興味をおぼえているようすがわかりました。ぼくも、そうでした。ぼくは、トートーに質問しようと口を開きましたが、トートーは足をあげて、静かにするようにと合図しました。

　ポリネシアもぼくも、息をのんで、じっとしていると、夜の音を聞き分ける偉大なトートーは、そのすばらしい耳をそばだてました。

「小さな鳥だ」と、トートーはすぐにささやきました。「多くはない……。ああ、うまく飛んだぞ！　広い芝生の上を飛んで、この家まで来ようとしているらしい。トミーの部屋の明かりを見たんだろう。だが、三度も風で押しもどされている。今、窓のところに着いた……。私の言うとおりだったら、トミー、自分で直接話を聞くことができるよ。」

　そして、たしかに、小さなフクロウが話をやめると、かつて何度も聞いたことのある合図がしました。小鳥のくちばしで窓ガラスがつつかれる音でした。

　ぼくは、もちろん、じっとなどしていませんでした。窓に飛びつき、下まで窓を押し開きました。ぼくの机の上にあった書類があたり一面に飛びちって、雨と風と枯れ葉とが、どっと部屋へ飛びこんできました。しかし、ぼくは書類など気にしませんでしたし、びしょびしょになることも、ランプが消えかかったことも気になりませんでした。というのも、風に吹かれて葉っぱといっしょに部屋に飛びこんできたふたつのものが見えたからです。雨にぬれそぼった小鳥が二羽、床の上でぜいぜいと息を切らして横になっていました。すぐにぼくは、窓をふたたびバタンとしめて、小鳥のそばのびしょぬれのカーペットにひざまずきました。

二羽は、チープサイドと、そのおくさんのベッキーでした。

第十五章　スズメの急患

二羽のスズメは、見るからにひどい状態にありました。じっと横たわって、体から水がぽたぽた落ちて床に広がっていて、死んだ鳥と見分けがつかないくらいでした。二羽とも目をしっかりとじていました。チープサイドの羽がかすかに動くので、少なくともチープサイドだけは生きていることがわかりました。おくさんのベッキーは、あまりにも動かないので、もう、こと切れてしまったのではないかと思われました。とてもそっと、ポリネシアはチープサイドのくちばしを自分のくちばしでもちあげて、やさしく名前を呼びました。でも、スズメの目は開きませんでした。ポリネシアが放すと、チープサイドの首は、横にごろんと転がりました。

「急いで、トミー」と、ポリネシア。「先生を起こして、ここへ連れてきて。生きるか死ぬかの瀬戸際だよ。トートー、あんたはダブダブとチーチーを起こしておくれ。台所の暖炉の火を盛大に燃やすように言っておくれ。暖炉の前でフランネルの布をあたためて。あたしゃ、ここに残っているから。急いどくれよ、ふたりとも。チープサイドの呼吸が弱まってる。」

ぼくは、先生がベッドで本を読んでいらしたのを見つけました。用件の半分もお伝えしないうちに、先生は飛び起きて、ぼくのかたわらを走りぬけ、階段をかけおりていきました。肩越しにふり返って、先生はこうさけびました。

「私のベッドわきのランプを持ってきてくれたまえ、スタビンズ君。それから、診察室から例の小さな黒いかばんを取ってきてくれたまえ。たのむよ。」

ぼくがドリトル先生を動物のお医者さんとして最も尊敬するのは、こういうときでした。先生と比べたら、ぼくなんか、うすのろの、どこにでもいそうな役立たずに見えるだろうと感じるときです。ぼくが先生のかばんを持ってきたときには、先生はとっくに、意識のない二羽のスズメをあたたかい台所のテーブルの上へ運んでいました。チーチーは暖炉にどんどんまきをくべていました。ダブダブは、いすの背にフランネルの布をかけて、暖炉の前にかざしました。

それから、先生はぼくに、スズメを一羽ずつ、くちばしが上になるようにしてささえているようにと言いました。次に先生は、すばやい指先で、小さなスプーンを取ると、黒い診察かばんのなかのびんから赤っぽい薬をスプーンいっぱい、すくいとりました。先生は、マッチ棒をペンナイフでするどくけずり、それを使って、とてもとてもやさしくくちばしをあけて、左手の指先でくちばしを押さえたまま、右手で薬の入ったスプーンを持ちました。そうして（先生の手は岩のようにしっかりしていました）、先生はそれぞれのスズメの口のなかに三滴ずつ、薬を落としました。それから小さな体をあおむけにすると、すばやく、かつ注意深く、スズメの足とつばさと胸とを、しばらく指先でマッサージしてやりました。さらにかばんから聴診器を取り出すと——小動物に使えるようにと先生が発明した特別の聴診器です——少しのあいだ心音を聞きました。

ポリネシア、チーチー、ダブダブ、トートーと、ぼくは、先生の顔をだまって見守り、たずねたくてもたずねられない質問への答えを待っていました。そのあいだ、外の嵐は、どんどんひどくなり、まるで遠くのほうで大砲を撃っているようなすさまじい音で、家をドンドンと打ちすえていました。

「熱いフランネルをくれたまえ」と、先生がぼくに言いました。

小さなスズメたちは、ミイラみたいにぐるぐる巻きにされました。ただ顔だけが外に出ているのです。暖炉の前に、いすがひっくり返しておかれました。そのななめのいすの背の上に厚手のバスタオルを二枚しいて、チープサイド夫妻が横たえられて、かわかされたのでした。

「チープサイドは、だいじょうぶだろう」と、先生はつぶやきました。「だが、かわいそうなベッキーはどうかわからん。フランネルを十分ごとにかえることにしよう。

体をすっかりかわかさなければならん。これほどぐっしょりぬれた羽は初めて見るよ。たいてい羽は水をはじくものだがね。あぶらのようなものがふくまれているんだ。ふつうどんな鳥でも雨のなかを数時間飛んでもだいじょうぶなはずなんだが。それでも、嵐となると、話はちがってくる。まったく！　この子たちは、おぼれたも同然だ。おなかのなかまで水でいっぱいだ。なんでまた、今晩私のところへやってこようと、こんな天気のなかを飛んできたのか知りたいものだ。どこかで休んでくれればよかったのに。朝になってから飛んでくればよかったのだ。スタビンズ君、君がふたりをなかに入れたとき、なにか言ってはいなかったかね？」

「ひとこともありませんでした、先生。もちろん、嵐がすごくて、窓をあけたとき、どなりでもしなければなにも聞こえなかったと思いますが。そして、また窓をしめたときは、二羽とも気を失って、床に倒れてしまったんです。」

「ふしぎなこともあるものだ」と、先生はつぶやきました。「まったくもって！　もっと熱いフランネルをくれたまえ。もうふたりのフランネルをかえてやる時間だ。すっかりかわかさなきゃならんのだ、スタビンズ君、すっかり、かわかさなきゃ。」

このびしょぬれのスズメたちをいったい何回包んだり、開いたりしたかわかりません。ときどき先生は薬をさらに一、二滴与え、みんなは先生のまわりで、スズメに生気がもどるのを待ち望んで見つめていました。しかし、スズメのまぶたは動きません。

しかも、その頭がぐらりとゆれたり、がくりと横にたおれたりしたので、ぼくらはほんとうにぎょっとしました。

もう助からないのではないかと、ドリトル先生も内心おそれていらしたと思います。先生のようすから、そのことがわかるのは、ぼくだけだったでしょう。原則として、症状が深刻なほど、先生はおだやかに対処します。(もちろん、ものすごく急がなければならないときは別ですが、そんなときでも先生は、急ぎながらも、自分はもちろん、ほかのだれも大さわぎしないようにさせるのです。)

しかし、こうして何度もフランネルの布をとりかえてはじっとじっと待ちつづけるというのは、ただ見守るしかない先生やぼくらにとって、つらいことでした。そうです。ほかになにも打つ手がないのですから、ただ待つしかないのです。先生にとっても、ぼくらにとっても、それは最もつらいことでした。

何時ごろだったか、わかりません。ぼくは、自分の不安が先生のりっぱな落ち着きの邪魔をしやしないかと心配になってきました。とにかく、ぼくは役立たずに思えて、情けなくなってテーブルからはなれ、暗い気持ちで窓の外をながめていました。風雨はまだ弱まっていませんでしたが、朝の白々とした光が、東の空のどんよりと暗い灰色の雲のむこうから見えはじめていました。先生はチープサイドとベッキーの看病をして、夜を明かしたというわけです。

先生もぼくも、一時間ほど口をきいていませんでした。

ぼくは、このスズメたちがこんな嵐のなかを飛んできて、危険をおかして、ぼくらに話そうとしていた用事はなんだろうと思いはじめました……。ひょっとすると、ぼくらにもだれにも、チープサイドたちが勇敢にも命をかけてぼくらのところへ来ようとしていた理由は、わからなくなってしまうのかもしれません……。ポリネシアや先生と同じように、ぼくは、このやかましい小さなロンドン・スズメのチープサイドが大好きでした。もしかすると、思ったよりもつかれていたのかもしれません。とにかく、ぼくは、大声で泣きたい気持ちになっていました。

今にも泣きだしそうになったちょうどそのとき、ドリトル先生がぼくの名前を呼ぶのが聞こえました。ぼくは大急ぎで、窓辺から先生のそばへもどりました。

第十六章　長い夜の終わり

ぼくがテーブルにやってきたとき、先生はまだ聴診器を耳にし、右手の指でそっと聴診器の先をチープサイドの心臓に当てていました。ぼくは心配そうにドリトル先生の顔を見あげました。そしてたちまち――なにも言われないうちに――とてもほっとしました。先生の目に浮かんだ表情は、さっきまでとは一変していたのです。

「スタビンズ君」と、先生はささやきました。「だんだんしっかりとしてきているようだ――心臓の動きが、という意味だが――規則正しくなっている。君の顔を横へずらしてくれないか。時計を見たいのだ。」

ぼくはテーブルの上に置いてあった時計を先生のそばへ動かし、読みやすいように文字盤のむきも先生のほうに直しました。

「うむ」と、先生はくり返しました。「しっかりしてきている。うまくいけば、チープサイドをすっかり元気にしてやれるかもしれない。」

「ああ、よかった！」ぼくは、ため息をつきました。かわいそうなベッキーのことは、こわくて質問できませんでした。

「あたたかいミルクを少しくれたまえ——急いでくれ、お願いだ、スタビンズ君。熱いのではなく、あたたかいぐらいにしておいてくれ。それから、スプーンをもうひとつ。」

暖炉のそばでは、サルのチーチーが、小さなまきの山を用意してくれていました。チーチーとぼくは——なにか役に立つことができるのをうれしく思って——消えかけていた火をおこしはじめました。さっきは台所が暑すぎてしまったため、火を弱めていたのです。燃えさしに風を吹きこむと、炎が威勢よくあがりました。その火の上に、ぼくは長い柄のついた小さなおなべをかざして、ミルクをあたためました。

「ああ！　それがほしかったんだ。」ぼくがミルクをテーブルのところにいる先生に持っていくと、先生はおっしゃいました。「栄養だ。この鳥たちは、おぼれかかったのみならず、空腹で弱っているんだ。スタビンズ君、さっきやったみたいに、チープサイドの体をささえていてくれたまえ。」

それから先生は、あたたかいミルクをスプーンで三回、チープサイドののどに流しこみました。三回めのとき、チープサイドののどが飲みこむ動きをしたことを、先生もぼくも気づきました。これはチープサイドが生きていることを示す最初のしるしでした。まわりに立ちつくしていたみんなは、たがいにほほ笑みあいました。

次に、ぼくらはかわいそうなベッキーを同じように看病してあげましたが、ベッキーはなんの動きも見せません。

ところが、チープサイドのところへもどってきてみると、目がかすかにあいているではありませんか。あたたかいミルクを、もう少し、口に入るだけ入れてあげました。

やがて、チープサイドが、自分がだれかを思い出そうとするかのように、こまったように先生を見ているのがわかりました。そして、とうとう、とても弱った声で、こうつぶやきました。

「ああ、センセですか――なんて夜だ、なんて夜だ！」

それから、首を弱々しく横に動かすと、また目をとじてしまいそうに見えました。

ところが、ふいに両目をぱちりと開くと、チープサイドはまるで起きあがろうとするかのようにあたりを見まわしました。

「どこ――」チープサイドは、あえぎました。「ベッキーは？」

「チープサイド、どうか――」先生は言いかけて、口をとざしました。別の声が――スズメの声が、すぐそばでしているのです。ぼくも先生も、その声のほうをさっと見ました。

ベッキーが話しているではありませんか！

「ここよ、チープサイド」と、ベッキーは言いました。「あたしは、だいじょうぶ。

あんたは?」

チープサイドの頭は、ぐったりと、うしろへのけぞりました。

「たまらねえじゃないですか、センセ?」チープサイドは、弱々しくつぶやきました。「こいつは、おれがどうかと聞きやがる――こいつが死んじまったんじゃねえかと、おれが心配してるときに。みょうなもんですね、女ってのは――まいったぜ! ――みょうなもんです。」

そう言うとチープサイドは、また、眠りに落ちました。ベッキーも数分後に同じように眠りました。

「だれが思ってみただろうか?」と、先生は、かばんに物をしまいながら、ささやきました。「ベッキーが、あれほどの嵐でひどい目にあっておきながら、生きぬくなんて! スタビンズ君、この一時間というもの、ベッキーの心臓はまったく動いていなかったのだよ……生きる力というのは、すばらしいものだ……まあ、まあ、とにかく、終わってよかった!」

「たしかにふたりとも死んだように見えました、先生」と、ぼく。「あの嵐とともに、ふたりが部屋に飛びこんできたときには。」

「今、やらなければならないことは」と、先生。「ふたりを休ませ、眠らせてやることだ。君の研究室が最適だろう。あそこなら、じゃまが入らない。あそこに火をたいて、じゅうぶんあたたまったら、ふたりを移そう。そしたら君も休まなければならないよ、スタビンズ君。君にとっても長い夜だった。トートーに寝ずの番をしてもらって、必要なときに起こしてもらうことにしよう。今のところ、われわれにできることといったら、ふたりをあたたかくして眠らせてやることだけだ。」

ようやく二階の寝室にあがったぼくは、そのまま眠ってしまったのだと思います。というのも、服を脱いでベッドに入ったことをおぼえていないからです。

ポリネシアがぼくを起こしに来たのは、午後四時と五時のあいだのお茶の時間でした。（ポリネシアは、ぼくを眠りから起こすときは、いつだってそうですが、鼻をそっとかむのです。）

「あ――うーん――やあ！」ぼくは、眠そうに、目をこすりながら、ベッドに起きあがりました。「チープサイドたちは、どう？」

「とてもいいよ、とてもいい」と、ポリネシア。「ぐっすり眠って、しこたま食事をとったよ。先生は、まだふたりに話をさせないでいる――先生も二時間前から起きていらっしゃるけどね。話をさせてつかれさせてはいけないとお考えなんだよ。でも、そのうち、ふたりに話をさせると思うよ。で、トミーも聞きに来ないかと思って、やってきたんだ。」

「もちろん行くさ、ポリネシア」と、ぼくは、ベッドから飛び出してさけびました。

「お願いを聞いてくれるかい？　先生に、ぼくが着くまで話をはじめさせないでって言っておくれ。」

「わかった」と、ポリネシアは言いながら、ドアへむかいました。「でも、急いだほうがいいよ。ダブダブは先生に、あんたの研究室でおそい朝食をめしあがってもらってるから。」

「すぐ行くって伝えて」と、ぼくは、必死で服を着ながら言いました。「それからダブダブに、ぼくにバターつきトーストとココアを用意してって言って。」

第十七章　チープサイド夫妻の旅

ぼくが自分の研究室に着いたとき、スズメたちの話がもうはじまっていることがすぐわかりました——でも、ちょうどはじまったばかりです。チープサイドとベッキーは、ぼくの大きな机の上に立っていました。先生は、ぼくがいつも書きものをするいすにすわっていらっしゃいました。

ぼくが部屋のなかにそっとしのびこむと、ドリトル先生がこう話していました。

「しかし、チープサイド。正直、これほどばかげた話、聞いたことがないよ！　君たちふたりだけで、そんな旅をするなんて——およそ六千五百キロの旅とは！　渡り鳥がそれほどの長旅をするときどうするか知っているかね——大きな群れが、たがいに見えるところで一列になるんだ——二、三十キロの長さの列になって——リーダーにいつもつながるようにしておく。連中が海外へ旅に出かける日は、いや正確な時間にいたるまで、連中のなかで一番の気象予報士が決めている。つまり、都会の小鳥が二羽、まるでロンドンの通りをぴょんと横断するかのように、アフリカへの旅に出るなんて。どうかしているよ！　だって、この季節じゃ、春先の嵐に巻きこまれることは目に見えていたじゃないか！」

「そのとおりです、センセ」と、チープサイドはつぶやきました。「おれたちは、帰り道に嵐にあいました。あっちに行くときは、ずっと陸を見ながら行ったんですが、イギリスに飛び帰ってくるとき、風がむかい風だったので、最悪の天気はさけようと思ってカナリア諸島を通ってきたんです。カナリア諸島で四時間休みました。そこからイギリスのコーンウォールまで帰ってくればおしまいだったんですが、たまげましたねえ、そこが最悪だったんです！　北東から吹いてくる嵐にぶっとばされて、おれたちゃもう、腹わたが外に飛び出しそうでした。うまい具合に古い貨物船が通りかかったんで、人目をしのんでその船尾にもぐりこんで、通風管にかくれてました。ところが、そいつがゆれるのなんのって——ちっくしょう、もう少しで船酔いするとこでしたぜ！」

「どうか教えてくれないか。」先生は、かなりきびしい声でたずねました。「いったいどうして、こんな旅に出たのかね？」

「それがね、センセ」と、チープサイドは足を動かしながら言いました。「おれがここを出る前、どろがおに聞いてセンセが書いたノートが、ホワイティの友だちとやらに、かじられちまったこと、おぼえてらっしゃるでしょ？」

「ああ！」と、先生はいすから身を乗り出しました。その目には、ふいに新たな興奮の光がかがやきました。（ポリネシアをちらりと見ると、ポリネシアはうなずいて、ぼくにウィンクをしました。）「そうそう」と、先生。「おぼえているよ、チープサイド――ノートだね。つづけてくれたまえ。」

「それでね」と、チープサイド。「センセがひどく落ちこんでらっしゃるのがわかりましてね。あのカメが死んじまったんじゃねえかって、センセは心配なさってた。で、ここにいるトミーに聞いてみたんです。そしたら、どろがおが死んだって証拠はないって言うじゃないですか。で、おれはいつも言うわけですよ、『便りのないのは、よい便り』ってね。特にコウノトリなんかに便りを運ばせたりしちゃっちゃ、だめですよ。あいつら、ロンドンのスズメさまの足もとにもおよばねえんでさ、センセ。」

「あら、自慢なんかよして、さっさとお話しよ！」ベッキーが、ぴしゃりと言いました。

「ともかく」と、チープサイド。「おれの頭に、名案がひらめきましてね。その晩、ロンドンに帰ると、ベッキーにこう聞いたんでさ。子どもたちが飛べるようになって、ひとり立ちできるようになったら、アフリカまで旅行に出ねえかって聞いたんです。そしたら――信じられますか？――女房ときたら、まあ淑女らしくもなく、あんたは頭がどうかしちまったのかいって言いやがるんですよ？」

「うむ、それもわからん話ではない」と、先生はつぶやきました。「つづけてくれたまえ。」

「で、おれは、言ってやったんです。いいか、おれたちはセンセにいろいろ恩義があるんだ。おれたちの子が病気になったとき、センセがわざわざロンドンまで出てらして、診てくださったときのことをおぼえてるかって。」

「ああ、そうだった」と、先生は言いました。「ずいぶん前のことだ。すっかり忘れていた。」

「ですが」と、チープサイドはつづけました。「ベッキーはおぼえてました。センセは、そのとき、おれたちのかわいいアーニーの命を救ってくださったんですよ。それですぐに、おれはベッキーを説得した。ファンティッポへの道はちゃんとわかってる。なにしろ、あのときココ王の国で郵便局をなさろうとしてたセンセに呼ばれて、おれはロンドンから飛んでったんですからね――おぼえてますか？」

「よくおぼえておるよ」と、先生。「しかし、あのときの旅は、こんな春先ではなかったね。」

「そりゃそうでした、センセ――ちがいました。とにかく、その週に、うちのチビたちは巣立ちましてね。それで、おれたちはドーヴァーから英仏海峡を渡って、フランスの海岸を南へ飛ぶ旅に出たんです。ずっとお天気にめぐまれましてね。数日すると、ファンティッポの港に着きました。それで――」

　すると、ベッキーがまた口をはさみました。

「お願いだから、チープサイド！」と、ベッキーは、しかりました。「先生は、カメのどろがおがどうしたのかお聞きになりたくてしかたがないんだよ。あたしたちの旅のことなんか、あとまわしでいいじゃないか。ニュースをお知らせしなさいよ。ニュースを――ありのままに。」

「ああ――ええっと――ふん！」チープサイドは、不機嫌そうに言いました。「ちぇっ、だまってろってんだ！　ぜんぶ話がつながってんだよ。まったく女ってのは、しんぼうがなくって、いけねえ。おまえら女は――」

　今度は先生がさえぎりました。（先生は、チープサイドが夫婦げんかをはじめるのではないかと心配したようです。）先生は、言いました。

「実を言うとね、チープサイド、私は、どろがおがいったいどうなってしまったのか知りたくてたまらないんだよ。なにかわかったことがあるのかね？」

「ええっと――あるような、ないような」と、チープサイド。「ベッキーとおれは全速力で、秘密の湖をめざしたんですがね、もちろんメシをさがしたりして時間をくったりしましてね。メシというのは種ですが。やつらキリスト教徒じゃない連中は、ジャングルでちゃんとした鳥のエサを育てねえんです。でも、野生の米が生えていて、それでなんとかなりました。」

「よかった！」と、先生。

「ところが、ふいに、湖の近くまで来たとき――たぶん百六十キロほど手前まで近づいたと思いますがね――おれは、女房に言ったんでさ。『ようすがへんだぜ、ベッキー。おれは、この国のことは、たいがいわかってるが、おれたちの下のこの川を見てみろよ！　秘密の湖から流れ出していた川は、小さな川だった。』おぼえてますか、センセ？」

先生は、うなずきました。

「けれども、おれたちの下を流れてる川は、何キロもはばのあるでかい河になってたんです。で、おれはベッキーに言いました。『こいつは、みょうだぜ。道をまちがえなかったってことは、たしかだ。なのに、風景が変わっちまっている！　おれが正しけりゃ、こいつで――たぶん――センセの友だちのどろがおに起こったことの説明がつくかもしれねえ。岸におりて、鳥をさがそうじゃねえか、ベッキー。ちょいと聞いてみたいことがある。』」

第十八章　秘密の湖を発見する

チープサイドの話に夢中になっていたぼくは、部屋に入ってからずっと、チープサイドから目をはなすことができませんでした。やがて、サルのチーチーが、ぼくにバターつきトーストとココアを持ってきてくれたとき、ぼくは、家じゅうの動物たちがぼくの仕事部屋に集まっていることに気づきました。みんな、それぞれ思い思いの場所にまるくなり、静かに耳をかたむけていたのです。

「そこで」と、チープサイドは話をつづけました。「おれたちゃ、数千フィートおりてきて、さっきまで飛んでいた冷たい空気から、ジャングルのむっとする暑さのなかへ入っていったんです。河岸のあちこちを見ながら進んでいくと、二羽の鳥に出会いました――タシギの仲間だったと思いますね。で、おれはたずねました。『秘密の湖、つまりジャンガニカ湖へは、このまま行けばいいのかい？』『そうですよ』と、連中は言いました。『この河に沿って行けばいいんです。まっすぐ行けば着きます。』

『だけど、いいかい』と、おれは言いました。『おれは何年も前にここに来たことがあるんだ――ほかならぬジョン・ドリトル医学博士ご本人といっしょにな。そのときこのあたりは、こんなんじゃなかったぜ。カヌーで通った川は、せまかったが、この河は、ところによっちゃ、七、八キロのはばがあるじゃねえか。だれが、こんなふうに変えちまったんだい？』

『あら、それじゃ』と、タシギの一羽が言った。『聞いてないんですか？ここはすごくゆれたんですよ――一種の地震です。地面がおそろしくゆれて、すごい洪水が起こって、それ以来、河はこんなふうに広くなったんです。秘密の湖もずいぶん変わりました。』

『コウノトリに聞いてみるといいさ』と、もう一羽が言った。『湖の岸辺に住んでるから。おれたちは、ずいぶん、どろがおと会っちゃいねえんだ。』

『コウノトリだって！』と、おれは言った。『あんなやつら、役に立たないだろ。』

『とんでもない』と、タシギ。『湖に老夫婦が住んでいるけど、このあたりじゃとても尊敬されていますよ。』

『いいか』と、おれ。『あんなやつらに聞くぐらいなら、そこいらに生えている太藺《ふとい》（むしろなどの材料となる草）に情報を聞いたほうがましだぜ。コウノトリなんて、わけがわからん。やつら、人間の家の煙突に巣をかけやがる。それだけでも、やつら

のお頭《つむ》がどれほどいいか、わかろうってもんだ。コウノトリのことなんか言ってくれ
るな。巨大な水ヘビのことは、なにか聞いてねえか？』
聞いてないと、連中は答えたので、おれとベッキーはタシギ夫婦と別れて、湖のほ
うへ行ってみましたぜ。近づけば近づくほど、あたりの風景が変わっているのがわかりました。かつてセンセといっしょに行ったときに見たのと同じマングローブの沼もあ
りました。だけど、湖の上を飛んでみると、湖がずっとでかくなっていることがす
ぐわかったんですよ——自分が今どこにいるのか、わかんなくなっちまうほど。」
「なるほど、そういうこともありえるだろう」と、先生。「だが、どろがおのために
造った島は見つけられたのかね？」
「ええ」と、チープサイド。「ちゃんと見つけました。でも、変わってました。おれ
たちは、よく見ようと思って、また上空へ飛んでいったんですがね。最初、その島が、
センセのご注文にしたがって造ったあの島だってことに気づかなかったぐらいです。
それほど形が変わっちまってたんです。西側は、かなり前のままでした。もちろん今
ではヤシの木とかが生えてましたがね。でも、センセが造るようにご注文なさった形
をおぼえていらっしゃるでしょ——かなり高く、表面は平らに、って？」
「ああ、はっきりおぼえている」と、先生。
「それが、海に面した西側は、今もそのままで、かなりきれいで緑も豊かなんですが

ね。そのむこう側に行ってみると、なにが起こったか一目瞭然《いちもくりようぜん》でした。島の半分がなくなっちまってたんです。」

「なんてこった！」先生が声をひそめてつぶやくのが聞こえました。

「あんなの見たこともないですよ、センセ。まるででかい食パンをナイフで半分切り落としたみたいなもんです。その地震は、きれいにバサッとやってくれたもんですよ。それも、そんなにむかしのことじゃありません。島が切り落とされたところは、岩肌がむきだしの切り立ったがけになってましたから。」

「なるほど、わかった」と、先生。

「でもって、」と、チープサイドはつづけました。「おれたちは島の残りの上を飛びまわって、はしからはしまでさがしました。でも、どろがおのいたあとは、どこにも見あたりませんでした。ところが、野ガモ連中に会いましてね。最初は気どってやがったんですが、おれたちがセンセの友だちだって言ってやると、急に態度を変えて、すげえなかよしになってくれました。やつらはそこで巣作りをしてたんです。で、どろがおのことをたずねて、最後に見たのはいつかと聞いてみました。そしたら、島が半分になったまさにその日の朝に見たって言うんです。」

「それで、どろがおは、島のどのあたりにいたのかね――地震が起こったときに？」

と、たずねる先生の声は、明らかに興奮していました。

「まさに島のそっち半分にいたんですよ」と、チープサイドは悲しそうに頭をふりながら言いました。「こわれて消えちまったほうにいたんです。カモたちが、まちがいないって言ってます。どろがおは、島の東のはし近くに、リウマチに効く温泉を見つけてたんです。カモたちが言うには、地面がゆれはじめたとき、みんなこわくなって空に飛んで逃げたそうですが、温泉に頭だけ出してつかっていたどろがおの上に何トンもの土や砂利が降りそそいでいたのが見えたそうです。カモたちはこわくて、なにもかも静まりかえるまで三日間もどってこられなかったそうです。そして、もどってきてみると、島の半分が消えていた……水のなかになくなっちまっていたと言います。で、どろがおもいっしょにいなくなっちまったんだと思ったそうです……。そういうわけで――まあ、それで話は終わりです、センセ。」

チープサイドが話し終えると、部屋のなかは陰気な短い沈黙がたちこめました。ぼくと同じく、チープサイドの話を聞いていた者はみんな、質問をしたくてたまらなかったにちがいありません。でも、だれもひとことも言いませんでした。しばらく、先生は心配そうなしかめつらをして、じっと考えこむように、床を見つめていました。とうとう、先生はチープサイドを見あげて、静かに言いました。

「この危険な旅を――こんな季節に――私のために――そして、どろがおのために、してくれてありがとう、チープサイドにベッキー。だが、こんなことは二度と勝手にしてはいけないよ。君たちが命を落として、もはや帰ってくることがなかったら、私がどんな気持ちになるか考えてもみてくれたまえ。いずれ君たちの旅のことは、君たちの子どもや、タシギや、カモたちから聞くことになるはずなのだからね。」

「ええ、そりゃそうですが」と、チープサイド。「でも――おれとベッキーは、賭《か》けをしたんです。『虎穴に入らずんば虎子を得ず』って言うでしょ。どうもすみませんでした、センセ。どうも、お役に立てなかった。」

「いや、それはどうか、わからんよ」と、先生は急いで言いました。(そのことばを聞いて、部屋じゅうの動物たちが、どういうことかと興味を新たにして身を乗り出したのが、ぼくにはわかりました。)

「教えてくれたまえ、チープサイド」と、先生はつづけました。「秘密の湖の水面の高さは、私たちが最初に見たときより高くなっていたかね、低くなっていたかね?」

「そうさね」と、チープサイド。「ベッキーと湖の岸をずいぶん調べてまわったんですがね、あの地震だかなんだかで、島がもちあがったところもあれば、しずんだところもあったようですね。おれは科学者じゃねえけど、おれだって、すげえ水の流れが――あの新しいでかい河が――どうしてできたかはわかります。ちょうど、ゴムでできたスープ皿にスープを入れて、それから曲げたり、ひねったりすれば、当然スープはテーブルの上に流れ出し、あたり一面に広がっちまう。」

そのとき、ベッキーが言いました。

「そうだけど、先生がお知りになりたいのは、今の水面の高さよ。」

チープサイドはしばらく考えてから、こう言いました。

「センセが前にごらんになったときよりもずっと高くなったときがあったこたぁまちがいねえです。でも、それは地震がつづいてたあいだのことで……たぶん……」ふたたびチープサイドは、考えこんでことばを切りました。

「そうだ。」チープサイドは、ふいにさけびました。「思い出した。水面は、むかしの高さにもどったにちげえねえ。だって、おれたちが島を造ってたとき、だれかが水面から島のてっぺんまでどれぐらいあるかって聞いて、おれは、聖《セント》ポール大聖堂ぐらいあるって答えたんだった。で、今度は、島の半分がなくなっちまったほうへ行ってみたとき、がけはやっぱしそのくらいの高さだった。そうです、センセ。水の高さは、センセがむかし見たのと同じぐらいですよ。」

「よろしい！」と、先生。「それが第一の手がかりだ。さて、君は、どろがおが死んだとはっきり言える鳥に――いや、どんな動物でも――会ったかい？」

「ええっと――いいえ、センセ」と、チープサイドは、ゆっくりとした声で、ためらいながら言いました。「でも――カモたちがいるでしょ、センセ？――さっき言ったみたいに、やつらは、何トンもの砂利の下にあのカメがうもれていくのを見てるんですよ！　島の半分が上に乗っかっちまったんじゃあ、あいつは――おしまいって思うのがあたりまえじゃねえですか。」

先生が次におっしゃったことばには、ぼくでさえ、背筋がぴんとしました。ぼくは、朝食を食べていたことすら忘れてしまいました。

「いや、そうとはかぎらんよ、チープサイド」と、ドリトル先生は言いました。「いいかね、水陸両生動物のほとんどは――つまり、カメやカエルやワニのように、陸と水の両方で暮らせる爬虫類《はちゅうるい》や両生類は、そうしようと思えば、長いこと水の下にいられるんだ。」

「でも、センセ」と、チープサイドはさけびました。「あいつは、ぺしゃんこになっちまったんじゃないんですか？　聖《セント》ポール大聖堂が上から降ってきたら、おれたちなら、おだぶつですよ！」

「だが、私たちはカメではないからね。」先生は、ほほ笑みながら言いました。「どろがおの島がかたい岩で、地震がそれをまっぷたつにしたのだとしたら、話はかなりちがってくるが。おぼえているだろう。私たちが島を造ったとき、土やら砂やら石やら、鳥たちが海岸から運んできたもので造ったんだ。一番大きな石でも、せいぜいリンゴほどの大きさだった。どろがおの背中は、ものすごく強力でぶあつい甲羅でおおわれている。それほどの砂利や石であっても、どろがおをぺしゃんこにはできんよ。おそらく、どろがおは、湖のどろの床に押しつけられているだけだろう。」

　チープサイドの顔に浮かんだおどろきの表情は、話題が真剣でなかったとしたら、思わず笑いそうになるほど、おかしなものでした。

「こいつは、ぶったまげたぜ！」チープサイドは、息をのみました。「じゃあ、センセ、どろがおは、まだあそこで生きてるってお考えなんですか？」

「その可能性は大いにあるね」と、先生。

「でも、まだ生きてるとしたら」と、チープサイドはさけびました。「なんだってはい出してきて、島の上にあがらないんですか？」

「いやいや」と、先生。「それはまた別の問題だ。砂利がガラガラとくずれ落ちてきたとき、カメは顔や手足やしっぽを引っこめたはずだ。しかし、島の半分が上に乗っかっているなら、その重さは、君も言ったとおり、ものすごいものになる。そんな下で動くことはできんだろう。歩くことはもちろん、頭を甲羅から出すことすらできんだろう。」

「でも、食事はどうなるんです、センセ？」と、チープサイド。「地震からかなりたってますよ。なのに、なにひとつ食ってないです。」

「そのとおりだ」と、先生。「だが、カメのような爬虫類は、必要なら、かなり長いあいだ食べないでいられるんだ。冬眠というのを聞いたことがあるかね、チープサイド？」

「ええっと――それって、クマとかが、冬のあいだ、じっと寝てるってやつじゃありませんか？」

「そのとおり」と、先生。「カメは、冬眠をしようとすると、川や湖の底の水中のどろや砂利のなかへもぐっていくんだ。われらが友もそうしていてくれたらいいんだが――もちろん、どろがおの場合は、自分から冬眠したのではないが、君の話からすれば、自分から冬眠したも同然だな。」

「でも、センセ」と、チープサイドはたずねました。「やつは、どうやってそこからぬけ出すんですか？」

先生は、いすから立ちあがりました。そして、立ちながら、窓からお庭のほうをしばらくながめました。

「チープサイド」と、やがて先生は言いました。「だれかが助けに行かないかぎり、出てこられる可能性はないね。」

ふたたび、部屋じゅうが、しんとしました。ぼく自身が先生に質問をしてみようと思ったのですが、まずポリネシアのほうをちらりと見てみますと、あのふしぎな鳥はすでにぼくがなにを考えているのかわかっていたようで、ぼくにむかって首をふり、まるで静かにしていなさいと言うかのように、右足をくちばしのところへもちあげてみせたのです。やがて、先生は、ふたたび口を開きました。

「どうだろう、チープサイド」と、先生。「もう一度、すぐアフリカへ――ジャンガニカ湖へ――旅をしてくれないだろうか？」

「そりゃ、もちろんです」と、チープサイド。「もちろん、よろこんでしますよ。でも、今度は海岸線からはなれないようにしますよ。なにを見つけてくればいいんですか、センセ？」

「ああ、この旅に君ひとりで行かせようとは思っていないよ」と、ドリトル先生は言いました。「私も船で、君を連れていこうと思っているのだよ。君はガイドとしてとても役に立つだろうからね。そんなに様変わりした秘密の湖を見つけてきたのだから。私は、ファンティッポ王国のココ王からカヌーを借りねばならんだろう。わが友どろがおをほんとうに助けられるかどうかはわからんが、少なくとも、そこへ行って、できるかぎりのことをしなければならんと思っている。」

そのとき、ポリネシアが言いました。

「おっしゃるとおりです、先生。ロング・アローが山のほら穴にとじこめられてしまったときのことをおぼえていますか？　あのときも、もうだめなように思えましたが、先生は助け出したんです。もちろん、秘密の湖へ行かなければなりません――カメのためだけでなく、大洪水の物語をもう一度聞きとって、ノートに記すためにも、ね。」

こうしてポリネシアが発言をしたのがきっかけで、部屋じゅうのみんなはいっせいにしゃべりだしました。だれもが長いあいだ、口をききたくてしかたがなかったので す。そして、ポリネシアが口をきいたので、みんな、どっと質問をしたり、忠告をし たり、おしゃべりをはじめたというわけです。これほどわいわいがやがや、うるさい ことはありませんでした。

こんなにうるさいところで、ぼくが先生に話しかけることはできないとわかったの で、ぼくはジップに合図して、みんなを部屋の外へ出してもらうようにしました。ジ ップはさっそく仕事にかかって、ポリネシアとチープサイド夫婦以外の動物たちをみ んな追い出しました。しかし、それでも、ざわざわとしたうるささは、すっかり消え ませんでした。しめたドア越しに、廊下や階段など家じゅうのあちこちでつづいてい る議論やらおしゃべりやらの声が聞こえてきたのです。

とうとうそうした騒音がおさまってきたとき、ぼくは先生に質問をしはじめました。 ところが、その瞬間、窓の下のところで、おそろしい悲鳴と犬のさけび声とがしまし た。窓の外を見てみると、ジップがガブガブを追いかけているのでした。ガブガブは 動物園の動物たちにニュースを伝えようと、お庭を走っていました。白ネズミは、ま るで競馬の騎手のように、ブタの首につかまっていました。

「おおい!」と、ガブガブがさけびました。「おおい! 先生はまた航海に出るぞ—— アフリカ行きだ。やったー! やったー!」

第二部

第一章　われらが船、アルバトロス号

先生が航海に出るというニュースが知れわたると、ぼくらはなんだか、すぐにアフリカに着けるかのように思えました。

しかし、できるだけ早く出発しなければならないにしても、出発前にやらなければならないことは、もちろんたくさんありました。まず、船を手に入れなければなりません。これは、ポリネシアがめんどうを見てくれることになりました。

ポリネシアは、むかしからの船乗りなのです。船を見さえすれば、実際に船に乗ってみるまでもなく、その船についていろいろわかってしまうのです。先生は、自分が望む船をポリネシアが見つけてくれると信頼しておられました。ぼくらに操縦しきれないほど大きくはなく、ファンティッポのような小さな港に入れるくらいの船です。

この点で、ぼくらはラッキーでした。（この航海については、旅それ自体のみならず、準備段階からかなり幸運にめぐまれていたのです。）ぼくらは、ぼくの友だちのジョーおじさんに会いに行きました。王さま橋の近くの河岸に小さなほったて小屋を建てて暮らしている、ムール貝とりのおじさんです。ジョーは、ちょうどぼくらがほしいものを持っていました。ぼくらは、ジョーに案内されて河下へ行き、波止場につないである船を見せてもらいました。

「こいつだよ、トムさん」と、ジョーは言いました。「先生がお求めの船としちゃ、こいつよりましなのはないよ。」

その船はたしかにすてきな小さな船でした。ジョーは、つい十日前に、この船を船首から船尾まで塗り直したばかりでした。〝アルバトロス号〟という名前です。ジョーは、ポリネシアとぼくを船にあげてくれました。ポリネシアの船乗りの目がなにもかも見て取っているのがわかりました。ポリネシアはなにもたずねませんでしたが、このすばらしいアルバトロス号に、ぼくと同じように満足しているのだということがわかりました。

「こいつは、スループ船と呼ばれる一本マストの帆船だ、トムさん」と、ジョーは言いました。「ただし、あつかいやすいカッター船の仕様になってる。どんな天候でも操作しやすいよ。六人が寝られる寝棚のついた、すてきな広い船室がある。しかも、ランプもボートも食器類も、なにもかもそろってる。海図も、航海暦も、すべてあるよ。」

そこでぼくは、今日かあしたに先生を連れてきて船を見せますと言って、別れました。

「次に、あの船に食料を積みこむことを考えなきゃ。」ぼくが市場のほうへ歩いているとき、ポリネシアがぼくの肩から言いました。「トミーは今、えんぴつと紙を持っているかい？」

持っていました。そして、ぼくが歩いているあいだに、ポリネシアは、こうした旅行に持っていくべきもののリストを書いてくれました。

「いいかい、トミー」と、ポリネシアはつけくわえました。「これは、単なる生活物資だからね。あたしたちが食べたり、身につけたりするものだよ。そのほかに、船それ自体に必要なものがある。ランプの油とか、予備のロープとかいったものが。だけど、そういったものは、あとで用意しましょ。ジョーは、この船にはぜんぶそろってるって言うけど、たぶんそのとおりかもしれない。でも、よい船長は、自分でほんとうになにもかもそろっていると確認するまでは、船を海に出したりはしないもんなんだよ。」

あわれなネコのエサ売りのマシューおじさんは、先生が航海に出るのに、あとに残るようにとやっぱり言われてしまいました。マシューは、さんざん文句を言いました。

実は、おくさんのシアドーシアが、こっそり先生のところへやってきて、主人を連れていかないでくださいとお願いしていたのでした。アフリカはマシューに合わないのはまちがいないと、おくさんは言うのです。

「いいかね、マシュー」と、先生は、マシューに言いました。「私がいないあいだ、君にはいろいろな世話をしてほしいんだよ。以前私のために世話をしてくれたものだけじゃなく、今度は庭もある。まだ庭をきちんとした状態にもどしきれていないからね。このまま荒れ放題のまま放っておくと、今度の春には、すっかりだめになっているだろう。私がどんなふうに庭をたもっておきたいか、君にはわかっているね。この仕事をまかせられるのは、君しかいないのだ。実のところ、君がいなかったら、私はどうしたらよいかわからない。ほんとうに、わからんのだ。」

こうしてマシューは、あとに残って、家の管理人、庭師、動物園管理者などとして責任を負うことになりました。先生は、とてもほっとしました。

ぼくらがアルバトロス号を見た次の日、ポリネシアとぼくは、船を見てもらいに、先生を連れていきました。先生は、とても気に入ってくれました。そして、その夜、先生とぼくは夕食後、先生の部屋にいて、先生がかつて「ひじかけいすに乗ったままの旅行」と呼んでいた遊びをしていました。

「ほかにだれを連れていきますか、先生？」ぼくは、たずねました。

「ああ、うちの動物たち全員だな、スタビンズ君。みんなが来たがるならね。トートー、ジップ、ダブダブ、白ネズミ――それからもちろんチーチー。あれがジャングルのなかでどれほど役に立つか、おぼえているだろう。食べ物を見つけてくれたりしてね？　それに、船の上でもすばしっこくて、とてもいい船乗りだ。それから、チープサイド夫妻がいる。」

「ブタのガブガブはどうです、先生？　あいつは連れてってもらうつもりだと思いますよ。『食べ物百科事典』に新しい章をつけくわえるんだって言ってます。自分が最も有名なブタの喜劇役者であるだけでなく、今最高のブタの科学者だと言いはってます。」

「そうかもしれんな」と、先生は考え深そうに言いました。「このあいだの旅では、新種の野生のサトウキビのようなものを発見したからね。」

「でも、ガブガブは、ひどく重いですよ。」ぼくは、船があまり大きくないことを思い出しながら言いました。

「それはそうだ」と、先生。「まあ、ガブガブのことは心配しないでおきたまえ。できるなら、連れていくことにしよう。だが、どれほど余裕があるかわかるまでは、へたな約束はしないほうがいい。」

先生はタバコ入れに手をのばし、パイプをつめはじめました。

「私はね、スタビンズ君」と、先生。「この旅行に出ることになって、とてもうれしいのだ。ほんとにたまたま旅行をするはめになったが。あのネズミたちが私のノートをかじって巣を作らなかったら、この旅に出ることにはならなかっただろう？　もちろん……かわいそうなどろがおのこともある！　……むこうに着いても、なにもしてやれんかもしれん。だが、とにかく、この旅行には幸運がついてまわるように思えるんだ。」

先生はマッチをすって、パイプにかざしました。それから、いすにすわって身を乗り出しました。これほど先生が強く熱意のこもった興味を示したことはありませんでした。

「この運がつづいてくれて、」と、先生。「大洪水の話をまたカメから聞くことができたら、科学にとってものすごく重要な資料となるだろう。」

「大洪水のどれぐらい前にどろがおは生まれたのでしょう、先生？」ぼくは、たずねました。

「ああ！」と、先生。「それはわからんね。ひょっとすると、どろがおが教えてくれるかもしれんし、くれないかもしれん。私の記憶は、こまかなところまではっきりしていないのだ。書きなぐっていたからね。だが、当時のほかの動物や樹木や草花や岩石などについて、どろがおが話してくれるだろうという私の期待どおりになるとしたら、どれほど重要な話になるかわかろう？　ひょっとすると、ノアの時代の前にも博物誌について本が書かれていたかもしれない。だが、そうしたものは失われてしまった。今回の旅行がものすごく重要なものになるかもしれないことが、君にもわかるだろう？」

「わかります」と、ぼくは、おごそかに答えました。

「大洪水の前にあったあらゆる本が破壊されたとしたら、水にしずんだ知識を取りもどすことができる人はひとりしかいません。動物のことばを話す人、ジョン・ドリトル先生です。」

だれかが先生をほめるようなことを言うと、いつもそうなのですが、先生は落ち着きをなくすように見えました。

「ああ、そうだ、スタビンズ君！」と、先生。「われわれと成功とのあいだには、大きな『もしも』がたくさんあるということを忘れてはならん。最大の『もしも』は――もしも私が山のような砂利の下にうもれたかわいそうなどろがおを湖から助けてあげられたら、ということだ。それにすべてがかかっている。」

「ええ、先生。でも、今回の旅では幸運がついてまわるとおっしゃったことも忘れないでください。」

「ああ、たしかに。たしかに！」先生は、ほほ笑みながら言いました。「そのとおりだよ……。おかしなものだ。ついていると思えるときもあれば、そうでないように思えるときもある。迷信じみたばかげたことだと思わないかい？　それでも、ばかげているようには思えんのだ……。とにかく、スタビンズ君、今回の航海では幸運がついてまわるように感じられてならんのだ。」

「何日ぐらいで出航できるとお思いですか、先生?」

「ああ——えっと——そうだな。今日は火曜日だね?」先生はつぶやきました。「うむ、土曜日でだいじょうぶだと思うよ、スタビンズ君——ところで、君のご両親に『行ってきます』とあいさつしに行くのを忘れたりしないでくれたまえよ? ご両親はご親切にも、君をここに住まわせて私の手伝いをさせてくださっているのだからね。このところ、君とはあまりお会いになっていないのじゃないかね?」

「はい、先生」と、ぼく。「ちゃんとします。あすの夜、両親に会いに行きます。」

「よろしい」と、先生。「それでは、出発の日を次の土曜日としようではないか。だが、どうかまだだれにもはっきりとは言わんでおいてくれたまえ、スタビンズ君。もれたりすると——わかるだろう——新聞記者とか、いろいろうるさいからね?」

「はい、先生。」ぼくは、くり返しました。「だれにも言いません。」

第二章　パドルビーに、さようなら

船が河から海へ出発するのは、引き潮に変わったとき――すなわち、水が沖合へむかって流れ出すときです。そして、その土曜日の引き潮の時間を調べてみると、それは朝五時だとわかりました。もちろん、それほど朝早いと、ほとんどまだだれも起きてきていません。そのおかげで、新聞記者（とか部外者）に気づかれずに、そっと河をくだっていくことができたのでした。

波止場でぼくらにさようならを言ってくれたのは、ムール貝とりのジョーとマシュー・マグだけでした。（ぼくはいつも両親に、航海に出るぼくを見送りにこないでとお願いしていました。おかあさんが泣くのを見るのがいやだったからです。）

朝の空気は冷たかったです。まだすっかり明るくなっていないなか、先生は家と馬小屋の鍵《かぎ》をマシューに渡しました。それから、船をつないでいたロープがはずされ、船は出発しました。りっぱなアルバトロス号は流れのなかへ押し出され、海へむかってすべり出しました。ジョーはしばらく船の上にいて（船のうしろに小さな貝とり用のボートを引きづなで引いて）、先生やぼくが小さな帆をあげるのを手伝ってくれました。やがて、朝もやのうす明かりのなか、河べりにおばけのようにぼんやり見える高い倉庫がどんどん速く、ぼくらのうしろへと流れ出しました。

とうとうジョーは、先生とぼくと握手すると、貝とり用のボートに乗りこみ、先生に引きづなを放すように大声で言いました。先生は、引きづなをはずすあいだ、ぼくに舵《かじ》を取るように命じました。

「さようなら！」と、ジョーはさけびました。「さようなら。航海の成功を祈っています！」

どれほどのスピードで船が動いているのか、ぼくはそれまで気づいていませんでした。さようならをジョーにむかって言う間もなく、ジョーはぼくらのうしろのもやのなかへ消えていきました。先生はぼくから舵を受け取り、ポリネシアと話したいから呼んできてくれと言いました。

おばあちゃんオウムは、船乗りの歌をくちずさみながら、甲板に積まれた荷物をながめていました。

「見てみろよ、トミー、見てみろよ！」ポリネシアは、海の男っぽく、きびしく言いました。「この荷物はみんな、船が河から海に出る前に、甲板の下へしまわなくっちゃならないよ。船首にザブンと波が来たら、一発でこの荷物は海へ流されちまうよ―

―なんだい？　先生が会いたいって？　わかった。じゃ、チーチーに手伝わせて、この荷物を甲板の下へしまっておくれ。急ぐんだよ、トミー！　この潮の流れじゃ、あんまり時間はないよ。」

ドリトル先生は、ポリネシアを船首楼（船首部の一段高くなったところ）で見張りにつかせました。そこは、船の一番先なので、舵を切っている先生よりも先にいろいろなことに気づけるのです。そしてポリネシアはとても役に立ちました。パドルビー河には、船やはしけが錨《いかり》をおろしていましたし、流れを示すための浮標《ブイ》も浮かんでいました。ときどき、船乗りオウムがこんなふうに声を張りあげるのが聞こえました―

―「取《と》り舵いっぱあい、先生！　――右舷《うげん》前方に縦帆船《スクーナー》あり――取り舵いっぱあい！」

すると、先生は舵を切って、船を大きく左へ動かします。といっても舵を切りすぎれば、アルバトロス号は流れからはずれて、河岸のどろのなかへつっこんでしまいますから、またまっすぐ進むようにしてやらなければなりません。

とつぜん、前方の霧のなかに、錨をおろしている巨大な船がそのそそり立つすがたをあらわしました。あわや正面衝突かと思いきや、ポリネシアのするどい目は、間に合ってその船を見つけ、先生に警告します。ぼくらの船は、そのそびえたつ船のわきを静かにすべっていきました。そのあいだは、わずか百八十センチほどでした。

船長としての先生のことをポリネシアはこんなふうに言っていたものでした。

「そうさね、ジョン・ドリトル先生は、いつだって海じゃ、まちがったことばかりやるね。先生といっしょに航海に出れば、たいていの船長は一発で白髪頭になっちまうだろう。だけど、先生が自分の船をあやつるときは、だいじょうぶなんだ。とにもかくにも、いつだって目的地に着く――先生が行こうとなさっていた場所にね。だからおぼえておきな、トミー。ジョン・ドリトル先生といっしょなら、だいじょうぶってね。」

それから三十分間、チーチーとぼくは、荷物を甲板の下に運びこみ、船が大ゆれにゆれても荷物が動きまわらないような安全な場所にしまうのに大わらわでした。パドルビー河から大海原に出たとたんにそういうことになることはわかっていました。

船に積みこんでいたのは、ふしぎな荷物でした。ふつうのトランクのようなものはあまりなく、ふつうでないものがたくさんありました。虫取り網、鳥の卵の採集箱、毛虫の孵化《ふか》箱、そのほか博物学者や探検家が旅に持っていきそうなものがいろいろありました。

どの荷物にもきちょうめんにラベルがはってあって、中身がなにかが書いてありました。なにも知らない人が読んだら、すっかりめんくらうことでしょう。たとえば、あるラベルには「月の種――かわいた場所に保管」とありました。先生は出発直前にこう言っていました。「西アフリカへ行くわけだが、ロング・アローはどこに顔を出すかわからない。念のために、この種を少し持っていくことにしよう。あまりかさばらないからな。」

もっと大きな別の箱には、「生きたカメ。この面を上に――取扱注意！」とありました。ドリトル先生は、ぼくがカメのことばを少しも理解できないことをご存じで、ぼくが今回秘書として、どろがおが語ることをすべて書きとる（もちろん、湖の下からどろがおを助け出せたらの話ですが）ために、先生は、到着するまで、ぼくができるだけカメ語の練習をすればよいとお考えになったのでした。そこでマシュー・マグをロンドンへやって、ペット・ショップからカメを数匹買わせたのです。ぼくは、毎日二時間、カメ語を勉強しました。（先生ご自身が手伝ってくださいました。）

先生はまた、速記の本をぼくに買ってくださり、ぼくはそれも勉強しました。どろがおは、いつもではないが、早口で話すことがあるから、というのです。速記を使ったほうが、ずっと楽に、つかれずに記録できると考えたのです。

そのほかの荷物のほとんどは、もちろん食料でした。何週間も買い物が一切できなくなるのですから、人数は少なくとも、たくさん物を買っておかなければなりません。そして、すごく大切なものを買い忘れるということだってよくあるのですが、ダブダブとポリネシア（どちらも前にドリトル先生と旅に出たことがあります）の助けを得て、ぼくが買い忘れたものはほとんどないと自信をもって言うことができました。

しかし、ぎくっとするおそろしい瞬間がありました。荷箱やら、樽やら、包みやらを甲板の下に運びこんでいたときのことです。チープサイドとそのおくさんのベッキーが、なにかをさがすように荷物のまわりをはねていました。ぼくは、いそがしくしていて口もきけませんでしたが、やがて、ロンドンなまりのスズメがおくさんにこう言うのが聞こえました。

「ねえな、ベッキー。ここには、ねえよ。忘れられたにちげえねえ。」

「なにをさがしてるの、チープサイド？」ぼくは、小さいけれど重たいプルーンの箱を肩にかつぎながら言いました。

「鳥のエサに決まってらあ！」と、チープサイド。「なにをさがしてると思ってんだ――葉巻かよ？」

「ああ、なんてこと！」ぼくは、さけびました。「ぼくが、鳥のエサを忘れたなんて言わないでよ！」

「まさに、そう言ってんじゃねえか。」チープサイドは、けんか腰でさけびました。

「いいか、おれとおれのおくさまは、五、六千キロをビスケットのかけらだけで生きのびなきゃいけねえってことになるぜ。おまえさんはずいぶんご親切な一等航海士じゃねえか！　それにあのすばらしいポリネシア船長は、どうしちまったんだい？　あいつがおまえのリストを作るのを手伝ったんじゃねえのか。よく聞け。あいつがオウム用のヒマワリの種を食って、スズメにゃ鳥のエサがねえっていうなら、あいつの羽根をけつからむしってやるからな――ああ、やってやるとも！」

チープサイドの怒った声は、あまりにもひびきわたり、舵を切る先生の耳にも入ったようです。というのも、ふいに先生がこうさけんだのです。

「だいじょうぶだ、チープサイド。鳥のエサはたくさん船にある。この前、パドルビーの郵便局に行くとちゅうで、たまたま思いついたもんでね。船室のドアの裏にかかってる私のオーバーコートのポケットに入っているよ。」

「おっと――そりゃ――すいませんね、センセ」と、チープサイド。「たしかめたかっただけなんです――船の在庫チェックってなもんで。」

チープサイドは船室へおりていき、おくさんのベッキーがそのあとを追うと、ベッキーがチープサイドをしかる声が聞こえました。

「まあ、町のごろつきだって、口が悪いだろうけど」と、ベッキー。「あんたほどひどくはないよ！　――あんなふうに悪態なんかついたりして、ここをどこだと思ってるの。うちじゃないんだよ。」

第三章　海へ出たドリトル家

とうとう河口に出ると、太陽が美しい一日のはじまりを告げました。海につき出た長い堤防（河の終わりをしめす高い盛り土）の先には、灯台が立っていました。灯台守はぼくらの旧友で、船が大海原のうねりのなかで最初にざぶんと波をかぶったとき、灯室の手すりから手をふってくれました。

かわいそうなガブガブは、波が来たとき、バケツから水を飲んでいました。船尾があまりに高く、しかもいきなりもちあがったので、ブタの科学者は甲板ではなくバケツに頭をつっこんでさかだちしてしまいました。

もちろん、ぼくらの船は小さいものでした。天気は悪くなく、ふつうの船乗りなら「うねり」があると言うくらいでした。でも、この船が波頭を乗り越え、波間へおりていくのは勇ましく、ぼくはそのようすが好きでした。この勇敢で小さなアルバトロス号（たいてい波間に見えなくなりますが）には、どこかたのもしいところがありました。朝の太陽が船の真新しいペンキを照らしました。まるで生きているかのように船体が動きます。塩辛い波しぶきが口にかかると、その味に、この船に乗って生きていることの喜びをかみしめることになります。この大海原のなかで、この船はとても居心地がよいのです。

でも、ポリネシアの言うことを聞いて、船が灯台をすぎて大海原へ出る前に荷物を甲板の下にしまっておいてほんとによかったと思いました。船がゆれるので、甲板で仕事をするのがかなりむずかしくなってきたのです。たしかに、いそがしく働きつづけなければならないくらい仕事はたくさんありました。先生は、ぼくにガブガブを下へ連れていくようにとおっしゃいました。あのブタが（まんまるですから）ごろごろと転がって海へ落ちるのを心配なさったのです。そこで、ぼくはガブガブを下へ連れていき、ダブダブとチーチーが船室のそうじをする手伝いをさせました。

それから、動物たちの部屋割りを発表しました。それぞれどこで寝るかといったことです。部屋割りは前もって先生とぼくとで決めておいたのです。

船のゆれで転がってしまうのはガブガブだけではありませんでした。ネズミも、寝るときは、手足を引っこめるくせがありますから、ボールみたいになります。そもそも白ネズミのホワイティは、ぼくらと同じように船室に寝たがりました――おそらく、ぼくらが話しているのが聞こえないところにいたら、なにかの計画があってもわからないのがいやだったのでしょう。とにかく、最初の一晩、二晩は、ぼくの寝棚の下で寝させてやることにしましたが、朝になる前に、船がゆれてホワイティは船室の床を転がって、ドアにしたたか頭をぶつけて目をさますはめになりました。

そこで、船の厨房《ちゅうぼう》（船の台所をそう呼びます）から取っ手の取れた古いティーカップをさがしてきて、これをホワイティの巣とすることにしました。ホワイティは、そのなかに糸くずや新聞の切れっぱしをしきつめて、とても居心地よくしました。それから、ぼくはそのカップを食器ラック（床にすべり落ちないように食器を固定できるようになっている船の食器棚）にしまいました。こうして残りの船旅のあいだ、ホワイティはおだやかに眠ることができました――が、ダブダブはとてもいやがって、「今度はなに？　知りたいもんだわ」と、鼻を鳴らしながら、「私の食器ラックにネズミを入れるなんて！」と文句を言いました。

「うるせえばあさんだよな？」ダブダブがぼくをしかっているのを聞いたチープサイドが言いました。「ところで、センセが今、トミーのこと、呼んでたぜ。」

先生のところへ行ってみると、海図室というところでいっしょに地図を見てほしいと言われました。海図室は、ぼくにとって、船のなかでとりわけおもしろい部屋でした。ぐるりと四方に舷窓《げんそう》があるのです。ここには海図がありました。それから、海での針路を決めるためのいろいろな道具がありました――六分儀、クロノメーターなどなどです。この小さな部屋で、船の「航路」が割り出されるのです。

ぼくは、少年っぽい想像力のせいで、いつも、船にしのびこんだやつがいるんじゃないかと考えてしまいます――海賊とか、この船の歴代の船長とかが、甲板とかに、腰にピストルを着けて身をひそめていたり、この船を小さな無人島に行かせて、ほかの船から盗んできた宝物をうめようとしていたりするなんてことを想像してしまうのです。

「今のところ、このまま北北西にむかうよ、スタビンズ君――フィニステレ岬（スペイン西端の岬）に着くまでは」と、先生が、地図を広げながら言いました。「この地図で調べたいことがあるんだ。この追い風はすばらしい。かなりのいきおいで進んでいる。このまま行ければいいんだが。もっと帆をあげることにしよう。」

フィニステレ岬をすぎて南へとむかうと、天候はどんどん暑くなりました。ときどき、先生やぼくには、少し暑すぎましたが、ポリネシアとチーチーは大よろこびでした。

「ああ！」と、ポリネシアは羽毛をふくらませながら、のどをガラガラ言わせるようにして言いました。「また太陽を見られてよかったよ！　イギリスにずっといすぎると、ひなたがどんなもんか忘れちまうからね。」

「えらそうなこと言いやがって、この、つめ物をした靴下野郎！」チープサイドがうなりました。「エゲレスの天気をぶつくさ言ってんじゃねえよ。おれたちゃ、あそこがしめってんのが好きなんだよ。それで、脳みそがひからびちまわないでいられるんだ――てめえの脳みそみたいに、ひからびちまうのはごめんだからな。うっへー！　この甲板は熱いぜ。おれは船室におりる――このままだと、フライド・チキンになっちまわぁ。」

たしかに、すばらしい天気がつづいてくれました。さらによかったのは――航海中ずっと北風も吹きつづけてくれたことです。実のところ、なにもかもが快適で、うまくいきました。先生との航海でこれほど船がすいすいと進んだのは初めてでした。夕食後のお話さえ、パドルビーのおうちと同じように、船上でつづけられました。

アルバトロス号の上で動物たちが先生に海のお話ばかりお願いしたのは、ふしぎでした。最初の週が終わるまでに、ドリトル先生は、知っているお話はすべて話したとおっしゃいました。しかし、次の日、書庫館長のホワイティが、海図室のロッカーをさがしまわって、『七つの海の物語』というすてきな分厚い本を見つけてきました。そして、その平安な旅の終わりまで、先生の家の動物たちは、毎晩、この本から一章ずつ先生に動物語に訳しながら読んでもらったのでした。

第四章　荒海を飛ぶ海ツバメ

ぼくらの順調で、しあわせな航海に、じゃま——もしほんとうに「じゃま」と呼んでもよいのであれば——が入ったのは、航海の終わりごろでした。午前中いっぱい先生は気圧計（天気を予想するための道具）を十分、十五分おきに見ていて、まゆをしかめていらっしゃいました。しかし、ぼくはひどくいそがしかったので、あまり気にもとめていませんでした。

ところが、やがて、先生が船室におりていったとたんに、ぼくは、一羽の鳥が、右舷《う げん》の方角から海の上を低く飛んでくるのを見ました。もちろん、ぼくは羅針盤に注意していなければならなかったのですが（そのときぼくが舵《かじ》を切っていたのです）、ちらっとその鳥を見ることができました。それは、海ツバメでした。

かつて海ツバメは、悪天候のしるしのように思われていました。実のところ、そんなことはないのですが、たしかに空がどんよりとくもっているときにすがたをあらわす鳥なのです。ぼくは、いつも海ツバメをすごいなあと思っていました。なにしろ、一羽ないし、つがいで狩りをするとき、どんなにひどい天気でも、海がどんなになっていても、海の上ですっかり安心してくつろいでいるかのように見えたからです。

さて、おどろいたことに、この海ツバメがすうっとやってきて、ぼくのすぐ近くの手すりにとまったのです。

「こちらは、ドリトル先生の船でしょうか？」海ツバメは、たずねました。

その瞬間、ぼくらはおたがいに、相手がだれだかわかったのです。

「おや、トミーさんじゃないか！」と、海ツバメはさけびました。「そんなに大きくなって、あなたとはだれもわからないほどですね。」

「そして君は、ぼくらがクモザル島への旅で遭難したとき、ぼくを見つけてくれた海ツバメだね」と、ぼく。「君の右のつばさにその灰色の羽根があるのでわかったよ。また君に会えて、すごくうれしいなあ。」

「ありがとうございます」と、海ツバメはていねいに言いました。「朝になってからずっと、先生の船を海じゅうさがしていたんですよ。先生に大切なことをお伝えしなければならないんです。先生は、起きていらっしゃいますか？」

「うん、そう思うよ」と、ぼく。「呼んであげるよ。」ぼくは、首からかけていた甲板長の笛をくわえると、ピーと吹きました。すぐに先生が甲板にあがってきて、ぼくのそばへ走っていらっしゃいました。

「先生」と、海ツバメが言いました。「この船はかなりひどい竜巻にむかってまっすぐ進んでいます。時速百四十五キロの風が吹き、海が大荒れに荒れています。先生が今進めている船の針路の先にあるんです。船はあまりに陸に近いところを進んでいます。もっと沖に船を出せば、竜巻をさけられます。でも急がないと、船は岸へ打ちあげられてしまいますよ。」

「わかった」と、先生。「今、西へ一度むいて南へ進んでいる。もしも——」

「西へむかってください。」海ツバメは、すばやく口をはさみました。「先生、西へむかってください、急いで！」

ドリトル先生は、ぼくの手から舵を取って、羅針盤を見ていた目を帆に走らせ、そのようすを見守りながら注意深く船首のむきを変え、沖合へまっすぐ船を進めました。

「これでどうだ？」とうとう先生は言いました。

「それでいいです」と、海ツバメ。「ぼくが、舵を切ってと言うまで、このままでいてください。今、嵐と並行して走っています——嵐の反対側のほうへ出ようとしています——嵐から五十キロほどこちら側を進んでいるのですが、これならなんの被害もありません。もしあのまままっすぐ嵐につっこんでいたら、どうなっていたかわかりません。間に合ってほんとうによかった。」

「私もそう思うよ」と、先生は笑いながら言いました。「君が知らせてくれて、とてありがたく思っている。私の気圧計がひどく低い値を指しているなあと思っていたんだ。どこか近くにひどい天気があるとはわかっていたが、どちらの方角かわからなかったのだ――ところで、君は私をさがしていたと言っていたね。どうして私が海に出ていると知ったのかね？」

「なに、かんたんなことです、先生」と、海ツバメ。「たいていの海鳥は、先生のことを見知っています――すくなくとも、このあたりの海岸ではそうです。ぼくは、さっきカモメと話をしてたんですが、先生が小さな帆船に乗っているのを見たと教えてもらったんです。ただ、あのばか者どもには、その船が南のほうへむかっていたとしかわからなかったので、先生を見つけるのはたいへんでした。先生がカナリア諸島のほうへむかっているのか、もっと陸地に近く、アフリカ海岸に沿って進んでいるのかわかりませんでしたから。ぼく自身、さっきの嵐からぬけ出してきたところだったんです。いやあ、長いこと海の上をおさがししましたよ。そして、先生をさがすのにもっとたくさんの海ツバメに助けてもらおうとしたとき――たまたま幸運なことに――すぐ下に先生の小さな船を見つけたのです。」

「なるほど」と、先生はふとまじめになって言いました。「たしかに、この航海は幸運にめぐまれている――今のところは。そのまま幸運がつづくことを願おう。君には大いに助けられたよ。なにか食べないかね？　食料庫にはとびきりのイワシがあるよ

――本物のポルトガル産だ。」

さて、結局この海ツバメは、昼も夜もずっと船で休んでいきました。そして、いっしょにいてとてもゆかいな仲間だとわかりました。ポリネシアとも、トートーとも、チープサイドとも、ほかのみんなともぜんぜんちがう種類の鳥でした。海ツバメは、海の住人なのです。そのすらりと長いつばさがかっこよく、実際、飛んでいるときは体じゅうつばさみたいに見え――つばさとつばさのあいだに、両はしがとがった小さなちょうつがいのような体があるだけのようでした。海ツバメが強い風のなかへ美しく、やすやすと飛びさっていくようすをずっと見つめていてもあきることがありませんでした。

海ツバメは、ほかの点でもちがいました。好ききらいもちがえば、考えかたもちがい、実のところ、なにもかもちがっていました。海ツバメは、ドリトル先生が大好きでした。何年も前、岩場に打ちあげられていた古い難破船の帆柱に長いつばさをぶつけて折ってしまったとき、先生はそのつばさを治してくれたのでした。

船室での夕食後のお話の時間に、先生は海ツバメに、身の上話をさせました。そのお話は、これまで聞いたことも読んだこともないほどおもしろいものでした。しかし、海ツバメは、自慢することもなく、平然として、こんなことは海ツバメなら年がら年じゅう経験していることであるかのように、びっくりするような冒険談を話してくれたのでした。

海ツバメが海の天候についてものすごくくわしくて、特に風のことをいろいろ知っていることが、よくわかりました。ドリトル先生は、風についてたくさんの質問をして、どうして風が起こるのかとたずねました。そして、海ツバメの答えを、ぼくにノートに筆記させました。

また幸運にめぐまれたのでしょうか？　だれにわかるでしょう？　とにかく、ぼくは質問と答えをノートに筆記しながら考えました。海ツバメがどこからともなくあらわれて、おそろしい嵐にあわないように、船の針路を変えるように言ってくれて、ほんとによかった、と。

六時間ほど西へ旅をつづけたのち、海ツバメは先生に危険が去ったので、以前の針路にもどってもよいと言いました。

「どちらの港に入るんですか、先生？」と、海ツバメはたずねました。

「ファンティッポだ」と、ドリトル先生。

「ああ、それじゃ、もうすぐですね」と、海ツバメ。「まっすぐ陸地にむかってください――いえいえ、もっと東です――それでよいです。そのまま。」先生が舵を少し切りすぎたとき、海ツバメはつけくわえました。「しばらくすると、人なし島が見えてきます。ファンティッポ湾の入り口も見えてきます。ぼくはもうこれで失礼します。北へ引き返さなくてはなりませんので。兄と会うんです。ほかにご用はございませんか?」

「いや、ないね。とても親切にしてくれて、ありがとう」と、先生。「お兄さんと会うのに、引き止めてしまってもうしわけなかったね。」

「ああ、だいじょうぶです」と、海ツバメ。「兄は、ぼくが来るまで、ぶらぶら魚とりでもやっていますよ。ぼくら海の生き物は、時間のことはあまり気にしないんです。」

先生は、羅針盤の指針面にファンティッポへの新しい道が出ているのを見たとたん、ぼくに舵を返しました。海ツバメは、船の手すりから軽いジャンプをして、その美しく長いつばさを空中に広げました。海ツバメはつばさをパタリと打つことなしに、思いどおりに風に乗って、すうっと船のまわりを飛びまわり、とうとうメーンマスト(主たる帆柱)のてっぺんをかすめました。それから、海ツバメは北のほうへ飛びさりました。

「さようなら、ドリトル先生。」海ツバメは海の上から呼びかけました。「さようなら、ご幸運を!」

「さようなら、友よ。」先生もまたさけび返しました。「最高の運にめぐまれるように!」

先生は、白波の上へ鳥が急降下し、やがて見えなくなるまで、鳥を目で追いながら、ぼくのとなりに、じっと立っていました。

「ねえ、スタビンズ君。」とうとう、先生はつぶやきました。「私は医者でほんとうによかったと思っているよ。しかし、もしほかのものにならなければならないとしたら、世界じゅうの生き物のなかで、あれこそ私のなりたいものだな——海ツバメに。」

その日の午後おそく、マストの上で見張りの番をしていたトートーが、ふいにさけびました。

「前方に陸発見！——右舷《うげん》船首に陸地あり、船長！」

こうして、ぼくらの幸運にめぐまれた航海は終わったのでした。

第五章　ファンティッポでの大歓迎

先生の家の動物たちのほとんどは、以前ファンティッポに来たことがありました。しかし、ぼくにとっては、これがファンティッポ王国への初めての訪問でした。ですから、みなさんにもおわかりでしょうが、ぼくは少し興奮して、そこがどんな国か見たくてたまりませんでした。

ぼくらは船のマストから大きな帆を取りはずし、歩く速さで動くぐらいの小さな帆だけを残しました。ポリネシアは船首楼の先で見張りについており、先生はこの海には岩や砂州がたくさんあることをご存じなので、自分で舵《かじ》を取っていらっしゃいました。ぼくは先生のそばに立って、望遠鏡を目に当て、かたむいた夕日のなか、陸地がどんどん近く、はっきりしてくるのを見ていました。やがて、先生は、前方にまるい島があるのを指さしました。ファンティッポ湾の開口部の北側です。

「あそこに郵便局を開いたんだよ、スタビンズ君」と、先生。「大きな屋形船の上にね。あの島の岸につないでおいたんだ。」

「見えます」と、ぼく。「屋形船がまだあります。これはとてもいい望遠鏡ですね。いやあ、窓辺の植木箱《プランター》にゼラニウムの花が咲いているのも見えますよ。」

「そうかね！」先生は、さけびました。「わが旧友のココ王が、そうさせているんだ。ツバメたちに教えてもらったが、私が去ったあと、王さまは屋形船をいつもぴかぴかにしているそうだ。いつか私が帰ってきて、王さまのためにツバメ郵便を再開してほしいと願って――。どうしたね？　今度はなにが見えるのかね？」

「わかりません、先生。ふしぎです！　ものすごくたくさんのカヌーかなにかのようです。先生が見てみてください。ぼくが舵をとりますから。」

先生はぼくから望遠鏡を受け取ると、陸地のほうを見ました。

「君の言うとおりだ、スタビンズ君――岩礁の内側で、何百ものカヌーが待ちかまえている。王さまのカヌーもあるね。船尾に王さまの旗がはためいている……。いや、まるでわれわれを歓迎しようと待ちかまえているようだ。だが、われわれが来ると、どうしてわかったのだろう？　……ああ、なんてこった！　――どういうことかわかったぞ。郵便局船のまわりにカモメの大群がいる。おそらく、連中は海ツバメから、われわれが航海をしていると聞きつけ、私のむかしの屋形船に集まって、われわれを歓迎してくれようというのだろう。王さまは、それに気づいたにちがいない。そして、私が王さまのためにふたたび郵便局を運営してくれると思っているのだろう。王さまをがっかりさせることになるな。まあ、とにかく外国の岸へやってきて――鳥であれ、王さまであれ――歓迎を受けるというのは、いいもんだ。そう思わんかね、スタビンズ君？」

「もちろんです、先生」と、ぼく。「あのカモメたちをごらんください！　もう望遠鏡はいりませんね。島の上を、雲みたいに、あがっていきますよ！　王さまがなにかあると考えるのもむりはありませんね。」

「おっと！」と、先生は笑いました。「われわれの船を見つけたらしいぞ……そうだ。まちがいない。ほら、こっちへ来るぞ。大急ぎで、会いにやってきた。」

それは、一生涯忘れられない光景でした。岸からはまだ一キロ半ほどの沖合でしたが、ぼくらのあいだにある空気も空も、それから島も、日光を浴びてきらきらする白いつばさでうめつくされていました。やがて、カモメたちのかん高い奇妙な声が聞こえました。

「ようこそ！」と、カモメたちは、さけんでいました。「ようこそ、ドリトル先生。ファンティッポへお帰りなさいませ。」

カモメたちの最初のひと群れがぼくらの船のところへやってきて、マストのまわりをぐるぐる飛びまわると、そのわめきたてる声で耳がおかしくなりそうなほどでした。あたり一面、カモメでぎっしりで、いかに空が広いからといって、よくもこれだけ集まりながら、ぶつかりもしなければ、押しのけもしないで飛びまわれるものだと、ぼくはおどろきながら見あげていました。

カモメたちに近づいてようやくわかったのですが、このカモメの大群は、少なくとも一キロ半ほど広がっているのです。船におりてくることはせず、大切なお客をむかえる護衛兵のように、ぼくらの両側にずらりとならんで、アルバトロス号の前方の道をきれいにあけておいてくれていました。港へむかう船の前を直接飛んではいけないとわかっているようでした。そんなことをしたら、もちろん、つばさにおおわれて前方が見えなくなり、船を進めることができなくなります。

ポリネシアの話では、先生が鳥の大歓迎を受けるのは、めずらしいことではないそうですが、この夕方の大歓迎は、そうしょっちゅうあるものではないと感じられました。ぼくは、舵をにぎる先生の笑顔をちらりと見て、ポリネシアとチープサイドが先生をここまで連れてきてよかったと思いました。そして、ぼくも、ぼくなりに力になれたわけです。

カモメがうるさくて、しばらくはなにも話せませんでした。そこで、ドリトル先生は、見張りの合図に気をつけながら、危険な浅瀬を注意深く通りぬけて、ぶじに港に船をつけました。チーチーとぼくは、錨《いかり》のくさりに手をかけながら、先生の合図を待っていました。そしてとうとう先生が手をふると、ぼくらは錨を海におろしました。

船首につないだ大きな錨が、海にバチャンと落ちました。足もとのロープの輪が錨のくさりを通す穴からどんどん出ていって、それから急に、たるみました。ぼくらはそれを索止めにしっかりつなぎました。アルバトロス号は、風下へゆっくりと旋回し、それから止まりました――ファンティッポ湾に錨をおろしたのです。

ぼくは先生に話しかけようと船尾のほうへ歩いていき、カモメの大合唱がやんでいることに気づきました。しかし、今度は別の音が――それほどうるさくありませんが――代わりに聞こえてきました。人間の声です。待ちかまえていたカヌーから聞こえてきます。

カヌーの群れは、ぼくらが船を進めるじゃまにならないようにと、少しはなれたところにならんでいました。その小さな舟には人がぎっしりと乗っていて、みんな色鮮やかな服を着ていました――ただし、カヌーのこぎ手たちは、腰に布を巻いただけの、真っ黒な体をしていました。ぼくらの船の錨がバシャンと海に落ちるとすぐに、どのカヌーも、ものすごいスピードで湾のなかをこいで、こちらへやってきました。

しかし、大急ぎではあっても、われ先に急いでいたわけではありません。カヌーのこぎ手のリーダーが歌を歌いだし、すべてのカヌーのこぎ手たちが声を合わせて歌いました。これによって、すべてのカヌーが整列し、すべてのこぎ手がいっせいにタイミングをそろえてパドル（櫂《かい》）を水に入れるのです。パドルもカヌーも、ふしぎな彫刻と彩色がなされていました。それぞれのカヌーに十人ぐらいのこぎ手がいるようで、ゆうに二百艘のカヌーはありましたから、歌い手の数はたいへんなものでした。

太陽が海のはしっこにしずもうとしていました。その赤い光を、何百本ものぬれたパドルの面にそろって反射させながら、男たちはそのふしぎで気持ちのよい歌を大声で歌いました。それから、このカヌー集団は、力いっぱいこぐたびに、飛ぶように前へ進むのでした。それは、すばらしい、うっとりするような光景でした。

このカヌー集団のまんなかに、ほかよりもずっと大きなカヌーがありました。カヌーというよりは大きな屋形船のようで、むらさき色の日よけがついていました。その日よけの下には、頭に王冠をいただき、手には緑のペロペロキャンディーを持ったすごく太った男がすわっていました。ときどき、ペロペロキャンディーを口にしてなめているかと思えば、それを目の前にかざして、虫メガネのように、キャンディー越しにむこうを見ようとしていました。

ぼくは、舵のところへ行こうとして、とちゅうで立ち止まってこのようすをながめていました。ちょうど手すりに寄りかかっていたとき、先生がやっていらして、ぼくのとなりで手すりに寄りかかりました。チープサイドもいっしょです。

「おや、ごらんよ」と、チープサイドがさけびました。「ありゃ、ココナッツ王だぜ。ぶったまげたぜ！　前よりも太ったじゃねえか。」

「そうだね」と、先生。「朝、昼、晩とペロペロキャンディーをなめつづけるかぎり、やせることはないだろう。あれが、王さまの弱点だよ。」

「そのとおりだね、センセ」と、チープサイド。「王さま大好き、キャンディーなめる、いつもペロペロ、いつやめる?――おや、センセ、こいつは詩ですよ! ひょっとすると、おれもセンセみたいに物書きになればよかったのかもしれねえ。」

「物書きはたくさんいるが、」と、先生は、スズメにほほ笑みかけながら言いました。

「チープサイドは一羽しかいない。」

「ふん! ――ありがたいこった」と、ぼくらの背後で声がしました。ふり返ってみると、ポリネシアがいました。

「なんだ、この、アフリカのハリネズミめ!」と、チープサイドがぴしゃりと言いました。「ピンが二本あったら、てめえなど、ちょいとねじり……」

しかし、けんかがはじまる前に、先生が割って入りました。

「どうか聞いてくれたまえ」と、先生。「こちら側に、なわばしごをおろそう。ほら、カヌーが場所をあけて、王さまの屋形船を通そうとしている。国王陛下の正式な訪問を受けることになりそうだ。スタビンズ君、なわばしごをおろすのに、手を貸してくれたまえ。」

第六章　郵便局船のディナー・パーティー

ぼくらの船へのココ王の歓迎の訪問は、とても盛大なものでした。国王陛下自身が船に乗りこんできて、あいさつをしたのみならず、王国の重要人物全員がおくさんと子どもも連れてやってきたのです。ぼくらの有能な船乗りのポリネシアは、ひっくり返るのではないかと思われました。ポリネシアとぼくは、船のマストにのぼって、人ごみをさけていたのですが、下を見ると、船首から船尾まで、まるでジャムにむらがるアリのように、ぎっしりと人でうめつくされていました。

「先生に、あいつらを止めさせなきゃ、トミー」と、ポリネシアはぶつぶつ言いました。「水面から船ばたまで十五センチのところまで船がしずんできているのに、あいつらは、どんどんはしごをのぼってくる――その上、もっと大勢、岸からやってくる。この船はいつひっくり返って、しずむかわかりゃしない。たまげたもんだね！　船乗りが目にするようなことはなにもかも見てきたつもりだったけど、いやはや、親切心で船がしずんじまうのを見ようとは思わなかったね。あの太ったおばさんたちが先生ちまうよ。」
ミー、先生の注意をひいてくれないかい？　水面が、もう今にも主甲板よりも上に来
にぺちゃくちゃまとわりついてたんじゃ、先生に話しかけることもできやしない。トミー、先生の注意をひいてくれないかい？　水面が、もう今にも主甲板よりも上に来ちまうよ。」

ぼくは両手を口にそえて、できるかぎりの大声でドリトル先生を呼びましたが――だめです。顔をあげることさえしてくれません。そのとき、ぼくは、いいことを思いつきました。（どうして、それまで思いつかなかったのかわかりませんが。）ぼくはポケットから甲板長の笛を取り出すと、強く、長く吹いたのです。

それで、うまくいきました。ファンティッポの人たちには、なじみのない音だったのでしょう。とにかく、ふいに、ぴたりと静かになりました。ドリトル先生は顔をあげて、ぼくがマストの上にいるのをごらんになりました。

「先生」と、ぼくは、さけびました。「この群衆を止めてください。船からおろしてください。水面から船ばたまで十五センチしかないんです。船の上のほうが重たいんです。このままだと、しずんでしまいます――」

しかし、先生はそれ以上聞いていませんでした。すばやく、となりにいた王さまになにやら言うと、王さまが大切なペロペロキャンディーを高くかかげたので、だれもが王さまの命令にうやうやしく注意をむけました。王さまは、奇妙な舌打ちをするようなことばで、五、六語だけしか言いませんでしたが、それでじゅうぶんでした。群

衆は大あわてでカヌーへともどっていったのです。

幸いなことに、船の下のほうの舷窓《げんそう》はとじてありました。そうでなかったら、船室も船倉も水びたしになってしまったことでしょう。実際は、主甲板の排水溝が水の下になっただけでしたが、今度は、お客がカヌーに乗りこもうとして船の一方やら他方やらにどっとかたよるたびに、あわれなアルバトロス号はかたむき、かしいだのでした。そのさわぎのなかで、子どもが何人か海に落ちましたが、ふたたびつりあげられました。だれもけがをしませんでした。

太陽がしずんで、あたりは暗くなってきていました。王さまは、先生のそばをはなれませんでした。ポリネシアとぼくがマストからおりていくとすぐに、先生はぼくらを王さまに紹介しました。

ココ王は、陽気な、すてきな顔をしていました。かなり子どもじみた習慣（ペロペロキャンディーをなめてばかりとか、カヌーのなかでも王冠をはずさないとかいったことです）があるにもかかわらず、その大きなおすがたには、どこか王さまらしい威厳がありました。それは、ぼくのような若い者にもわかりました。ぼくは、すぐ王さまが好きになりました。王さまが英語をお話しになり、しかも、じょうずだとわかって、ぼくはびっくりしました。

「お会いできて、とってもうれしい、いい、スタビンズさん」と、とても太った王さまは、おじぎをしようとして、腰を曲げるのに苦心しながら言いました。「今、ドリトル先生に、船のお仲間を連れて、お食事に来てくださいとさそっていた。あなたもご出席くださるとうれしいが？」

「ありがとうございます、閣下――いえ、国王陛下。」ぼくは、ことばにつまってしまいました。「先生がうかがうなら、ぼくもまいります。」

「ディナーはどこで開かれるのですか、ココ王、」と先生は、たずねました。「町はずれの、あなたの宮殿で、ですか？」

「いや」と、王さまは言いました。「これは特別な宴会だ。先生の郵便局だったなつかしい屋形船で開くことにしよう。うしろをふり返って、湾のむこうを見てください。」

ぼくらはみんな、ふり返りました。そのとき、先生もぼくも同時に息をのみました。もう日の光は消えかかり、太陽がしずんだ海のむこうに、かすかな赤い光がかすんでいるだけです。湾の遠くの岸は真っ黒な線に見え、かすかな星の光が銀色の水面にちらついていましたが、人なし島の前で空が岸とまじるあたりで、郵便局船が、赤や緑や黄色やむらさき色に照らし出されていたのです。中国の紙製ランタンがいくつもひもに連なって郵便局船をかざっていたのでした。ファンティッポというふしぎな国には、美しいおどろきがつきません。

王さまは、ぼくのほうをむいて、おっしゃいました。

「ドリトル先生がわがはいのために郵便局を経営してくれたとき、先生は、いつも四時に一般客のためにお茶をふるまってくれたのだ。イギリス人のお客に教えてもらったのだが、十円切手を買ってお茶を一杯ごちそうしてもらえる郵便局は、ここしかないそうだ。だから、先生を歓迎するディナーを郵便局だった屋形船で催すのは、まさにふさわしいことだ。七時にお待ちしておりますぞ、先生。すごい宴会となるでしょう。」

王さまは、いかにも楽しみ、という感じで、その大きなおなかをポンポンとたたくと、はしごのところまで歩き、王さまの屋形船へとおりていきました。

さて、ディナーは、大いに盛りあがりました。七時少し前に、ぼくらは船のボートに乗りこんで、湾をこぎ渡り、明るくともされた屋形船へ行きました。そこで、ココ王本人が出むかえてくれて、船尾にあるおおいの下の、すっかり用意のととのった大きなテーブルのところへぼくらを案内してくれました。

ひょっとすると、先生とそのふしぎな動物たちをこれほどうやうやしく親切に大歓迎してくれる王さまは、全世界をさがしてもほかにいないかもしれません。もちろん、ファンティッポの王さまは、これまでに先生の動物たちに会ったことがあり、それぞれの大好物がわかっていたので、みんなが大よろこびする特別な食べ物を用意していてくれたのです。それに、白ネズミ用の座面の高い席には、いろんな種類のチーズを載せた小さなお皿をいっぱいならべるなど、特別の席を用意するのも忘れていませんでした。

ぼくのとなりにすわったガブガブは、目の前にいろいろな野菜やくだものがどっさりならべられて、テーブル・マナーはだいじょうぶかしらと少し心配していました。

「あのね、トミー」と、ガブガブはささやきました。

「ぼく、あるとき侯爵夫人と食事をしたことがあるんだけど、ロンドンでね——先生が、カナリア・オペラを上演なさっていたとき。でも、ほんとうの王さまとディナーだなんて、初めてだよ。召し使いたちが、ぼくの席にスプーンやフォークを置いてかなくて、ほんと、よかった！　こういうすごいディナーって、そういうところがこまっちゃうんだよね。銀食器が苦手だよ。ぼくは、いつもサラダを食べるのにお魚用のフォークを使ったり、スープを飲むのにデザート用スプーンを使ったりしちゃうんだ。でも、ほら、フォークもスプーンも出てないよ。王さまは、ぼくが食べ物を好きなようにつまんで食べたがるってことを、おぼえていらしたんだ。なんて思いやりがあるんだろう。ああ、おいしそうなマンゴーだね！　——よだれがたれそう！」

動物たちはとてもおぎょうぎがよかったということを言っておかなければなりません。ただ、ものすごくたくさんのお皿が出てきたのには、みんなこまっていました。だって、スープからはじまって、ナッツで終わるまで、ぜんぶで四十皿もあったのです！　ほんとうにココ王は、大食らいでした。ずっとむかしに王さまといっしょに食事をしたことがある先生は、ぼくたちに、料理がいっぱい出てくるから、それぞれを味見程度にしておかないと、あとの料理が食べられなくなるよと教えてくれました。国王陛下は、ディナーが終わる前に、お客のだれかがもう食べられないと言いだすと、ものすごくがっかりするようでした。しかし、先生が警告してくれたにもかかわらず、苦労せずに最後まで食べられた動物は、ほとんどいませんでした。

ぼくはどうかというと、二十四番めのお皿になったとき、これ以上一口でも食べたら、おなかがはじけそうでした。

第七章　ジャングル探検隊

あくる日、先生はふたたび、仕事を急ぎだしました。航海中のゆったりした日々は、先生によい気分転換と休息を与えてくれたのです。そして、今は、ポリネシアが言うとおり、「やる気まんまん」でした。船室で早めの朝食をとったあと、先生はぼくにおっしゃいました。

「ジャンガニカ湖へ急がねばならんのに、ぐずぐずしているわけにはいかん。どろがおの命は、われわれがどれほどすぐ着けるかにかかっているのだ。」

「でも、先生は、」と、ぼく。「どろがおは今いるところで安全だとお考えだったんじゃありませんか――一種の冬眠状態にあって――」

「そのとおりだ、スタビンズ君、まさにそうだ。あれが若いカメだったら、心配はしないのだがね。だが、年寄りだ――信じられないほど年をとっている。病気をしたこともある。あの地震が起こったとき、どれほど元気だったかということが問題なのだ。元気でなかったとしたら――今、何トンもの砂利をかぶって身動きができなくなって、どうしようもない状態なのだよ。」

「助け出す方法を、お考えになったのでしょうか？」と、ぼくは、たずねました。

「いや、スタビンズ君、わからんのだよ。現地を見れば、なにか思いつくのではないかと期待しているだけだ――それだからこそ、できるだけ早く着きたいのだ。」

「はい」と、ぼく。「ここでぶらぶらしている場合でないということは、よくわかります。王さまは、先生にまた郵便局を経営してもらいたがっているようですが、なにか言っていましたか？」

「いや、ひとことも。」

「じゃあ、先生、王さまにたのまれたら、どうなさるんですか？」

「たのまれるまで、ぐずぐずしたりはせんさ！」ドリトル先生は言いました。「こっちのお願いを先にするつもりだ。いずれにせよ、訪問を受けたお返しに、訪問しなければならん――それが、礼儀というものだからね。朝食がすみ次第、王さまの宮殿へ行って、よいカヌーを一艘貸してくれとたのむことにするよ。それから、留守のあいだ、船の番をしてくれる人を世話してもらおう――ほかの船にぶつけられないように、夜のあいだ停泊灯をつけるとか、いろいろやってもらうことがあるからね。」

　ぼくらがテーブルからはなれようとしていたとき、ポリネシアとチープサイドが船室に入ってきました。どうやらいつもの言いあらそいをしていたようです。チープサイドが、まだ話しつづけていました。

「そして、いいか、このポリバケツ野郎」と、チープサイドは最後の文句を言いました。「今度、おれのことをコックニー（ロンドンなまり）さんとか言いやがったら、てめえを棒の先にくっつけて、モップにして甲板をそうじしてやるぞ――この――空飛ぶぞうきんめ！」

「そのうちに」と、ポリネシアは、ぼくのそばのテーブルのはしにとまって、考えぶかそうに言いました。「あたしゃ、自分が淑女だってことを忘れて、このチンピラの頭をかみちぎっちまいそうだよ。」

「ああ、また」と、先生がため息をつきました。「けんかかね！　いいかね、君たちふたりの言いあらそいを聞いていると、君たちがこれまで航海をいっしょにしたことがないかのように思えるよ。さあ、おとなしくして、どうか朝食をすませてくれたまえ。今日は、いろいろいそがしいんだ。」

そこへダブダブが、チーチーに手伝ってもらいながら、この新参者たちのために食事を運んできてくれました。

「そしてどうか、船室じゅうに鳥のエサをちらかさないでちょうだいよ」と、ダブダブは二羽の鳥たちに言いました。「チーチーと私は、床から種のからをそうじするのには、もううんざりですからね。テーブルで食べてちょうだいよ。そうすれば、パンくずといっしょに、そうじできますから。」

「わかったよ、わかったよ」と、チープサイドは食べはじめながら言いました。「だけど、ちらかしてんのは、あのポリネチネチ野郎だぜ。おわかりでしょ、センセ。」チープサイドは、ダブダブとチーチーが厨房《ちゅうぼう》へ帰りはじめたとたんに言いました。「女ってのは、ふしぎな生き物だぜ。主婦ってのは、どうしてああやかましいもんなのかねえ？　あのダブダブは、まったくすげえもんだ――一日であいつがやってのける仕事量を考えると。ついさっきも、ここにいるトミーに言ってたんだけど、ダブダブは、センセの妹のサラ・ドリトルよりも口やかましいよ。センセが飼ってたワニのことで、サラがどんなにキーッてなったかおぼえてますか？」

「ああ、そうだったね！」と、先生は夢を見るようにつぶやきました。「かわいそうなサラ！　今ごろどうしているかなあ――すばらしい女だった。だが、つまらないことに目くじらをたてて……あのワニは――あれは、旅まわりのサーカスからぬけ出してきたんだ。歯が痛いと言ってね。そして、うちに住みたがったから、住まわせてやった……サラは、あれがうちのぴかぴかの床を食べると言った。想像できるかね？」

「おぞましいもんですね」と、チープサイドは食べ物で口をいっぱいにしながら言いました。「床を食うなんて――だって、そんなもの、ばかなオウムだって食いやしねえでしょう！」

ポリネシアは、この侮辱が聞こえなかったふりをして、ヒマワリの種をものすごい音をたてて割って食べました。

どこか遠くをながめて、思い出すような声で、先生は言いました。

「あのかわいそうなワニはだれにもかみつかないと私に約束したんだ。そう言っても、サラは信じてくれなかった——庭の池の金魚だって食べたりしないと約束したのに。ワニというものは、目の前に腕や足があると、どうしてもかみついてしまうものだとサラは思っていたようだ……ほんとのところは、ワニは……ワニというものは……」

先生のことばは、つぶやきとなって消えていきました。ぼくは、話している先生を見守っていました。お顔のようすが変わっていき、最後には言っていることなど考えていないことがわかりました。ポリネシアも、食事をやめて、先生を見ていました。先生は、今はテーブルクロスをじっと見つめ、何千キロも遠くのことを思っているようでした。

とつぜん先生は顔をあげると、にっこりなさいました。

「そうだ！」先生は、さけびました。「どうしてこれまで思いつかなかったのだろう？　チープサイド、君はすばらしいよ。君がいなかったら私はどうしたらよいかわからないよ。」

チープサイドは、きょとんとしました。

「失礼ですが、センセ」と、チープサイド。「なんの話ですか？」

「いや、ワニだよ。もちろん！」と、先生はさけびました。「私は何週間も頭をしぼっていたんだ――実のところ、あの地震の知らせを君が持ってきてくれて以来ずっとだ――なんとかしてどろがおを湖の下から助け出せないかとね。そして今、君がその方法を教えてくれた――ワニだよ！　――ポリネシア、チーチーを見つけて、ここへ連れてきてくれるかね？」

オウムのポリネシアは、サルのチーチーを連れてきました。それから、先生はテーブルの前にすわると、こう言いました。

「さて、よく聞いてくれたまえ。チーチーとポリネシアのふたりは、最高のジャングル探検隊だ。この国は、君たちの生まれ故郷だからね。そして、私の旅では、よく君たちが先に立って、くだものを見つけて私たちに食べさせてくれたり、危険があることを教えてくれたりした。ここから遠くないところにニジェール川がある。そして、ニジェール川には、一頭のワニが住んでおり、そのワニは、かつて湿原のほとりのパドルビーの私の家に住んでいたのだ。私がこの国に連れ帰って、ここで放してやったのだ。ニジェール川は、ワニにとって、アフリカで一番すてきな川だから、そこに住むと言っていた。そのワニを見つけてもらえないかね？」

小さなチーチーは、おごそかにうなずきました。しかし、ポリネシアは首をかしげて、言いました。

「そうですね。会えばわかると思うけど——わかるはずですね。先生のお宅でずいぶん長いこといっしょにいましたからね。ええと。背中に傷みたいなものがありましたね——しっぽのつけ根のあたり。でも、ワニってのは、どろんこ遊びが好きですからね。だれがだれだか、わかりゃしませんよ。どろの上着とズボンをはいててごらんなさいな。それに、いいですか、先生。ニジェール川にはものすごくたくさんのワニがいるんですからね。」

「ああ、どうか、ポリネシア」と、ドリトル先生はすぐに言いました。「むずかしいことをたのんでいると、私がわかっていないとは思わないでくれたまえ。たった一匹の動物をさがすのに、何千キロもある川をさがしてくれとたのんでいるんだ。もちろん、どこをさがしたらいいのか、ほかのワニたちにたずねて、助けてもらうといい。最後に見かけたのは、川のどのあたりだったか、とかね。」

「ええと」と、ポリネシア。「ワニのことばは、あんまり得意じゃないんですがね——少しは話せますが。どろんこ動物は、きらいなんですよ。」

「だけど、チーチーはじょうずに話すだろう」と、先生。「もしうまくいったら——それがどれほど大切なことか。博物学にとっても、たいへん重要なことなんだよ。」

ポリネシアがあまり乗り気でないことは、明らかでした。ちょっと顔をしかめて、いやな顔をしてから、こう言いました。

「で、もし――そいつを見つけたら、どうすりゃいいんです？」と、ポリネシア。「ヤシの葉っぱにくるんで、空を運んでここに連れてきますか？」

「いや、聞いてくれ」と、先生はしんぼう強く言いました。「このワニには、ニジェール川に住む何百万ものワニの親戚《しんせき》がいるんだ。できるだけたくさんのワニの友だちを連れて、秘密の湖に来てくれるように言ってくれ。ずっと前にあれの歯痛を治してやったことがあるから、よろこんで連れてきてくれるだろう。ワニは、どろや砂利のなかをほって、カメを自由にしてやるには、一番の動物だと思うんだ――実のところ、それができるのはワニしかいないと思う。だが、大勢のワニが必要だ。水中でほるのは、たいへんな仕事だからね。」

「でも、道がわかってますかね？」と、ポリネシア。「ニジェール川から秘密の湖まで？」

「たぶんね」と、先生。「たしかに地震のせいで地形は変わったけれど。だが、念のため、チープサイドに同行してもらうようにしよう。チープサイドは、ついこないだも、あそこに行ったばかりだし。」

案の定このために、チープサイドは、ポリネシアとまた言いあらそいをはじめたのですが、結局ふたりとも先生の言うとおりにすることはわかっていました。

それに、ぐずぐずしているひまはありませんでした。その日の午後、ぼくらは小さなカヌーを本土までこいで行き、探検隊がジャングルへ入っていくのを見守りました。もちろんチーチーは鳥ほど速くはありませんが、それでもおどろくほど速いのです。チーチーは、地面にまったく足をふれることなく、うっそうとした森のなかを木から木へと飛んでいくのです。大枝の先まですするとのぼっていって、そこからぴょーんと矢のように次の木へ飛んでいくさまは、まるでリスのようでした。

ポリネシアとチープサイドは、チーチーが追いつくのをいつも待っていてくれました。そのため、ふたりは言いあらそいをしたり、口げんかをしたりする時間がたっぷりありました。そして、ふたりのすがたがジャングルのなかに見えなくなってからも、あちらこちらで、ジャングルの葉っぱのかげからふたりが悪口を言いあう声がまだ聞こえました。

ぼくらが王さまの宮殿に帰る道すがら、先生は言いました。

「ああ！　すばらしい探検隊だ。あんな友だちがいてくれてしあわせだよ。もしもいなかったら、私はどうしたらよいかわからないね。」

第八章　小ファンティッポ川

チープサイドのおくさんのベッキーもぼくらといっしょに旅をすることになっていました。地震のあと秘密の湖まで飛んでいったことのある者が案内役についてくれたら、ファンティッポから秘密の湖までの長い水路の旅もずっと楽になるだろうと先生がお考えになったからです。それに、ベッキーに、「先発隊」——と先生はおっしゃっていましたが、要するに、チーチーとポリネシアとチープサイドのことです——と先生のあいだの伝令となってもらいたいとも思っていらしたようです。

そこで、小さなメスのスズメは、ぼくらといっしょに——それからトートー、ジップ、白ネズミもいっしょに——ココ王の宮殿を訪問しました。ダブダブとガブガブは、船に残って、朝ごはんのお皿の洗いものをしました。

ドリトル先生が、特別の用事があるために〝奥地へ〟大急ぎで行かなければならないと、王さまに話したとき、王さまはとてもりっぱにふるまったと言わなければなりません。王さまのお顔から、そんなにすぐ友だちを失うのがざんねんでならないと思っているのはわかりました。それでも、王さまは、郵便局の「ゆ」の字も言いませんでした。そして、先生が上等なカヌーを一艘ほしいと言うと、王さまはすぐに、〝海軍大臣〟と呼ばれる男――ということは、この人がファンティッポ王立海軍の司令官ということです――を呼びつけました。この男が制服として身に着けていたのは、腰のまわりの布と、あまりにも小さすぎるヨット帽だけでした。

ぼくらは、王さまにディナーのお礼を言って、旅から帰ってきたらまた訪問しますと告げたのち、宮殿をあとにして、海軍大臣といっしょに港へ行きました。

そこで見せられたのは、ものすごくたくさんのカヌーでした。そのほとんどは美しい彫刻がほどこされ、色がぬられていました。とうとう先生は、とても細い川でも通れそうな、中くらいの長さのカヌーを選びました。

「重すぎてはまずいのだよ、スタビンズ君」と、先生は説明しました。「ジャンガニカ湖へ行くとちゅう、川が急流になったり滝になったりするところがあったのをおぼえているが、そういうところはカヌーごとぜんぶもちあげて、もっと上流のおだやかな流れまで、岸辺を運んでいかねばならん。このカヌーなら、うまくいくだろう。さて、予備のパドルが三本ほしいな――そして、われわれがいないあいだに、船の留守番をしてくれる人を手配しないと。そうしたら、出発できるだろう。」

ぼくらは、カヌーをこいで、船のところまでもどりました。海軍大臣もいっしょです。そして、先生が、海軍大臣を案内してアルバトロス号のなかを見せてまわると、大臣は船がとても気に入って、この船で暮らしてみたいので、先生が留守のあいだに船の番をしましょうと言ってくれました。

船の主甲板に荷物をぜんぶ集めてみると、ものすごい量でした。これをすっかりカヌーに積みこんだら、自分たちが乗る場所がないのではないかと思われました。

ところが、そこで海軍大臣が手を貸してくれました。大臣は、王さまの白人の友だちの力になれることをよろこんでいるようでした。大臣は、その美しいヨット帽をわきへのけると（帽子は小さすぎて、しょっちゅう頭から落ちてしまうのです）、じょうずに荷物を積んでくれました。積み終わると、先生とぼくとが楽にひざまずいたり、すわったりしてカヌーをこぐスペースができました。ガブガブやジップや、ほかのみんなの居場所もできました。

準備がととのったときには夕方になってしまいましたが、先生は、とにかく出発すると言いました。そこで、ぼくらは、大臣にさようならを言って、出発しました。

先生は、ぼくらがこれからたどる川は、岩礁を通って海へ流れ出すような大きな河ではないと、ぼくに説明してくれました。先生がおっしゃるには、それは小ファンティッポ川と呼ばれる小さな川で、湾の南側から流れ出ているのだそうです。

そのうえ、小ファンティッポ川は、うっそうと木の生えている岸辺をぬけて湾に流れこんでいるため、その河口は見つけにくいのでした。

しかし、ベッキーとダブダブは、先に偵察をしてくれました。やがて、ふたりはちゃんと河口を見つけて、そこへ案内してくれました。

小ファンティッポ川の河口は変わっていました。ものすごくせまいうえに、うっそうと草木でおおわれているため、百回通ろうとも、そこに川があるとは気づかないほどです。でも、いったん河口のなかに入ると、小ファンティッポ川に〝小さい〟ところはまったくありませんでした。湾や海から奥まったところで、川は大きな潟（一種の湖）となって目の前に広がっており、鏡のように静かでおだやかでした。この川を北のほうへ進んで行くと、やがて、ふつうのはばの広い川に入ったことがわかりました。そのうち少しずつ、また川はばが、せばまっていきました。

奥へ、奥へとカヌーをこぎ進めていくにつれ、川の両岸にうっそうとしげるジャングルがだんだんたがいに近づいてくるのを見るのはおもしろいものでした。そのうちに、かなり川はばがせばまってきて、色鮮やかな鳥やオウムやコンゴウインコなどが枝から枝へ飛びまわっているのがちらちら見えました。あちこちの木の股《また》から、美しいランの花がたれさがっていました。ときどき、森の奥のほうからサルの鳴き声が聞こえ、チーチーのことを思い出し、先生が送り出した先発隊の残りふたり、ポリネシアとチープサイドのことも思い出しました。

そのころ、岸から数キロも奥へ入ったようなところへは、まだあまり人がふみこむことはありませんでした。アフリカの暗い奥地へと、川に沿って進んでいくと、川はさらにうねうねと曲がりくねりました。ぼくは、この緑の壁のむこうにはなにがあるのだろうと思いはじめました。白人がひとりも来たことのない、このジャングルにかくされたところでは、なにが起ころうとしているのでしょう？　まさにここは、なぞと冒険の国でした。

ちょうど夕日の最後の光が消える前に、ぼくらは川を曲がって、川辺の村へやってきました。村と川岸とのあいだは、ひらけていました。

「思うに、スタビンズ君」と、先生。「今晩は、ここに泊まっていくのがよさそうだ。」

ぼくらは岸にこぎよせて、上陸しました。それから、カヌーから荷物をおろしているときに、ここの村長と何人かのおえらいさんたちが、ぼくらにあいさつをしにやってきました。ぼくらのカヌーがファンティッポ王国から来たものだと気づいたらしい村長は、実は王さまのことが大好きなのでした。村長は先生にたいそうなスピーチをして、村へようこそと言って、村の家のひとつをいつまでも好きなだけ自分の家のように使ってくれていいと申し出てくれました。

正直言って、ぼくらは、ひさしぶりに陸地で眠ることができて大よろこびでした。そして、村長にお礼を言うと、村長は運び手たちを呼びつけ、ぼくらの荷物はあっという間に、草でできた大きな家へ運びこまれました。ここでぼくらは、ディナーにも招待されました。しかし、先生は、またもや長いスピーチや宴会があるのではないかと心配なさいました。そこで先生は、ぼくらはみんな、長旅でとてもとてもつかれているのだと（たいてい身ぶり手ぶりで）説明しました。そして、あすの朝とても早く出発しなければならないので、自分たちでかんたんな食事をとって、できるだけ早く寝たほうがいいのだと言いました。

村人たちは、みんながっかりしました。（四十皿ものお料理が出る大ごちそうを期待していたガブガブも、がっかりしました。）しかし、村長はさようならをして、「お帰りのときに、また、いらしてください」と言いました。

ぼくらはお茶をいれて、とても軽い夕食をとったあと、ドリトル先生とぼくとは、ハンモックによじのぼって、上から蚊帳《かや》をかけました。カエルの鳴き声やら、アフリカの川辺の夜を忘れられないものとしてくれる虫やら鳥やら動物やらのふしぎな心休まる合唱を聞きながら、ぼくらはあっという間に眠りこみました。

第九章　ワニたちはどこへ行った？

　翌朝は早く起きました――お日さまより少し早いくらいでした。そして、朝ごはんは、やっぱりさっとすませました。三十分後、ぼくらはカヌーにふたたび荷物を積みこみ、もう一度水上に浮かべて、北をめざして、こいでいきました。

「この国では、スタビンズ君」と、先生。「朝早いうちに動きはじめたほうがいいんだ――太陽が高くのぼって、暑くならないうちにね。お昼ごろ、暑くてどうしようもないころには、休みをとればいい……おや！　このパドルは重たいな。なんていう流れだ！　これは引き潮だ――外へ流れ出している――しかも、強いぞ。最初の急流を乗りきってしまえば、楽になるんだが。」

　そのあと、ぼくらはむだ口をたたかず、必死にカヌーをこぎました。でも、午前十時ごろになって、ぼくはたずねました。「先発隊からの知らせはいつごろ入ると思いますか、先生？」

「わからんね」と、先生。「私のなつかしいワニの友だちのジムは、ニジェール川に住んでいるからね。あの川は——地図によれば——東に八十キロほど、むこうにあることになっているが、もっと遠いかもしれない。とても正確でたよりにできるような地図なんてのは、ないからね。」

「じゃあ、ぼくらもニジェール川をのぼっていったらどうですか、先生」と、ぼくはたずねました。「この川を進む代わりに？」

「ニジェール川を行っても、秘密の湖には着かんのだよ」と、先生。「あの湖からは、ひとつだけ川が出ている。それが、今われわれがさかのぼっている、この小ファンティッポ川だ。それに、どろがおの島に大急ぎで着くことのほうが、ずっと大切なのだよ。島というよりは、島の残り半分というべきかもしれんが。先発隊は、私や君よりもずっと偵察がうまいから……おや、ごらん！——先のほうを。あれが最初の急流だ——その先に滝があるぞ。」

ぼくは、先生と話すあいだ、船尾にいる先生に耳をかたむけようと、顔を横にむけていたのですが、そのあいだにカヌーはまた川の曲がっているところを通過していたのでした。前方に、まっすぐ川がのびています。川はとても浅かったので、舟がすぎていく川底が石だらけなのがよく見えました。背の低い砂州があちこちにありました。少し上流に、白いリボンのような滝が見えました。うすい霧のように水しぶきがあがっています。遠くでゴウゴウと落ちてくる滝の音がかすかに聞こえてきました。

「あの砂州には、ワニがいるはずだ」と、先生。「ああいったところで日光浴をするのが好きだからな。ワニがいたら、先発隊のことを教えてくれるかもしれないぞ。」

もう太陽はかなり高くなっていて、暑さもひとしおでした。やがて、先生は舟を東の岸へむけて舵《かじ》を切りました。

「ゆっくりやってくれ、スタビンズ君」と、先生。「浅瀬がないか気をつけてくれたまえ。特に大きな岩には要注意だ。」

ぼくは舟の舳《へ》先《さき》でこいでいたので、もちろん岩にぶつからないように深さに気をつけることはなんでもないことでした。それから、ワニがいないか気をつけることも。

事故にあうことはありませんでした――ワニもいませんでした。

「ふむ！　こいつは、へんだな。」先生は、つぶやきました。「こんなところには、少なくとも二、三頭はいると思ったのに。」

すると、ベッキーが言いました。

「チープサイドといっしょにここに来たときには、たくさんワニがいましたよ、先生。この場所はよくおぼえています。あそこにある滝の下のところへ飛んできて、水を飲んで、しぶきを浴びて水浴びをしたんです。それからチープサイドがワニがいるとあたしに教えてくれたのをおぼえています。あたしは丸太かなにかと思ってたんです。じっとして動かなかったから。だけど何百頭といたんですよ。この砂州じゅうに――

あのときは。」

「なるほど。ありえるな」と、ドリトル先生。「きっとまだ水深くにもぐっていて、太陽がもっと暑くなるのを待っているかなにかしているのだろう。ダブダブ、先に行って、滝の上に出る道へ行くのに、あのあたりに舟を着けられる場所がないか見てくれないか。私たちは上陸して、滝を迂回《うかい》して荷物とカヌーを上流に運ばなければならん。」

ダブダブは、何年も前に先生といっしょにこのあたりを旅したことがあったので、先生がおっしゃっていた「舟を着けられる場所」をさがすのに時間はかかりませんでした。ダブダブが土手に立ってぼくらを呼んでくれたので、そこへカヌーの鼻先を入れてみると、そこはうっそうとしげったジャングルで、草木やつるがからまっている感じだったので、よくこんなところが見つけられたものだとおどろきました。このしげみやつるのむこうに少しひらけた場所がありました。そして、北へ流れる川に沿って、小さな道が見えました。

ぼくらはカヌーをもやいづなでヤシの木につなぎ、荷物を川岸におろしました。それから先生とぼくは、それぞれ荷物をひとつかついで、小道を歩きはじめました。ジップが小さな荷物を口にくわえ、ぼくらの前を歩くと言いました。

「おれは、ヒョウも野獣もこわくない。先生がいっしょにいてくれるならね」と、ジップは言いました。「でも、このアフリカの狩人《かりうど》のなかには、いきなり毒矢を射かけてきといて、あとでだれだと質問してくるやつがいるからな。おれが先に行くよ――トートーといっしょに。おれたちなら、むこうに気づかれる前に、においか音でわかるだろうから。」

運搬用の小道をあがってつきあたると、滝の上の流れに出ました。流れは静かで深くなっていて、舟を着ける場所が大きな空き地になっていました。まわりはうっそうとしたジャングルなのに、この道は一年じゅうずっと使われているのです。今日は、だれにも会いませんでしたが、この細い道の地面はしっかり平らにふみかためられていました。滝の近くに荷物を運んできたこの地域の大勢の人たちが、はだしで道をいつもふみしめていたからです。

この道を通って荷物をぜんぶ運びきるには四往復しなければなりませんでした。カヌーを運ぶのはたいへんでした。ひっくり返して両肩の上に載せて頭にかぶるようにしたので、先生もぼくも進む先がよく見えなくてこまりました。でも、ジップたちが案内してくれました。そして、とうとう、カヌーを滝の上までぶじに運びました。

「がんばったから休憩にしようじゃないか、スタビンズ君」と、先生。「なにか少し食べて、それから、このひらけた場所のこの木と木のあいだにハンモックをかけることにしよう。二時間ほど昼寝というのは、どうだね？――だが、とにかく冷たい小川でひと浴びしようか？」

「それはとてもいいですね――すぐ浴びたいです、先生」と、ぼく。「こんなに暑いと思ったことはありません。」

あっという間に、ぼくらは服をぬいで、川で泳いでいました。ジップとダブダブもいっしょです。(ガブガブは、ワニがいるかもしれないと言って、やめました。)ぼくらは、上流へと泳ぎましたが、岸からはなれないようにしました。というのも、先生は、滝のいきおいが強くて、ここからでも滝にひきよせられてしまうかもしれないと心配したからです。

「それにしても、スタビンズ君」と、先生。「おかしなものだね――ワニが一頭もいないなんて。解せないね――ああ、この冷たい水は、気持ちいい！　すきっとするじゃないか、え？」

「すばらしいです！」ぼくは、息をのみました。「カヌーじゃなくて、湖まで泳いで行けたらいいんですけどね。」

「いや、まったくだ」と、先生。「大満足だね、スタビンズ君」と、先生はつづけました。「このあたりの砂州に――少なくとも今は――ワニがいないということはよくわかったが、まったくもってどういうことか、わからんよ。」

先生のすぐうしろから、おもちゃの蒸気船のようにパシャパシャとついてきたダブダブが言いました。

「泳いでいるときぐらいは、ワニの話をやめていただけないでしょうか。今にも私の下からワニがやってきて、私をぱくりとひと飲みにするんじゃないかって気がしてしまうわ。」

先生は、笑いました。

「心配ないよ、ダブダブ」と、先生。「もしワニがきても、まず、すがたが見えるからね。」

第十章　先発隊が帰ってきた！

先生がさっきおっしゃっていたように、最初の急流をすぎると、カヌーをこぐのはずいぶん楽になりました。実のところ、流れに逆らって進み、滝に近寄らないように何度も大まわりをしたわりには、とても楽しめました。滝があるたびに、その下の浅瀬や砂州にワニがいないかさがしましたが、やはりいませんでした。とは言え、先生がおっしゃるにはワニの足にまちがいないという足あとを、とうとう見つけることができました。

お昼休みのとき、ぼくらは地図を見ていました。地図には小ファンティッポ川と、アフリカで三番目に大きなニジェール川が載っていました。この地図によれば、ふたつの川は北から、ほぼ平行に流れているのですが、海から四百八十キロほどの地点でニジェール川の流れが曲がっていました。その点から先は、西から流れていることになっていました。その地点は「大南曲がり」と記されていました。

「これが見えるかね、スタビンズ君」と、先生がたずねました。「それから、この別の点、小ファンティッポ川がニジェール川に最も近づいている点があるね？――えんぴつで指すよ。わかるかい？」

「わかります」と、ぼくは答えました。

「これが近道だ」と、先生。「いっぽうの川からもういっぽうへ行きたい者にとって、これが近道となる。このふたつの川のあいだがどうなっているのか知りたいものだ。だが、もちろん、地図ではわからない。」

「ということは、ぼくらの先発隊はこの道を通って、ニジェール川から、ぼくらが旅しているこの川へやってくるということですか？」ぼくは、たずねました。

「そうは考えていなかった」と、先生。「鳥やサルは、どんなところでも通ってくるからね。どこであろうと気にしないのだ。私の考えていたのは、別のことだ。ともかく、もう今にもそこへ着くはずだ。つまり、この大南曲がりに最も近い地点にね。さてと。今日は水曜日だったね？」

先生は、ポケットから古い封筒を取り出すと、えんぴつで、その上に計算をしました。

「一日五十キロぐらいとして……」先生はつぶやきました。「ええと――合計して……」

先生は、ぼそぼそと数字を言いましたが、ぼくにはよく聞こえませんでした。

「うむ、そうだ。」とうとう先生は、こまったように言いました。「近道には、きのう着いていたはずなのだ――つまり、もちろん、この地図に描かれている距離がまったくくるっているのでなければだが……。トートー、この私の計算を検算してくれないか。まちがいをしているかもしれないから。スタビンズ君、君も見てくれないか？」ぼくは先生から封筒を受け取りました。算数の得意なトートーがぼくの肩越しにのぞきこむあいだに、ぼくは先生の計算をたしかめました。ぼくはまだ、かけ算が半分しか終わっていないのに、フクロウのトートーは、ぴしりと言いました。

「だいじょうぶ、先生、合っていますよ。」

「ふうむ！」と、先生は考えぶかげに言いました。「では、どうしてまだ見えていないのだろうか。」

「なにが見えるのですか、先生？」と、ぼくはたずねました。「大南曲がりは、もういっぽうのニジェール川にあるのでしょう？」

「そのとおりだ」と、先生。「だが、むこうとこちらの最短距離のところには、当然、運搬用の道があるはずなのだ。そうした道は、輸送路とも呼ばれるんだが――滝のまわりにあったような短い道と同じだ。大南曲がりの輸送路は、このあたりの旅人が、奥地から海岸へ物を運ぶのに何百年も使っているはずなんだ……おかしいな！……気づかずに通りすぎてしまったんだろうか。ジャングルは岸辺までずっとうっそうとしているからな――ベッキーはどこだい？」

「三つめの急流のところへ行きましたよ、先生」と、トートー。「連れてきましょう。」

しかし、この小さなメスのスズメのベッキーは、連れてこられると、「チープサイドといっしょにこの川をはしからはしまでものすごい高さで飛んだので、川辺の小さなものまではわかりません」と答えました。「ジャングルのなかの小道は、わからない」と言うのです。「あのときは秘密の湖そのものを見つけようとしていたのですから」と、ベッキーは言いました。

「でも、いいですか、先生」と、ベッキーは、つけくわえました。「先生たちがお昼のお休みをなさっているあいだに、あたしとダブダブとで先を飛んで、偵察してきたらいいじゃありませんか？　大南曲がりの道がもう一日カヌーをこいで行く先にあるとしても、先生がカヌーに荷物を積みこみ直す前に、あたしたちはもどってきて教えてさしあげられますよ。風もむかい風じゃありませんし。」

そこで、先生はベッキーとダブダブに先に行ってもらうことにし、そのあいだに木にハンモックをつって休むことにしました。ぼくらがハンモックによじのぼるとき、先生は言いました。

「いやはや！　あの連中がいなかったら、どうしたらよいかわからないね――ベッキーとダブダブのことだよ。それにしても、スタビンズ君、案内人がいっしょにいるというのは、かならずしもよいこととはかぎらんね。」

「でも」と、ぼく。「先生は、それはたくさんの探検を風変わりな国でなさってきたんですから、今まで通ったことのある川や道をすべておぼえていらっしゃらなくてもしかたありませんよ。」

「いや、おぼえているべきなんだ」と、先生。「それが、よい探検家がすべき最も重要なことだよ。見たことはすべて気にとめておき、帰り道がわかるようにしておくことだ。だが、こまったことに、あの最初の旅のとき、あまりにも優秀な案内人がいたのでね。」

「どういうことですか、先生？」と、ぼくはたずねました。

「大きな水へビだよ」と、先生。

「ああ、そうでした」と、ぼく。「思い出しました。チープサイドから聞きました。」

「あれは、すばらしいやつだった」と、先生。

「ええ」と、犬のジップ。「おれたちのカヌーが動かなくなったとき、あいつがどろのなかからカヌーをひきずりだしてくれたのをおぼえていますか、先生？　舳先《へさき》にしっぽをぐるりと巻きつけたかと思うと、カヌーをまるで羽のように軽々と、ひょいっと引っぱって、おれたちを水のなかへ落としやがったんだ。」

先生は、ジップにほほ笑んで、うなずくと、こう言いました。

「だから、もちろん、スタビンズ君、あのヘビが、川や沼がどこにどうなっているかよく知っているものだから、あれが連れていってくれる道筋をあまり気にとめていなかったのだ。ほかにいろいろ気をつけておかなければならないことがあったからね――鳥や動物や木々のこととか。とても興味深い場所だった――人間が入ったことがないところだ。だから、〝秘密の湖〟と動物たちは呼ぶんだな。その水は、ノアの大洪水のときの水なのだと、動物たちは言う。あの沼地にたまったままになっていたのだ。地図では、小ファンティッポ川が秘密の湖から流れ出しているようには描かれてない。湖地図によれば、川は、湖のこちら側百六十キロほどのところから流れ出している。湖は広大な沼地で囲まれている。どろ、どろ、どろばかりが何キロも何キロも広がっているんだ。ちょろちょろと流れる水があちこちにたまっていてね。そして小さな川があちこち流れていて、三メートルもあるマングローブの木があたり一面うっそうと生えている。それをジャンガニカ湖と、カメのどろがおは呼んでいた。こんなふしぎなところは見たことがない。今もって秘密とされているのも、おどろくことではない。いや、一度、黒海の岸辺にいたとき――」

ぼくは今まで、先生が旅のお話をなさっているあいだに眠ってしまうなんてことをしたおぼえはないのですが、その日は、やってしまいました。朝からずっとカヌーをこぎつづけていたうえ、その日は特に朝早く出発していたから、きっと、ひどくつかれていたのだと思います。とにかく、先生がなんとおっしゃったのか、ぼくにはわかりませんでした。先生の深い、おだやかな声は、そのまま夢に変わってしまったのです。

ぼくは、どこかのどろの海のなかに、つかっていました。どろのなかを、歩いて渡り、馬車で渡り、船で渡り、カヌーで渡って何か月もかけたすえに、ジャングルのつるにがんじがらめにされて、あおむけに寝ていました——そして、大きなヘビが、ぼくの首に巻きついて、ぼくをつるから助け出そうとしていました。すると、ふいに、どでかいワニがどこからともなくやってきて、ぼくのブーツにガブリとかみつくと、反対側に引っぱりはじめました。そのとき、チープサイドが、ぼくの上の木の枝から顔を出して、ケタケタとバカ笑いをしました。

目をあけてみると、先生がぼくのハンモックにおおいかぶさるように立って、そっとぼくの肩をゆらしていました。ぼくの寝ぼけた耳に、先生の声が聞こえました。

「スタビンズ君、どうか起きてくれたまえ！　ベッキーがもどってきた。いいかね。ベッキーがもどってきたんだ。チープサイドもいっしょだ。先発隊のみんなもだ。起きたまえ、スタビンズ君！　すごいニュースを持ってきてくれたんだよ！」

第十一章　大南曲がりの道

とうとう夢からさめて、起きあがってみると、みんながぼくのまわりにいました。しかも、みんないっぺんに話しています。先生のほかに、ポリネシア、チーチー、ジップ、チープサイド、ベッキー、ダブダブ、ガブガブ、トートー、そして白ネズミがいました。しばらくして、ぼくはすっかり目がさめました。

先生はぼくを連れて、冷たい川の水で頭をしゃっきりさせるために、川岸まで行きました。でもそれは、落ち着いて話ができるように、ふたりきりになるためでもあったのです。

「スタビンズ君」と、先生は、平たい岩の上にひざまずいて、水を両手ですくいながら言いました。「まだ運がむいている。ポリネシアによれば、なにもかもすばらしくうまくいったそうだ。ニジェール川で最初に出会ったワニの連中のなかに、私のことをなにもかも知っているのがいたそうだ。サーカスから逃げてきてうちで飼っていたジムの親戚《しんせき》かなにからしい。どう思うね――ついているだろう?」

「いやあ」と、ぼくは、水を自分の顔にぴしゃぴしゃかけながら言いました。「特にたいしたことじゃありませんよ、先生。アフリカじゅうの鳥もサルも、先生のことを知っていますよ。」

「いや、だが、スタビンズ君」と、先生。「これは爬虫類《はちゅうるい》なんだ。話がちがう。考えてもみたまえ。あのかわいそうなワニのちょっとした歯痛を治してあげたからといって、何年もあとにこのアフリカの沼地に来てみると、友だちがいる――それも冷血の水陸両生の友だちがいるというんだからね！　おどろくじゃないか！　――どうしてここの水は、こんなによどんでいるんだろうね？」

「ぼくもそれを考えていたところです」と、ぼく。

ぼくらがひざまずいていたところには、天然の洗面器のような恰好《かっこう》の岩がありました。どろは近くになく、最初にそこへ来たときには、川底のきれいな岩がはっきりと見えました。ところが今、水のなかをのぞきこんでみると、にごっているのです――しばらくすると、澄んできますが、またしばらくすると、にごります。

「まったくもって、ふしぎだ！」先生は、つぶやきました。「とにかく、カヌーに荷物を積みこんでしまおう、スタビンズ君。そして出発だ。ベッキーによれば、大南曲がりの道は、川上十六キロほどのところにあるそうだ。だから、夜になる前に着けるだろう。」

ハンモックを取りはずし、カヌーにしまっているとき、だれもがわくわくしていました。ところが、先発隊だった連中にお帰りと言ったあと、先発隊もこれからいっしょに旅をすることになると、だれも――ほとんど――口をきかなくなってしまいました。

最初、なんだかへんだなと思ったのをおぼえています。結局のところ、チーチーとポリネシアとチープサイドの三人は、ぼくらと別れてから何百キロと旅をしてきたのですから、いろいろおしゃべりをすることがあってもよさそうなものです。チープサイドの目には、かなりふしぎな表情が浮かんでいました。「おれにしてみれば、こんな旅、どうってことないね」と強がっているようなようすなのです。

チープサイドとポリネシアは、あんなにいがみあっていたにもかかわらず、ぼくらからなにかを秘密にしようと示し合わせているのではないかという気がしました――なにか、おどろくべきことを。

しかし、カヌーに荷物を積みこむのに大いそがしだったので、ほかのことにかまっているひまはありませんでした。

川の流れは、今までの川のどこよりも強いものでした。先生はめったに口をききませんでしたが、こんなに流れが強くて苦労しているのは、川がどんどんせまく、浅くなっているからなのだよと教えてくださいました。こうした川の上には、木々がぎっしりと屋根のようにおおいを作っていました。

先生もぼくも、そうと気づかぬうちに、急がなければならないという熱にとりつかれて、必死になって、パドルをこいでいました。動物たちはみんな静かでした――ガブガブと白ネズミさえ、おとなしくしていました。あのジャングルの緑のトンネルになった川では、パドルのパシャパシャという規則正しい音のほか、静けさをやぶるものはありませんでした。

どんなにがんばっても、この数日よい調子で進んできたようなスピードは、この速い流れに逆らって出せるものではないと、ようやくわかってきました。それと同時に、なんだかみょうな感じがしました。背筋がぞくぞくして、とても重大なことが起こりそうな気がしたのです――それも、今にも。

大きく川を曲がって、長いまっすぐな流れへ出たのは、午後四時ぐらいだったと思います。ここでトンネルからぬけ出ると、両岸は左右に広がって、ふたたび太陽がぎらぎらとぼくらに照りつけました。長さにして一キロ半はあったと思いますが、そのまま、ずっとその調子でまっすぐな流れがつづいているのです。そのむこうのほうで、ものすごい水しぶきがあがっていて、どうやらなにかが起こっているようです。水しぶきの白い線が、まるで川を横切る棒のように、カヌーからもはっきりと見えました。でも、それが滝や急流のせいでできているのでないことは、ぼくの目にも明らかでした。

カヌーのスピードがふっとゆるくなったので、ぼくのうしろにいた先生がこぐのをやめたのだとわかりました。ぼくも手を休めました。

「あれはいったいなんだ？」先生は、息をのみました。

すると、ポリネシアがガラガラ声で答えました。

「ワニです、先生――ただのワニですよ。」

まるで「雨になりそうです」と言うときのような、静かな、なにげない調子でした。

「しかし――しかし、」先生は、言いよどみました。「どれだけいるんだ！　とびっくりするね！」

「ハハ！」チープサイドが、生意気なチュンチュン声で笑いました。「どんだけかって、センセ？　さんすの得意なトートーだって、こいつを数えちゃくれねえですよ、ドリトルセンセ。あそこが、ニジェール川の大南曲がりにつづく輸送路だ。でもって、あそこを出てきたとき、上空から見てざっと計算してみたんだが、ワニ公は一時間に二百万の割り合いでこの小ファンティッポ川に流れこんでやがるね――まあ、ざっと見積もって――概数でね。」

一瞬、だれも動きもしなければ、口もききませんでした。ぼくらのカヌーは完全にじっとしていました。みんなの目は、前方一キロ半ほどのところにある川全体にまたがった、ふしぎな白い線を見すえていました。それから、そよ風のむきが変わって、ぼくらに風が吹きつけると、ものすごいさけび声が遠くから聞こえてきました。

「なんてこった！」とうとう先生がつぶやきました。「さっきの滝のところで、水がにごっていたのもあたりまえだ！」

それからふいに、先生はサッカーの試合をする小学生のようにさけびました。

「さあ、行こう！　大急ぎだ！」

ぼくらは、いっせいにパドルを川のなかへつっこむと、ほとんど飛ぶような速さで、大南曲がりの道をめざしてカヌーを進めていったのでした。

第十二章　ジム将軍

もう少しでその白いふしぎな線に着くころ、一頭のワニがぼくらのほうへ泳いできました。

「センセ、むかしのサーカスのお友だちが、あいさつにきましたぜ」と、チープサイドがさけびました。「なつかしいジムだ!」

それはすばらしく、また重要な出会いでした。ジムがぼくらのカヌーの横へやってくると、先生はたくさんの質問をし、ジムは答えましたが、ぼく自身は、ワニのことばは、ほんの少ししかわかりませんでした。

一度か二度、先生は、なにが言われているのかをぼくに説明してくれました。でも、先生はとても急いでいたので、ジムに、むきを変えてカヌーといっしょに上流へ泳いでほしいとたのみました。

ジョン・ドリトル先生の生涯について書いた本のなかで、どうしても忘れられないできごとがあります。ぼくの思い出のなかであまりにもはっきりとしているために、何年もたった今日でさえ、まざまざと手に取るように思い出せるくらいです。そして、この、大南曲がりの道近くへカヌーをこぎ進めていったときこそ、ぼくの記憶に、命あるかぎり、くっきり忘れがたく残っている思い出なのです。

川の右岸は、そこからかなりの高さにあがっていました。そしてその斜面を、ニジェール川からやってきたワニたちがすべって——ぎゅうぎゅうの行列のまま——小ファンティッポ川へドボンドボンと落ちていたのです。川の両岸をすっかりおおいつくしていたジャングルの草木は、ここで何百万もの足のつめでひっかかれ、ひきちぎられて、広大な道となり、そこをワニが押すな押すなとひしめきあって通っていたのです。

ワニが通っていくところの地面など見えるはずがありません——ワニの背中ばかりが、まるでカーペットのもようのようにくっついて見えるばかりです。でも、ときどき、行列のすきまができて、地面が歩道のように平らにふみならされているのがわかりました。

水際に来ても、この大軍隊は少しも止まったり、二の足をふんだりしませんでした。百頭ずつ川に飛びこんで、上流へむかっていました。まわりの水は、まるで沸騰しているように見えました。あの大きなしっぽを右へ左へとばたつかせながら、よくだれもけがをしないものです。

なつかしいジムは、ぼくらからはなれて、流れのなかにある低い平らな岩のところへ泳いでいきました。その岩の上にあがると、ジムは交通整理をしはじめました——ちょうど車の多い交差点にいるおまわりさんのようです。バシャバシャという音のせいで、なにも聞こえなくなりました。ぼくらは、こぐのをやめていました。そして、カヌーは、先生が停めたところで——輸送路から九十メートルほど下流のところで、ゆっくりと水面のゆれに合わせて、あがったりさがったりしていました。

しかし、たまたまうしろをふり返ったとき、ぼくは先生がチープサイドに合図をしているのを見ました。するとチープサイドは、先生の耳もとで話せるように、先生の肩へ飛んできました。それから先生は、紙とえんぴつを取り出しました。今度はなんの計算をなさるのだろうと、ぼくは思いました。チープサイドは、この輸送路からワニの洪水が何日前からつづいているかを話しているようです。先生はポケットから時計を取り出し、どんどん道のはしまで来て水に飛びこんでいるワニの行列をじっと見つめていました。これまでにどれぐらいのワニが小ファンティッポ川をのぼって秘密の湖にむかったかを計算しようとしていたのです。

ぼくも川を見あげてみました。ここもワニの行列でぎっしりとおおわれてしまっていました。ワニの上を歩けば、足をぬらさずに川を渡ることができそうでした。三十分ほどすると、ドリトル先生はポリネシアを使いに出して、流れのまんなかにいるジムになにか伝えました。

ふしぎなことが起こったのは、そのときです。ジムはしっぽを大きく左右にふりはじめました。明らかに、先生の伝言は「もうよい！」だったのです。道から飛びこんでくるワニの群れが少なくなっていき、だんだんおさまっていきました。おそらくジムの伝言は、口づてに伝えられて、ニジェール川まで届いたのでしょう。

ともかく、すっかりおさまったときには、もうたそがれになっていました。とつぜん静かになり、また話ができるようになったのだと気がつきました。ジム将軍は、全軍に止まれと命じたのです。

その沈黙をやぶったのは、チープサイドの生意気な声でした。

「ねえ、センセ」と、チープサイドはチュンチュン言いました。「センセの妹さんのサラがワニをいやがったのも、わかるような気がするね。こいつらを家で飼うわけにはいかねえからね——ほんと、むりだぜ。かわいそうなジャングルをぺちゃんこにしちまったじゃねえか！——十日間雨が降りつづいたあとのレース場みたいだぜ。ジムの野郎が、仲間をセンセの庭を通って秘密の湖に行かせなくて、ほんと、よかったよ。」

「まったくだよ」と、ガブガブが、声をひそめて、おびえたようすでつぶやきました。「ぼくのトマトが、ぺ、ぺしゃんこになっちゃうよ！」

「そうさな——てめえもぺしゃんこだろうな、ベーコン野郎」と、チープサイド。

「連中が、ジムとセンセがよそ見をしてるあいだに、ちょいと新鮮なハムを食いたいと思ったりしたらな。」

あたりがどんどん暗くなってきたので、先生は急いでキャンプの用意をしようとなさいました。キャンプの場所が、今度は左岸に見つけられました。ハンモックがつられ、すてきな火が燃えると、先生はジムと話をしました。そして、その話のすべてを、先生ご本人かチーチーがぼくに通訳してくれました。

ぼくは、たまたま先生の妹のサラさんにきらわれて、数年前に先生のお宅で騒動を起こしてしまったこの有名なワニを、じっくり見たいとずっと思っていました。たしかに、ちっとも危険に見えないやさしそうなワニなんて想像できないでしょうが、このワニはそうでした。

ぼくらは、夕ごはんを料理する火のまわりに集まりました。先生の家の動物たちは、もちろんみんなジムのことを知っていました。だれもジムをこわがったりはしませんでした。白ネズミのホワイティでさえ、おびえませんでした——実際、ホワイティは、この大きなワニのでこぼこの背中を鼻先からしっぽまで、行ったり来たりして遊んでいたのです。ホワイティが心配したのは、お話の一部を聞き逃《のが》すのではないかということだけでした。そして、お話をしているのが、ジムの頭なのかジムのしっぽなのか、いつもわからないようでした。

一方、ぼくらのお客であるジムは、なつかしい先生と出会ってこのように歓迎されたことを大いに楽しんでいるようでした。そして、先生の質問に答えて、どうやったらどろがおを助け出せるかといったことについて提案をしたのでした。それでも、今パドルビーの町の人間たちがやってきて、医学博士ジョン・ドリトルが、アフリカのジャングルでたき火にあたりながらワニと話をしているのを見たら、先生は頭がどうかしているという評判はこれ以上なく高まることだろうと思わずにはいられませんでした。

ジムは先生に、「ポリネシアから先生の要望を聞いて、すぐ自分で秘密の湖に行ってみたのです」と話しました。ジムは、兄弟二頭を連れていき、カメの島をぐるりとまわってみて、水中のどこからほりはじめたらいいかをたしかめました。それから、兄弟二頭をそこに置いて、ワニの大群を連れてくるまで待っていてもらいました。ワニの大群は、到着したらすぐ、兄弟の指示で仕事にとりかかることになっていたのです。

「島の北側の湖の底を見たところ、先生のお友だちのどろがおさんを、ちゃんとほり出してあげられそうですよ――ただ、二日はかかりそうです。ひょっとすると、もう少し。」

「それを聞いてとてもうれしいよ」と、先生は答えました。「君だけでなく、はるばる助けにかけつけてくれたワニたちみんなにお礼をするのは、むずかしそうだな。」

「ああ、ぼくらは、お役に立てればそれでいいんです」と、ジム。

「それにしても、ずいぶん大勢、ニジェール川から連れてきたものだね」と、先生は、ほほ笑みながら言いました。

「いいですか、先生」と、ジム。「先生が数年前にぼくをこの故郷に連れてきてくださったとき、先生がぼくの歯痛を治してくださって、あのひどいサーカスから助けてくださったという話は、やがてニジェール川全域に広がって——トンブクトゥ（ニジェール川中流のマリ共和国の都市）にまで伝わったんですよ。ここにいる先生のサルのチーチーは、全滅しかけていたサルの病気を先生が治してくれたときも同じだったと、教えてくれました。ドリトル先生は、先生がどれほど野生の動物たちに知られているか、ご存じないんですよ。」

「いや」と、先生。「鳥やサルは、話がちがう。もっと自由に移動するからね。ニュースというのは、移動するときに伝わるからな。」

ジムは、ホワイティがくすぐったいと、鼻先からネズミをふり払って（ホワイティは、びっくりしていましたが）、こう言いました。

「ぼくらが川で——水中で——情報をどれほど速く伝えるか、知ったらおどろきますよ、先生。先生がぼくらワニの助けを必要としていると、ぼくが伝言してから、わずか半日でみんながやってきたんです。一時間後に、大南曲がりは、ワニでぎゅうぎゅうづめになって、ニジェール川の水が見えなくなったほどです。あそこで交通整理をするのはたいへんでしたよ——体の大きないとこが六頭、手伝ってくれはしましたが。陸の小道は、あっという間に、ぎっしりになりました。でも先生の先発隊が、ぼくらよりも先に来ていて——もちろん、ぼくらよりずっと速く陸を進めますからね——それで、大群は、正しい方角に進みつづけたんです。それでも、交通事故が起こるとひどかったですよ。」

「なんてこった！」と、先生。「そんなにたくさんのワニをそんなにすぐ集められるとは思わなかったね。」

「それというのも、先生」と、ジム。「どのワニも先生にお会いしたくてたまらなかったからですよ。」

「ふうむ！」と、先生は、考え深げにいいました。「それは、まことにありがたいことだ。」

「残りの連中はひどくがっかりしていたと思いますよ、先生」と、ジムは言いました。

「先生がもうじゅうぶんな数、湖にむかったとおっしゃったので、ニジェール川へ帰さなければならなかった連中のことです。」

「もうしわけない」と、先生。「それほど大勢に長旅をさせておきながら、なにもせずに帰したとは。」

「いや、まあ」と、ジム。「ともかく気分転換にはなりましたよ。ニジェール川での暮らしは、たいくつなところがありますからね。」

「ここから秘密の湖までどれほどあるかね」と、先生はたずねました。

「たいしてありません」と、ワニ。「この流れのふたつめの角の先が、湖を囲んでいる沼地のはしですから。あすの午後には、どろがおの島に楽に着けると思います。」

この話の最中に夕食が出され、話が終わるころには食べ終えていました。こうして、ついに旅の終わりが見えてきて、ぼくらはほっとして、眠りについたのでした。

第十三章　あとひと息だ！

　あくる日、先生は、ぼくが以前お話しした例の猛スピードで出発なさいました。この日の朝に通りかかった小道は、きのうの小道とはずいぶんちがっていました。ワニが一頭も見あたらないのです。ただ、ぼくらの数メートル先を泳いで道案内をしてくれるジムがいるばかりです。右岸にある大きな通りは――ゆうべ何千ものワニがそこから川へ飛びおりていたのですが――今やがらんとして、だれもいませんでした。朝の明るい日差しを浴びて、緑のジャングルから切りはなされて、なにもなく、すっきりした道は、低い丘をのぼっていって、ずっとむこうのほうへ見えなくなっていました。何キロも先でニジェール川につながるまで、どれほど多くの山や谷を越えていくのでしょうか。

　そして今、ジムが案内をしてくれるので、ぼくらは危険な岩や浅瀬に気をつけなくてもすみました。全力をふりしぼって、力いっぱいカヌーをこぐことができたのです。そして、岸がぼくらのうしろへ流れていくスピードから、今までよりもずっとよいペースで進んでいることがわかりました。

ゆうベジムが教えてくれたとおり、流れの先のふたつめの角の先に、ジャンガニカ湖を取り囲む広大な沼地が広がっているのがわかりました。そこは、見たこともないような場所でした。こんなところではきっとすぐに迷子になってしまいそうでした。

小ファンティッポ川は、だんだんと通りやすい水路へと変わっていくように思われました。やがて、見渡すかぎり、どこもかしこも平らで広大な世界に出ました。そのほとんどは水でした。あちこちに陸があっても、どろのぬかるみから、せいぜい五、六十センチほど高くなっているにすぎないのです。陸と言っても、農家の中庭ほど大きいものはなく、足乗せ台ほど小さいものもたくさんありました。

動物はあまりいないようです。水辺の鳥がちらほら見える程度でした。

水は、どこを見ても、いろいろな大きさや形をした水たまりや池になっていて、細い水路や入り江でつながっていました。こうした水は、どこかから流れてきたり、流れていったりしているようには見えず――実のところ、じっと動かないので、流れているとは思えませんでした。ときどき、こうした動かない水がずっとつづいている場所に出てくることもありましたが、このだれもいない、がらんとした沼地をながめても、ちっとも楽しくありませんでした。いったいこの役に立たない土地はどこまでつづいているのだろうか――さもなければ（だれかが言ったように）ここが地の果てなのだろうかと、思ってしまうからです。

でも、ジムは、そんなことを気にしていないようでした。この小川や水路がごちゃごちゃしているところで、少しも足を止めないのです。こうした水たまりをさっさとぬけて、マングローブがうっそうとしげる森へ入りこむのでした。ぼくらは、できるだけ急いでついていきました。すると、ジムは、さらに先の岸のしげみの奥で、いつもぼくらを待っていてくれ、そこからまた新しい道へと入っていくのでした。

今日は、いつものお昼寝をしませんでした。ただ、マングローブの森のそばで泊まって、朝ごはんのときに用意しておいたお弁当を食べました。食べ終わると、先生がぼくに、カヌーをこいでつかれたかとたずねました。ぼくは、いいえと答え、一行は先へ進みました。

まもなく、水の表面が、あまり平らでなくなってきているのがわかりました。波が――とてもかすかですが、かなり広範囲におよぶ波が――こちらへ押しよせていました。このさざ波とともに、やさしいそよ風が吹いて、ときどきうすいもやが運ばれてきました。やがて、波は少し大きくなり、カヌーをゆさぶりました。霧が割れていきました。一瞬、ずっと先のほうまで見えましたが、次の瞬間には、ほとんどなにも見えなくなり、すぐ近くも見えなくなりました。

ぼくは、ふり返って先生を見ました。先生は、ぼくがなにを聞きたいのかわかっているかのように、ほほ笑んで、うなずきました。それから、前方を指さしました。もう一度前を見てみると、霧があまりにも濃くうず巻いて、まったくなにも見えませんでした。次の瞬間、まるで魔法のように、やわらかい風が霧を押しのけました。また霧で視界がふさがれる寸前に、ぼくにはわかりました。ぼくらは、秘密の湖にいるのです。とうとう着いたのです！

以前、小ファンティッポ川には水が満ちあふれて、むこう岸が見えないところがあると書きましたが、ここはまた、それともちがいました。もしだれかが、ここで目をさまそうものなら、ここが海だと思うにちがいありません。

どちらを見ても水ばかり。その先は灰色の空のぼんやりとした線と交わっています。どこにも岸がない海に出てしまったという気が強くしたので、こんなに荷物を積んだカヌーでは、嵐にでもあったらどうしようと不安になりました。

霧が晴れたのは一瞬でしたが、ぼくの目は、なにもない世界をぐるりと見渡していって、ある点で止まりました。前方の水面に、なにかがつき出ているのです。なんでしょう。とても遠くです。ひょっとすると、へんな形をした雲が湖にさわっているのかもしれません……そのうちに霧がさらに濃くなって、なにもかも消しさってしまいました。

しかし、先生の目は、ぼくの目と同じように、それを見のがしていませんでした。

「あれを見たかね、スタビンズ君?」先生は、さけびました。

「なにか見えたように思えたのですが」と、ぼくも大声をあげました。「水平線のかなた――今、ぼくらが進んでいる方角です。」

「そう、あれだよ!」と、先生はうれしそうにさけびました。「あれが、どろがおの島だ。もう、ゆっくりやってくれたまえ。つかれきってしまわないように。ここまで長かったが、あとひと息だよ、スタビンズ君――あとひと息だ!」

第十四章　なぞの古代都市

ドリトル先生とぼくが、落ち着いた規則正しいパドルの使いかたをするようになると、動物たちは楽しくなってきて、おしゃべりをはじめました。（その日それまで、みんな、ほとんど口をきいていなかったのです。）

「まあ、そうだね」と、ガブガブが気持ちよさそうに言いました。「『わざわい転じて大福とナス』って言うしね。」

「まちがってるぜ」と、ジップがうなりました。「『わざわい転じて福と為す』だ。」

「うん、そりゃそうだけど」と、ガブガブ。「変えたんだよ。わざわいが福となるより、大福とナスとになったほうがいいでしょ。」

「ティー、ヒー、ヒー！」と、白ネズミが笑いました。「ガブリンは、いつも旅にはナチュを持ってってたね。病気になったら、ナーチュがいるもんね。」

「ちくしょう」と、ジップはうなりました。「どうせくだらないことを言っているんだと気がつくべきだった――それにしても、この霧はしめっぽいな！」

「そうとも」と、つばさをふくらませて、カヌーの舟べりにとまったチープサイドが言いました。「すげえいかした天気じゃねえか！　灰色の空、灰色の水、灰色の霧、灰色のどろ、灰色のオウム、なにもかも灰色だぜ！　ずいぶんカラフルじゃねえか？　これが陽気なアフリカってもんさ。おれがこう言うのは、てめえらが公衆蒸し風呂《ぶろ》にでも迷いこんじまったんじゃねえかって思うといけねえからだぜ。」

「ふん！」と、ポリネシアが不満そうに鳴きました。「おまえさん、まさか、ロンドンにゃ、霧がないなんて言おうってんじゃないだろうね！　こないだ先生とロンドンに行ったときなんか、霧がたちこめたもんだから街灯が昼も夜もまるまる一週間つきっぱなしだったよ──それだってのに、外に出ようとすりゃ、人にぶつかるのさ。アフリカはぜんぶがぜんぶ、こんなってわけじゃないんだよ、このあほんだら！　ここは平らな沼地だけど、とってもとっても高い山の上にある沼地なんだよ──雲に頭をつっこみそうなぐらい高いんだ。」

「べらぼうめ！」と、チープサイドは、くちばしの先から水滴をたらしながら、つぶやきました。「雲に頭をつっこむなんて、ぬかしやがって──よくもまあ、ぺちゃくちゃしゃべるよ、ばあさん！　おれの頭を雨どいにでもつっこんだほうがましなんじゃねえか。いいか、ロンドンは、どんなに天気が悪くとも、ここまでびしょびしょじゃねえし、暑かねえし、べとべとじゃねえんだよ。てめえの頭を雲につっこむがいいや、ポリスポンジ野郎。ざまあみやがれ。おれは、ロンドンのほうがいいね。」

「ロンドンなんて、ひどい都市じゃないか」と、ポリネシアは、目をつぶって、つらい思い出にふけるかのように言いました。「ひどいもんだよ！　あそこからぬけ出せて、あれほどよかったと思ったことはないね。」

「おまえさんが出ていくのを見て、ロンドンっ子は、その倍もよろこんだだろうぜ。」

チープサイドはつぶやきました。

ふたりの言いあいは、あまりぼくの耳に入ってきませんでした。ぼくは、前方の霧のむこうを見ようと注意を集中させていたからです。暗い大陸とも言われることのあるアフリカが、これほど神秘的だったことはありません。あの霧のむこう、水平線の上になにが出てくるか、わかったものではないのです。これまでだれも足をふみいれたことのない海を初めて探検するような気分でした——奥に分け入ってみれば、魔法の国々だってあらわれそうな気がします。けれども、霧のカーテンは、さっきカメの島をちらりと見せてくれたあと、ふたたび開くことはありませんでした。

カヌーをこいでいるあいだは、おしゃべりをしないということは、先生にとって規則みたいになっていました——息をむだ使いせず、こぐのに全力をそそぐためです。だから、先生が話にくわわったときは、びっくりしました。

「おぼえているかい、チープサイド」と、先生は言いました。「どろがおが、この湖の下にしずんだ古い古い都市の話をしてくれたのを？」

「そりゃあ、おぼえてまさ、センセ」と、チープサイド。「最高にすばらしい都市だとか、言ってましたっけ。宮殿も競技場も動物園もなにもかもあって――えらい王さまのものだったとか。だけど、あいつの話なんか信じられませんよ。こんなひでえ気候のところにだれが都市なんか造るもんですか。」

「ああ、だが、忘れてはいかん」と、先生。「その都市が造られたときには、気候は今とはすっかりちがっていたかもしれないのだ。実のところ、ノアの大洪水は、北極と南極の位置が変わったために起きたと信じている人は多い。そうなると、世界じゅうの気候は変わるだろうからな。」

チープサイドは、羽毛から水気をぶるぶるとふるい落としてから、言いました。

「そしたら、このあたりの森は、ずいぶんひどい目にあったってことだ。」

ぼくらは、ほとんどなにも見えないまま、ずいぶんと旅をつづけてきました――ただ、あれやこれやおしゃべりをして、うめあわせをしていただけです。案内役のジムがどうして正しい方角に進めているかということは、さっぱりわかりませんでした。

それからとつぜん（あとで先生は、午後三時のことだったと教えてくれました）、霧が晴れて、太陽がさんさんと照ってきたのです！　ぼくらは、自分たちの目が信じられませんでした。もやが立ちこめていた湖は、どちらを見てもすっきりと見晴らせました。高くつき出たどろがおの島は、まだ八キロ以上はなれていると思われましたが、以前よりもはっきりと見えました。ただお日さまが顔を出して、背中をあたためてくれるだけで、こんなにも元気になるなんて、すばらしいことでした。

カヌーはさっきよりもスピードが出ていると感じられました。すっかり天気が変わったので、先生も元気になったのでしょう――船尾にいた先生は、長いパドルでいっそうはげしくこいでいました。ところが、さっきと同じようにとつぜん、カヌーのスピードが落ちました。先生は、その強力なパドルの動きをすっかり止めてしまったのです。先生の声が、まるでささやくように小さく聞こえました。けれど、あの水ばかりがどこまでも広がる森閑とした世界で、先生のおっしゃったことは、はっきりと聞こえました。

「ごらん、スタビンズ君、右舷《うげん》だ！」

先生のことばに、ぼくはこぐのをやめて、すぐに右側をむきました。

見えたものは、湖からたいして高くつき出ていたわけではありませんでした。しかし、それがなんであるかは、まちがいようがありませんでした。建物がならんでいたのです！　ひょっとすると、建物の残骸《ざんがい》がならんでいたと言うべきかもしれません――建物の廃墟《はいきょ》ということです。ぼくらのすぐ近く――百メートルぐらい先――に、ずらりとならんでいます。そして、前へ進みつづけるカヌーが、静かにゆっくり建物の前をすぎていくと、まるで波止場を通っているかのような、川べりの港の店やら家やらの前を通っているかのような気がするのでした。

建物は、どれも石やレンガでできていました。その正面は、まるで通りに面しているかのように、そろっていました。でも、大きさやスタイルはまちまちで、どれもちがっていました。建物が建っている地面は見えませんでした。過去の亡霊のように、湖からにょきにょきと頭を出しているのです。ぼくらの視界から建物をかくしていた霧のしめり気は、まだ消えておらず、日光を浴びた建物の壁を光らせていました。それでいっそうお化けのような感じになっていました。まるで、たった今、どこかの魔法使いが魔法の杖《つえ》をふって、この都市を湖の底から浮かびあがらせたかのようです。

背の低い建物は屋根しか見えないものもあれば、屋根のないものもあって、なかの階が見えているものもありました。水面がちょうど三階の窓のところにあって、水が出たり入ったりしているものもありました。最前列の建物の背後に、二列目の建物のものだった柱や残骸があちこちに見えました。

「びっくりちたなあ!」と、ホワイティがそっと言いました。「こりゃ、町じゃないか! なんでこんなところにあるんだろ?」

たしかに、そのとき、そう質問するのは当然でした。人がやってきたことのない秘密の湖のまんなかで、とつぜん建物の列に――まるでロンドンの通りのように――でくわすなんて、なかなか説明しがたいことです。

「チープサイド」と、先生。「数週間前に君がここに来たとき、こうした建物はあったかね？」

「ありました、センセ」と、チープサイド。「でも、前にセンセが、ここにいらしたときは、こんなものは見あたりませんでしたがね――まあ、ぞっとする光景じゃありませんか？　ベッキーとおれは、センセの友だちのどろがおの知らせをお伝えしたくて夢中だったから、あんまり気にもとめちゃいませんでしたがね。それで、お話ししそびれていたんです――いやはや！　まったく修理がなっちゃいねえぜ。あのひび割れ、壁の下まで入っていやがる。見てくださいよ！」

「おどろくことではないよ、チープサイド」と、先生はつぶやきました。「これらの石がどれほどむかしに積みあげられ、彫刻がほどこされたと思うかね――大洪水の前、ノアが箱舟を出す前だよ！　……なんてこった！　私が博物学者にならずに、考古学の方面に進んでいたら、こいつはなんという大発見であることか！」

「考古学ってなあに、先生？」と、ガブガブがたずねました。

「え――ああ――考古学？」と、先生。「考古学者は廃墟を研究するんだ――今、目の前にあるようなのをね。」

「ふん！」と、チープサイドが鼻を鳴らしました。「考古学者に博物学者ですか？

——センセなら両方でしょ。ノアの考古学者ってなもんだ。この廃墟をぐるりと見てまわろうとお考えですか?」

「いやいや、今じゃない」と、先生はすぐに言いました。「そうしてみたいのは、やまやまだが。あとにしよう、チープサイド。とにかく、どろがおのことをやらなきゃならん——ああ、ほら、別のワニがジムに話しかけている。なにか知らせを持ってきてくれたのだろう。」

この新しくあらわれたワニは、ジムの兄弟だとわかりました。ドリトル先生ご自身がいらっしゃるまで、湖をほる指揮をとるようにと島に残されていたワニです。ジムとその兄弟は、先生に報告しようと、カヌーの船尾のところへやってきました。

第十五章　カメの島で

ポリネシアは、先生がすぐに水中にもぐって、カメのようすを見に行こうとなさるだろうと思いました。そこで、ほかのみんなより先に島まで行って、自分になにができるか見てみようと申し出ました。

二十分ほどして、ポリネシアは帰ってきました。ポリネシアは、ワニ全員に、先生がいらっしゃるまで仕事を打ち切って水から出て陸にあがるように言いつけてきたとのことでした。そうしたのは、ほってかきたてられたどろがしずんで落ち着いて、水が澄むようにするためだと、ポリネシアは説明しました。

ドリトル先生はよろこびましたが、これまで以上に急ごうとなさいました。

ついに島全体が見えてきました。それまで、島がどれほど大きいか、ぼくには想像もつきませんでした。そして、こんな大きな島を鳥たちだけで（何年も前に先生の指示にしたがって）一個一個の石を積みあげて造ったとは、とても信じられませんでした。

いよいよ、この島のかげにカヌーを止めたとき――長い旅がついに終わって――ぼくは、この島を大いなる好奇心と尊敬の念をこめて見つめました。これこそ、ドリトル先生が、動物界と一致団結して、なんと地理まで少々変えてしまったところです。ジップがぼくに語ってくれたところによれば、先生がなさった偉大なことのうち(郵便局を作ったことと、ツバメ郵便をはじめたことは別として)、先生をこれほど世界じゅうの動物たちの人気者にしたできごとはないそうです。この島は、どんな王さまだって残せないような、先生の思い出の記念碑なのだとジップは言いました。地震にあって形は変わりましたが、それでも、みんながおどろいてながめるべき作品でありつづけているのです。

カヌーのなかでひざまずいて、島の急な斜面を見あげていると、ジップの言うとおりだとよくわかりました。すべての動物の命は、先生にとって大切ですが、ノアのことを知っているどろがおは——大洪水を生きのびて今なお生きているどろがおは——別格だったのです。かつて、ジャンガニカ湖の沼でどろがおが死にかけているのを見つけたとき、どろがおには高い地面の上に最適な家がなければならないと先生は決意したのでした。

ぼくがひざまずいているところからは、島の平らなてっぺんは見えませんでした。たくさんの木がずいぶん高く育っていました。斜面のとちゅうにちらほらある空き地には、花が咲いていましたが、ほとんど(島が寸断された側は別として)島全体が、一番上まで、うっそうとしたジャングルで包みこまれていて、そのようすは、海岸近くの川岸と同じだったのです。

そしてどこを見ても、ワニの小さな目が見えました。ワニたちは島にはいあがって、草木の下で休んでいたのです。水はとても静かで、澄みきっていました。

とつぜん水しぶきの音がしたので、ぼくはふり返りました。先生が服をぬいで、カヌーから飛びこんだのです。最初、先生は、カメのところへまっすぐ泳いでいくのかと思ったのですが、それがどんなに深いのか、ぼくにはわかっていませんでした。そして、先生はだいじょうぶだろうかと心配になりました。ところが、しばらくして、ぼくのパドルのすぐそばに、先生が顔を出しました。

「スタビンズ君」と、先生。「弁当箱の下に短いロープがあると思う。そいつを出して、輪っかを作って、渡してくれないか。ジムの兄弟がどろがおのところまで私を引っぱっていってくれるんだ。ずいぶん深いところにいるんだが――引っぱっていってもらえれば、どろがおのところに着いたときに、いろいろ見てまわる余力ができるからね。」

すぐにぼくはロープを取り出し、先生が言ったとおりにロープを結びました。そのころには、案内役のワニが先生のそばに泳いできました。ワニは大きな口をあけて、ロープの輪っかを馬のくつわのように口にはめました。ドリトル先生は、ロープの反対側をつかみました。すると、ワニはぐいぐいと先生を水中へ引っぱっていきました。先生の白い肌が、きらめきながらどんどん深くかすんでいって、湖の底のほうへ引っぱられていくのが見えました。それきり、すっかり見えなくなりました。

ぼくはただちにトートーに、先生のチョッキから先生の時計を取り出して持ってきてほしいとたのみました。ドリトル先生は泳ぎの名手ですが、どんなに泳ぎがうまくても水中にいる時間は何分何秒と計っておかなければならないと思ったのです。運だのみにするわけにはいきません。トートーに時計を渡してもらうと、ぼくは正確な時間を、近くの荷物の上に書きつけました。

「ふん！」と、チープサイドが鼻を鳴らしました。「まったくもって、センセらしいぜ。五、六千キロ旅をして、現場に着いたとたんに、服をぬいで飛びこんじまう。カヌーからドボンだ。ワニの上にドボンとやって、水のなかでもいわば馬にまたがって旅をつづけるってわけだ。一刻もむだにしやしない。そんなことを患者のためにやろうって医者はめったにいねえよ。特に、診察したって、一銭ももらえねえときた日にゃ。」

でも、ぼくは、あまりに心配で、チープサイドのおしゃべりはほとんど耳に入りませんでした。ぼくの目は、時計の秒針に釘《くぎ》づけになっていました。一分半すぎたら、ジムにたのんで、ジムにカヌーのそばにいてもらうことにしました。ジムに先生のあとを追ってもらうつもりだったのです。……一分と十秒がたちました……小さな秒針が時計盤をまわっていきます……一分と二十秒……一分と二十五秒……ぼくは、ジムと取り決めておいた合図を出そうと、右手をあげました——するととつぜん、カヌーの反対側で水がうずを巻きました。先生の顔が水面に出ました。あえぐように大きく息をしています。まだロープのはしをにぎったままです。でも、今は三、四頭のワニが先生のまわりにいて、先生を上に引っぱりあげようとしているようです。先生は、ひどくつかれきってはいても、だいじょうぶだとわかりました。

先生が意識を失って、また水中にずり落ちてしまわないように、ぼくが出ていってロープをしっかりしばりつけるようにと、ポリネシアがぼくに言いました。それからワニがカヌーを島の岸まで鼻で押してくれました。そこまで数分しかかかりませんでした。やがてぼくらは、カヌーを砂利の浅瀬へ押していって、荷物をおろしました。ぼくは防水布を広げて、そこで先生に横になって休んでもらいました。一方、チーチーは、ハンモックをつるしました。ジップは走りまわって、たきぎを集めてくれました。

やがて（ぼくが先生のために荷物のなかから取り出してきた毛布にくるまった先生は、アメリカ先住民みたいに見えました）、ドリトル先生は気持ちのよいたき火の前で身をかがめていました。ポリネシア、チープサイドとぼくは、先生が元気になってなにかお話しになるまで、先生のそばで待っていました。

とうとう、大きなため息をつくと、先生は背筋をのばし、それからふり返って、ほほ笑みながら、ぼくをごらんになりました。

「いやはやまったく、スタビンズ君！」と、先生は低い声で言いました。「どうにも——どうにも練習不足だな——水にもぐるというのは……いや、まったく、息が切れてしまったよ！」

「むりもありません、先生」と、ぼくは答えました。「ほんとに心配しましたよ。一分三十一秒ですもの。」

「おや、こりゃあ、スタビンズ君！」先生は、あえぎました。「じゃあ、時計で計っていてくれたんだね？　君がいなかったら、私はどうしたらよいだろうね？」

「ようすはどうだったんですか、先生？　カメはまだ生きていますか？」

「生きているはずだ」と、先生。「断言はできないが。起こせないんだ。ぐっすり眠っているのでね。」

「眠っているですって！」ぼくは、さけびました。「どういうことです？」

「眠るのが」と、先生。「冬眠の条件だからね。どろがおをうめてしまった地震は、ちょうどカメが冬眠をはじめる時期に起こったのだ。」

「でも、先生」と、ぼく。「どろがおは、自分が危険な状態にあることに気づいてさえいないとおっしゃるんですか？」

「うむ、スタビンズ君、死んでしまうとか、大けがをするとかの危険は、なかったのだろう。そもそもおだやかな生き物だからね、カメというのは。もちろんこれまでだって、毎年地面にもぐっておったのだ。だが、これほど深くはなかった。冬眠が終わったらどうやって出てこられたか、そいつはわからない――もしチープサイドとベッキーがアフリカにやってくることがなかったとしたらね。」

一瞬しーんとなりました。それまでじっと耳をかたむけていたチープサイドが、最初に口をききました。

「眠ってるって、いやあ、こいつはおどろいたぜ、センセ！　こちとら、やっこさんを助けようと大あわてですっ飛んできたってのに、やっこさんはディナー後のお昼寝をなさってたってわけかい！　――すっとこどっこいめ！　今度ベッキーが、いい父親の義務をぐだぐだぬかしやがったら、おれもそうしてやろうじゃねえか。『しっ！静かに！』って言うんだ。『冬眠タイムになったぜ』って。」（チープサイドは、目をとじて、うるさい寝息をたてました。）『しっ！　おれが眠くなってきてるのがわからねえのか？　バイバイ！　四月に会おうぜ――天気のいい日にな』ってなもんだ。」

第十六章　雷鳴の声

先生は、ジムに言いました。かりにどろがおが目をさまし――自力で起きようとしても――あのひどいどろにずっぽりはまりこんでいたら、ぬけ出すことはできないだろう。カメが自分の足を使って泳げるようになりさえすれば、ぬけ出せるのだが、と。

三頭のワニは、先生の指示を聞くようにと、すでにほかのリーダーたち全員と、家族の長たちを集めていました。そして、みんな（まだ赤い毛布にくるまってアメリカ先住民みたいな）ドリトル先生のまわりにむらがって、ふしぎな作戦会議をはじめました。

「いいかね、ジム」と、先生。「カメの上にのっていた砂利をすっかりとりのぞいてくれた今、今度は、大勢で、カメの下を――どこか一点だけを――ほってみたらどうだろう？　というのは、一度にカメのまわりぜんぶをほるのでは、ワニたちの力がむだになるからね。そういうふうにしても、あれは重すぎて持ちあげられない――何トンもの重さがあるのだ。」

「わかりました、先生」と、ジム。「カメの下の一か所に水が入るようにして、どろの吸引力をゆるめるんですね？」

「そのとおりだ」と、先生はさけびました。「だが、どうか、カメの甲羅を割らないように気をつけてくれたまえよ。カメの肩のあたりを持ちあげるようにするといい。カメの下側の甲羅は、そのあたりが厚くなっているからね。」

「了解です」と、ジム。「でも、カメのところまでほっていくのに、湖の底に深い穴をあけなければなりませんでした。今、カメはちょうど洗面器にはまってしまっているような感じでして――ぼくらが入りこむすきまがありません。そこで考えていたんですが、カメの頭の近くを持ちあげるチームとは別に、ほかのチームにしっぽのうしろをほらせたらどうかと思うんです。いわば、洗面器をこわすんです。」

「すばらしいアイデアだ、ジム！」と、先生はさけびました。「カメのうしろに、さがっていく傾斜をつけようというのだな。そうすれば、肩のところをどろから自由にしてやるだけで、うしろむきにズルズルとすべって、泳げるようになるというわけだ。カメは自分が動かされたとわかったら、すぐ目をさますだろうからな――いいぞ！ジム、君は技師になればよかったな――たいしたものだ！」

先生の期待が大きくなるにつれ、ぼくは、いよいよどろがおに会えると思うと、ふしぎなほどぞくぞくしてきてしまいました。ノアの箱舟の甲板に乗っていた最後の生き残りにして、有史時代と先史時代とをつなぐ唯一の動物なのです。結局のところ、そのためにぼくらは、はるばるやってきているのです。でも、先生が話をやめてふたたび服を着はじめるまで、まさかその夜カメを自由になさるつもりなのだとは、ぼくは夢にも思っていませんでした！

　日没まであと二時間あったように思います。会議が終わるとすぐに、ジムは全リーダーに指示を出しました。それから、いろいろなことが一度に起こったような気がします。チーチーが通訳してくれてはいたのですが、ぼくには、ついていけませんでした。しかし、あとになって、なにがどうなっているのかわかりました。そして、ぼくのノートに書きつけたのです。

　まず、ふしぎな音が聞こえてきました。ドブン、ドブン――バシャン、バシャンという音です。大きなワニたちが、六、七頭まとまって、陸から湖へ飛びこんでいるのです。リーダーたちは、ジムの命令どおりに、ほり手をチームごとに分けていました。先生がすでに教えてくれていたように、水中でほるのはとてもつかれるので、一チームがへとへとになると、交代の命令が出されるのです。つかれたチームはもどってきて休み、元気なチームがドブン、ドブンと水のなかへ消えていくのでした。

　水中でなにが起こっているのかは、もちろんあとになるまでわかりませんでした。でも、ときどきジムがやってきて、先生になにか言っていきました。それがいい知らせだといいなあと、ぼくは思いました。

一時間ほどして、ジムと二頭の兄弟が――三頭そろって――特に重要な情報を持ってきました。(先生がはっきりと強い興味を示したので、そうだとわかりました。そして、先生は、水中のほり手たちに伝えるようにと、とてもていねいな指示を出していらっしゃいました。)

その情報とは、ほり手たちがカメのうしろの斜面を完成させ、今度はカメの前を持ちあげて、カメの下に水を流しこむ準備ができたということでした。ドリトル先生は、このときワニたちが寄ってたかって鼻先で持ちあげようとしたら、カメの甲羅がどんなに厚くとも、甲羅にひびを入れたり割ってしまったりするのではないかと心配だと話していました。

ワニのやりかたはとても頭がいいと、ぼくは思いました。十二頭のワニが、横にすきまなくならんで、その平たいのみのような鼻先をカメの肩の下のどろのなかへ、できるだけ深くさしこみます。それからさらに十二頭が最初の十二頭のしっぽに乗って、てこの応用で全体重をかけるのです。

最初にやってみたとき、なにも起こりませんでした。そして、ジムの兄弟は、先生に別の指示を出してくださるようにと、先生に伝言をお願いしようとしました。しかし、ジムは、待てと言ったようです。そうかんたんにあきらめてはいけないと思ったのです。そこで、ワニの大きさをそろえることにしてみました。そして、一番大きくて重たいワニだけ新たに二十四頭選んで、もう一度やってみたのです。

今度は、もう少しうまくいきました。どろがおの体の下に水が流れていったようすから、どろがおはやがてこのどろからぬけ出せそうだと、ジムは思いました。ジムは、さらに体の重たいワニたちを新たに二チーム集め、カメの反対側の肩——右肩——のところにならべました。それから、代わる代わるてこで持ちあげるようにして、どろがおの前の部分をどろから三十センチほどあげることに成功しました。

そしてとうとう、カメの頭からしっぽまで、水がその体の下を流れますと、大きなカメの体はゆっくりと、用意してあった斜面をすべりだし、それからごろんとひっくり返って、どろからすっかりぬけ出せたのです！

ぼく自身、それまでどろがおの大きさをどれぐらいに想像していたのか、わかりません。チープサイドは「家みてえにでかい」と軽く言っていましたが、どうせチープサイドは大げさに言っているのだろうと思っていました。先生は「信じられないほど大きい」とか「すばらしく巨大」とかおっしゃっていましたが——それでは、どれほど大きいかわかりませんでした。

しかし、とうとう自分の目でカメを見て——と言っても、その晩見たのは、体の一部だけでしたが——これはひどい悪夢だと思いました。(沼地で巨大ヘビの悪夢を見たのを思い出したのです。)

そのとき、たそがれがせまっていました。あたりはまだ見えましたが、ただ、夕日が島の長い影を静かな水面に投げかけているところは真っ暗でした。ドリトル先生は、着替えを終えて、キャンプのたき火のそばに立っていらして、大きくて静かなジャンガニカ湖をじっと見つめていました。

やがて、湖の暗く影になった部分に、水の静けさをやぶって、なにかが水面に浮きあがってきたように思えました――なにかまるくて平たくて、ボールが浮かんでいるような感じです。最初、それはおぼんぐらいの大きさでしたが、それが水面から出てくると、どんどん大きくなり――さらにどんどん大きく、大きく、大きくなっていきました。

ぼくのすぐうしろで、ほっとした先生が、長いため息をついていました。

「ありがたや! ……うまくいったんだ……出てきてくれた。」

夜目がきくトートーが、舌打ちするような鳴き声をあげました。小さなチーチーは、いざとなるととても勇敢なのですが、暗闇のどこかで、こわがって泣きべそをかいていました。

あたりが暗くなっていたため、なにがどうなっているのかはっきりとはわかりませんでしたが、目の前の巨大なかたまりは、浮かびあがるのをやめて、ゆっくりとこちらへむかっているのだとわかりました。そして、その動きのなめらかさから、それが泳いでいるのだろうと思われました。

「いやはや、幸運な航海だったじゃないか、スタビンズ君!」と、先生はぼくの肩越しにささやきました。「実に幸運な航海だった!」

ドリトル先生は、決して感情を表に出さない人です。(そこが最もイギリス人らしいところだと、ポリネシアが言っていました。)しかし、先生の右手の力強い指がとつぜんぼくの肩をつかんだとき、ぼくらの航海がこのように最後に実を結んだということが先生にとってどれほどの意味があるか、その指は、ことば以上に、ぼくに語りかけていました。

「今、這《は》っているよ」と、先生の声がしました。「あの動きかたからすると、足が底についているんだな——わかるかね? いいぞ! では、足は——あれはリウマチだったのだよ——足は、そう悪くはないんだな。でなければ、あんなに歩けないからな。」

ぼくらのキャンプのたき火が、ぼんやりとした光を放っていました。しかし、水辺よりずっと奥のところにたき火をしていてよかったです。というのも、どろがおがまっすぐここへあがってきたとしたら、たき火がじゃまになっていたでしょうから。先生の動物たちは、この暗闇でカメの下じきにならないようにと、陸にあがっていました。

いつカメの顔を最初に見たか、わかりません。ぼくは、なにが出てくるのだろうと、水のなかをじっと見つめていたのです。すぐ近くに大きなヤシの木が一本立っていて、サルのチーチーがときどきこのヤシのてっぺんを見あげていたのには、気づいていました。きっとぼくは、チーチーが見つめているところを、その視線を追って、見たのでしょう。とにかく、ふと気づいてみれば、そのヤシの木のとなりに、なにかがあって、空にそびえてゆれているではありませんか。それはヤシの木ほど高いもので、同じぐらいの大きさがありました。それから、先生がうしろにさがるようにおっしゃる前に、ぼくも先生といっしょにあとずさりしました。そして、ふいに、それがなんだかわかったのです。

それは、どろがおの頭でした！

とても大切なときに、まったく関係のない、どうでもいいことを思い出すことがよくあるように、ぼくは故郷の先生の図書室にあった絵のことを思い浮かべました。その絵は、何千年も前に地球を歩きまわっていた大トカゲが、森のてっぺんから葉っぱを食いちぎっている絵でした。

しかし、ぼくの夢のような思いは、はっと現実にもどされました。足もとの地面がゆれているようなのです。また地震でしょうか？……いいえ。ぼくらの上にそびえているこの怪物が、先生に話しかけているのです。

このものすごい声がなにを言っているのかわかったとき、ぼくがわくわくしたことといったら！　あとでカメの洪水の話を書きとるとき、ぼくはあちこち聞き逃《のが》して、あとからおぎなわなければなりませんでした。でも、この晩、どろがおが、なつかしい友だちに最初のあいさつをしたとき、ぼくは――完璧《かんぺき》に――すべてのことばがわかったのです。小さなカメたちと何時間も勉強してきたのは、むだではなかったのです。ぼくはとても得意になって、カメの最初のぼそぼそ言うことばをノートに書きとめました。それは、こういうことばでした。

「ジョン・ドリトル先生、またいつものように――あぶないとき、こまっているときに――やってきてくださいましたね。このことで、陸の生き物も、水の生き物も、空の生き物も、生きとし生けるものは、あなたの名前を――ほかの偉人を忘れても――いつまでも忘れないでしょう。ようこそ、よき友よ！　――ふたたび、ジャンガニカ湖に、ようこそ！」

第三部

第一章　カバの渡し船

それから、みるみるうちに、どろがおの島は変わっていきました。

まず、ニジェール川からやってきたワニの大軍とその指揮官であるジム将軍が、島を出ていく前、島の頂上の平らなところに、大きな広場を造ってくれました。ここでキャンプできるようにしてくれたのです。

キャンプ場のまわりには、雨水が湖に流れこむように排水用の深いみぞをほってくれました。頂上へ通じる古い道が地震でなくなってしまったので、ワニたちは、それも造り直してくれました。カヌーの船着き場から新しいすてきな道を通って頂上のキャンプ場に着いてみれば、そこはいつも地面がかわいているというわけです。

湖面よりもずっと高いところにあるキャンプ場には、日光がよく当たりました。そして、ここからは、ジャンガニカ湖を一望のもとに見渡すことができ、広大な湖水をおおいかくすかのようにたれこめた赤らんだ雲さえ、眼下に見おろすことができました。

ある日、ぼくらがこのふしぎな光景を見おろしているとき、ロンドン・スズメのチープサイドが「ふうん！」と、うなりました。

「まるでピンク色のまくらがごろごろ転がってるみてえだな？　こんなの見てると、なんだかおれまで天使みてえに長いシャツのパジャマ着て、ラッパ吹きながら、ぐるぐる飛びまわらなきゃいけねえような気がしてくるじゃねえか。」

「ティー、ヒー、ヒー！」白ネズミのホワイティが、くすくす笑いました。「チープチャイドが天使《てんち》だなんて——チャチュのパジャマ着てるなんて！」

「いけねえのかよ？」ロンドン・スズメは、どなりました。「天使はいつだって絵のなかじゃ、シャツのパジャマ着てるじゃねえか。ありゃ天使が飛ぶときの制服みたいなもんだぜ。おれなんかじゃ天使になれねえと思ってんだろ、え？　なめてんじゃねえぞ、ホワイティぼうず。さもないと、てめえらネズミの若ぞうは、この夏、しっぽが短いのが流行《はやり》なんてざまを見せてやるぞ。いいか？」

ドリトル先生とぼくは、テントを張りました。何週間もずっとハンモックで寝てきたあとでは、テントのなかで寝るというのは——しかも、においたつ、かわいた草でできた、きちんとしたベッドで寝るというのは——とてもいいものでした。

次の日、どろがおから大洪水の話を聞くために、そのあいだの食料を用意しておかなければなりませんでした。カヌーに積みすぎては危険だということで、アルバトロス号からは、湖に着くまでに食べきってしまう量しか持ってきていませんでした。そこでポリネシアとチーチーは、食料さがしの探検に出かけました。このオウムとサルは、アフリカ生まれなので、野生の木の実、はちみつ、おいしい根っこなどを、どこでどうやって見つければよいのか、わかっていたのです。

わざわざさがしだして運ばなくてもいい食料もありました。カバとそのおくさんが、ドリトル先生のところへ来て、先生たちのお役に立てないだろうかとたずねました。食料が必要なのだと言うと、カバの夫はぼくたちに、お米を食べるかとたずねました。先生は、「食べるよ、お米はとても栄養があるからね」と答えました。（先生は、このカバが何年も前、あかちゃんのとき、郵便局で先生が治療をしてあげたカバだと知りました。）

それから、カバ夫妻は、ほしいだけ野生のお米をあげましょうと言いました。そして、やがて、軍隊が一か月食べつづけられるほどたくさんのお米を持ってきてくれたのです。

「これで、決まりだな！」チープサイドは、ぼくに、ぶつぶつ文句を言いました。「こうなったらダブダブばあさんは、この旅行で毎日三度の食事にライス・プディングを出すぜ。ぐちゃぐちゃ料理はいろいろあるが、ライス・プディングをがまんできるのは、年に一度か二度までだ。だけど――ちぇ、しかたねえな？　トミー、おれたち動物は、ちいとばかしセンセにやさしすぎるんじゃねえかって思うぜ。」

ジョン・ドリトル先生の主な関心は、まず、どろがおの健康でした。

そこで、徹底的な健康診断をしました。その結果、この巨大なカメが、だいたいのところで先生と同じぐらい健康だとわかったので、先生はよろこびました。

「ねえ、スタビンズ君」と、先生。「言ってみれば、私は以前の研究にもどってきているんだ。不老長寿の研究にね。もちろん、人間とはかなりちがうが。それでも、どろがおのケースについて一冊の本が書ける。それを読んだらロンドンじゅうの医者は、目が開かれる思いをするだろう。」

「そうでしょうとも。」ぼくは、先生に同意して、ぼくらの話をずっと聞いているポリネシアと目くばせしました。「でも、まずは、どろがおから大洪水の話を聞き出したいのではありませんか？」

「それはそうだ。それはそうだ」と、先生。「それで、どろがおの健康診断の結果の話を君にしようとしていたところなんだ。どろがおに話をしてもらうのは、何週間も先になるのではないかと心配していたのだが、」と、先生はつづけました。「結果がよかったので、何週間もではなく、数日後には、話をしてもらってもよいと思うのだ。」

「ああ、それはすばらしいですね、先生」と、ぼく。

「ものすごく高齢であるにもかかわらず――いったい何歳なのか、想像もつかないが

――体はいたって健康だとわかった。たしかにリウマチは悪化していたが、それは予想していた。処方箋《しょほうせん》を書いてやったよ。むずかしいのは、薬が足りるかということだ。スプーンではなく、樽《たる》で飲ませなければならんからね！　この薬に必要なものは、ジャングルでなんでも手に入るが、どうやったらじゅうぶんな量を集められるか。それが問題だ。」

ぼくは、カバの友だちに相談してみたらどうですかと言い、先生は、そのつもりだとおっしゃいました。

このふしぎでやさしい動物はとても親切でもありました。（カバはほとんど野生の米だけを食べます。チープサイドに言わせれば、だから、はっきりしない性格なのもあたりまえだそうです。）

カバは、先生を背中に乗せて、薬草をさがしに泳いでいってくれました。先生は、シルクハットに燕尾服《えんびふく》という恰好《かっこう》でカバの大きな背中にまたがって、湖を横切っていくのですから、おかしな光景でした。

チープサイドは大笑いし、先生ご自身も自分がこっけいだと気がつきました。

「河馬《カバ》は、河の馬なのだよ。」先生は、ぼくらにむかって笑い返しました。「乗り心地満点だ。やわらかくて、ふかふかして。パドルビーの新聞記者たちがここにいないのはざんねんだなあ！　じゃあ、行ってくるよ！　またね。」

こうして、どろがお自身が言ったように、野生動物たちは、ジョン・ドリトル先生のことと、先生がしてくださったご親切をおぼえていたのでした。みんな、先生に恩返しをしたがったのです。

ありとあらゆる動物たちが、アフリカにいらした先生を歓迎しにやってきました。みんな深い敬意を表して、まるで先生がなにか魔法ででもあるかのように、おどろいたように先生を見つめました。単なる好奇心から来た者もいれば、あの偉人を実際に見たことがあると子どもに自慢したくて来た者もたくさんいましたが、なかには、ぼくらがキャンプの用意をするのを大いに手伝ってくれたり、いろいろな仕事に手を貸してくれたりする者もいました。

大勢のサルたち（ほとんどはチーチーの親戚《しんせき》でした）が、四、五百キロも旅して、ぼくらに会いに来てくれました。サルたちは湖の岸まで来ましたが、そこから先は進めませんでした。そこで、サルたちは、いっせいに大声でほえたり、さけんだりして、島にいるぼくらに呼びかけました。チーチーがその声を聞き、先生に伝えました。すると、先生はカバ夫妻に、ご苦労だが、あそこまで泳いでいって、サルたちを島へ運んでくれないかとお願いしました。

カバ夫妻は渡し船となって、大勢のサルを背中に乗せて何度も往復して運んでくれました。何千匹ものサルがいたと思います。どのサルもバナナを二本持ってきていました——先生の好物だと知っていたからです。ファンティッポを出て以来、バナナは食べていませんでしたから、その夜は大ごちそうでした。

バナナの皮はぜんぶブタのガブガブに取っておいてあげたので、ガブガブはものすごくよろこびました——ガブガブはバナナそのものよりも皮のほうが好きだったからです。

第二章　カメ町

先生がおっしゃっていたことが実現しました。十分な量の薬の調合ができて、どろがおがそれをきちんきちんと飲むようになると、この巨大ガメがどんどん元気になるのが手に取るようにわかりました。ジョン・ドリトル先生は、偉大な博物学者であるだけでなく、りっぱなお医者さんでもあるのです。

先生のもとへやってきたサルの大群は、ぼくらが島を出るまでいっしょにいてくれました。そして、このサルたちは、信じられないほど役に立ってくれました。

最初サルたちは、どろがおがものすごく巨大であるために、少しこわがっていましたが、すぐに慣れたようです。そして、先生がなにをお求めかわかると、すぐにぼくらのキャンプ場のまわりに小屋を建てました。これほどすばやくじょうずな仕事をする大工さんたちを見たことがありません。サルたちは前足を使って、砂をかき出し、穴をほるのです。その穴に、人間の腕ほどの柱を立てます。それから、小屋の屋根をヤシの葉でおおいました――壁も同じようにしました。入り口と窓だけは、あけておきました。

なんだかまたたく間に、もともとはテントがひとつだけだったぼくらのキャンプ場に炊事場ができ、先生とぼくが眠るための快適な広々した宿泊所ができ、食料を冷暗所に貯蔵する倉ができ、先生が薬を調合して病気の動物を診てあげる診察室ができ、どろがおが休む巨大な屋根つきの小屋ができました。ぜんぶを合わせると、ちょっとした村のようでした。

ぼくが、新しい建物のまわりをそうじしているサルたちを見ていると、ぼくの肩に乗っていたチープサイドは、こう言いました。

「かっこいいじゃねえか、え、トミー？　ほら、街路清掃員までいやがる。このエテ公連中は、ほめてやらねえといけねえ。てえしたもんだよ。一日で町を造っちまうなんて、できねえもんだよ。あと、街灯を数本と、道を行ったり来たりするおまわりがひとりいれば、いっちょあがりだ。マジ、いかした町だぜ。なんて名前で呼べばいいかな？　……お、そうだ！　カメ町だぜ、あたりめえだ！」

もうひとつ、事務所と呼ばれる小屋が、ほかの小屋から遠くはなれたところに建てられました。うるさいサルたちのキーキー声になやまされずにぼくがノートを書けるようにと、遠ざけてくれたのです。今度こそ大洪水の物語を記したノートが災難にあわないようにしなければと、ぼくはできるかぎりのことをするかくごでした。

パドルビーからここまで旅するあいだに、ぼくは、すでにたくさんのノートをとっていました。先生に書きとってほしいと求められたことがいろいろあったのです。そうしたノートを、ぼくはカヌーの船着き場から注意深く運んで、事務所の床にあけたかわいた穴のなかにしまいました。犬のジップとオウムのポリネシアは、昼も夜も交代で、この小屋を見張ってくれました。その後も、ノートを一冊書き終えるたびに、その穴に安全に保管しました。ぼくは、穴をふさぐ大きな石をいくつか見つけて、小屋が火事になってもノートが守られるようにしました。

サルたちがカメ町を完成させた次の日、先生は、どろがおはあすには元気になって、大洪水の話をしてくれるだろうと言いました。

「だが、そもそも、どろがおを急かすようなことがあってはならんのだよ。スタビンズ君――そうだな、一日に話すのは三十分ぐらいにして――ようすを見よう。サルの大工たちも聞きたがっていることを忘れんでくれ。そういった連中もいるから、どろがおはずいぶん大勢の客を相手に話すことになる。私の時計を渡しておこう。そいつをよく見ておいてくれ。最初の日は四十五分以上話させてはならないよ、いいかね？」

「わかりました、先生」と、ぼく。「四十分たったら先生に合図します……ぼく、どろがおの言うことがわかるといいんですけど。」

「ああ、そんなことは心配しなくていい。」先生は、ほほ笑んで言いました。「わからなくなったら、いつだってあとでわれわれが教えてあげるよ、スタビンズ君。」

「いつはじめるのですか、先生？」ぼくは、たずねました。

「あすの夕方だ、スタビンズ君。どろがおは、いつも夜のほうが調子がいいのだ。夕食がすんだらはじめよう――早めの夕食にして。」

こうして、あくる日の夕方、ぼくらはカメのいるところへ集まりました。先生のおうちの動物たちは全員来ました――犬のジップ、すばらしい記憶力を持つフクロウの数学者トートー、アヒルのダブダブ、訪ねてきたサルたちのボスであることを得意に思っているチーチー、どんなことがあってもこれからはじまることを見のがすまいと必死な、知りたがり屋の白ネズミのホワイティ、そして、ブタのガブガブもいました。それから、ロンドン・スズメのチープサイドと、アフリカ生まれのオウムのポリネシアもいました。けんかばかりすることで知られるこの二羽の鳥は、カメの話をたいくつだというふりをしながら、実は興味津々で聞いていたのでした。そうそう、チープサイドのおくさんのベッキーも来ていました。

大勢の動物たちは、どろがおのいる小屋――といっても、柱でささえられた屋根しかありませんでしたが――のなかで、どろがおのまわりに自分のすわる場所を見つけました。

この高い島からは、あたり一面が見渡せます。ジャンガニカ湖の静かな水面の上に大きな星々が出てきて、銀色の光をきらめかせると、ジャンガニカ湖はそれはそれは美しく見えました。

こうして、ぼくは、一番たいへんな——そして、おそらく、一番大切な——仕事をはじめました。先生の秘書としてずっとつづけてきた、ノートとりの仕事です。

第三章　大洪水の日々

「それでは、先生」と、巨大ガメは言いました。「まだ先生に少しもお話ししていなかったかのように、大洪水の物語をお話しするようにいたしましょう。先生のノートがすべて失われてしまった今、このように二度めのチャンスがあって、よかったです。私は、若いカメだったころ、ほかの五匹のカメといっしょにつかまって、動物園に入れられてしまいました。その動物園は、強大なマシュッ王のものでした。その骨がどろのなかでくさってしまえばいい！　王の思い出がすっかり永久に消えてしまいますように！」

カメがことばを切って、暗い湖のむこうのほうをギロッとにらんだので、先生はたずねました。

「腹をたてているようだが、どろがお君、マシュッ王は君にひどいことをしたのかね？」

「しましたとも。」巨大なカメは、うなりました。「全世界に対して！」

カメの目の表情が変わりました――が、まだ湖のむこうをにらんでいました――なにかを思い出すような表情でした。悲しそうになったかと思うと、愛情にあふれたり、わくわくしたりと、くるくるとそのようすが変化します。

「ジョン・ドリトル先生、むこうの、」と、しばらくしてから、どろがおは、話をつづけました。「湖のまんなかあたり、水面下三十メートルほどのところに、マシュッツ王の都であるシャルバの町の廃墟《はいきょ》があるのです。かつて、それは世界一をほこった、最も美しい町でした。町には、なにもかもありました。王のための巨大な宮殿もあれば、白い大理石でできたみごとな建物もあれば、ほしいものならなんでも売っているお店や、劇場や、地球上のあらゆる国からもたらされた本がぎっしりならぶ大型図書館や、大がかりなサーカスや、競技場や、花咲く木々でいっぱいの公園もあれば、野生動物が飼われている動物園もありました。そして、私がつかまって連れていかれたのは、その動物園だったのです。

動物園の園長は、とても年をとったおじいさんでした。おじいさん自身もつかまったのです。戦争で、マシュッツ王の将軍たちに捕虜にされたのです。自分の国では『長老』と呼ばれていた人でした。長老の家族全員も、シャルバの町へ連れてこられ、マシュッツ王のために働かされました。しかし、長老だけは、ある特別な理由によって、動物園の園長にさせられたのです。人間にしては、とても年をとっていて――六百歳でした。その名はノアといいました。」

「ああ！」と、先生。「きっとノアだろうと思っていたよ。だが、どろがお君、どうしてノアは動物園長にさせられたのかね？」

「なぜなら」と、カメは答えました。「動物語が話せたからです。ジョン・ドリトル先生、先生のほかに動物語が話せたのは、ノアが最初にして、ただひとりの人なのです。六百年も生きていますと、学ぶ時間が多かったわけです。」

「もちろん、もちろん」と、先生は言いました。「それだけの時間があれば、ずいぶんじょうずに話せるようになっただろうねえ！」

「いえ、そうではありません、先生。たしかに動物語は話せたのですが、たとえば、カメ語で先生の半分ほどもしゃべれませんでした。いや、ここにいるトミーさんほどもじょうずでさえなかったのです。書きとることについては、まったくできませんでした。あの人は、みなさんが言っているほど知恵もなければ、かしこくもなかったのです。実のところ、ただのあほうではないかと思えるときもありました――それは、これからおわかりになります。」

ぼくは、カメにほめられてうれしくなり、顔をあげてほほ笑みかけました。でも、どろがおは、物語をつづけようとしており――今度はさっきよりずっと速いのです。そこで、ぼくは必死になって大急ぎで書きつづけなければなりませんでした。

「当時は、私も今よりずっと小さかったわけですが」と、どろがお。「つかまった六四のカメのなかでは、とびぬけて大きく、年も上でした。そして、おぼえていらっしゃるでしょうか、先生、私は、海水でも淡水でもだいじょうぶなカメなんです。」

「ああ、おぼえているとも」と、ドリトル先生。「君のようなカメは、今日ではもう残っていないのだ。だが、どうか話をつづけてくれたまえ。」

「さて、動物園には、私たちのために池が用意されました。なかには、どろがなく、きれいにかがやく砂利があるだけだったので――私たちには気に入りませんでした。どろが好きだったのです。王とその民は、この池を取り囲む、がんじょうな鉄の柵《さく》越しに私たちを見にやってきました。私は巨大ガメと呼ばれ、ときどきお客を背中に乗せてやりました――ただし、飼育係が私から目をはなすと、お客は命がけでした。近くに水たまりでもあれば、私は事故のふりをして、お客をその水たまりに落としてやったからです。

私たちはノアからエサをもらっていました。ほかの五匹のカメたちは、ふしあわせであるにもかかわらず、きちんきちんとエサを食べていました。でも、私は食べなかった。私は、妻とはなればなれにさせられていたからです。」

「えっと、どろがお君」と、先生が口をはさみました。「君のおくさんが、いっしょにつかまらなかったのは、どうしてかね？」

「それはですね、先生」と、どろがお。「妻のベリンダは、そのとき親戚《しんせき》をたずねて、別の場所にいたんです――女ってそうでしょう――いつもさみしがって、いとこやら、おばさんやら、だれかの新しいあかんぼうやらを見に出かけるんですよ。なにかしら口実をつけては、気分転換をするんです。もちろん、妻が自由でいられたことは、よかったと思っていますよ。でも、妻がいなくてひどくさみしかった……」

どろがおは、思い出してため息をついて、話を中断しました。

「おやおや」と、先生。「そういうわけで、ベリンダは今いっしょじゃないんだね――もうそれから会うことはなかったのかね?」

「いえ、ありました」と、どろがおは言いました。「私がつかまったすぐあとで会いました。お話の流れで、おいおいそのこともお話しします。」

どろがおは、まゆをしかめて、間をあけました。「でも、今はどうしていないのか、わけがわからないんです。数か月前に、ふっといなくなってしまったんです――地震の直前に――それ以来、連絡がなくて、心配しているんです。」

「いかにも女じゃないすか、センセ?」と、チープサイド。「亭主が女房にいてほしいっていう、まさにそのときに、ほっつき歩いてんだから。」

「静かに、チープサイド」と、ジョン・ドリトル先生は言いました。「ベリンダは、どろがお君がこまっていることを聞きつけたら、すぐに飛んで帰ってくるに決まっているよ。」

巨大なカメは、頭をあげて、先生にほほ笑みました。

「ありがとうございます、ジョン・ドリトル先生」と、どろがおは言いました。「まあ、心配することはないと思います。ベリンダはいつだって、自分のことはちゃんとできるやつでしたから。」どろがおは、くつろいだ姿勢になって、話をつづけました。

「私は、ひどくふしあわせでした。ふさぎこんで、なにも食べませんでした。ノアは、このことを王に話して、逃がしてやってくださいとたのみました。しかし、マシュツ王は、私は王の集めたカメのなかで一番上等で、一番大きいのだと言いました。そして、そのうち落ち着いて、エサを食べるようになるだろうと言ったのです。でも、私は食べませんでした。動物園での生活がいやだったのです。とはいえ、ご存じのように、カメは長いあいだ食べないでも平気なのです。だから、死ぬようなことはありませんでした。

われわれ六匹のカメは、しょっちゅう逃亡計画を考えていました。池のまわりの柵は、あまり高くありませんでしたが、カメにはとてもよじのぼれませんでした。私は一番年上で、一番力持ちでした。ほかのカメたちは、解放されて自由の身になる方法を私が見つけてくれるものだと思っていました。そしてある夜、私は、鉄の柵の土台となっている低い壁の——上を越えるのではなく——下をほるという、かしこいやりかたを思いつきました。三晩かけて、ほったり、ひっかいたりしますと、とうとう、大きな四角い石のひとつがゆるんできて、それを引っぱり出すことができました。自由が見えてきたのです！

けれども、私たちは、あくる日の晩まで待つことにしました。暗闇が長くつづいていてくれなければ、逃げきれなかったからです。動物園は大きく、カメは歩くのがおそいのです。

あくる日の晩になりました。五匹の仲間が息をこらして待つあいだ、私は石を池にひき落とし、体が通るほどの大きさに穴を広げました。すべてがうまくいきました。私たちは柵の下をくぐって、のぼっていく月のうっすらとした光を浴びながら、動物園のなかを歩きだしました。ところが、二十歩も歩かないうちに、トランペットのパンパカパーンという音が鳴りひびくと同時に動物園の門が開きました。王その人が、自分が集めた動物を見せようと、友だちを何人も連れてきたのです！　何百もの護衛兵と、たいまつをかかげる者たちもいました。マシュッ王は、特に新しいカメを見せたいと思って、まっすぐカメの池へやってきました。

こうなると、私たちのような歩みののろい者に、逃げることなどむりでした。ただちにつかまって、もとへもどされました。鉄の柵も、壁も、さらに強化され、二度と出られないようになりました。

私たちは、ひどくがっかりしました。私の壮大な計画は、ただ事態を前よりも悪くしただけだったのです。

ところで、ノアには、助手がいました。まだ少年で、ノアと同じように戦争で囚われの身となり、外国から連れてこられたのでした。その子は、私たちカメに同情してくれました。たぶん、自分と同じようにつかまったと思ったのでしょう。その子がいてくれることで、なぐさめられました。名前はエベルでした。その子のことは、このあともお話に何度も出てくるはずです。

エベルは、もともと庭師でした。庭の手入れがとてもじょうずだったのですが、のちにノアのもとで、動物園の副園長として、働くことになったのです。

エベルは、やさしい心の持ち主でした。動物たちが楽に暮らせるように、がんばってくれたのです。特別なエサをくれたり、たえがたいほど暑い日には気持ちのよい冷水を浴びせてくれたり、動物たちがよろこぶことをなんでもしてくれました。

エベルは、ガザという名前の美しい少女と恋に落ちました。ガザも奴隷でした。シャルバという町は——つねに自由であることをほこっていましたが——外国からやってきた人には、奴隷が多すぎるように見えたことでしょう。ガザは、ほんとうに美しい声の持ち主で、マシュッ王の第一夫人（王には、おくさんがたくさんいたのです）のために歌を歌いました。第一夫人は、動物園の近くの、女王の宮殿と呼ばれる自分自身の小さいお城に住んでいました。

たそがれのうす明かりのなかで、ガザが遠くの国々の歌を歌うのを、私はよく聞きました。その歌は、夕べの風に乗って、私がみじめにとじこめられている池まで聞こえてきたのです。エベルは公園でこっそりガザと会っているのをマシュッ王のスパイに見つけられ、罰として、こっぴどくぶったたかれました。何日も歩けなくなったほどです。マシュッ王は残酷な男でした。

こうして一、二か月がすぎたころ、私の暮らしは、ふっと明るくなりました。ベリンダが——私のかしこい妻が——私がどこにつかまっているか見つけだしたのです。そして、夜になるとやってきて、おりの鉄格子越しに、私に話しかけてくれました。これが私にとってどれほどありがたいことだったか、おわかりいただけないでしょう。私は、あらゆる希望をあきらめかけていたのです——このばかばかしい牢屋《ろうや》での生活を死ぬまでつづけるのだと思っていたのでした。ベリンダが来るようになると、私は、ベリンダがつかまりはしないかと不安になりました。でも、毎晩妻と会って話をするだけで、私は元気になれたのです。妻はとても陽気で、がまんさえすればきっといつか逃げられるはずだと、かたく信じていました。

さて、私はおさないころから、天気についてずいぶんわかるようになっていました。このころまでに、水辺の動物たちのあいだでは、よく当たる気象予報士としてかなり有名になっていました。池にいるほかのカメたちに『夕立が来るぞ』などと予報してあげていたのです。カメは夕立が大好きですからね。雨が好きなのです。雨水が甲羅を伝い、鼻の先からしたたり落ちるのを感じるのは、気持ちよいものです。暑い季節には、生き返るような思いがします。

私は、いつ雨が降るかを言うことができたので、私とベリンダは好んで天気の話をしました——直径十五メートルの池のなかにとじこめられていては、ほかにおしゃべりの話題などたいしてないのです。そして、私たちの話をよく聞いていたノア自身も、天気を話題にするくせがありました。こうして何千年ものあいだ、人々は天気をよく話題にするようになっていったのです。

ある日のこと、夕方になるにつれて、強風が吹きました。公園の木々が、ユリの茎のように、風で頭をたれました。そして、大きな砂利石が、まるでほこりのように、公園の散歩道を飛んでいきました。ほかのカメたちは私を取り囲んで、これはどういうことかとたずねました。私は空を見あげて、怒った黒雲が大空にうず巻いて、うねって、うごめいているのを見ました。今まで見たどんなものともちがっていました。『みんな、』と、私はほかのカメのほうをふりむきました。『夜にならないうちに雨になる。』

『やった！』と、みんなは言いました。『ひどく暑いからな。』

とつぜん、ゴロゴロッというはげしいかみなりが、空気を引きさくように思えました。すぐに雲が低くたれこめ、木々をすっぽりとおおいました。

『みんな、』と、私は言いました。『ものすごい大雨になるぞ。』

『やった！』と、みんなは言いました。『池の水は、もう、かえなきゃいけないからね。』

それから、ゴォォーという大音響とともに、天が開いたように思えました。ピカピカッと、いなずまが大地にむかって光り、私たちの柵《さく》の近くに立っていたがんじょうなナラの木を、てっぺんから根っこまで、まっぷたつに引きさきました。

ふと、エベルはだいじょうぶだろうかと心配になりました。

『カメ諸君、』と、私は言いました。『今にも、ここから逃げだせる時がせまっているように思う。これは、すさまじい大雨になるぞ。人間というのは、自然界では弱い生き物だ。多くの人間が死ぬだろう。カメは雨が好きだが、人間はある程度の雨にまでしか、たえられない。今晩から十日もすれば、この池の水は、柵よりも上にあがって、私たちはどこへでも自由に泳いでいけるようになるだろう。』

『やった！』と、みんなは言いました。『ぼくらは長いこと、奴隷として苦しんできた。雨は大歓迎だ！　どろの土手にあがって自由を楽しんでみたいよ！』

さて、その雨は、最初ふしぎな降りかたをしていました。雨は金曜日から降りはじめ――いや、月曜日でした――いや、ちょっと待てよ……ええっと、たしか、あれは

――」

　話を聞いていたチープサイドは（眠っていたのかと思いましたが）、片目をあけて、つぶやきました。

「イースター（復活祭）の月曜日じゃないことを祈ろうぜ――せっかくの休みがだいなしになっちまう。雨降りの復活祭ほど、ひでえもんはねえからよ。さあさあ、どろっつらちゃんよ、はっきりしておくれな。もう寝る時間をすぎてるぜ。」

「とにかく」と、アヒルのダブダブがささやきました。「どろがおさんの言うことに、だれもちがうとは言えないわ。それだけはたしかね。」

「まあ、」と、カメはつづけました。「それが何曜日であったにせよ、雨は昼前から、とても静かに降りだしたのです。最初、みんなはとてもがっかりして、私の天気予報がはずれたのだと思いました――ふつうの夕立だと思ったのです。

『待ってくれ！』と、私は怒って、みんなに言いました。『これまでに私の予報がはずれたことがあったかい？　この雨は四十日間つづき、最初はしとしと降るが、だんだんはげしくなるんだ。約束したように、十日たてば、みんなは自由になる。だけど、四十日めの終わりには、高慢なマシュッ王も、そのシャルバの町も、消えてなくなる。大地は、水におおわれるんだ。というのも、諸君、これは〝ノアの洪水〟だからだ。』

『やった！』みんなは、もう一度言いました。『洪水ほど、うれしいものはないね―

―すてきな洪水！　ぼくらを奴隷にしてきた人間どもが流されていなくなってしまう潮時というものだ。歩くのはおそくても泳ぎの速いぼくらこそ、水の世界では、地球で最もえらい者となるのだ。』

これに対して、私は、しばらくなにも言いませんでした。私の心は、みんなのおしゃべりからはなれていたのです。

とうとう、私は口をききましたが、その声は、自分の耳にさえふしぎなほど真剣に聞こえるものでした。

『ひょっとすると……そうかもしれない。』

私が考えていたのは――エベルのことでした。」

第四章　ゾウの行進

ぼくは、先生が時間を見ておくようにとおっしゃっていたことをふと思い出して、どろがおが少し口をとざしたときに、ポケットから時計をつかんで取り出しました。なんということでしょう！　カメは、そもそも先生がおっしゃった時間よりもたっぷり三十分も長く話しているではありませんか。ぼくは先生に合図をして、今晩のところは時間切れだと知らせました。先生は、すぐに席から立ちあがりました。

「ありがとう、どろがお君」と、先生。「当時のことについて聞きたいことが百万もあるが、君はもう今晩の薬を飲んで寝なければならん。楽しみにしているよ――もし、また親切に話してくれるなら――あすの晩、話のつづきをね。」

「そりゃあ、だいじょうぶでしょうよ。」チープサイドが、眠そうに言いました。「こ、のじいさんの物語は、これから数か月は聞かされるだろうぜ。」

先生とぼくが休む宿泊所は、カメ町の大通りの数軒先にありました。そこへ帰ろうと身じたくをしていると、どろがおが鼻歌を歌いはじめました。その音は――聞いていて、ふゆかいというわけではありませんが――信じられないほどの力があったので、足もとの地面がゆれました。先生は、戸口のところで立ち止まりました。

「失礼だが」と、先生。「それは、なんの歌かね？」

「『ゾウの行進』という歌です」と、カメは言いました。「シャルバの町では、サーカスの日に、ゾウが見せ物に出るために行進していくとき、かならず演奏されていました。おぼえてしまいましてね。寝に行くときは、こいつを鼻歌で歌うのがくせになっているんです。」

「実に興味深いね、実に」と、ドリトル先生。「私も音楽は大好きだが、大洪水の前に作曲された行進曲が聞けるとは思ってもみなかったよ。いつか教えてくれたまえ。書き起こしてみよう――楽譜に、ということだが。おやすみ、どろがお君。」

　ぼくらが通りを歩きだしたときも、あとにした大きな小屋から聞こえる鼻歌に合わせて、道はまだゆれていました。

「前にも言ったと思いますがね」と、先生の肩にとまったチープサイドが言いました。「どろんこじいさんのような声は、この神の見捨てた沼地じゃ、もったいねえって。大海原の岩の上から霧の警告を出す仕事でもしてもらったほうがいいっすよ。三十キロ先からでも、船が聞きつけますからね。」

「ティー、ヒー、ヒー！」ぼくの左ポケットで、白ネズミが笑いました。

「なんという経験か。なんという話か！」先生は、大洪水のことをまだ考えつづけながら、つぶやきました。

ぼくらが宿泊所に気持ちよく落ち着くと――とてもつかれていて――ぼくは、すぐに眠りました。こんなに速く書いたことはないというくらい必死に書いて、くたくただったのです。右手がしびれて、ちゃんとまた手が開くようになるのだろうかと思ったくらいです。

一晩じゅう、一度も目をさましませんでしたが、何度も夢を見ました――いつも同じ人の夢です……。

夢のなかで、ぼくは、どろがおと同じように、エベルのことを思っていたのでした。

第五章　王さまの誕生日に打ちあげる花火

次の日の夕方、どろがおは、ますます元気そうでした。ぼくらが腰を落ち着けるのを待ちながら、前の日より、はつらつとしていました。口を開くと、その声にも張りがあって、つかれがとれたようでした。

「それから」と、どろがおは言いました。「私たちカメは、とりあえず牢屋《ろうや》の鉄の柵の裏にすわって、今までどおり待っていました。しかし、気分はちがっていました。暗い気分でいるのではなく、すばらしい夢を思い描いていたのです。ずいぶんひさしぶりにすごい旅ができるとなったら、どこへ行けばいいでしょう？　自由になったら、まずなにをしようかと、私たちはそれぞれ勝手なことを思いめぐらせていました。

なんとはっきり思い出せることでしょう！　その日は、マシュッ王の誕生日でした。その金曜日――いや、何曜日であろうと――その日は休日でした。サーカス会場では、お昼から見せ物がかかっていて、王のゾウたちが、私がゆうべ歌っていた行進曲に合わせてパレードをしました。――ただし、楽隊の楽器はみんなびしょびしょで、音楽はめちゃくちゃでした。

その日のお祝いのしめくくりは、王立動物園での花火でした。池の柵《さく》越しに、私たちは、この壮大なフィナーレの準備がなされるのを見守っていました。風はやんでいましたが、雨はしとしと降りつづいていました。夕暮れせまる動物園は、しーんと静まりかえっていました。嵐の前の静けさという感じの不気味さがありました。

ぬれたトランペットがどうにも拍子ぬけのファンファーレをかなでると、王が動物園に入ってきて、花火をはじめよと命令しました。くもった空は、すっかり暗くなっていました。色のついたちょうちんに火がともされ、木々につるされましたが、火はあまりもちませんでした。

ああ、とつぜん雨がどっとはげしくなったとき、私たちはとじこめられた池のなかで、どんなにクックックッ笑ったことでしょう！　最後のちょうちんの火が、ゆれて消えました。そして、花火に点火しようとしたとき、どれひとつとして火はつきませんでした。どれほど私たちは笑ったことでしょう！」

どろがおは、にごった湖の水が入ったひょうたんに首をのばして、のどをうるおそうとしました。（どろがおは、にごった水を飲むのが好きなのです。）どろがおがおがそうしているあいだにも、ぼくは今まで以上に必死でノートをとっていました。というのも、どろがおは、また早口になっていて、ぼくはおくれをとっていたからです。

「魔法使いたちと」と、どろがおは、つづけました。「宮廷の天文学者たちは、星ひとつない真っ黒な空を見あげました。そして、雨は悪いきざしだと言って、『陛下は今晩の祝賀をおやめになったほうがいい』とすすめました。王は、事態を軽く見ようとして、花火とお楽しみは、あすに延期すると言いました。

　王はまわれ右をして、入ってきたのと同じ門から出ていきました。しかし、王が門をくぐるとき、トランペット吹きたちに、演奏をやめるように合図しているのが見えました。それは、もっともなことでした。というのも、かわいそうなトランペット吹きたちがどんなに吹いても、音楽ではなくて、水しか出てこなかったからです。マシュツ王とその家族が、遠くの、明かりのついた宮殿に入っていくすがたが、ぼんやりとした影となって見えました。

『諸君』と、私は仲間のカメたちに言いました。『マシュツ王は、宮殿に入った。もう出てくることはないぞ。まわりは水だらけだ。』

　いよいよはげしく降りしきる雨のなか、花火を見ようと集まっていた群衆はてんでに家に帰り、やがて動物園に人影はなくなりました。池のなかでは、私たちは、ひもの先にじゃれる子ネコのようにはねまわったり、水をかけあって、ふざけまわったりしていました。私でさえ、威厳や年齢を忘れて、いっしょになって楽しみました。一晩じゅう雨はやむどころか、どんどんはげしくなりました。そして、一晩じゅう、私たちは、マシュッのびしょぬれ誕生日を祝って遊びつづけたのです。

さて、それ以来、太陽は四十日間、顔を見せることはありませんでした。あくる日、夜が明けても、たそがれのような暗がりのままであり――やっぱり雨は降っていました。勇敢な市民が数名、かさをさして、王が約束なさったとおりにお楽しみがつづいているのだろうかと出てきましたが、どろ以外なにも見つかりませんでした。宮殿の門はしまっており、人々は急いで自宅へ帰りました。

その日の午後おそく、私の妻が会いに来ました。見つからないように木々のうしろにかくれながら、用心して動物園のなかを通ってきたのです。声が届くところまで来たとき、私は大声で呼びました。

『もうかくれなくてもいいんだ。だれも気にしやしないよ。大洪水になったんだ！』

私は、言いました。『動物園が深い水のなかにしずんだら、この柵の上を泳いで、越えていける。ほら、この池の水は、一晩で五センチもあがってきているだろ。』

かわいそうな妻は、これまではなればなれになっていたことで、ずいぶん心配してくれていたのですが、とてもよろこんでくれました。しかし、私の牢屋での生活が終わるとは、とても信じられないと言うのです。

『ほんとうなの、あなた？』と、妻は言いました。『雨がたくさん降れば外に出られるなんて？』――ねえ、先生、女というものは、その目で見るまではなにも信じられないものなんです。

『ほんとうかだって！』私は、おどろいてさけびました。『いいかい、ベリンダ。気象予報士として、私が一度だってまちがえたことがあるかい？　あと九日たてば、私はこのいまいましい柵のそちら側で君といっしょにいるさ。さもなければ、私の名前はどろがおじゃない。』

ようやく妻は、ほっとしたようでした。気分も晴れたようです。私たち七匹のカメは、とつぜん、王の宮殿にむかって、声をかぎりにさけびました。

『やっほー！——お誕生日、おめでとう、マシュッ！』

それでも、うるさいと言いにやってくる者は、ひとりもいませんでした。

さて、十日すれば自由になれると、きのう言ったとき、私は毎日の雨量の増加を計算していたのでした。そして、思ったとおりでした。あくる朝、われわれの池の水量は、また八センチあがっていました。そして、動物園のそこかしこが、すっかり水にしずんでいるのがわかりました。そのあくる日は——日曜日でした——たしかそうだと思います——いや、ひょっとすると——」

「ああ、何曜日でもかまやしないわよ！」ダブダブが、ぴしゃりと言いました。「起こったことだけ話してくれりゃいいのよ。何曜日かなんて、気にしなくていいわよ。」

「あいつが曜日なんて知ってるとは思えないが」と、トートーがつぶやきました。

「いや、わからねえよ。」どろがおがまだ思い出そうとがんばっているとき、チープサイドが言いました。「当時は、週に二回、日曜があったかもしれねえぜ。週のはじめと終わりとかにね。わからねえもんさ。ノアの洪水以前の連中は、日曜にゃ熱心に教会に通う連中だったからな。」

「あくる日、」と、やがて、どろがおが言いました。「町へようすを見に行っていたベリンダが、とても興奮して帰ってきました。

『どう思う、どろがお？』と、ベリンダが言いました。『町のすぐ外の、古い競技場があったあたりで、男の人がものすごく大きな船を造ってるの――いろんな種類の動物たちが、何百匹も、取り囲んで見守ってるのよ！』

『どんな男の人？』私は、たずねました。

『ひどくお年寄りみたい』と、ベリンダ。『でも――聞いて。動物のことばで、動物に話しかけることができるのよ！』

『そいつは、ノアだ』と、私は言いました。『動物園の園長だ。こいつが、まともな雨じゃないとわかったんだろう――洪水になるってね――だから、船を造って生きのびようとしているんだ。』

こうして、（どろがおは、湖をながめましたが、そのきびしい口もとに笑みのようなものが浮かびました）ついに、重大な時がやってまいりました――私が言ったとおりに、十日めに。池の水位はどんどんあがって、とうとう、柵の一番上に前足のつめをひっかけられるまでになりました。それから私は、力いっぱい、ぐいっと体をもちあげると、柵を乗りこえて自由になったのです！ ベリンダと私は、だきあって、水であふれた動物園に、よろこびの涙を落としました。

ほかのカメたちも、もうだいじょうぶでした。そこで、私とベリンダは泳いだり歩いたりしながら、園の正門へむかいました。見物をしたかったのです——とりわけ、ノアの船を。もちろん、そのころには、動物園はほとんど水でおおわれていて、木々の頭だけが水から出ていました。王の宮殿の前を通りかかると、人々がベッドやら、いかだやら、なんでも浮くものに乗って、窓から逃げだしているところが見えました。ずっと先のほうでは、シャルバの町を流れる川が、ごうごうとうず巻く激流となっていました。絹市場の近くの石橋は、紙切れのように流されていました。実際、町の小高いところしか見えなくなっていたのです——それゆえ、自分が町のどこにいるのかも、なかなかわかりませんでした。そして人々は、そうした小高いところからさえ逃げだして、山にのぼろうとしていました。

その山は、町から三キロほどのところにあって、だれもがそこに着きさえすればだいじょうぶだと思っていました。

だれも、といっても、長老のノアだけは、ちがいました。私たちがあちこち泳いで観光したあとで、妻のベリンダは、ノアが船を造っている場所へ連れていってくれました。それは町の西のはしの小高い平地でした。かつて競技場だったところで、今では材木置き場として使われていました。

この四十日間の雨が降りはじめたときに、がんじょうな船に乗って長いあいだ生活できるように準備さえしておけば、もっと多くの人が洪水にあっても助かっただろうにと、私はよく思ったものでした。しかし、みんな、雨はそのうちやむだろうと考えたのです。ですから、家の一階の床が浸水したとき、人々はただ上の階へあがっていき、家の一番上の窓辺で待つだけだったのです。そして、水が屋根よりも上まで来るとわかったときには、もう船を造るには手おくれだったというわけです。

ところが、なにが起こるか、どういうわけかノアには、わかっていた――あるいは、見当がついたのでしょう。ひょっとすると、私が四十日間雨が降りつづくと言っていたのを聞きつけたのかもしれません。

とにかく、競技場あとへ行ってみると、そこでノアが、巻尺と物差しを手にして、角材の長さを測っていました。親指をかなづちで打ったので、きたないぼろ布で包帯をしていました。ノアはびしょぬれで、つらそうで、とりみだしていました。まだあまり船はできていません。今やっているのは、長さを測るだけです――雨のなか、みじめそうに測っているだけです。ノアが何度も何度も同じことをつぶやいているのが聞こえました。「長さ百キュビト、はば五十キュビト、高さ三十キュビト」(「キュビト」は、中指の先からひじまでの長さ)。そして、そう言うたびに、ますますこまった顔をするのでした。

ノアには、セム、ハム、ヤペテという三人の息子がおり、その息子の妻たちと、ノア自身の妻がおりました。しかし、だれもあまりノアを手伝っていないようです。兄弟は、だれがかなづちをなくしたかと、けんかをしており、女たちは、船ができたら一番いい部屋はだれのものかということで、言いあらそいをしていました。

そのあいだにも、あたりの水位はどんどんあがってきていました。ノアたちが立っていた平らな地面もどんどん小さくなっていきましたが、ノアはずっと測りつづけ、ぶつぶつ言いつづけていたのです——雨のなかで。」

第六章　ノアの箱舟と津波

「いいかね、どろがお君」と、あくる日の夕方、先生は言いました。「今晩、君が話しはじめる前に、ひとつ質問してもよいだろうか？」

「もちろんです、ドリトル先生」と、カメは言いました。「いつでもよろこんでご質問にお答えします——お答えできれば。」

「うむ」と、先生。「洪水の前、世界がどのようであったか、いくつか教えてもらえないだろうか？」

「どのようなことをですか、先生？」

「うむ」と、ドリトル先生。「たとえば、どうしてマシュッ王はそんなにえらくなって、地球上のいたるところから外国の奴隷を宮殿に連れてくることができたのかな？その奴隷たちは、どのようにして運ばれてきたのか？　マシュッ王の国に住む人々の最も重要な仕事や商売はなにか？　そして——ええと——ああ、そのふしぎな文明の音楽や芸術について、いろいろと教えてもらいたい。」

どろがおは、しばらくじっと考えてから、答えました。

「どうでしょう、先生、大洪水とそれにまつわる話を、ともかくつづけさせていただけますか。そのなかで、多くのご質問は答えが出ると思います。」

「わかった」と、先生。「どうかはじめてくれたまえ。」

「さて、この競技場あとの両はしに」と、どろがおは、つづけました。「さまざまな動物たちがふたつの群れとなって、待っておりました。船ができあがって乗れるようになるのを待っているのだろうと、私は思いました。あとでわかったのですが、船は〝箱舟〟という名前でした――おせじにも船と呼べるしろものではなかったので、箱舟と呼ばれたのでしょうが、動物小屋と呼んでもいいくらいでした。中に入るのを待っている動物たちは、びしょぬれでしたが、じっと静かにしていました。ただ、ネコ科の動物だけは――つまり、先生、トラやヒョウや黒ヒョウや、そういったネコの仲間ですが――おとなしくしていませんでした。ネコ科の動物は、ぬれるのをいやがるんです。ほかの動物たちに当たりちらして、みんなを押しのけていました。ノアが乗ってよいと言ったらすぐに箱舟のなかの一番かわいた場所に入りこもうとしていたのです。

長老ノアは、すぐに私の妻と私を見て、言いました。『ああ、カメか！』それから、ガウンのポケットから取り出した、しめった長い紙を読んでいきました。箱舟についての指示が書かれていたのです――そんなものをどこから手に入れたのかわかりません。やがてノアは、リストのなかのある名前にチェックをつけると、私たちに『あそこに立っていてくれ』と命じて、『まだ、カメの番ではない』と言いました。」

「失礼、どろがお君」と、先生。「その当時、ふつうの紙があったのかね――シャルバに？」

「ええ、ありました」と、カメ。「なんでもありました――私には、そう思えました。」

「記録しておいてくれたまえ、スタビンズ君――紙だ。」

「わかりました、先生。」ぼくは言って、書きとめました。

「話の腰を折ってすまなかった」と、ドリトル先生。「つづけてくれたまえ、どろがお君――どうか。」

「『私たちは、あなたの箱舟に乗りたくありません』と、私はノアに言いました。『私たちカメは泳げますから。洪水は好きなんです。』

『四の五の言うな』と、ノアは怒って言うと、また計測にもどりました。『おまえたちは乗客名簿に載っているのだから、乗らなければならんのだ……ええっと、長さ百キュビト、はば五十キュビト、高さ三十キュビト。窓がなあ……。』」

「たまげたね！」と、船乗りのポリネシアがつぶやきました。「長さ百、はば五十、高さ三十だって。あたしにゃ、まるでビヤ樽に聞こえるね。」

「そうともよ」と、チープサイドは、うなりました。「しかも、窓はたったひとつしかねえみたいだぜ。そんなに人や動物が乗るっていうのによ——うっひょー！ そのころ、海に出なくてよかったな、長老ポリちゃんよ？」

「そこで」と、どろがお。「ベリンダと私は、競技場あとの北のはしのほうへ歩いていって、待っている動物たちの群れにくわわりました。

『ちがう。そこじゃない』と、ノアが私たちのうしろから、さけびました。『そっちは、清い動物のほうだ。いっしょにするなと書いてある。おまえらは、地面を這《は》う動物だ。清くない動物のほうだ——こっち側だ。急げ！』

私は、怒りました。『どういうことです。清くない動物ですって？』私は、ノアにたずねました。『私は、あなたと同じように、きれいです。』

実のところ、長老自身、十日間も雨のなかで計測をしていたので、ぐしょぐしょで、きたならしかったのですが。

『あら、文句を言うもんじゃなくってよ』と、ベリンダがささやきました。『あの人には船を造らせておきましょう——さもないと、ここにいる泳げない動物たちは、船ができる前におぼれ死んでしまうわ。』

私は妻が言ったとおりにしました。しかし、立ちさる前に、肩越しにノアにむかって、最後のひとことを言わずにはいられませんでした。

『いいか』と、私は呼びかけました。『私たちカメは、水のなかで暮らし、いつだって体を洗っているんだ。おまえが、よくそんなことを言えたもんだ！　おまえのひげには、マッシュポテトがくっついているじゃないか——そうさ、それにプルーンの種もね！』

私は、あれほど怒ったことは、ありませんでした。」

どろがおは、まるで気を落ち着かせようとするかのように、話をつづける前に、しばらく口ごもりました。

「さて、シャルバの市民たちは——というより、あわれな生き残りの人たちは——このころには、山へ逃げていました。山の斜面をあちこち、少しずつ高いところへのぼっていくようすが、競技場からも見えました。人々が競技場の小高い土地のことを忘れていたのは、ノアにとってありがたいことでした。さもなければ、ノアは群衆に取り囲まれ、箱舟に乗せろとつめよられていたことでしょう。そして、もちろん、市民たちは、いったん山にのぼってしまうと、おりられなくなりました。今や、私たちと市民たちのあいだには、はば十六キロほどもある湖ができていたのです。

さて、何日も何日も妻と私は、競技場の南のはしで待つ動物たちにまじって立っていました。私たちがきたない動物なら、どうして私たちを助けようとするのだろうかと、ふしぎに思いながら。刻一刻と雨は、はげしくなりました——あまりにはげしく、これほどの雨に打たれたら、清い動物と清くない動物のちがいなど、だれにもわからなくなってしまうだろうと思われたほどでした。

競技場のまんなかで船が造られていたのですが、そこには、干し草や、袋に入ったトウモロコシや、ピーナッツなど、動物の食べ物が山と積まれていました。この食料には、なんのおおいもかけられておらず、もちろん、ほとんどは、びしょびしょで、ぐしゃぐしゃになっていました。

働いていたノアの家族は、少なくとも、これをなんとかしなければいけないと気がついて——船の主甲板を急いで造り終えて、食料をその下へ入れ、だめになってしまわないようにするべきだと考えました。家族は、道具のことでけんかをするのをやめて、船造りに精を出しました。十三日めの終わりに、箱舟は、ようやく船らしくなってきました。

それは、とてもよいことでした。というのも、どしゃぶりがいっそうひどくなってきたからです。ノアの家族たちは、雨のカーテンのなかで、おたがいが見えなくなるほどでした。まだ地面は水にかくれていませんでしたが、どろは、すさまじいものでした。それから、どろ沼状態をさらに悪化させようとするかのように、ノアは、箱舟を海に出す前に、木のやにをぬらなければならないと言いました——内も外も。そう指示書にあるから、ぬらなければならないと言うのです。

ノアは、この指示書にかなり厳密にしたがっていました。そして、計測をして息子たちのじゃまになっていないときは、いつもこの紙を読んでいました。

それから、一家は、樽に入ったやにを持ってきて、箱舟の内も外も、ぬりはじめました。やがて、足もとのどろとやにとが、ごちゃまぜになりました。道具にもやにがつき、手や顔にもべっとりつきました。妻たちは、自分の夫がどれなのか、わからなくなりました。

とうとう、雨が降って三十八日めの夜、すべての準備がととのいました。そして、ノアは、最後にもう一度指示書を読むと、その紙を折りたたんで、ポケットにしまいました。船の横にあいた戸口まで、長く重たい渡し板がかけられ、ノアは競技場あとに集まった動物たちにむかって、さけびました。（しのつく雨は、ものすごい騒音になっていました。）

「全員、船に乗れ！　清くない動物は船首に、清い動物は船尾に、わしの家族は船のまんなかに。」

すると、あらゆる動物が箱舟に乗ろうと、押しよせました。ノアは、最初に走ってきた二頭の大きなシカによって、渡し板からはねとばされ、どろのなかにズボンと落ちてしまいました。事態の収拾がつくまで、ずいぶんむだな時間がかかってしまいました。そこでノアと息子たちは、動物たちを二匹ずつ順序よく歩かせて、なかへ入れることにしました。こうして、動物たちを全員なかへ入れるには何時間も何時間もかかりました。そして、ようやく最後の動物のしっぽが箱舟のなかへ消えかかったとき、ノアは食料のことを思い出したのです！

それから、セム、ハム、ヤペテの兄弟たちのあいだで、ひどい口論となりました。ノアは、動物たちを船に乗せる前に食料のことを思い出させてくれるようにと、息子たちにたのんでいたようなのです。息子たちは、だれもが自分のせいではないと言いはりました。そして口論をしているうちに、この若い兄弟たちは、それぞれが、ノアに食料のことを告げる仕事をほかのだれかにまかせていたのだとわかってきました。もちろん、だれもが食料のことを忘れてしまい、雨ざらしのままになってしまったというわけなのです。

兄弟げんかは、かなりひどいもので、しまいには両親が割って入らなければなりませんでした。

船へ運びこむ食料は何トンもありました。今となってはノアにできることと言ったら、馬やロバやラクダといった、荷物を運ぶ動物たちをもう一度外へ出して、干し草やトウモロコシを船に運ばせるぐらいしかありませんでした。

ベリンダと私は、この最後のおくれで、いらいらしはじめました。このころには、嵐がいよいよひどくなっていたのです。しかしながら、信じられないかもしれませんが、動物たちはこの仕事をやりとげました。

　さて、かみなりがゴロゴロと鳴りひびいてナラの木が引きさかれたあの最初の日以来、空は静かでした。たしかに暗くて、どんよりとしていましたが、雨が――まるで降りやむということがないかのように――水たまりだらけの地面を打ちすえるバシャバシャという音以外、なにも聞こえなかったのでした。

　ところが、三十九日めの朝――大洪水がはじまって以来、初めてかわいたところで眠って目がさめてみると――ふしぎなゴッゴッゴッという音が、下のほうからも、頭上からも、あたり一面から聞こえてきたのです。私は目をあけて、しばらく自分がどこにいるのだろうかと、ぼんやり考え――ついに、箱舟で一晩をすごしたのだと思い出しました。船はゆれていませんでしたから、海に浮かんでおらず、まだどろのなかにいるのだとわかりました。しかし、あのゴッゴッゴッという音はなんでしょう？私はすぐに自分の船室から出て、なにが起こっているのかと甲板にあがってみました。

　競技場は、ほぼ完全に水の下にしずんでいました。箱舟のまわりに地面――というか、どろ――があるばかりです。遠く、東のほうに山の頂《いただき》が見えました。そこには、町の人たちが――前よりも数が少なくなって――むらがって、しがみついていました。

　船の渡し板は、引きあげられ、しまわれていました。しかし、老いたノアは、まだ船の外の、水につかっていない地面に立っていました。私がそうしていたように、山の上のみじめな人たちを見つめていたのです。涙が、長老ノアの汚れた顔を、つうっと伝わりました。ノアの壮大な仕事は終わり、今となっては、ただ水が箱舟を浮かせて、流れに乗せてくれるのを待つばかりでした。

息子の妻のひとりが戸口から顔を出して、ノアをしかりました。『雨が降っているのに、どうしてなかに入らないんですか？』と言うのです。『いい年をして、それぐらいわからないでもないでしょうに』とも言いました。しかし、涙を流しながら、山の上の最後の人たちをながめるノアには、そのことばは耳に入らないようでした。

ふたたび私は、エベルのことを考えました。私たちにやさしくしてくれた、奴隷のエベル。そして、ガザ。あの女の子は、どうなったのでしょう？　もう何か月も会っていません。

シャルバのほかの人たちについては、正直なところ、たいして気になりませんでした。あの人たちは、私のことなんか、少しも気にかけてくれませんでした。野生動物など、食い物になるか、こき使うか、動物園に入れてながめるものとしか、見なしていなかったのです。どうして私が――泣いているノアみたいに――人間が流されて、動物が自由になったからといって、気にする必要があるでしょう？　だけど、エベルはちがいます！　あの少年は大好きでした。最後の避難場所となった山の頂にしがみつくみじめな人たちを見ていると、つい、エベルはどうしているのだろうと考えてしまいます。助かったのでしょうか？　……そう思いながら見守っているうちに、ふしぎなことが起こりました。

とつぜん、山のうしろのずっと遠くのほうから——今や海のように水平線が四方八方に広がっていたのですが——水が壁のように高くあがって、私たちのほうへ押しよせてくるのです。巨大な津波です。すべてをおおいかくすほど巨大です——しかも、近づいてくるにつれ、ますます高く高くなってくるのです。

それを見て、ノアは、義理の娘にさけびました。

『神よ、マシュッ王の民を救いたまえ！　ほら、海そのものが、手に負えないけだもののように、なにもかもなぎたおしてやってくる。』

私の目をさまさせたあのゴッゴッゴッという音は、あれからどんどん大きくなっていましたが、ついに耳をつんざく轟音《ごうおん》となりました。海の水があふれて、山がどうにかなってしまったのでしょうか——火山が爆発して、水面下で地震が起こったのかもしれません。とにかく、気づいてみると、大地全体がうねり、動いて、おそろしいことになりました。私はふたたび山のほうをちらりと見ました。

すると、山はなくなっていたのです！　海は、どこもかしこも真っ平らで、なにもじゃまされずに広がっていました。ひとかけらの陸地も見えません。山がどうなってしまったのか、わかりません。魔法のように消えてしまったのです。エベルのために、私の心は苦しみました。

しかし、海の巨大な波は、競技場あとのほうへ、私たちのほうへ押しよせてきます

――かなり近くまで。ノアの妻がやってきて、ほかの女性たちといっしょになって、

さけび声をあげて、なかに入って戸口をしめるように、とノアに言いました。

『そうしよう』と、ノアは言い、箱舟に入りました。」

第七章　浮かぶ木

　あくる日、ぼくらはふたたび、たそがれの小屋に集まりました。カメは話をつづけました。

「ハムとセムと全員とが必死になって、船の内側から、がんじょうな棒で戸口に横木を渡したのですが、壁のようにそそり立った津波がおそいかかってきました。私たちの不細工な船は、コルクのように空高くまいあがり、それから、大きな海の斜面を下へ下へ——どこまでも、かぎりがなく——ぐるぐるとまわったり、ひっくり返ったりしながら——下へ下へ下へと流されました。まるで海が、世界のあちらからこちらへ動いているかのようでした。実際にそう動いていたのだと思います。何時間も、私たちは、このすさまじい水の流れに乗って、どんどん落ちていきました。いったい、いつかどこかで止まることがあるのか、と思わずにはいられませんでした。

　それは、大洪水にのまれた母なる大地が最後にもがき苦しむようすでした。そのさわぎが終わって——静けさがやってくると——世界は、見渡すかぎり、水ばかりとなったのです。」

どろがおは、重々しい静けさのなかで口ごもりました。それから、ゆっくりと自分の小屋のはしへ動いていき、霧の湖をずっと下までよく見ようとするかのように、首をのばしました。

「あの切り株がごらんになれますか、ドリトル先生」と、どろがおは、どろだらけのつめで指さしました。「岸からつき出ているやつです。マングローブの森が岬のようになっているところにあるでしょう？　あれが、まさにノアが立っていたところなんです。箱舟の戸口のわくに手をかけたまま、ノアは巨大な波がせまりくるのを見守っていました。そして、あそこから私たちの旅がはじまったのです。長く、うんざりする旅が。

というのも、そのときから、私たち動物の乗客にはなにもすることがない日々がつづいたのです。船がゆれたり、まわったりして、みんな頭がふらふらしていましたし、ノアのおくさんが少々船酔いになったとさえ聞きました。ところが、太陽が出てきて――太陽らしきものが出てきて、海はやがておだやかになりました――おだやかと言ってもよいでしょう。このおだやかさは、みんな、よいきざしだと思いました。ノア夫人は、しゃきっとすわって、ビーフ・スープを飲みました。

しかし、私たちは時間をもてあましました。せいぜいできることといったら、この水が引いて地面が出てくるのはいつだろうと、ぼんやりと考えることぐらいでした。私たちは、ただ流されていました。やがて、そよ風が吹いてきました。そして、セムが主甲板になんとか間に合わせの帆を張ったので、箱舟はゆっくりと風を受けて走りました。

けれども、私たち動物が退屈していたのとは裏腹に、ノアとその一家は、大いそがしでした。たくさんの動物たちにエサを与え、船をきれいにしておくのは、たいへんな仕事でした。三人の息子たちは一日じゅうがんばって、ものを運んだり、そうじをしたりしていました。船がゆれるので気持ちが悪くなる動物もおり、ノアは医者の代わりもしなければなりませんでした。

ノアの息子のうち、セムは、一番ものわかりがよかったので、一番働かされていました。ハムはとてもなまけ者で、一日のほとんど船倉にこもって、笛を吹いていました。ある日、『ゾウの行進』を吹いたので、二頭のゾウがサーカスがはじまるのだと思って、主甲板を行ったり来たり行進しだして、あちこちぶつかって、いろんなものをひっくり返しました。そんなことがあって、ハムの母親が、笛を取りあげて、海に投げ捨ててしまいました。

ゾウたちは、問題ばかり起こしていました——そんなつもりはちっともないのですが。あまりにも大きすぎ、あまりにもたくさん食べるのです。なるほど箱舟は大きな船でしたが、乗客にゾウがいると——たった二頭であっても——ゾウを入れる部屋が必要となり、そのエサや飲み水の場所が必要となります。そのため、旅がはじまったばかりだというのに、ゾウのエサのたくわえが少なくなり、毎回のエサの量をへらさなければならなくなりました。ある日、オスのゾウが、空腹でたおれてしまいました。小屋の仕切りの上にたおれて、仕切りをぺしゃんこにしたのです。ゾウをふたたび立ちあがらせるには、ノアの一家が総出でがんばったうえ、ゾウのおくさんと、二頭のカバに助けてもらわなければなりませんでした。

旅をはじめて最初の木曜日、私は船の横から外を見ていました。ふと、少し遠くに、なにかがあるのに気づきました。しっかりとした風を受けて、海はとてもおだやかに、ゆっくりと波打っていました。

やがて、私が見つめていたものは、大きくうねった波に乗って高くもちあがりました。それで、それが巨大な、根こそぎぬけた木だとわかりました。人間の体が乗っています。そよ風に運ばれて、箱舟に近づくと、人間がふたりいるとわかりました。少年と少女です。ふたりとも目をつぶっています。しかし、ただ眠っているわけではないという気がしました。死んでいるか、気を失っているのです。少年は、首のうしろのところに、ひどい切り傷がありました。ふたりがなぜ流木から落ちないかといえば、ふたりの手足が根っこにからみついていて、ぬけ落ちないでいるだけのことでした。

私がそこから立ちさって、食事をしに船室にもどろうとしたとき、木がまた波におられて、むきを変えました。その動きで、少年の頭は肩へがくんと落ち、そのとき初めて、顔が見えました。それはエベルでした。私たちがとらえられていたときに、とても親切にしてくれた奴隷です！

最初、エベルが死んでいると思ったものですから、とても悲しい気持ちでした。大洪水から助かってほしいと願っていた、世界でただひとりの人間だったのに。今や、おぼれてしまった！……ひどすぎると思いました。

しかし、さざ波がエベルの体の上をチャプチャプと越えていくのを見守っていると、エベルのまぶたが動くのが見えました――ぴくっと、だけ。そして、口が開きました。声は出ませんでしたが。それでも、少なくとも生きているのだとわかるのには、じゅうぶんでした。

よろこびのさけびをあげて、私は、ノアをさがしに、階段でなにかの遊びをしていた二匹のモルモットをけちらしながら、大急ぎで下へ行き、とちゅうでベリンダに会い、自分が今なにを見たかを、あわてて短く伝えました。それから、ベリンダといっしょに、ノアをさがしに船のなかをかけめぐりました。

長老は、家族といっしょに食事をしていました。

『聞いてください、ノアさん！』私は、息を切らして、ノアのところへかけつけました。『外に人間がいます——海に——木に乗って浮かんでいます。おぼれかけています——半分、気を失っているんです。エベルなんです！　おぼえていますか？　あなたの動物園の助手ですよ。甲板にあがって、助けてあげてください——早く。』ところが、おどろいたことに、ノアは、飛びあがりもしなければ、救助にかけつけもしませんでした。代わりに、口のなかがからっぽになるまで、よくかんでから——じゃがいもを食べていたのです——私のほうをむいて、言いました。

『わしには、あれを救う権限がない。』それから、例の古い紙切れをポケットから取り出しました。『なんという名前だって？』と、ノアはたずねました。

『エベルです。』私は、いらいらと答えました。『エベルですよ、あなたの助手の。』

『もうしわけないが』と、ノアは紙に書かれた名簿を見ながら言いました。『その名前は、ここに書かれていない。わしには、どうすることもできない。』

そして、ノアは、じゃがいものおかわりをしようと、おくさんにお皿を渡しました。

そのとき、私は、自分の頭が少しどうにかなったように思いました。

『いいですか！』私は、さけぶように言いました。『あなたが持っている指示書に助けるように書かれていないからといって、あの子をおぼれさせるというんですか？』

『わしには、どうすることもできんのだよ。』ノアは、くり返しました。『そう書かれているのだ——「正しき者のみ、救われるべし」とね。わしは、与えられた命令にしたがわなければならん――ハム、テーブルからひじをおろしなさい。』

私は、息が止まるかと思いました。それほど怒っていたのです。

『それでは、お考えによれば、』と、私は早口でしゃべりました。『あなたと、あなたのうっとうしい家族だけが、地上で唯一の正しい人間だ、救うに値する人間だと、こうおっしゃるわけですか？　そういうふうに命令をお受け取りなら、それはまちがっています、ノアさん。おろかなうぬぼれで曲げて読んでいます。あのエベルという子は、あなたやあなたの家族と同じようによい子です。あなたが助けるつもりがないなら、私と妻は今すぐにもこの箱舟からおります。エベルのような人間が外で死にかけているというのに、ここにいるなんて、恥ずかしいことですからね。』

ノアはなにも答えず――ただ、じゃがいもをもぐもぐと食べつづけました。

そこで、私は妻のほうをむきました。

『おいで、』と、私は言いました。『こんな自己満足の家族のいる箱舟をあとにして、私たちであの少年を助けに行こう。もし天が味方をしてくれるなら、私たちの勝ちだ、ベリンダ。ガザもあの流木にいる。王妃の歌姫だったガザだ。エベルが洪水からガザを助けたんだろう――自分の身の危険もかえりみずに。さあ！　どうなるかわからないぞ。ふたりとも生きていたら、私たちがつかまっていたとき私たちに親切にしてくれた少年は、いつか新しい世界を築いて、王さまとなるかもしれないじゃないか。』

第八章　どろがおは、海のまんなかで箱舟をおりる

「それから、ベリンダと私は、鼻先を上にあげて、えらそうにノアの食堂を出て、主甲板への階段をあがりました。ためらうことなく、私たちは、はしごをよじのぼって、海へ飛びこみました。ひょっとすると、おろかなことだったのかもしれませんが、やめておけばよかったなどとは一度も思ったことはありません――ただ、そんな大胆なことをしたために、あとでひどい目にあうのですが。なにしろ、洪水のあとで大地がふたたび顔を出すまで、百五十日――まる五か月も――かかったのですから。

エベルという子は、すばらしくりっぱな子でした。ガザの命を救ったのは、結局のところ、ベリンダでも私でもなく――エベルだったのです。ふつうの人間なら、ぐったりして最初の一週間で死んでしまうところなのに、この少年は、奴隷としての生活を通して、たくましくて、びくともしない男に育っていました。

私たちが流木の上のふたりのところまで行ってみると、ふたりはひどい状態でした。くちびるも舌も、日に焼けてふくれあがっていました。海水を飲むわけには、いかな

いからです。ふたりは死んだようにぐったりと横になっていました。まったく希望はないように思えました。しかも、木はひどくしずんできていて、これ以上浮かんでいられないということも、すぐにわかりました。

　そこで、まずはともあれ、ベリンダと私は、ふたりを根っこからはずしました。それから、それぞれひとりずつ甲羅に乗せて、なにかほかに、もっとよいものに乗せられないかと、さがしながら泳ぎました。あたりには、ずいぶんいろんなものが流れていました——失われた世界の残がいが、波のまにまに流れていたのです。

　一時間ほど一生懸命泳ぐと——人間ほど重たいものを背中に乗せて、しかも甲羅を水の上に出して泳ぐことが、カメにとってどんなにたいへんなことか、おわかりにならないでしょう——ちょうどいいものがありました。それは、小さな家の屋根で、洪水のとき、壁からはずれた、そのままの形で流れていたのです。それは、私たち全員が乗れるほど大きなものでした。

　実際のところ、それは船と同じぐらい便利なものでした。屋根のかたむきはゆるやかで、ほとんど平たい感じでした。ベリンダと私は、それぞれ人ひとりずつ背負ったまま、屋根の上によじのぼりました。

　私たちは少年と少女を、屋根の上にならべて横たえました。いやはや、なんとひどいようすをしていることでしょう！　エベルのまぶたは、さっきぴくっとしたきり、二度と動かなくなっていました。ふたりとも、ずっと意識がないままです。

私たち二匹のカメは、ひと息つくと、この死にかけた人間たちをどうしたらよいかと相談しました。カメが相手ならともかくも、人間を相手にして、いったいどうしてよいものやら、まったくわかりませんでした。とりあえず、さすったり、ぬれた海草でそっとこすったりしてみましたが、どうにもなりませんでした。

私たちは、すっかりがっかりしました。どうやら、失敗したようです。結局のところ、このふたりの若者は、私たちの目の前で死んでいくことになりそうなのです。私の妻は、ふたりを、暗い気分で見つめていましたが、やがて言いました。

『あなた、この人たち、食べるものが要るんじゃないかしら。海で漂流してもう十日めよ。そのあいだ、なにひとつ食べていないにちがいないわ。あの木の皮とか根っこ以外はね。ほら、どろがお、この女の子のほほは、やせこけて、やつれているじゃないの。食べ物がほしいのよ。きっとそうだわ。』

『ああ、食べ物か！』と、私。『とは言っても、「言うはやすし」だな。』

私は、人間が食べられそうなものが、ひとつでも浮かんでいないかと、平らな海を、みじめな気分で見まわしました……なにもありません！――あるのは、木材や家の残がいだけです。

『人間が飲める新鮮な水さえ、ないんだ。』私は、ほとんど泣きながら言いました。

そのとき、ふっと、あることを思いつきました。

『ねえ、ベリンダ』と、私。『水のなかで人間の食べ物を見つけようとしても、むだだよ。人間は陸の生き物なんだから。魚がいればいいんだけど――魚たちは、大洪水におじけづいて、海の深いところにかくれてしまった。こうなると、人間の飲み物や食べ物を手に入れる方法は、ひとつしかない。』

『どうするの？』ベリンダは、たずねました。

『海の底へ泳いでいくのさ』と、私は答えました。『しずんだ町のあるところまでね。そこで人間の家のなかをさがして、人間の食べ物を見つけるのさ。』

『ばかなことを言わないで』と、ベリンダ。『町というのは、砂浜の小石みたいに、そこらへんにころがってるものじゃありませんよ。地球が水でおおわれているというのに、この海の下でどうやって町を見つけようというの？　今あたしたちが世界のどこらへんにいるのかさえ、わからないというのに！　人間が暮らしていた、しずんだ国々から、何千キロとはなれたところにいるかもしれないのよ。』

『そうかもしれない、ベリンダ』と、私は言いました。『でも、やってみるよ。』

私は、屋根のはしへ行って、飛びこみました。

『ちょっと待って』と、妻が声をかけました。『うまくいくとは、ぜんぜん思わないけど。でも、人間の家が万一見つかったら、一番下のお部屋へおりていって。地面よ

り下にあるお部屋に――そして、ワインを持ってきて。それはびんや容器に入ってい
て、いつも家の下にしまわれているのよ。ワインは、人間が病気のときに使うものな
の。シャルバの町がひどい洪水になったとき、多くの家で地下からワインを運び出そ
うとしているのを見たわ。もちろん、どろがお、食べ物も見つけられたら、持ってき
てね。でも、ワインだけは、きっと持ってきて。赤い色をしているわ。びんに入って
いるのよ――それからね、遠くに行きすぎて迷子にならないでね。嵐がやってきたら、
とても私ひとりきりで、このふたりをこの屋根のいかだから転がり落ちないようには
できないわ。』
『わかった、ベリンダ』と、私。『私がいないあいだに、エベルと少女のためにテン
トのようなものを作っていてくれ。まだ葉っぱのついた枝があちこちに流れているか
らね。少女の肌は、日焼けしてすっかりひび割れているよ。じゃあ、行ってくるね、
ベリンダ！』
こうして、私は水のなかへ飛びこみ、消えていきました。」

第九章　ベリンダの弟

「さて、まずは一時間ほど、まっすぐ下へ泳いでいきましたが、ぜんぜん海底が見えてきません。よほど深い海の谷か、古い深海の底にむかっていたのでしょう。

そこで、下に泳ぐのをやめて、太陽を手がかりに方角を変えてみました——まだ頭上の遠くにぼんやりと光が見えたのです。それから、まっすぐ西へむかい、山はないか、町はないか、ワインはどこじゃないなと、洪水の海のなかを泳いでいきました。わが友エベルのために。

もう一時間、今度は水平に泳ぎつづけていきました。ひょっとしてベリンダの言ったとおりだったかもしれない——むだ骨を折ったのかもしれないと思ったちょうどそのとき、私はほかのカメと出会いました。むこうが気づく前に、私はしげしげとそのカメをながめました。南のほうへ、私と同じ深さのところを水平に泳いでいくところでした。なんて幸運なんだろう——と、私は自分に言いました——このわけのわからない水中世界で最初に出会った生き物が、自分と同じカメだなんて！　私は、追いつこうとして急ぎました。

近づいてみると——信じられますか？——それは、むかしの友だちでした。妻の親《しん》戚《せき》です——なんと、妻の大好きな弟だったのです。すばらしいやつです。

あいさつを交わしたあと、私は自分がなにをさがしているかを言いました。『そうかい』と、義理の弟は言いました。『もし山のところに行きたいんなら、ぼくを連れていきなよ。ついさっき、ここから北のところにある、かなり高い山にいたんだ——まあ、正確には山とは言えないかもしれないけど、きっと、裏には本物の山脈があるんじゃないかな……すばらしい天気だねえ——カメには、おあつらえむきじゃないか？ まったく新しいよ、この水は。こんなにすばらしい水泳ができたのは数週間ぶりだ。ぜんぜん混んでないし。このままつづいてくれると、いいんだけどな。ちょうどカメの集会に出ようとしていたところでね——総会みたいなもんさ。ここから百六十キロほどのところで開催されるって聞いたんだ。もう陸なんてどこにもなくなった今、水生動物がなにをすべきかという話をカメの仲間でするんだ。重大な案件だよ！ でも、集会には出ずに、さっきぼくがいた山まで君を連れていってあげてもいいよ——山って言っても、まだ水のなかだけどね……ベリンダはどうしてる？』

このカメは、いつも陽気なやつでした。そして、このおしゃべり者といっしょにいることで、どれほど元気づけられたか、先生にはおわかりにならないでしょう。妻は、オドケモノと呼んでいました――一種のあだなとして。

　こうして私たちはいっしょに出かけました。そして、三十分も行くと、なるほど、切りたったがけが目の前にあらわれてきました。これをのぼっていきますと、うねる丘のてっぺんに出ました。さらに先へ泳いでいくと、地面がさらに急になってきました。本物の山に来たことは、まちがいありません。

　このあたりで、陸地の木々がまだ水中に生えているのを見るのは、とてもふしぎでした――かつてシカたちが草を食べていた広大な牧草地の斜面も広がっています。もちろん、川底にはひどい傷あとが残っていて、土手には大きな家が入りそうな穴があちこちにあいていました。ここでは、大洪水が最初にものすごいいきおいでやってきたとき、木々が根こそぎ流されて、丘の斜面を転がり落ちていったのでした。静けさがやってきたのは、大地がめちゃくちゃになったあとです。

　やがて、さっきまで探検していた丘よりもずっと上にある山の頂上が見えてきました。そのてっぺんのひとつにのぼってみました。そこで、岩でできた峰に足をついて立って（むかしはワシがとまっていた場所にちがいありません）、首をのばせば、鼻を水面より上につき出せることがわかりました。山のてっぺんから水面まで一・八メートルしかなかったのです！　地面《じめん》に足をつけたまま、水びたしの世界をながめるのは、なんともふしぎな感覚でした。

『あと数日もしたら、』と、私はオドケモノに言いました。『この山のてっぺんは、水よりも上に出てくるよ。』

『ざんねんだなあ！』と、オドケモノ。

『どうかなあ』と、私は答えました。『こんなに水ばかりでなにもないというのも、ぞっとしないじゃないか。われわれ水の動物にはすばらしいけど、陸の動物もいっしょに暮らせるようになったほうがいいかなと思うよ――それに、景色だって、むかしのほうがいいじゃないか。』

もちろん、水の浅いところは、光があって明るいのでした。

『ねえ、オドケモノ』と、私は言いました。『一刻もむだにしないで、食べ物が見つかる町か村をさがさなきゃ。あの少年のことがひどく心配なんだ。手分けして、ふたつの方角をいっぺんにさがしたらどうかな。君は東を、私は西をさがす。三十分後に、またここで会おう。』

最初の回は失敗でした。三十分後に会いましたが、手がかりは、ありませんでした。日が暮れかかっていたので、さがすのはあくる日まで延期することにしました。私たちは、山のてっぺんに横になって、眠りました。」

「失礼だが」と、先生が口をはさみました。「岩の上で寝たのかね？　だが、君たちはどろが好きだと言っていたではないか。教えてくれ、カメはどろのなかでも目が見えるのかね？」

「いいえ」と、大きなカメは言いました。「少なくとも、ほとんど見えません。どろのなかでは、見るのではなく、なにかにぶつかって方角がわかるんです。なにかがあって、それがなにかたしかめたいときは、ぶつかってみたり、ひっかいてみたりします。そしたらわかります。」

「へえ！」と、チープサイドがつぶやきました。「そいつぁ、第六感ってやつでさ、センセ。博物学者たちがいつも言ってるやつだ。聴覚、味覚、触覚、嗅覚《きゅうかく》、視覚――そんでもって、ひっかく――どろのなかで旅をしてなくて助かったぜ……どろんなかで、どうやって時間がわかるんだろうな。」

「あんたに足りない感覚はね、チープサイド」と、おくさんのベッキーが言いました。「空気を読むっていう常識的な感覚だよ。たのむから、だまって、カメさんに話をさせておやりよ！」

「ありがとう、どろがお君」と、先生。「どうか、つづけてくれたまえ。」

「つづけるのはいいけどよ」と、チープサイドはささやきました。「問題は、いつやめんのかってことじゃねえか？　どろがおじいさんは、今晩はいつもより長くたわいもねえ話をしてるように思えるがね。」

「いやもちろん、ドリトル先生」と、カメは言いました。「私たちの目はいつもとても遠くまで見えるんです。でも、急いで国じゅうを探検して家をさがさなければならないときは、光がたくさんあったほうがいいんです。だから、高い山のところへやってきたんです。そこなら水も浅くて、日光がさしこみますから。

あくる日の朝早く、オドケモノが私に言いました。

『この山脈の反対側へ行ってみよう。このあたりは、どうもなにも見つかりそうもない。』

私は賛成しました。そして、いっしょに、山の尾根伝いに泳いでいきました。そうすれば、帰り道がわかるからです。

十六キロほど来たところで、とつぜん山と山のあいだに深いみぞがあいているところにやってきました。山の尾根のくぼんだところ、いわゆる〝鞍部《あんぶ》〟に来たのです。むこう側には、はるか遠くまでつづく山の尾根が——峰を結ぶ稜線《りょうせん》が——ぼんやり見えました。

オドケモノは、このみぞを、今われわれがいる高さのところで泳いで渡ろうと言いました——距離も時間も節約するために。でも、私は言いました。

『だめだよ。たしかに、この鞍部をおりていって、反対側の斜面をのぼるのは時間がかかるけど、上を泳いで渡ったりしたら、なにかを見のがすような気がするんだ。海の底を歩いて探検することにしよう。』

そうしたのは正解でした。さもなければ、エベルは、私が帰ってくる前に死んでいたかもしれません。そして、そのあとの世界史も変わっていたかもしれないのです。」

第十章　海の下のワイン

「山道を少しおりていったところで、下のほうでなにかがぼんやりと白く光っているのが見えてきました。ひどく長く、くねっています。どうやらそれは、ずっと下の山のふもとのほうまでつづいているようで――深い水底の暗闇へ消えていました。おりていってみると、それは平らでかたくなっていました。はばは、約三メートル半ほどありました。

『これは、いったいなんだろうね？』オドケモノがたずねました。

『これはね、』と、私は言いました。『道というものだ――人が通ったあとのようなものだ。人間は、進むときに、カメのように沼地だろうがどこだろうが、まっすぐ入っていったりしない。前もって道を造っておいて、そこを馬車で走ったり、歩いたりするんだよ。』

道のはしに、なにか文字がほりつけられた四角い石が立っていました。

『そして、この石は、』と、私は言いました。『道しるべだ。この文字が読めたらいいんだけどな――そしたら、あとどれぐらい行けばいいかわかるかもしれない。この道をおりていくことにしよう。そしたら町に着けるだろう。この道は、山の尾根を一番低いところで――つまりこの鞍部を――渡るために造られたんだよ。いやあ、ここまでおりてきてよかったなあ。上を泳いでしまわないでよかった！　なんてばかなことをしてたんだろうね！　尾根の上で町なんかさがしているんじゃなかったよ。急ごう、オドケモノ。エベルと少女は、おなかがすいて死にそうなんだよ。』

こうして私たちは、横にならんで、下へつづく広い道を谷にむかって歩いていきました。どんどん下へおりていくにつれ、光はますます弱まって暗くなっていきました。やがて、あたりの景色は、本物の農場らしくなってきました。道しるべを数えていたので、どれくらい進んだかわかりました――が、これから先どれくらい進めばいいのかは、ざんねんながら、わかりませんでした！

さっきまでいた山が見えなくなるぐらいまで来たところで、ふしぎなものに出会いました。それは兵士が見張りをする番小屋でした。これがここにあるということは、ここがひとつの王国と別の王国の境だということになります。それぞれどんな国だったのか見当もつきませんが、明らかに、ひとつの王国は山のふもとまでつづいていました。そして、洪水が起こる前に、兵士たちが国境を守るためにこの番小屋で見張りをしていたのです。槍《やり》やかぶとが、さびて真っ赤になって、道のそばの宿泊用の小屋の外に立てかけてありました。小屋のそばには井戸があり、つなのはしに結びつけられた木のおけが、まっすぐ上へ浮かびあがり、私たちの頭上三十メートルほどのところを、井戸を重しにして、ゆらゆらゆれていました。これを見て、オドケモノは、たちどころに笑いました。

『あの大雨で、たしかになにもかも、ひっくり返っちまったな』と、オドケモノ。そして、おけがスッと海面へ浮かびあがったらおもしろいと、つなをかみちぎろうとしました。しかし、私はこれをやめさせて、先を急がせました。もう何時なのかさっぱりわかりませんでした——こんな海底では太陽が見えないからです。また夜になってあしたまで待たなければならなくなっては、こまります。そこで、先を急ぎました。

五つめの道しるべを通りすぎたところで、とつぜん、道のまんなかに斧《おの》が放りだされているのにぶつかりました。

『これは、いいぞ』と、私。『町か村が、近くにあるんだろう。』

そのとおりでした。六つめの道しるべの近くで、町はずれにやってきました——最初は、家がぽつりぽつりと、道の両側にあるだけでした——なんということでしょう！　もはやこれを家と呼ぶことはできません。屋根が、ほとんどの家にないのです。壁が流水にこわされて、レンガやモルタルのがれきとなってしまっている家もあります。

しかし、私たちは、ひとつひとつの家を順番に見て、大切なワインのびんがないか、さがしました。なんというごみやがれきの山のなかを、ほり進んだことでしょう！最初の建物は、鍛冶屋《かじや》さんの店でした。鍛冶屋さんが命からがら逃げだしたときにほっぽりだした道具が、そのまま鉄床《かなとこ》のそばに落ちているばかりで、食べ物はありません。

もちろん、地下室の階段を大きな石がふさいでいる場合は、ワインをさがして地下室へ入ることはできませんでした。しかし、先へ進むと、もっと家がたくさんありました。私はものすごくわくわくして、希望を持ちました。オドケモノを、ひどく急《せ》かして次々に家をさがさせたので、かわいそうにオドケモノは、足の長い私に追いつくために、半分泳がなければなりませんでした。

とうとう、町の広場か市場のようなところに来ると、ある大きなレンガの家が、ほとんど無傷で完全に残っていました。ドアの上には、びんの絵が描かれた看板がかかっています。

『もしまちがっていなければ』と、私は義理の弟に言いました。『これは酒屋さんだと思う。このなかに入れれば、探検は終わりだ。』

ドアも、どの窓も、鍵《かぎ》がかかっていました。どうやって入ればいいでしょう？　それが問題でした。しかし、とうとうオドケモノが、煙突のことを思いつきました。オドケモノは、おろか者ではないのです。煙突まで泳いでいって、私たちは、きたない、すすけた煙突をごそごそとおりていって、暖炉を通って、その家で一番大きな部屋へ出てきました。ここにはたくさんのびんがありました。でも、みんなあけられていて、とっくのむかしに、ワインは流れ出ていきました。

それから、私たちは地下室へおりていきました。そこでは、うれしいことに、何列ものびんが壁ぎわに、きちんと積みあげられていました。どれも、コルクせんがしっかりとしめられたままです。ここでは、光がほとんどなく――地下室には西の壁の高いところに小さな窓がひとつあるきりでした。そこで、びんがからっぽでないことをたしかめるために、一本を石の床にたたきつけて割ってみました。真っ赤なワインが流れ出し、あたりの水にまざっていったので、オドケモノはよろこびのさけびをあげました。それが私たちの鼻に入ると、私たちは、頭がくらくらしてきました――しばらくは、あたりをきちんと進めなかったほどです。

『やったぞ、ついに！　ついに！』私はオドケモノに、しゃくりあげるように言いました。『それぞれ一本ずつ持って、ここから出よう――まだ立ちあがれるうちに。』

ふたたび煙突を通って出ていこうとしたそのとき、ワインのほかに、食べるものも持っていかなければならないことを思い出しました。そこで、もう一度水びたしの部屋のなかを、ちゃんとした食べ物はないかとさがしまわりました。

戸棚のなかに、パンがありました。でも、これは水でだめになっていて、さわると、たちまちぼろぼろとくずれました。しかし、同じ戸棚の一番上の棚に、オドケモノが、リンゴの入ったかごと、三つの割っていないココナッツと、切っていないチーズを見つけました。地下室の角には、古い袋がいくつかありました。私たちは、リンゴをいくつかとチーズとワイン二本を、袋ふたつに入れました。

いっぱいの袋を口にくわえてひきずりながら、煙突をよじのぼっていくのは、たいへんでした。しかし、とうとう、なんとかのぼりきり、屋根の上に出ました。私は、いっぱいの袋をくわえた口で、オドケモノにつぶやきました。

『君の姉さんのベリンダは、うまくいくはずないって言ってたんだぜ。こいつを見たら、きっとおどろくだろうね？　さあ行こう！　ベリンダをひとりにしてからずいぶんたってしまった――それに、あの勇敢な少年の命を助けるのには、もう手おくれかもしれない。必死に泳げよ、オドケモノ――泳げ！』

第十一章　エベルはガザの命を救う

「重たい荷物をひきずっていても、いかだまでの帰りの旅は、行きほど長くはかかりませんでした。ベリンダと別れてから、どう進み、どう曲がったか、すべて気をつけておぼえていたのです。そして、オドケモノといっしょに水面にポンと顔を出すと、私はすぐに太陽を見ました。まだかなり高いです。つまり、暗くなるまでには数時間あります。私は方角を見きわめ、義理の弟を連れて、いかだがあるはずの方角へまっすぐ進みました。

身がかじかむような深海の寒さとちがって、この水面で、熱い太陽を甲羅に気持ちよく感じるのは、まったく生き返るようでした。足をせいいっぱい前に出して水をかき、楽しく進んでいきました。

ついに、遠くの海のはしのほうに、黒い点が見えてきました。あれが、いかだのはずです。こんなに遠くからでもわかるのは、留守のあいだに、ベリンダが葉っぱや枝ですてきなひさしを作って、少女を日ざしから守ってあげていたからです。そのひさしは、船のマストのように高くそびえて、遠くからでもよく見えました。

声が届くところまで来ると、私は妻に呼びかけました。『ふたりは、目をあけたかい？』

『いいえ』と、妻は答えました。

『まだ、息をしているかい？』私は、さけびました。

『ええ――でも、すごく弱ってるわ。』

ほんとうにあぶないところでした。オドケモノと私が荷物をいかだにひきずりあげたとき、ふたりは、もう死にかけていたのです。

私はすぐに袋からワインのびんを取り出しました。ところが、せんにしてあるコルクがあまりにきつくて取れません。ベリンダも私も、コルクを取ろうとがんばって、怒ったり、いらいらしたりして、泣きそうでした。どうして、おろかな人間どもは、ワインのせんをするのに、こんなばかなやりかたを思いついたのでしょう？

しかし、かしこいオドケモノがふたたび助けてくれました。『かしてごらん』と、オドケモノはするどく言いました。

私はびんを渡しました。あっという間にオドケモノは、びんの口先をかみちぎって、こわれたガラスの破片を海にはきすてました。それから、妻が前足のつめで、エベルのかたくかんだ歯をそっとこじあけ、私は、ごぼごぼとワインを少年ののどに流しこみました。

それは、魔法のように効きました。すぐに少年の両手が開いたりとじたりしました。それから、頭がゆっくりと、右から左へ動きました。やがて、目があきました。青い目です――太陽が照っているときの海のようです。しかし、少年を死から救ってあげたわれわれの顔をじっと見つめるその目には、大いなる恐怖がありました。

私は、こまってしまいました。でも、当然のことです。われわれカメは、人間ではないのです。長くびしょびしょの眠りから目ざめてみれば、巨大なカメ三頭にのぞきこまれているわけです。（しかも、オドケモノは、ガラスの破片で口を少し切って、口からタラーと血をたらしていて、特にこわそうでした。）エベルは、まちがいなく、ショックを受けたことでしょう。しかも少年は、すでに大洪水の恐怖をじゅうぶんに味わっていたのです。

けれども、やがて少年の目の表情が変わってきて、なかば私がだれかわかったようでした。というのも、ほんのかすかながらも、私にほほ笑みかけたのです。そして、ドリトル先生、信じられないかもしれませんが、そのほほ笑みは、私がマシュッ王の動物園で自由を失ってからというもの感じたことのないような、すごいどきどきとした胸の高鳴りを感じさせてくれたのです。

私は、恩返しができたのです。

やがて少年は目をとじて、また眠ったようでした。

『休ませてあげて、あなた』と、ベリンダが言いました。『女の子のほうも、診てあげないと。ここにびんを持ってきて。このひびわれたくちびるを傷つけないでくちびるをあけられるかどうかやってみるから。』

『待って！』義理の弟がさけびました。『君たちふたり、なにをしているか、わかってるの？　エベルは君の友だちだった、どろがお。だから話は別だ。だけど、この女の子はだれだい？　この子も助けたら、この子はこの少年と結婚して、家族を作るよ。また人間どもが、地球にはびこってしまう。動物たちは動物園に入れられたり、そういうことが起きる。でも今は、地球はぼくら、水の動物のものだ――そうあるべきなんだ。どうしてこの女の子のことをかまうんだい？』

『弟よ』と、私は答えました。『少年は、自分と同じ人間がひとりもいなくなったら、世界でひとりぼっちになってしまう――君や私がそうなるところだったようにね。この少女を死なせてしまったら、少年は生きたいと思わなくなるかもしれないよ。エベルのために――わが友のために――この子は助けなければならないんだ。』

そして、ガザの上にかがみこんで、ベリンダと私は、仕事にかかりました。

少女の意識をとりもどさせるのは、少年を生き返らせるよりもずっとむずかしいことでした。少女にはワインはちっとも効かないとわかりました。まるまる三十分間、少女にワインを飲ませようとがんばって——やっぱり死んだように、ぐったりしているので——ベリンダも私もかなりがっかりしてしまいました。

『ざんねんだけど、どろがお、』と、妻は顔をしかめて言いました。『この子は、もう手おくれよ。』

『もう死んだってことかい?』私は、おそるおそる聞きました。

『ええ』と、ベリンダは、ささやきました。『体が冷たくなってきているわ。少年ほど強くなかったのよ。これ以上ワインをそそぎこんでもむだよ。ほら、飲もうともしないもの。』

『ああ』と、私。『こんなことになるなんて! この子がかわいそうというより、エベルがかわいそうだ……まあ、死んだのなら、そっと海に落としてやろう——少年がまた起きて、私たちがそうしているところを見る前に。』

妻と私は、重たい心で、少女をいかだのはしへ、押しはじめました。ところが、その体を水へ落とそうとしたまさにそのとき、なにかが、甲羅の肩のところを、うしろからつかむのを感じました。いけないことをしているところをつかまったような、うしろめたい気持ちでぎくりとして、私はふり返りました。それは、エベルでした。つかれきった、げっそりした顔から、らんらんとした目がこちらを見つめていました。エベルの左手が私をつかみました。そして腕を、私の背中越しに、少女のほうへのばしました。

『どうしたんだ？』私はベリンダにたずねました。『なにがしたいのかな？』

『私たちがこの子を海に葬ろうとするのをやめさせようとしているのよ』と、妻。

『まだこの子が死んでないと思っているのね。わきへどいて、どうするのか見ていましょう。』

私たちは、ガザの体を屋根のはしから押しもどして、エベルの足もとに横たえました。エベルはひざまずいて、その体におおいかぶさるようになり、大つぶの涙を血走った目に浮かべて、かがんで少女の心臓の音を聞きました。それからとつぜん、必死になって、少女をうつぶせにしました。その仕事は、弱りきって力のない少年にはつらいものでしたので、私たちは手を貸しました。次に、少年は少女の背中と横腹を強く押して、それから腕をあげたりおろしたりしました。

おぼれかけた人間にはどうしたらいいのか、私たちよりもずっとよくわかっているようでした。それから、少年の合図にこたえて、私たちは少女をまたあおむけにしますと、今度は少女がはっきりと呼吸しているのがわかりました――ただ、のどに、ゴボゴボとひっかかるような音がしています。

すぐにエベルは、びんを指さしました。今度は、私たちがワインを口に流しこんでやると、少女はごくんと飲みこみました。

それから――ありがたや！　――少女もまた、目をあけたのです。
それを見ると、少年は大きなよろこびのさけびをあげました。それから急に少年はつかれきって気を失い、少女のそばにたおれて、じっと横たわりました。」

第十二章　空のきざし

「しばらくして、エベルも少女もぐっすり寝ているのだとわかりました。ベリンダと私は、ありがたいと、ため息をつきました。

『ふたりとも生きのびるわ』と、妻は、少年と少女からはなれながら言いました。『あなたが持ってきてくださったあのくだものとチーズを出して、ふたりが目をさましたときの準備をしましょう。』

『ねえさんたちがやってることは』と、弟がふたつめの袋をあけながら言いました。『まちがっているように思えるけど。でも――ねえさんの言うとおりにするよ。だけど、おぼえておいてよ。あとで後悔するようなことになったら、やっぱりぼくの言ったとおりだってことになるよ――やっぱりぼくの言ったとおりだったって！』

『ところで、』と、妻は弟にたずねました。『あなた、どこから出てきたのよ、オドケモノ？　大いそがしだったから、あいさつのひとつもしなかったけど――まったく、なんてひどい家にあなたをむかえたもんでしょう！　――でも、来てくれてうれしいわ。ゆかいな仲間が必要だったのよ。ねえ、どうしてあなたとどろがおは、いっしょに帰ってきたの？』

『ああ』と、オドケモノは陽気に言いました。『ばったり会ったのさ――たまたまね。だんなさんは山をさがしていて、ぼくはおともをしたのさ――旅は道連れって言うだろ。』

オドケモノは、決して自慢をしないのでした。

『こいつの言うことを信用するなよ、ベリンダ』と、私。『とっても役に立ってくれたんだ。ワインが見つかったところに案内してくれたのは、こいつだからね。オドケモノがいなかったら、私はどうしたらよいかわからないよ。』」

「ふん！」と、スズメのチープサイドがささやきました。「そいつは、センセがいつも言ってる台詞《せりふ》じゃねえか――『君がいなかったら、私はどうしたらよいかわからないよ』ってのはよ……役に立つ相棒がいねえと、どうしたらよいかわからねえって、みんな考えるのはおかしなもんだぜ。相手が役に立たねえと、こいつをどうしてくれようかって考えるんだけどね。」

「そりゃ、そうでしょ――あんたの場合は」と、ベッキーがうんざりしたように言いました。

「ロンドンなまりのおしゃべりめ！」オウムのポリネシアが、ぴしゃりと言いました。

「おまえがだまっていないなら、あたしがおまえをどうしてくれようか、わかるか？　そいつは口に出すのもはばかれるよ。」

「ティー、ヒー、ヒー！」白ネズミが、くすくす笑いました。

「ぬかしやがったな！」チープサイドは、ポリネシアにむかって、けんかをするかのように羽毛をさかだてて言いました。「ベッキーは、おれに話しかけてんだ。だけど、もちろん、てめえは夫婦のあいだにも、その曲がった鼻をつっこまずにはいられねえんだよな。人の家庭をめちゃくちゃにしやがって――この――この空飛ぶじゅうたんめ、この！　へん、てめえなんか、ピンを二本も……」

「まあまあ！」先生が急いで言いました。「どうかけんかはやめてくれ！　私がしょっちゅう質問をして、話の腰を折っているだけでもいけないのに、なにも君たちがけんかをはじめることはなかろう？　落ち着きたまえ。たのむから落ち着いて、どろおの物語のつづきを聞こうじゃないか。」

「オーケー、センセ。」チープサイドは、うんざりしたように言いました。「だけど、どろんこじいさんが今晩のところは、ここまでにしてくれたらいいんですけどね。眠たくなっちまいましたよ。」

「ところで、どろがお君」と、先生。「さっき、君は、ノアが箱舟でじゃがいもを食べていたと言ったね。われわれの知っている話では、じゃがいもは大洪水のあとずいぶんしてからでないと、こちら側の世界では発見されていないんだよ。サー・ウォルター・ローリーが、じゃがいもをアメリカ大陸から持ち帰ったと言われているんだ。ノアがじゃがいもを食べていたと君が話したときに質問するつもりだったんだが、忘れていた。今は、その質問で君の話を止めたくないが、あとで質問することにさせてくれないか。どうか、話をつづけてくれたまえ――いつでも準備ができたときに。」

「そうして」と、カメはつづけました。「私は、いかだの反対のはしに行って、ベリンダからたのまれた食料をオドケモノが取り出す手伝いをしました。しかし、私が背をむけたとたん、ベリンダがふいに声をあげました。『見て、見て！』

私はぐるりとふり返って、ベリンダが指さしている西の水平線を見ました。そこには、波の上に、山の頂が顔を出しているではありませんか！

おぼれた世界が、ついに大洪水から立ち直ってきているのです！

その山頂は、はるかかなたにあり、まだほんの一部しか顔を出していませんでしたが、その背後の夕日のおかげで、くっきりはっきりと浮かびあがっていました。私はもう一度オドケモノを手伝おうとふり返り、今度は東をむきました。そこには小雨が降っていて、虹《にじ》がかかっていました。ふたつの大きな、あざやかな色の虹が――小さい虹が大きな虹の内側にあるのです――きらきらとかがやいて、空にまるくかかっていました。

その二重の虹のみごとな美しさには、まったく息をうばわれんばかりでした。私は、目をはなすことができなくなりました。妻が私のそばにやってきて、その甲羅が私の甲羅にさわりました。おごそかな気持ちで、だまったまま、私たちはいっしょにこの天の栄光を見つめていました――やがて、近づいてくるたそがれのなかで、ぼやけていってしまうまで。

『これはきざしね、あなた』と、ベリンダがささやきました。『もっとよいものが生まれ、明るい日々がやってくるというきざしよ。まずは、大地が顔を出したんだわ。』

『そうかもしれない』と、私。『ともかく、あのふたりの若者を助けてあげられてよかったよ。まあ、どういうことになるにせよ、少なくともよいスタートは切ったわけだ――今晩どんな新世界が生まれてきているにせよね。』

それから、背後の夕日がゆっくりと海にしずむにつれて、虹は消えました。」

第十三章　新しいことばが生まれる

「あくる日、夜が明けて、海に朝日がさしこむと、ベリンダが見つけた山頂は、もっとはっきりと大きくなっていました。妻と私は海に入り、いかだを山頂へ近づけました。そして、ついにエベルとガザは、陸地におりたったのです。

もちろん、ふたりとも、まだとても弱っていて、ぐったりしていました。山頂には、食べるものはなにもありませんでした。むきだしの岩ばかりです。しかし、しっかりした大地のほうが、海の波でときどき大ゆれするいかだよりもましです。

一日か二日で、私たちが取ってきたリンゴとチーズは、ほとんどなくなりました――ふたりは、食欲を取りもどすと、もっと食べたがったのです。そこで私は、もっと取ってくるために、あの水没した谷にもぐっていって、あの酒屋がある町まで何度も往復しました。食料のほかに、毛布も持ってきました。かわかすと、毛布は冷たい夜の風から身を守ってくれました。斧《おの》のような工作道具も手に入れました。」

「話のとちゅう、すまないが、」先生がまた口をはさみました。「エベルとは、どうやって会話をしたのかね？――つまり、エベルは、カメのことばを話せないのではないのかね？　それをどういうふうにしたのかな？」

「ええ、エベルは、カメのことばを話せませんでした」と、カメは言いました。「最初は、とてもたいへんでした。ベリンダと私は、エベルがほしいものを、あれかこれかと、ずいぶんと考えてあげなければなりませんでした。それにエベルは、少女のことばさえ話せなかったのです。これには、おどろきました。というのも、人間はみんな同じことばを話すと思っていたものですから――カメは、世界じゅう、どのカメも、同じカメのことばを話しますからね。でも、おぼえておいででしょうか、この若い人たちは、シャルバの町で出会ったとはいえ、シャルバの町で生まれたわけではありませんでした。かしこい庭師のエベルと、美しい歌手のガザは、マシュッ王の宮廷に戦争の捕虜として、ちがう国から連れてこられて奴隷にされたのでした。そして、どちらも、たがいのことばを話せなかったのです。

さて、前にも申しあげたとおり、シャルバでは、なにもかも壮大でした――ほかのどんな国よりも進んでいたのです。それは、シャルバに住む自由な市民にとって、ということです。とりわけ教育は進んでいました。紙が発明されると――レンガに書きつけるという、むかしのぎこちない習慣の代わりに――自由な人々は紙を使って、みんな読み書きをおぼえました。

勝利の広場にある主たる図書館のほかに、町じゅうあちこちに小さな図書館がありました。本屋さんや雑誌を売る店も町角のいたるところにありました。毎年、百万もの本が印刷されていました。私自身、本がありすぎると思ったほどです。だれもが本を読みながら、だらだらと時間をすごすのです。そして——さらに悪いことに——本を読んでいないときは、本を書いていました。だれもが、本を書かなければならないと思っていたようです。なぜだかわかりません！　ですから、シャルバ市民には読み物がたくさんありました。もし教養がない人がいたら、それはその人が悪いのです。

けれども、世界がしずんでしまうと、印刷されたものはひとつ残らず流されてしまい——ぐうたらのハムが箱舟に持ちこんだ数冊の物語の本以外——なにもなくなってしまいました。その本でさえ、のちにヤギのきちんとしたエサが少なくなると、ヤギに食べられてしまいました。ご存じでしょう、先生、ヤギは、自分がなにを食べているかなんて気にしないのです。

ときどき、本という本をきれいさっぱりなくしてくれたのは、大洪水がやった唯一のよいことではないかと思います。そうでなければ、大洪水のあと書くことがなにもなくなって、本を書いて生活をしていた作家たちは、まちがいなく失業して、畑をたがやしたりしなければならなくなったことでしょう。

しかし、奴隷だった者にとっては、もちろん、話はすっかりちがいます。せっせと汗水たらして働かなければなりませんでした——それも、たっぷり。奴隷たちには、読み書きを学ぶ時間はありません。生まれた国の話しことばしか知らなかったのです。

　そして、エベルとガザが、いかだでいっしょに救出されると、新しいことばが生まれました。そのときまでふたりは、かつて王立動物園で愛しあっていたようにしていただけですが、それだって、もちろん、ほんとうのことばは、要らないのです。愛しあう人たちは『ごろにゃん』とか言っていればすむのです。しかし、今ふたりは、ほんとうに、はっきりと意味のある会話をしなければなりませんでした。

　最初は、まごつくことばかりでした。なにか物をつまみあげて、音を発してみます。その音は、小さいとき母親から教えられた音なのです。たとえば、エベルは、リンゴをつまみあげて、少女に『ブーブー？』と言います。すると、ガザは、首をふって、『バーバー』と言います。こうして、最後には、ふたりはふたつの音をいっしょにして、リンゴを『ブーバー』と呼ぶことにします。このようにして、『ブーバー』は、ふたりの新語ではリンゴをあらわすことばとなったわけです。

　このころには、わがオドケモノは、私たちのもとを去っていました。ふっと、自分の妻と子どもがどこかで待っていて、世話をしてやらなければならないのを思い出したからです。そこで、エベルとガザが一語一語こしらえていく新しいことばに耳をかたむけるのは、ベリンダと私だけとなりました。私たちは、ひどく興味をそそられました。もちろん、私たちもおぼえずにはいられませんでした——私たちなりに。つまり、なにが言われているのか、その意味を理解したのです。もちろん、話すことはできません。カメ語は、まったくちがいますから。

しかし、もしあのいかだに、ほかの動物がいたら、そのなかにはきっと、理解するのみならず話せるようになる者もいたのではないかと思います。そしたら、動物と人間が、どこでも友だちのように話せることになったでしょう——もちろん、新しく生まれる世界では、そうあるべきだったのです。

あの最初の山頂がすがたを見せ、ふたたび地球がかわいてきたのだとわかってまもなくして、お客さんがやってきました。ワタリガラスです。どこかに陸地がないか見てこいと、ノアが箱舟から使いに出したのです。ワタリガラスは、かなり長いあいだ、私たちのところにいました。ワタリガラスは、箱舟はいろんなもののにおいがすると言います。そして、長老ノアのためであろうとだれのためであろうと、あんなところに帰るのはごめんだ、あんなところにいたくないと言うのでした。

ゆかいな仲間でした——おしゃべりが止まらないのですけれど。そして、エベルとガザの新しいことばを、私たちよりもよくおぼえました。しかし、あとで聞いた話では——ワタリガラスの繁殖期になって出ていき、私たちのもとをしばらくはなれていたときがあったのですが——せっかくおぼえた人間のことばを、ほぼすっかり忘れてしまったそうです。それがワタリガラスのやりかたなのです。ちゃっとおぼえて、すぐに忘れるのです。でも、いっしょにいるあいだは、ベリンダと私はとても助かりました。

例の山頂は、水が引いていくにつれ、もちろん、どんどん大きくなっていきました。しかし、それでも、食べられるものは見つかりませんでした。やがて、別の山頂もあちこちに見えてきて、群島のように見えました。私はほかの島まで泳いでいって、食べ物をさがしましたが、やっぱりなにも見つけられませんでした。少年エベルと少女ガザがどれほどひもじい思いをしているかわかっていたので、私はひどくがっかりして、いかだに帰りました。

エベルとガザは、ちゃんとしたものを食べていないから、どんどん健康状態が悪くなっていると、私たちにはわかっていました。ふたりは、文句こそ言いませんが、人間はきちんと定期的に食事をしないと死んでしまうということも、私たちは知っていました。ふいにワタリガラスが言いました。

『いいかい、おふたりさん。おいらは、あのくさい箱舟へ帰ろうと思えば、帰り道がきっとわかると思うよ。あそこでも、みんなひどく腹を空かせていたけれど、おいらが出ていくとき、ノアのじいさんは、なにもかもきびしい配給制にしていたんだ――食い物が長くもつように、一度の食事にはかぎられた量しか出さないってことさ。ノアのじいさんをさがしてみるってのは、どう思う？』

妻と私は、一も二もなく賛成しました。

『おいらが最後にノアのじいさんを見たとき』と、ワタリガラスはつづけました。『じいさんは、陸をさがしていた。おいらが帰ってこないから、きっとまだ、おいらのことを待っているよ。箱舟には、あまり食い物はないけれど、あんたがたの少年少女は、このままこの巨大なはだかの岩にいたんじゃ、どうにもならないからね。箱舟にいたほうがましだろう。ひょっとすると、ずっとましかもしれない。おいら、食料庫から、なんかくすねてくることができるかもしれないし。ノア夫人の目を盗んでね。とにかく、やってみる価値はあると思わないか？』

そのとおりだと、私たちは言いました。すると、ワタリガラスはすぐに飛びあがり、海を遠くまで見晴らせるように、ものすごい高さまであがりました。それから南西にむけて、飛びさりました。

とてもありがたいことに、ワタリガラスは三時間でもどってきてくれました。

興奮して、すっかり息を切らしていました。

『どう思う？』ワタリガラスは、いかだに着いたとたんに、あえぎながら言いました。『ノアとその箱舟が――においですぐ場所がわかったんだが――自力で陸を見つけてたんだ！　――というより、陸のほうが箱舟を見つけたと言うべきだな。箱舟は、ちょうど水面すれすれで頭を出しかかっていた別の山頂に乗りあげたんだ。ノアの家族はすごく得意がってる。計算して陸を見つけたと言わんばかりなんだけど、ほんとのところは、運よく難破しなかっただけなんだ。』

『まあ、すばらしいわ！』と、ベリンダがさけびました。

『それは一週間ほど前のことだ――箱舟が乗りあげたのは。そして今では、山のかなりの部分が見えてきている――そのてっぺんのまんなかに、くさい箱舟が乗っかっているというわけさ。まるで、帽子をはすにかぶった島って感じだね。ハトのおくさんが、この山はアララテの山というんだと教えてくれたよ――どうしてそれがわかったのか、神のみぞ知るってとこだけど。おいらとしちゃあ、ノアのじいさんが自分がどこにいるかまったくわかってないのは、あんたがたがどこにいるかわかっていないのと同じだと思うけどね。』

ワタリガラスは、つづけて言いました。『おいらは、島を探検したりしないで、箱舟の位置がわかったとたん、すぐここに飛び帰ってきたんだ。あんたとベリンダができるだけ早く知らせを聞きたがってるだろうって思ったもんでね。今晩は満月だ。おいらの息がもとにもどったら、すぐそこへ連れていってあげるよ。あの若者ふたりをいかだに乗せてくれ。前に使ったつたの引きづなを結んで、出発しよう。あんたがたが行くつもりなら。』

『心配要らないよ、ワタリガラス君』と、私は言いました。『一刻もむだにしない。』

『そして、いいかい』と、ワタリガラス。『おいらが、先のほうを飛んでくから――夜空にまぎれておいらを見失うことのないように、ゆっくり飛んでくよ。おいらは、泳いでるあんたがたの甲羅に月明かりがきらきら光るのを見ながら行くよ。あの軽いかだをふたりで引っぱれば、かなりのスピードが出るだろう。目をはなさずに見といてやるから――それから、このあいだの夕立のとき集めた新鮮な雨水の残りも、持ってきな。おいらたちが行く方角は、南西の少し南寄りになる。すべてうまくいけば、夜明けまでに箱舟が見えるはずだ。見えなくても、におうから、だいじょうぶさ、ほんと。』

妻と私とは、ワタリガラスに大いに感謝して、すぐに準備にとりかかりました。私たちは、島の丘のどこかへ探検に出かけたエベルとガザを呼びもどしました。私たちは海の別のところへ移動するのだと、身ぶりでわかってもらいました。そして、ワタリガラスは、大得意で、『あんたがたを運ぶね！　ハコブネ！』とさけびました。こうして、エベルとガザは、私たちが箱舟へ行こうとしているとわかったのです。」

第十四章　メスのトラ

「旅は順調に進みました。安定した気持ちのよい追い風が吹き、思っていたよりもずっと楽で速い旅となりました。

あくる朝、太陽がのぼると、目の前には別の島がありました。ワタリガラスの言ったとおりです。ノアの船が――造るのにあんなに苦労したのに――この島のまんなかの高い山の上に、ひどくかたむいて乗っかっていました。遠くから見ると、なるほど、ばかげた帽子のように見えました。

いかだを近づけていくと、船のまわりの岩の上に、いろいろな動物がいるのが見えました――そして、ノアの家族も、こちらに二人、あちらに三人といました。だれも、なにもしていないようです。もっと近づいてみると、そのわけがわかりました――この島にも、やはりなにも生えていないのです。あらゆる木々は、塩水で死にたえており、草木の種もくさって、だめになっていました。

おなかを空かせた動物たちは、私たちのいかだが近づいてくるのを見ると、かわいそうに、食べ物を持ってきてくれたのではないかと期待して、岸辺へかけおりてきました。ワタリガラスは私にささやきました。

『あの先頭にいる大きなネコに気をつけな。メスのトラだ。あのつめにつかまっちまったら、エベルとガザは、さよならだ。あれは肉食で──悪魔みたいなやつだからな。』

『ええ、大きくて野蛮で、なんでも食べそうに見えるわ』と、ベリンダ。

『そうさ』と、ワタリガラス。『ハトのおくさんの話じゃ、箱舟が海に出ているあいだに、母ブタにあかんぼうがどっさり生まれちまって──しかも、ほかの動物にもじゃんじゃん生まれたっていうじゃないか。動物のおかあさんたちのせいで、ノアはてんてこまいさ。食料が足りなくなるからね。でもって、あのメスのトラは、ノアのじいさんの目を盗んで、あかんぼうブタを三匹食っちまったんだ。もちろん、まだまだあかんぼうブタは残っているんだが、ブタのおかあさんは大さわぎだよ──まあ、むりもないね。それからというもの、ノアは──メスのトラがこわがるのは、ノアだけなんだが──干し草用のフォークでメスのトラをおどして、あかんぼうブタに手を出さないように約束させたんだ。でも、あんなやつの約束なんて信用できないね。おいらのくちばしであいつを運べないのと同じぐらい、むりだね。どろがお、あいつに目を光らせておきな。あんたとあんたのおくさんは、かたい甲羅があるからだいじょうぶだけど、エベルとガザは、あれは肉汁いっぱいだぜ。おぼえておきな──腹を空かせたメスのトラっていうのは、世界一あぶないけだものだぜ。』

ベリンダと私は、言われたとおり、おぼえておきました。エベルとガザを守るべく、気をぬかずにメスのトラに注意したのです。

とりあえず、いかだを島から四百メートルぐらいはなして浮かべておきました。そうしてさえおけば、エベルとガザは安全でした――なぜなら、トラは泳げないからです。しかし、念には念を入れ、ワタリガラスにいかだにいてもらって、なにかあったら教えてくれとたのんでおきました。そうして、ベリンダと私は岸へ泳いで、ノアをさがしに行きました。

長老ノアは、箱舟を造っていたときよりも、もっとこまっていました。食べ物、食べ物が、今のノアの問題でした。干し草といったような食料はほとんど食べつくしてしまい、肉食の動物たちは何日も食事をしていませんでした。事態は最悪でした。私たちはしばらくノアと話をしてから、いかだに泳いでもどってきました。私は、ワタリガラスに言いました。

『こんなところにいてもしかたがないよ。ここには、一口もよぶんな食べ物がないんだもの――アザラシがつかまえる魚があるくらいだけど、それだって、アザラシとアザラシのあかんぼうを食べさせるのに、やっとだもの。』

『ふーむ！』と、ワタリガラス。『このいかだの見張りをしておいてくれるなら、おいら、今すぐ箱舟までちょっくら行って、ベーコンでも失敬できないか見てきてやるよ。だけど、あんまりたくさんは運べないぜ。』

『ねえ』と、ベリンダは言いました。『私がなに考えているかわかる？——シャルバの町へもどってみるのよ。ここからアフリカまでどれくらいはなれているか見当もつかないけど、あなた、マシュツの王立植物園をおぼえてるでしょ。くだものの木はどれも、オレンジもオリーブもバナナもブドウもパイナップルも——なにもかも、あそこに生えていたわ。まだ残ってるのもあるにちがいないわ。』」

「失礼」と、先生が言いました。「パイナップルというのは、たしかかね？ クリストファー・コロンブスという人が、われわれの世界にパイナップルをもたらした発見者ということになっているのだが——大洪水のずっとあとで。」

「もしおゆるしいただけるなら、先生」と、カメは言いました。「その質問もあとでお答えしてよろしゅうございますかね？ 今のところは、シャルバの時代には、今日あるくだものは、ほぼすべてあっただけでなく、それよりたくさんの種類があったのだとご理解いただければ、よろしいでしょう。つまり、大洪水によって多くのおいしいくだものや野菜が——種ごと——なくなってしまったのです。そのため、もう二度と地球では育たなくなったのです。」

「ああ、なるほど、なるほど」と、ドリトル先生。「実に興味深い。もちろん、そうしたことは、君が答えようと思うときまで、あとまわしにしてくれてかまわない。君たちが箱舟からシャルバに帰ろうとして、うまくいったのか、知りたくてたまらない――口をはさんで悪かったね。それで、ベリンダはなんと言ったのかな？」

「『ともかく』と、ベリンダは言いました。『なんとかしなきゃならないわ、どろがお。ここにとどまっていては、エベルとガザは飢え死にしてしまうわ。』

あのワタリガラスは、かしこくて冒険好きな鳥でした。（とっくに箱舟に飛んでいって、ベーコンを取ってきてくれていました。）

『そのとおりだ』と、ワタリガラスは、しばし考えてから言いました。『行ってみよう――と言っても、アフリカへ行くのはどちらへ行けばいいのか、ぼんやりとしかわからないがね。でも、おいらは、いつだって自分の幸運を信じることにしてるんだ。ひょっとして、とちゅうでほかの動物に会うかもしれないしね――水に住む動物とか――なにか――まだ生きてるやつがいたら。おいらなら食べるものを少しは取ってこられるよ。浮き草みたいに、根っこが要らない浮かぶ植物がなかったら、あそこにいる二頭のゾウは、とっくに死んでたはずなんだ。浮き草は草食動物の食い物になる――ほかにましな食い物がなければね。だけど、あれは浮くために水泡がついてるから、ハトのおくさんの話じゃ、オスのゾウたちは急におなかが痛くなって死にそうになったんだってさ――おなかに空気がたまったんだね。ゾウに空気が入っちまうと、すごいことになるんだ。風船みたいになって——見られたもんじゃない。でも、死ななかったけどね。』

『あたしが心配しているのは、あの若者たちのことよ』と、ベリンダ。『骨と皮になってしまって……。シャルバまで行くなんて、遠い旅になるわね。』

『そうだな、』と、ワタリガラス。『ひょっとすると、鵜《う》とか、魚をとる鳥をいっしょに連れていけるかもしれないな。そしたら、うまくいくぜ。エビとかトビウオとか、そういった食い物が手に入る。あんたがたカメは、飛びこんでつかまえたりするには、のろすぎるからね。おいらは陸の鳥だから、もっと役に立たないや。だけど、鵜《う》とかカワセミとかなら、じゃんじゃん魚をとってくれるぜ。』

こうして、私たち五人は、むこうみずな旅に出かけることにしました。私は、あの若者たちをあの悪魔のようなメスのトラの近くにおいておくのが心配だったのです。肉食動物が、食べるためにほかの動物を殺すのは自然なことです。けれども、今やベリンダと私にとって、エベルとガザは自分の子ども同然に思えるのでした。ベリンダも私も、あの子たちを守るためなら、一瞬もためらわずに自分の命を投げ出したことと思います。

箱舟のまわりの動物たちは、私たちが出発するのをざんねんがりました。みんなは、大洪水のあいだ私がとった行動を知っていました——私は、自分から箱舟を飛び出したのでした。そして、今度は、ベリンダと私とで、おぼれた人間ふたりを助けて帰ってきたのです。みんなは、私にとどまって、そのぬけめなさと知恵とでもって、みんなを助けてほしいと願っていました。日に日に食べ物がへっていくのを見て、リーダーとしてのノアへの信頼を失っていたのです。そして、みんなもまた、あのメスのトラをこわがっていました。

シカやキリンといった動物たちが、私たちを取り囲んで、私たちに行かないでほしい、さもなければ、いっしょに連れていってほしいとたのみました。私は、みんなをかわいそうに思いました。ところが、ふしぎなことに、ひとりの男とひとりの女を救ったほうがずっとよいのだという思い――エベルとガザをなにがあっても生かさなければならないという思い――が、私の心に何度もよみがえってきました――人間こそ、私の自由をうばい、全世界を奴隷にしてしまったはずなのに。岸辺へむかって、這って進みながら、私は、おなかを空かせてまわりにむらがってくる動物たちに対して、自分の心がふしぎなことに、どんどんかたくなっていくのを感じました。私は、ただ、こう言っただけでした。

『私は行かなければならない。私は、いかだに新鮮な水の入った樽を積むためにもどってきただけだ。わが妻、少年と少女、そしてワタリガラス以外、この旅にだれも来てはならない。』

第十五章　ワタリガラスの冒険

「二回めに箱舟をあとにしてしばらくすると、あのぎこちない古い船は、水平線のかなたに、奇妙にもすうっと見えなくなったように思えました。それから、だだっぴろい、なにもない海が、ふたたびまわりに広がりました——私たちは、すっかりさびしくなりました。

さて、それまで見えていた島々から遠ざかるにつれて気づいたのですが、コウノトリや海鳥たちがあとを追いかけてくるようなのです——ただあちこちを、特になんの用事があるわけでもなく、ぶらぶら三々五々飛んでいるというふうにして。

ベリンダも気にしはじめました。『ねえ、どろがお』と、妻は言いました。『あの鳥たちは、あたしたちをつけているような気がするんだけど——どうしてかしら？　こっちには、あたしたちが食べるためのベーコンが五百グラムぽっちしかないんだから、箱舟にいたほうがずっといいはずなのに。どういうつもりかしら？　……なんだか、いやだわ——あたしたちのことは、放っておいてくれたらいいのに。』

私は、なにも答えませんでした。しかし、妻がなにを——あるいは、だれのことを——考えているかはよくわかっていました。

ワタリガラスは、ちらりと鳥たちを見て、まゆをしかめ、それから旅の計算をつづけました。

『ええっと、』と、ワタリガラス。『日の出から二時間ほどしてから出発したわけだ——と言っても、おいらも、時間のことはよくわかんないけど。だって——』

「何時だったか思い出そうとするのはやめてもらいたいもんだね」と、ポリネシアが、ギーギーいう声でぼくにささやきました。「なにがあったのかさえ教えてくれりゃ、いいんだよ。」

「ワタリガラスは、計算でこまっているようでした。『いいかい』と、やがてワタリガラスは言いました。『仮に、あんたがたがこの線に沿って、太陽の方角にむかってゆっくりコースを変えながら、いかだを引っぱっていくとする。おいらは、先を高く飛んでいく。そしたら、なにか見つかるかもしれないからね。見つけたら、今言ったこのコースにもどってきて、あんたがたと会う。だけど、おぼえておいてくれよ、くもったりして、目じるしの太陽が見えなくなったら、その場でぴたりと止まっていな。あんたがたを見つけるのは、おいらにまかせておいてくれ。』

こうしてワタリガラスは飛びたちました。私たちは大海原を、ゆったりとした速さで、いかだを引っぱっていきました。二時間ほどしたあとで、太陽は雲にかくれてしまったので、指示を思い出して、ベリンダと私は、すぐに泳ぐのをやめて、だいたい同じ場所にとどまるようにしました。

妻は、心配しはじめました。『どうなるのかしら。ワタリガラスさんが、あたしたちを見つけられなかったら？』

濃い霧が海にたれこめて、三メートルより先は、なにも見えなくなりました。『だいじょうぶさ』と、私は言いました。『あのワタリガラスは、海鳥じゃないけど、頭がいいんだ。また連絡をとってくるさ——心配するな——たとえ、この霧が三日つづいたとしてもね。新鮮な水が小さな樽にいっぱいあるだろ——それに、ノア夫人の食料庫からワタリガラスがベーコンをとってきてくれたし。まだ若者たちのことを心配するには、およばないさ。』

しかし、海が夜に包まれても、やはりワタリガラスがやってくるようすはありませんでした。そして、あくる朝、目がさめて、海が相変わらず霧でおおわれているのを見たときは、正直、とても不安になりました。ベリンダは、もちろん心配しまくっていました。霧がまる一週間つづいたらどうなるかしら？　ベーコンでは、エベルと少女は二日しかもたないでしょう。ワタリガラス自身、道しるべの太陽が見えなくて迷子になってしまったのでは？——などと、心配は、つきないのでした。

しかし、私は、あのおしゃべりカラスならだいじょうぶだよ、と言いつづけました。言われたとおりのことをして、ワタリガラスをさがしに大海原へいかだを引っぱりだしたりしなければ、今にもあいつはひょっこり顔を出すかもしれないと、私は信じていたのでした。

さて、かわいそうなベリンダもとうとう落ち着いてくれました——ただ、私自身、どれほど不安な気持ちになっていたかは、決して気づかれないようにしました。

夕方の五時半ごろ——いえ、もっとおそかったでしょう——六時か、六時半、あたりが暗くなっていたところからすると——

「ああ、まただよ」と、トートーがため息をつきました。「また、時間のことをごちゃごちゃ言ってる。」

「ともかく、かなり暗くなっていたころです」と、カメはつづけました。「ふいに、霧の海の静けさのかなたから、音が聞こえたように思えました。

『ベリンダ』と、私はささやきました。『今の、聞こえたかい?』

『いいえ』と、妻はぶつぶつ言いました。『なにも聞こえやしないわ。』

『君のうしろのほうから聞こえたよ』と、私。『もう一度聞いてごらん。』

私たちは、ふたりとも耳をそばだてました。そして、たしかに、はるかかなたから、ふたりとも聞いたのです——かすかな、しわがれたようなさけび声が——

カアー！……カアー！

『ワタリガラスだ！』私は、興奮で海に落ちそうになりながら、妻にささやきました。『あいつはぜったい迷子になったりしないって言ったろ？ どこかで、私たちのことをさがしているんだ。こたえようじゃないか！』

それから、私たちふたりは、聞いたこともないようなひどい音を出しました。待ちました。一分たちました。そして、ついに返事がきました。今度は、しわがれ声は、ずっと近くからしました——霧はひどかったのですが。まもなく、私たちのまわりの空をぐるぐるとまわっている暗い影が、見えたというよりは感じられました。そして、ドサッ！ ドサッ！ ——なにかが、ふたつ——なんなのかは、まだ光が弱くてわかりません——いかだにいるベリンダと私のあいだに、おりてきました。

『君かい、ワタリガラス君？』私は、小さいほうに、たずねました。

『サンタ・クロースが来たとでも思ったかい？』しわがれ声が、うなりました。『うへえ！ なんて夜だ！』

『そして、あなたが連れてきた、そこにいるずんぐりしたのは、だれなの？』ベリンダが、たずねました。

『しーっ！』と、ワタリガラスが言いました。『そんなに大きな声で言っちゃだめだ！ こいつは、ペリカンさ。おいらがさがしていた、水にもぐってくれる鳥だよ。

仕事っぷりを見ると、ほれぼれするよ。一回ぱっくりやるだけで、バケツいっぱいほどのニシンがとれるんだ。だけど、ペリカンってのは、見ばえのことをひどく気にしてるんだ——石炭スコップとコーヒーポットを足して二で割ったみたいな恰好《かっこう》してるだろ？　じろじろ見るなよ——あんな恰好をしているのは、しょうがないんだから。』『ああ、ワタリガラスさん！』と、ベリンダがため息をつきました。『あなたがいなかったら、あたしたちはどうしたらよいでしょう？』

チープサイドが、パッと飛び起きました。

「ほら、また！　言ったろ？」チープサイドが、たずねました。

「ああ、寝てなさいよ！」ベッキーがぶつぶつ言いました。「とんでもないときに起きてくるんだから、まったく信じられないわ——とんでもないときに寝ちまうくせに！」

「まあ、まあ！」と、先生がやさしく言いました。「どろがお君に話をつづけてもらおうじゃないか。」

「あくる日」と、カメは言いました。「うれしいことに、霧は晴れていて、お日さまが明るく照っていました。見渡すかぎり、陸地は見えませんでした。しかし、朝ごはんを食べながら、ワタリガラスは、私たちと別れてからの冒険を話してくれました。『前にも言ったように、まっすぐ進んでいったんだけど』と、ワタリガラスは言いました。『カナリアしかとまれないほど小さな陸地さえ見つからなかった。暗くなってきて、その夜は海ですごすことになるとわかっていたので、おいら、同じ場所をぐるぐるまわって飛んだんだ。夜明けまで、同じ場所にいたいと思ったからね。ところがどっこい！　朝になると、霧はひどくなっていた。

まあ、しばらくバシバシッと霧をたたきながら飛びまわってると、樽《たる》みたいなもんが流れているのを見つけたんだ。一晩じゅう飛んでてつかれてたからね。とまるところが必要だった。樽のところへ行くとちゅうで、オレンジをひろったよ。ひどくくさってたけど、樽のところへ持っていってなかを見てみれば、きっとくさっていない種が入っているだろうから、そいつを朝ごはんにしようと思ってた。

樽に近づいてみると、別の鳥がとまってた。すぐにだれだかわかったよ――まさかそんなところにいるとは、思わないような鳥だ。あんたがたのどちらも信じないだろうけど、そいつはハトだったんだ。剝製《はくせい》じゃないぜ――本物だ。

「よお！」と、おいらは言った。「ずいぶん遠いところまで出てきたもんだな。どうやってここまでやってきたんだ？」

「ノアさんの使いで来たんだ」と、ハト。

「ノアの使いだって？」と、おいら。「なんの使いに？」

「オリーブの枝を取ってくるようにって言うんだ。」ハトは鼻をすすりながら言い、鼻から水をたらしていた。寒さで、くちばしがガタガタいってて、一キロ先からでも聞こえそうだった。羽がふくれて、まるで、びんのなかを洗うブラシみたいな恰好だったよ。

「ノアさんは」と、ハトはつづけた。「言ったんだ、ハトは平和の鳥だって。そいでもって、ぼくが持って帰るオリーブの枝は、しるしなんだって――大洪水が終わったっていうしるし。」

「ほう、ほう！」と、おいらはクスクス笑って言った。「しるしだって？――大洪水が終わったしるしだって、え？　おいらには、脳みそが終わってるしるしに思えるけどね。たしかに雨はやんださ。だけど、それでどうなっちまったか、見てみろよ！　さあ、ハトのぼうやちゃんよ、君がどうしたらいいのか教えてやるよ。死にそうな風邪をひいちまう前に、まっすぐノアのじいさんのところへ飛んでいって、オリーブの枝はこのあたりにはまだ生えてませんって教えてやるんだな。

オリーブの枝を取りにハトを、ハトをよこすなんて、恥を知れってんだ――時速六十キロの突風が吹いてるっていうのに！　むちゃ言いやがって。オリーブオイルひとびんと酢を四リットル持ってこいって言わなかったのは、おどろきじゃないか――さあ、ここにおいしいオレンジの種がふたつある。飲みこんで、おまえの餌袋（鳥の胃袋）に入れちまえ。おまえがノアの船に着くまでは、おなかがもつだろう。そして、ノアのじいさんに、〝おいらからだと言って、こう言ってやれ――ハトが〝平和の鳥〟なら、そのハトが無事に帰ってきただけでも〝へ、いいわ〟って思えってね。」と、まあ、こういうわけで、』と、ワタリガラスは考え深そうに言いました。『かわいそうなハトちゃんは、任務から解放されてひどくよろこんでたよ。そして、餌袋をオレンジの種でいっぱいにして、一刻もむだにせずに、一番高いところから箱舟を見つけようと飛びあがった。おいらは、例のくさいオレンジの残りをちぎりながら、計画を考えはじめた。太陽はもうすっかり高くのぼって、暑くなってた。おいらは、あがれるところまであがって、なにが見えるか見てみることにした。

一時間以上あがっていくと、ハゲワシ二羽と出会ったよ。でかくて、腹をすかせていて、おいらが、やわらかそうなサンドイッチだと思ったらしい。ただ、やつらのスピードのほうが、おいらのよりすごいけど、やつらは、さっとよけるのはうまくないんだ。でも、結局はおいらをつかまえちまうだろうってわかっていた。なにしろ、やつらのつばさのほうが長いからね。

だけど、ふいに、おいらは思い出したんだ。ハゲワシどもは、遠くから死肉をかぎつけるすごい才能があるってね。はったりをかましてやろうって、おいらは考えた。うまくいくかもしれない。そこで、おいらは、やつらのしっぽのまわりをぐるりとよけて、こう言ってやった。

「おいらみたいなちょいとしたおやつなんか食っても、あんたがたみたいな大きなかたたちのおなかの足しにならないでしょ？　十分たったら、またおなかがすいちまいますよ。でも、いいですか、ここから遠くないところに、大きな土地があるんですよ――小さな岩だらけの島じゃないですよ――人間がかつて畑にしていた広大な土地です。そこには、おぼれた牛だの、羊の群れだの、ラクダの列だのが、死んで日なたでくさってます。おいらを放っておいてくれるなら、そこへ案内しますから、腹いっぱい大好きな死肉を食うといいですよ。あんたがたの鼻は海の上じゃきかないってことは、ご存じですよね。今おいらを殺したら、お兄さんがた、道案内役がいなくなっちまう――そして、おそらくは飢え死にしてしまう――小さなカラスを食ったばかりに。」

やつらが考えているのがわかった。ほんとは、おいらは、そんなでかい土地がどこにあるかなんて知っちゃいなかったんだ。だけど、はったりは、うまくいった。ハゲワシどもは、たがいに言いあらそっていたけど、とうとう、おいらの言うとおりにすることにしてくれた。

「そうしようじゃないか、カラスの兄弟」と、やつらは言いました。「連れていけ――ラクダの死体が日なたでくさっている大きな土地へ。」――死肉っていうのが効いたんだね。やつらは、こうつづけた。「だが、いいか、約束を果たせよ――ふざけたまねをするんじゃない――さもないと、野ネズミみたいに食いちぎってやる。」

まあ、おいらは、ついてたね。第一日めの終わりに、つかれて水のなかへ落ちるんじゃないかって思ってたとき、前方に、長い土地が広がっているのが見えてきたんだ。大陸みたいだった。ハゲワシどもがそれを見たとたん、やつらのくちばしが開き、きたない顔を舌なめずりしているのがわかった。あいつらは、死んだラクダの肉のにおいをかぎとったんだ。

それでうまくいった。やつらはすぐ、おいらのことなんかすっかり忘れちまったのさ。まったくの偶然で、おいらは、くさったラクダの肉が、軍隊に食わせてもあまりそうなくらいある巨大な大陸に、やつらを連れてきたっていうわけさ。やつらは、倍速でおいらの先へ飛び出して、ふりむきさえしやしなかったぜ。』

ワタリガラスが冒険談を話し終えると、妻のベリンダは、大きなため息をつきました。

『まあ、ワタリガラスさん、』ついに妻が言いました。『あなた、すばらしいわ！』

「こいつがいなかったら、あんたはどうしたらよいだろうね？」チープサイドが、先生のまねをして、あくびまじりに言いました。「さあ、みんな――寝る時間だぜ！　おれは、すてきなお昼寝のとちゅうだってのに、くさったラクダのにおいとかで起こされちまったよ。」

第十六章　海鳥、庭の上を飛ぶ

「その大陸というのは、どこだったのかね、どろがお君?」と、あくる日の晩、先生はたずねました。「その、ワタリガラスがハゲワシから逃《のが》れた場所は?」

「それは小アジアだったにちがいありません」と、カメは言いました。「でも、ドリトル先生、よろしければ、そのことも、もう少しあとで話すことにさせてください。私たちのように、海も陸も長距離を移動するカメにとっては、最初は、まったくわけがわかりませんでした。大地がすっかりかわいて、かなりたってから、この新しい世界がどのようなものか、つかめるようになってきたのです――そのときでさえも、いろいろ手さぐり状態でしたけれども。」

「それはよくわかるよ」と、先生。「こらえ性がなくて、もうしわけない。大洪水で、世界がどれほど変わったのか、知りたくてならないのだよ。しかし、君のペースで話してくれたまえ。私たちは――君さえよければ――いつでも話のつづきを聞くよ。」

「さて」と、カメは言いました。「私たちが例のベーコンを食べ終わったあと、ワタリガラスは、前の晩に連れてきたペリカンを呼びました。

『飛びこんでくれ、ペリちゃんよ』と、ワタリガラスは言いました。『陸地を見る前に、なにか食いもんが必要だ。』

ペリカンはぶつぶつ言いながら、飛びこみました。あのむっつりした鳥が、歩くのと飛ぶのでは大ちがいだというのを目の当たりにするのは、おどろきでした。空中で、ペリカンはとても優雅に飛びました。いかだのまわりをかなり長いあいだ、ぐるぐるまわってから、ふいにつばさをとじると、石のように水のなかへ落ちました。そのするどい目で、水面近くを泳ぐ魚を見つけたのです。なんという水しぶきでしょう！——海に錨《いかり》を投げこんだときのようです。

ペリカンは魚とりのやりかたを心得ていて、五分ばかり水のなかに消えていたかと思うと、ふいに、いかだから一メートルほどしかはなれていないところに、ポッと顔を出しました。私たちは、ペリカンがいかだにあがるのに手を貸しました。すると、ペリカンは、シャベルのような大きな口をあけて、魚市場のように、どっと魚の山をはき出しました。りっぱなタラが二匹、サバが一匹と、そのほか小魚がどっさりいました。

『これぐらいあればいい？——手はじめとして？』ペリカンは、そっとうなるように言いました。『下は暗くてね——水中で、ずいぶん逃げられちゃった。』

『兄弟よ』と、ワタリガラスが言いました。『これで、みごとに間に合うよ――かなり長いあいだ、おいらたちが食っていくのにじゅうぶんだ。いやあ、水に飛びこむやりかたはきれいじゃないかもしれないが、ほんとにたいした漁師だよ――あ、あのサバに気をつけな！　飛びはねて海に逃げようとしてるぜ。』

実のところ、ベリンダとエベルとガザと私は、生きた魚が海へはねもどろうと飛びあがるのを押さえるのに大わらわでした。エベルは、自分で作ったするどい石のナイフを持っていました。魚の頭を切り落とし、身を切り開いて――洗ってから――屋根の上で日干しにしました。それから、ワタリガラスが言いました。

『さあ、みんな、準備ができ次第、行こうぜ。あんたがたは――泳ぎながら、このとんでもないいかだを引っぱっていくとなると――スピードが出ないからね。』

そのとおりでした。どれぐらい遠いのか、想像するしかありませんでした。きっと、八百か九百キロ近くあったでしょう。幸いなことに、風は、ほぼ追い風でしたが、魚ばかり食べつづけてうんざりしてしまいました。それでも、魚がなければ、旅はできませんでした。

ようやく五日めに、前方に陸地の低い線が見えました。そして、新しい家や、かわいた大地の希望が、私たちを元気づけました。すてきな港というか湾があり、そこにいかだの錨をおろしました。なにかかわいたものの上を歩けるというのは、なんてすばらしいのでしょう――しかも、足の下で動かないものの上を歩けるなんて！

しかし、ああ、このあたりは、さびれていました！　もちろん、まだなにも生えていません。ここでも、です。このあたりは、水がかなり引いていましたが、海岸線は何本もの大きな川によって切りくずされていました。おわかりでしょうか、大量の水が海から何キロもはなれた内陸の小高い平野に残っていて、それがとちゅうで川岸をけずりながら、まだ海へいきおいよく流れこんでいるというわけです。

私たちはすぐに家を――ただの小屋ですが――造りはじめました。かわいた木や、板や、海岸で見つけた古いがれきを使って造りました。私たちのよき友、ワタリガラスは、くだものや野菜の種をさがしに行ってくれ、まだよい状態にあるように思われるいろいろな種類の種を持って帰ってきてくれました。エベルは――おぼえていらっしゃるでしょうか――とてもかしこい庭師で、マシュッツ王の公園管理責任者の第一の助手でした。動物園でノアの手伝いをさせられるまでは。さて、そのエベルが、小屋のうしろをたがやして、庭にし、種をまきました。しかし、ひとつも芽を出しませんでした。

このため、エベルはしばらく頭をかかえました。けれども、最後には（よい庭師なので）理由がわかりました。ここは海辺の近くなので、海の塩水が――かつて高いところまであったとき――ここの土をすっかりだめにしてしまったので、何年も植物が育つことができなくなっていたのです。私たちは、土地がそれほど塩でやられていない山がちなところを求めて、さらに内陸に引っ越しました。ほんの数キロ先に、求めていた場所がありました。そこに別の小屋を造り、たがやして庭も造り、種もたくさんまきました。

こんどは、うまくいきました。数週間で、たくさんの種が根づき、芽を出しました。ゆっくりと育ち、たいして自慢できるようなものではありませんでしたが、なにも生えていない大地からなんでもいいから緑が芽を出すのを見て、私たちがどれほどうれしかったか、おわかりにならないでしょう。

このころには、岸辺の水も、落ち着きはじめていました。そして雨が降ってくると、川の水は、ほとんど飲めるものとなっていました——とはいえ、私たちは、まだ飲み水として使いませんでしたが。私たちは今までずっとやってきたように、新鮮な雨水をなにかの入れ物で受けて、飲み水や料理用にとっておいたのです。海岸の岩場で魚つりもできるようになり、流れは静かになりました。エベルは、槍《やり》というか、もりのようなものを作って、ラッコやカワウソをとりました。こうして、とうとう、ずっと魚ばかり食べる代わりに、新鮮な肉を食べることができました。かわいそうなガザは、魚にはもう死ぬほどうんざりしていたのです。

ときどき、庭で働いているとき、頭上の空高くに、たくさんの大きな海鳥たちがぐるぐると輪になって飛んでいるのに気づきました。ところが、そのとき私たちは、あまり注意を払いませんでした。きっと、緑の植物がずいぶんひさしぶりに芽を出したのがめずらしいのだろうぐらいに思っていたのです。

野菜やくだものが食べられるほど大きく育つのを待つあいだ、私は、岸へおりていって、海の下に町がないか、探検しました。けれども、見つかったのは、ちらりほらりとある農家ばかりで、町や村はありませんでした。もう一度、ワインを一、二本と農耕道具を少し、小屋に持ち帰ってきました。しかし、私がさがしていたのは、本物のしっかりした食べ物でした。エベルとガザにちがったものを食べさせてやりたいと思ったのです。ふたりは、ときたまラッコの肉を少し食べるだけで——野菜もなにもなくて——魚ばかり食べて、少し病気のように見えだしました。

海底へもぐるたびに、シャルバの古い町が見つからないだろうかと、いつも期待していました。大洪水前には、とても豊かで、食べ物もどっさりある町だったのですから、その店の残がいのなかに、食べられる、おいしいものがまだどっさりあるにちがいないのです。それに王立植物園には、おいしい種があるはずです。

けれども、これも期待はずれでした。シャルバの町は見つからず、人間が食べられるしっかりした食べ物もどこにもありませんでした。とてもみじめな気分でした。

しかしながら、あるとき、発見をしました。それまでより遠くへ行ってみたときのことです。十二日もかけたので、小屋から七、八百キロも旅したにちがいありません。ある深い谷にさしかかったとき、北へむかうかなり強い潮流がありました。これはエジプトのあちらこちらから流れこんでいた巨大なナイル河だろうと思いました。そして、もしナイル河なら、私は水面下で、小アジアからアフリカ本土まで渡ってきたことになります。ものすごい距離を旅してきたのですから、そういうことにちがいないという気がますますしてきました。

ときどき、今まで見たことがあると誓ってもいい、見慣れた砂漠や山々がありました。

とつぜん、私は自分が、深い海底へとのびていく長く急な斜面の上にいることに気がつきました。マシュッツ王の動物園に入れられる前、自由だったとき、私は、王国のあちこちをずいぶん——ときどき、長い距離を——旅したものでしたが、この急な斜面を見たおぼえはありません。私は、この谷の下までおりていって、ここがどこだかたしかめることにしました。

ところが、いつまでたっても底に着きません！　何時間も何時間も、斜面をすべりおりるようにして、どんどんおりていきました。光がどんどん弱くなり、とうとう夜のように真っ暗になりました。なにも見えません。これ以上先へ行ってもしかたがありません。なにも見えないのでは探検になりません。おそろしく寒く、甲羅の上に強い圧力を感じたので、すごい深海に来たのだとわかりました。

しかし、ほかの発見もしました。そのときは、ただ見当をつけただけでしたが、何年ものちに、水位がさらに低くなって岸辺がもっと見えたとき、私の見当は正しかったことがわかりました。私がいたのは、できたてほやほやの海だったのです。そこは、シャルバの町の競技場を流しさった、あの広大で山のような津波によって切りひらかれた海でした。

おわかりでしょうか、ドリトル先生、大洪水の前の世界は、海よりも大陸が多かったのですが、今では、陸よりも海が多くなっています。」

「ああ！」と、先生はつぶやきました。「それで、何千年ものあいだ地理学者が見当をつけてきたたくさんのことがわかるね――だが、先をつづけてくれたまえ。」

「大洪水の前」と、カメは言いました。「アフリカとヨーロッパとアメリカは、くっついていました――ひとつの大きな大陸だったのです。そして、マシュツ王は、そのほとんどすべてを、王として統治していました。私がたまたまぶつかった、この新しい海は、今では〝大西洋〟と呼ばれているところです。アメリカは、あまり人の住んでいない、遠くの国でした。古い世界と新しい世界のあいだには、砂や石ばかりで水のない砂漠があると言われていましたが、のちに大洪水が大陸を切り分けると、その海にはたくさんの島ができました。たいていは、やがて嵐などで洗い流されてしまいましたが。

そして、ご存じのとおり、今日残っている大きな島のグループは、カナリア諸島、ベルデ岬諸島、マディラ諸島、アゾレス諸島であり、そのほかバミューダ諸島やバハマ諸島などの小さいものがあるだけです。世界は、すっかり変わってしまったのです！　あなたがたが地中海と呼んでいるあの小さな海でさえ、かつては巨大な内陸の湖であったのに、ジブラルタルの細い首のような陸地を切られて、どっと水が流れこみ、大西洋とつながってしまいました。」

「実に興味深い」と、先生は言いました。「これをすべて書き記してくれたまえ。科学にとってひどく重要なことだ。」

「わかりました、先生」と、ぼく。「すべて書き記しました。」

「教えてくれたまえ、どろがお君」と、先生は、ふたたびカメをふり返って言いました。「地球のさまざまな場所の気候もまた、これによって変わったのではないのかね、ん？」

「そうですとも！」と、どろがお。「よきむかしには、どこもかしこも日光がいっぱいでした。たくさんのおいしい野菜が自然に生えていました。人間は、テントや荷物を持たずにさまよい歩いても、飢えることなどなかったのです。どこへ行こうと、必要な食べ物が手に入ったからです。このため、少なくとも文明を持った人間は、ほとんど肉を食べることはありませんでした。大洪水の前では、人間とけものが生きるためにたがいに戦ったり、もがきあったりせずにすんだのです。ああ、そうです。そのころは、生きるということが、今とはずいぶんちがっていました！

あらゆる生物の生きかたが変わりました。かつては、人間は、高度なことを考え、歌を歌い、ゲームをし、詩を書いて暮らしていました。ところが、今では、だれもが思いなやみ、食べていけるかという
それだけを心配して、働いています。」

「君は、」と、先生はたずねました。「世界はまだ回復していないと思うかね。つまり、そのおそろしい大洪水から立ち直っていないと？」

「ええ、先生」と、カメは言いました。「もちろん少しずつよくなっていますが、でもこの地球は、二度ともとにはもどりません。かつてはあたたかかったところが、今では冷たくなっています——だって、凍てつく北極海に囲まれた現在の北極にあたるところでは、以前はナツメヤシが実をつけていたんですからね。

しかし、私の話にもどりましょう。私は水面まで泳ぎあがって、小屋へもどりはじめました。さっきも言ったとおり、まる十二日間、小屋をあけていたのです。

一生懸命泳いだすえに、とうとう小屋に近づくと、心配で胸がいっぱいになりました。小屋には、ありとあらゆる動物がわんさかむらがっていたのです。どうやってここへやってきたのでしょうか？　ネコ科の動物は、泳げないはずです。すると、ふと

私は、私たちの庭仕事を見守っていた鳥たちのことを思い出しました。そして、わかったのです。水位がさがったために以前よりも大きくなった土地を通って、あの鳥たちが動物たちを連れてきたのです。私は、こんなに長いあいだ留守にしていた自分のおろかさを呪いました。

さらに近づくと、例のメスのトラが見えました。いつものように、みんなをひきつれていました。何週間も私たちは、自分たちがすっかり安全だと思いこんでいました——広大な水があいだに横たわっている以上、トラたちは決してやってこられないと思っていたのです。

エベルとガザのすがたが見えません——自分の子だと思うようになった大切な子どもたちが！　……殺されたのでしょうか？　食べられてしまったのでしょうか？

長く泳いでつかれていたにもかかわらず、私は、足が体をささえられるかぎりスピードを出して、小屋のほうへかけだしました。」

第十七章　レイヨウと草食動物たち

「おどろいたことに、私を出むかえてくれたのは、ワタリガラスではなく、ペリカンでした。私の質問を待つまでもなく、ペリカンは、エベルとガザはまだ生きているけれど、とても危険な状態にあると言いました。ふたりは、小屋にとじこもって、戸口にかんぬきをかけてとざしたのです。しかし、小屋はとても軽く、もろいので、長くはもたないだろうとペリカンは言いました。

私が動物たちの群れのはしまでやってきたとき、オスのゾウが小屋の戸口に肩を押しつけていました。この大きな体でドシンと一発やれば、こんな小屋など、ひとたまりもなくぺしゃんこになってしまうことは、わかっていました。私はゾウに、やめてくれとさけびました。それから、動物たちにむかって、どうして私の友だちを傷つけようとするのかとたずねました。

『おまえの友だちだって！』と、前へ歩みよったメスのトラが、上くちびるをひんめくって、怒ってうなりながら、さけびました。『なんだって、この男と女を友だちだなんて言うんだい？　こいつら人間が、あたいたちを奴隷にしたんじゃないのかい？　あたいの子どもをとりあげて、おりに入れて見せ物にしたんじゃないのかい？』

『そうだ！』と、さっきのゾウが、鼻を荒々しく空中にふりあげて、ラッパの鳴るような音を立てました。『ぼくを荷物運びの動物にして、サーカスの行列で通りを歩かせたのは、人間じゃないか？　馬や牛を奴隷にして、暑い日ざしのなかで畑をたがやさせたのは、人間じゃないか？』

『死ねばいいんだよ、あいつらは！』メスのトラが、うなりました。『ゾウよ、戸口をぶちこわしな。そしたら、あたいが、あいつらを二口でのみこんでやる。この世に人間なんか、もう要らないんだ。この世は、あたいたちのもんなのさ。この地球は、永遠に動物王国となるのさ。戸口をぶっとばしな、ゾウ。それで、おいしい食事にありつけるよ！』

『よしきた！』みんなが、ほえました。『戸口をこわせ！』

ゾウは、肩をうしろに引いて身がまえました――ちょうど、むかしのお城の門をうちやぶるとき、巨大な槌《つち》を引いてかまえるように。今こそ私が行動しなければならないときだと思いました――しかも、すばやく。私は頭を低くかまえて、群れのなかへ突進しました。甲羅のするどいはしが、いろいろな動物の足もとをすくい、みんなは私が進んでいく両側で、足をばたつかせ、もがきながら折り重なってたおれていきました。私は、三百六十キロの体重がありますから、私がつっこんでいけば、ゾウと同じぐらいの破壊力があるのです。私は小屋に着き、かまえたゾウの肩がまだうしろにさがっているあいだに、ゾウと小屋のあいだに入りこみ、戸口を背にして立ちはだかりました。

『どいてな、カメ！』メスのトラがさけびました。『おまえの友だちは、死ぬんだよ。』

『待ってくれ！』私は、さけびました。『待ってくれ。そして聞いてくれ。なぜこの人間が君たちの敵かということはわかった──君たちをとじこめ、つらい仕事をさせたからだ。そうした仕打ちは、私だって受けた。私だって、とらえられて動物園に入れられた。しかし、この小屋のなかにいる人たちは、友だちなんだ。私たちを奴隷にしたのは、この人たちじゃない。

奴隷にしたのは、マシュッ王だ──あいつが、人間もけだものも、ほぼ全世界を奴隷にしたんだ。君たちが食べたがっているこのふたりの若者も王の奴隷だった──君たちや私と同じなんだ。だが、自分が奴隷にされたにもかかわらず、少年エベルは、牢屋《ろうや》のなかの私と私の仲間の暮らしを楽なものにしてくれた。だから、友だちだと言うんだ。』

『そんなこと、おれたちの知ったことか。』大きな黒ヒョウが、群れの前へゆっくりと歩み出ながら言いました。『このふたりを生かしておいたら、こいつらは、おれたちのように子どもを産み、地球をまた残酷な主人でいっぱいにしてしまう。こいつらをおれたちに渡せ、カメ！』

『そうだ、そうだ』と、群れがさけびました。『人間どもをこの世界からきれいさっぱりなくしてしまえ。自由な地球にするんだ。人間をやっつけろ！――こいつらふたりを消してしまえ！』

みにくいうなり声をあげながら、群れは前へ進んできました。もう一度、ゾウが、私の背を越えて、戸口に背を押しつけました。小屋のなかで、ガザがすすり泣きながらエベルにこうささやいているのが聞こえました。

『さようなら、エベル。これでおしまいだわ！』

そのとき、私の目の前が真っ赤になり、ものすごい怒りが胸のなかで、にえたちました。私は、うなっている群れをどなりつけました。

『このふたりを取って食おうというなら、まず私を殺してからにしろ。』

そう言うが早いか、私はうしろ足で立ちあがり、ゾウの耳をがぶりとかみちぎりました。痛みのさけびをあげて、ゾウがあとずさりをしたものですから、みんなもさがりました。一瞬、戸口の前の空間がからっぽになりました。

しかし、もう一度みんながせまってくることは、わかっていました。多勢に無勢です。ベリンダは、おそらく小屋のなかにいて、若者たちの命を守るために最後の戦いをする準備をしているのだろうと私は思いました。ここにワタリガラスがいてくれて、なにかの計画を思いついてくれたらいいのに！　けれども、動物たちの群れがやってきたとき、ワタリガラスはたまたま、種をさがしに出かけていたのでした。今私にできることといったら、動物たちに話をつづけさせ、どこかから助けが来ないかとむなしい希望をいだくことぐらいでした。

『ノアはどうしたんだ？』私は、みんなにたずねました。『やつはどこだ？　みんなは、やつを食ったのか？』

『いや』と、メスのオオカミがほえました。『やつは、まだ箱舟にいるよ。羊だけがいっしょでね。二匹の子羊がいて、ノアは、自分用にとっておいた袋に半分ほどのかわいた米をやって、その子羊を生かそうとしているんだよ。あたしたちは、いやになって、あいつのもとを去ったわ。あたしたちには、あいつはなんの食べ物もくれないんだ。あたしたちにくれたものといったら、何週間ものあいだ、空約束ばっかり。なにも食べるものがなくて、飢え死にするしかないなら、そもそもなんだってあたしたちの命を救ったのさ？』

『あのじいさんには、それしかできなかったんだろう』と、私は言いました。『米が袋に半分しか残っていなくて、じいさんは、オオカミじゃなくて、羊を生かすことにしたんだ。しかたがないことだ。』

『あいつとあいつの家族を食ってやってもよかったんだがね』と、メスのトラが言いました。『だけど、あたいたちを水害から救ってくれたのは、あのノアだからね。ただ、やつの息子とその妻たちにあかんぼうができるなら、それを食ってやる。そして、ノアの孫が死んだら、人間どもは永遠に消えるのさ。その戸口からどいてな、カメ！もうじゃまは、たくさんだよ。』

『ばか、ばか、ばか！』私は声をかぎりにさけびました――それは、私がこれまでにした演説のなかでも最高の演説で、こういうふうにはじめたのでした。

『ばか、ばか、ばか、ばか！　この大洪水が偶然だとでも思っているのか？　足が石につまずいたみたいな？　ちがう。だれかが――だれだかわからんが――だれかが、これをぜんぶ仕組んだんだ。シャルバの王は、ほぼ世界じゅうを征服していた。しかし、その統治はひどかった――うそを重ね、奴隷を使い、ずるをし、約束をやぶる支配だった。それなのに、王はますます権力をにぎっていった。どんな国も、王をやっつける力も勇気もなかった。』

　さっきの生きたがいこつみたいなメスのオオカミが、私の話にいらいらして、落ち着かずに動いているのが見えましたが、多くの動物たちは、じっと聞いていました。私はつづけました。

『マシュッが全世界を完全に支配してしまったら、どんなひどいことになっていたかわからない——そして、あのうそつきの王とその子どもの子どもたちが、自分たちとその仲間に都合のよいように、いつまで世界を支配するかわかったものじゃない。そして、われわれには名前もわからない、このだれかが——雨や、潮や、休火山の火をコントロールできるすごい力を持っていて、この世と、くさりきった〝文明〟とを、もう一度ゼロから造り直そうと決めたんだ。そして、たとえ苦しむ者がいたとしても、新しい地球と、よりよい文明が再建されなければならなかったんだ。』

『ふん、ばかなことを言ってんじゃないよ。』メスのトラがつぶやくのが聞こえました。『ことば、ことばだ！　あたいらのほしいのは食い物であって、話じゃない。』

しかし、ほとんどの動物たちは、トラの言ったことなど気にしませんでした。私も気にせず、ことばをつづけました。

『教えてくれ』と、私は群れに言いました。『人間なしに生きていけると思うかい？　大洪水が返してくれたこの土地を見まわしてみるがいい。草や、くだものや、なにか食べるものが生えているか？　ない——君たちの半分以上が、肉食ではなく草食だ。この小屋にいる私のかわいそうなふたりの友だちが殺されたら、ノアとその家族がいなくなったら、どうなる？　おたがいに食いあうんじゃないか？——しまいには、だれもいなくなって、死に果てた世界となるまで。まわりを見てみろ。大地には、なにも生えていない――石ころと、ゆげをたててくさっているごみだけだ。今度は、この小屋のうしろを見てみろ。』

みんなは小屋のうしろに来ました。そこにあったのは、庭に植えた苗と若い植物でした。あっという間に、緑の芽は、腹をすかせたシカたちによって、食いつくされてしまいました。

かわいそうなエベルの努力もこれで終わりだと、私は思いましたが、シカを止めはしませんでした。小屋の前へそっともどり、ふたたび私の背を戸口にむけて、みんなが食べつくすのをゆるしたのです。

みんながもどってきて、私の前にふたたびむらがったとき、私は言いました。

『これでわかったか？　人間がこの地球から消えることは、計画されていなかったのだ――この大洪水においてはね。このこわれてしまった地球で生きのびるには、エベルの頭脳と技術が必要なんだ。地球がもう一度、君たちに食べ物と牧草地と住みかをくれるようになるためには、エベルが農場を造り、植物を植えることが必要なんだ。』

何百種類といたシカやレイヨウたちの顔に浮かんだ表情から、連中が考えだしたことがわかりました。ぼそぼそと話しあっています。草食動物たちをすべて味方につけたら、こっちのものだとわかっていました。トラやほかの肉食動物たちは――けんか相手としてはおそろしいですが――草や野菜で生きている動物たちよりも、ずっと数が少なかったからです。

『いいか』と、私はどなりました。『肉を食べない諸君。このエベルという男に生きてもらって、君たちのために、緑の大地をよみがえらせてもらいたいとは思わないか？　それとも、あのトラたちに食ってもらったほうがいいのか？』

シカやレイヨウたちは、もちろんトラやヒョウをおそれていました。みんなは、さらにこそこそとささやきあい、顔をしかめたメスのトラは、少しはなれたところでライオンたちと話をしていました。

それからとつぜん、何百というレイヨウとシカとカモシカの仲間たちが、私のそばへ飛んできて、戸口を守るべく、自分たちの角を低くかまえたので、剣がたくさんならんだように見えました――庭師のエベルを、肉食動物たちから守ろうというのです。」

第四部

第一章　人間は動物の奴隷となる

「これには、メスのトラも、どぎもをぬかれたことでしょう。おどろきあわてたメスのトラは、この思いがけない裏ぎりに、怒りくるって、とてもおろかですが、ただちに夫にたのんで突撃をかけさせました。ところが、勇敢なレイヨウたちは、びくともしません。小屋のまわりに、逆立つ角が、ずらずらずらっとならびました。レイヨウたちは、ふるえもせず、一歩もゆずりませんでした――ただ、どれほどジャングルの女王であるトラをこわがっていたか、私にはわかっていましたが。トラたちは、槍《やり》のような角の先の三歩前まで来ると、気を変えて、ゆっくりになりました。

メスのトラは、夫になにかつぶやきました――なんと言っているのか、私にはよく聞こえませんでした。それから、むきを変えると、こそこそ引き返していきました。次に、メスのトラは、群れのなかへ入っていき、肉食動物たち一頭一頭に、なにやらささやいていました。どうやら、みんなにはっぱをかけて、戦う気にさせているようでした。

ふだんからおそろしいけものなのですが――トラたちは、今や死にそうに空腹なために、さらに危険になっていました。ふたたび私は、エベルとガザのことが心配になりました。メスのトラが、小屋への次の攻撃を四方八方からいっぺんにやろうとしていることは明らかだったからです。やがて、トラたちの準備ができたことがわかりました。あちこちで、六頭か八頭ぐらいのかたまりになっています。

ところが、すんでのところで、思いがけないところから助けが来ました。ゾウのメスが、ゾウのオスにこうささやいているのが聞こえたのです。

『あなた、今こそ、天下分け目の重要な時よ。トラたちが勝てば、私たちにはたいへんなことになるわ。たぶん食べ物がなくて死んでしまうわ。私はカメの味方よ。そして、種をまいてくれるエベルの味方だわ。だれかが草を植えてくれないかぎり、このひどい砂漠のような世界で、あなたと私と、それからやがて生まれてくる私たちの子どもたちは、どこで草を食べればいいというの？　カメの言うとおりよ。カメの味方をしましょう。』（私がどんなにほっとしたか、おわかりになるでしょうか！）すると、メスのトラが口を開いて次の攻撃命令を出す前に、この二頭の巨大なゾウがのっしのっしと前に出て、肩を寄せあいながら、レイヨウたちと私のとなりにならんでくれたのです。ゾウとともに、カバが二頭、サイがひとつがいやってきてくれました。いずれも草食動物です。みんな重たい体をしていて、ドシンとやれば、石の塀だって、こっぱみじんです。こうなると、どちらが強いかということに、なんの疑問もなくなりました。

『あっちへ行け、このみすぼらしいトラたちめ！』と、オスのゾウがうなりました。エベルは必要なんだ。食料があれば、ぼくたち動物がこの世界の支配者となり、エベルが奴隷となるんだ。エベルが役に立たなくなり、地球がふたたび緑でいっぱいになったら、エベルを食べたければ食べてもいい。だけど、草が手に入るまでは、ぼくがあいつを守る。わかったか？——よろしい！　もうなにも言うな。』

『人間たちに手を出すな！　ぼくたちは草がほしいんだ。エベルはいい庭師だ。エベルを殺させるもんか。生きて、ぼくたちのために、働いてもらうんだ。

ドリトル先生、こうして世界史の短い章がはじまったわけです——動物たちがこの世を支配し、人間が奴隷となった時代の話です。ああ！　私はエベルとガザを殺されないように守りましたが、結局は、ふたりの自由がもう一度うばわれることになったのです。

小屋の戸口があけられると、ふたりは、さらに大きくした庭ですぐに仕事をさせられました。ふたりは、野菜を作るときの、木の鋤《すき》に結びつけられました。そして、ゾウが、ふたりを馬のように、鋤のあとに沿って追いたてました。シャルバの町のサーカスで猛獣使いがやっていたのをまねて、ゾウは、ムチを鼻先でつかんで、ふたりの頭上でピシッと鳴らしました。多くの動物たちが、このようすを見て、笑い、あざけりました。

しかし、エベルがマシュッ王の動物園の動物たちに親切だったことを知っている私にとって、これはあまりに不公平で悲しいことに思えました。ゾウが初めてトラたちに文句を言い、この新しい動物王国を仕切ってからというもの、あらゆる種類の動物たちがメスのトラをあまりこわがらなくなってきたということはたしかでした。メスのトラは、もはや前のように、えらそうにできなくなっていたのです。新しいリーダーが、トラに取って代わったのです。これからは、ゾウのことばが法律となるのです。多くの肉食動物は、今やいっそう危険になりました。飢え死にしかかっていたために、肉食動物たちはたがいにけんかをし、殺しあい、食いあいました。それでも、エベルとガザにふれることはゆるされなかったのです。

ゾウは、鳥たちや、アナグマ、モグラ、野ネズミといった、穴をほる小動物たちに命じて、エベルのところに、種、木の実、ドングリを届けさせました。これらの動物は――自分たちもひどくおなかが空いていたにもかかわらず――新しいリーダーのゾウの言うとおりにしました。

というのも、植物の最初の新しい収穫が重要であることを、みんなわかっていたからです。もちろん、この収穫でとれた種が、やがて世界じゅうのはだかの土地に――

雨で塩気が洗い流されれば――根づくでしょう。しかし、まずはしっかり育ってもらわなければなりません。だから、草食動物たちは、かろうじて生きのびられるほどの量だけ、ちびりちびりとかじることしかゆるされませんでした。そして、リーダーのゾウも、ふだんは一日にものすごい量を食べるのですが、同じようにがまんしたのです。

ゾウは、言ってみれば、この世界の新しいマシュッ王でした。ただ、ちがうのは、ゾウはいつも約束を守ったということです。そして、エベルとガザをこき使いましたが、マシュッ王のように残酷でもなければ、裏ぎりをするわけでもありませんでした。あらゆる動物は、ゾウを尊敬し、好意をいだいていました。

箱舟にとどまった者たちも、同じように公平にあつかわれました。水がへっていって、島々が大きくなると、ノアの息子たちのセム、ハム、ヤペテも仕事をさせられました。根こそぎたおれた古い木々の芽をつみとって、それを地面に植えて、新しい果樹園を造ったのです。長老ノアは、年をとりすぎ、弱っていたので、働かせられませんでした。ゾウは、自分の妻を送って、このあたりのゾウの新王国を支配させました――そして、ハムが仕事をさぼってぶらぶらしないように見張らせました。

ノアとその家族に洪水から救われた動物たちは、結局、その借りを返したのです。というのも、土地がかわきはじめ、あらゆる生き物が飢えの苦しみでどうにも身動きがとれなくなったとき、動物たちはその良識と計画とによって、ノアとその息子たちの命をつないであげたからです。

こうして、少なくともしばらくのあいだ、かなりうまくいっていました。しかし、あの野蛮で自分勝手なメスのトラは、おもしろく思っていませんでした。ほかの者のように、新しいゾウの皇帝にしたがうふりはしていましたが、少なくとも私は、あのトラを信用していませんでした。

メスのトラはいつだって、自分がボスになりたかったのです。そして、人間が奴隷に身を落とした今、いつか、どうにかして、ふたたびリーダーになりあがってやろうという希望をまだあきらめていないのだと、私には思えてなりませんでした。ベリンダと私は、そのことについて話しあい、きっと私の予感どおりだろうという結論に達しました。そこで私は、あのジロリと横目でにらむ人食いトラを見張ることにしました。エベルとガザのために、二度とうっかり、すきを見せるわけにはいきません。

こちらがメスのトラに目をつけていることを相手にさとられないように、とても気をつけなければなりませんでした。とうとう、メスのトラがどんなに服従するようすを見せていても、実はゾウの皇帝をねたんで、ひそかに皇帝をたおそうとねらっている裏ぎり者であると私にはわかったのです。

私にそれがわかったのは、こういうわけでした。エベルとガザは小屋で寝ますが、毎晩、ふたりが逃げないように、戸口の前に二匹の動物が見張りに立ちます。少しはなれたところに、ゾウの皇帝が住むための小屋が建てられました。さらにはなれたところで、メスのトラが、枯れ木がもつれたしげみを、自分と夫の巣にしているのを、私は知っていました。

毎晩、エベルの小屋の近くで休むのが、私の習慣になっていました。小屋のそばの土になかば身をうずめるのです。そうすれば、だれからも見られずに、見張ることができます。ある晩、エベルとガザが、つらい仕事でくたくたにつかれて、小屋のなかで眠っていたとき、小屋の近くに身をひそめるメスのトラの暗い影がありました。その晩、見張りについていたのは、二頭のキリンでした。しかし、二頭には、あの大きなトラが見えていませんでした。実際、そのかすかな光のなかで、足音がしない大きな足でゆっくりとしのび寄るトラは、動物というより、影のようでした。

やがて、私はある発見をしました――トラは、今晩ふたりを攻撃に来たわけではないのです。ふたりがまだぶじにとじこめられていることをたしかめに来ただけだったのです。しかもトラは、キリンの見張りに見つからないようにしようと、かなり気をつけていました。キリンに話しかけに行ったりせず、小屋のまわりで少しにおいをかいだだけで、やってきた方角とはまったくちがう方角へ行ってしまったのです。そこで、私は、トラと同じように物音をたてないように気をつけながら、そのあとをつけました。

さて、南のほうにある大きなくぼ地の底に、岩でできたほら穴がありました。日ざしが特にきびしいときなど、動物たちが涼みにやってくる場所です。メスのトラは、このほら穴にむかっていました。もう真夜中ごろだったと思います。ほら穴の入り口まで来ると、トラは音もたてずに、暗い穴の奥へ、すうっと入っていきました。

私もあとにつづこうと思いました。しかし、考え直して、しばらく待つことにしました——そうしてよかったです！　岩陰にしゃがんで見張って待っていると、すぐに、チーター、ヒョウ、黒ヒョウ、ライオンそのほかのたくさんのネコ科の動物たちが、その穴へ入っていくではありませんか。私たちの長年の敵が、集会を開いているようです。まだもっと来るかもしれないと、私は待ちつづけました。十五分ほどして、もう動いても安全だろうと思いました。ほら穴のなかへは入りませんでしたが、できるだけ入り口に近づいてみようと思いました。

私はまず近くのどろ沼に入って、体じゅうにどろをなすりつけました。すっかりできあがると、私はきたない土のかたまりみたいに見えました。それから私は、ほら穴の入り口にできるだけ近寄って、甲羅のなかに頭と足を引っこめて、石のようにじっとしていました。

こうして、その集会で言われたことばをひとつ残らず聞きました——それこそ私の目的だったのです。ゾウ帝国をひっくり返そうとする一大トラ革命のすべてが、こと細かにわかったのです。

メスのトラは、ゾウの代わりにライオンをリーダーにしようと言いました。ほかの者たちは、やかましくこれに同意しました。しかし、私はトラの話にだまされませんでした。たとえ、ライオンをリーダーにしようとみんなに話していても、ずるいトラ自身がいずれボスになろうとしているにちがいないのです。トラがほんとうに望んでいたことは——今のところは——とにかく、みんなをゾウの皇帝にそむかせることでした。」

第二章　トラ革命

「さて」と、あくる日の晩、ぼくらが腰を落ち着けたとき、どろがおは話をはじめました。「メスのトラは、集まった動物たちに、革命のすべての計画はできていると告げました。あしたは土曜日だと思うが――」

「革命とは、よく言うぜ！」ジップが低い、うなり声で言いました。「そのトラばあさんの耳にがぶりとかみついてやればいいんだ――だけど、革命というのは、たしかにわくわくするな！」

「そうですが、」と、カメ。「革命は、メスのトラが思っていたとおりにはなりませんでした。トラの計画は、こうでした――次の日の夜、ゾウがぐっすり眠ったらすぐに、メスのトラと、メスのライオンと、メスのヒョウと、メスの黒ヒョウで、ゾウの小屋を取り囲み、帝国をゆずって立ちさるように強要しようというのです。もし、こばんだら、殺してしまうことになっていました。ふいをついて、みんなでいっせいにおそいかかれば、殺せるはずだというのです。そのあいだに、ライオンとトラとヒョウでエベルを殺し、ガザはメスたちが食べるためにとっておくことにしてありました。

おわかりでしょうが、食料が足りないこの時期、大きな肉食動物たちは、あまりにも小さくて弱すぎて反撃できないようなほかの動物たちをむさぼり食うことで、生きのびていたのです。ノアはもういっしょにいませんでしたから、肉食動物を止める者はいませんでした。ドリトル先生、樹木の場合もそうですが、こうしてすっかり消えさって二度と見ることのできなくなった動物がたくさんいたのです。ほら穴のなかで、メスのトラがエベルとガザを食べることを話しだしたとたんに、腹を空かせたみんなは、舌なめずりをして、おなかをグーグー鳴らしました。

少ししてから、ほら穴の下のほうがザワザワとうるさくなったので、集会が終わって、解散になったのだと思いました。そして、私がほら穴の入り口から逃げだす間もなく、ネコ科の大型動物たちが低い声でささやきながら、ぞろぞろと出てきました。一瞬、スパイをしていたのが見つかってしまうかと、こわかったのですが、私の偽装は完璧《かんぺき》にうまくいきました。頭と足を引っこめると、背中にはどろがびっしりこびりついていたので、私は地面そのものに見えたのです。大きな動物たちは私の上や横を通りすぎて、私が計画のすべてを聞いていたとは、気がつきもしませんでした。大きなふんわりした足で、私をふんでいった者も大勢いました。

ほら穴から最後に出てきたのは、メスのトラでした。その顔に、ずるそうなニヤリとした笑みが浮かんでいるのが、ぼんやりした月明かりで見えました。自分が動物王国の女王となるための大計画を考えていたのです。その筋肉質の長い体が、穴からくぼ地のふちへはい出してきて、しばらく夜空を背景にしてたたずんでいる、そのすがたを私は見守りました。

『ようし、このずるい魔女め。』私はそっとつぶやきました。『自分は女王になりたいっていうんだな？　見てろよ。このカメのどろがおさまには、おまえがどういうつもりか、お見通しだ。』

メスのトラが自分の巣穴のほうへむかって歩きだし、そのシルエットが夜空から消えると、私は頭を甲羅からヌゥとつき出して、自分でつけたどろをブルブルとふるい落としました。最初、ゾウの帝国へ急いで行って、危険だと言って、トラ革命のことを告げるのがよいと思えました。

しかし、少し考えてみて、それはさほどよい考えでないとわかりました。そんなことをしても、動物同士の戦いがすぐにはじまって、メスのトラの思うつぼです。今やメスのトラは、動物のリーダーがだれかを決めるために、死ぬまで戦いぬくつもりなのですから。

それに、私自身、ふたたび人間の奴隷にはなりたくないという点では、ほかの動物たちと同じ気持ちでした――ただ、動物たちも、やっぱり人間たちと同じように、しょっちゅう仲間割れをしたり、つまらないけんかをしたりして、地球を統治する分別がないとわかると、人間が支配するのもしかたがないと思うようになったのですが――「分別がない」では言いたりないくらいです。ともかく、動物帝国がつづくにせよ、つづかないにせよ、私は、エベルとガザをだれにも食べさせるもんかと強く心に決めていたのです。

そこで、私はしばらくすわって、どうしたらよいかを考えました。やがて、私はこうつぶやきました。

『今夜だ！　そうだ。ふたりを、トラたちの手の届かないところへ、夜が明けないうちに連れ出してしまうのだ。それよりほか、ふたりを助ける確実な方法はない。朝まで待っていたら、いろいろな動物が起きてきて、私がしていることをメスのトラに告げ口するだろう。そうしたら、一巻の終わりだ――だけど、今なら見張りの二頭を始末すればいいだけだ。見張りはキリンだ――しかも、あまり頭はよくない。エベルとガザはなんとしても今晩連れ出さなければいけない。』

いそがしくなりましたよ、ほんと。夜中の一時ごろでした。まず、私は、トラの女王陛下に気づかれないようにして、巣穴までつけていきました。そこでしばらくじっとしていると、やがていびきが聞こえてきたので、トラはぐっすり眠ったとわかりました。それから、私は急いで飛び出して、妻のベリンダを起こしました。妻は、エベルの小屋から遠くないところに住んでいました。妻に全計画をできるだけ早口で話して聞かせ、聞かせ終わると、妻は言いました。

『どろがお、あのふたりを今すぐ連れ出そうというのは正しいわ。でも、小屋の見張りをしているあのキリンたちのことは、あたしにまかせて。力ずくでやってもだめよ。だって、キリンは大声をあげるだろうから、あっという間に、ほかの動物たちが押しかけてくるわ。あなたは、ちょっとかくれていて、あたしにキリンたちと話をさせて。野生の米が芽を出している場所を教えてあげると言ってやるわ。』

『それは、どこだ？』私は、たずねました。

『どこにもないわ、そんなところ』と、ベリンダが言いました。『そう、あのお人好しの草食動物をだますのは、ずるいけれど、あの少年少女たちのことが、なによりも大切ですもの。キリンたちは、おなかが空いてるから、きっと信じてなんとでもなるわ。あたし、お米が生えているところまで連れていってあげると言うから、あたしがキリンたちを連れて小屋をはなれたら、あなたは小屋の壁の下をほって、エベルとガザを連れて逃げてね。』

『ふむ！』と、私。『時間がかかるかもしれないな。』

『そうね』と、ベリンダは答えました。『でも、日がのぼるまでには数時間あるわ。できるだけ遠くへ逃げて。あたしは、キリンたちをまいてもだいじょうぶになったら、すぐにあなたのあとを追っていくわ。でも、あのトラたちは、ものすごくするどい鼻をしていて、においを追ってくるということを忘れないでね。一番近い水に入るのがいいわ。それから、海が毎日どんどん低くなっているんだから、一番近い水は以前よりもずっと遠くになっていることも忘れないで。でも海に入れたら、もうだいじょうぶよ。トラたちはついてこられない。ともかくエベルは助けられるわ。ふたりとも背中に乗っけて泳ぐのはむりかもしれない……。むりだったら、女の子は、あたしが行くまで、ほら穴かどこかにかくしておいてくれればいいわ。さあ、あたし、キリンたちに話をしに行くわよ。』

『わかった、ベリンダ』と、私は言いました。『米があると言って、西のほうへ連れ出してくれ。私はエベルとガザを東のほうへ連れていくから。がんばってくれ。』

『あなたも、がんばってね。』ベリンダは答えました。」

第三章　脱出

「私は、妻が小屋のほうへ這《は》っていくのを見守りました。キリンの長い首が、戸口の前に、旗ざおのように二本立っていました。会話を聞きたかったのですが、ベリンダの忠告を思い出して、見えないところに身をかくしました。

でも、妻はキリンたちを連れ出すのに手こずっているようでした。何分も、何時間もたちました。それでも、ぼそぼそと会話はつづいています。暗いうちに逃げなければいけないのに、あとどれぐらい暗いままなのだろうと心配になってきました。

とうとう、キリンたちが長い首を低くして、ベリンダに連れられて暗闇のなかへ消えていったので、とてもほっとしました。かなり時間をむだにしてしまいました。キリンたちがいなくなるとすぐに私は小屋の戸口へ急ぎました。私には、かけ金をはずすことができませんでしたし、ノックをしたら、すぐ近くの小屋で寝ているゾウの皇帝を起こしてしまうかもしれないので、ノックもできません。そこで、私はすぐに戸口の下をほって入っていくことにしました。

必死でほって、ようやく私が小屋に入れるほどの大きな穴があきました。

なかは、真っ暗でした——小さな窓には、袋でおおいがされていました。私は小さな部屋のなかをゆっくりぐるりとまわって、エベルとガザが床で寝ているのを見つけました。私がつついて起こすと、ふたりはおびえました。しかし、少年は立ちあがって、両手で私の甲羅にふれると、私だと——友だちのどろがおだと——わかってくれました。

それから今度は、残り少ない暗闇をさらにむだにしてしまう、別の問題が出てきました。私には、なぜ私がやってきたのかをふたりに伝えることができなかったのです！　おわかりでしょうか。私には少年たちのことばはわかりますが、当然ながら話すことができませんでした。身ぶりや手ぶりを使うしかありません。そして、ふたりにたいへんな危険がせまっているから、すぐに私といっしょに逃げてくださいなんてことを、この人たちにわかってもらうのに、いったいどれほど時間がかかったことでしょう。

私が、ふたりのいるところと、戸口の下にほった穴とのあいだを行ったり来たり走りまわったりしてみせると、とうとうふたりは、私の言いたいことをわかってくれました。

『エベル』と、少女はささやきました。『このカメは、あたしたちに小屋から逃げろと言っているんじゃないかしら。このカメのあとをついていったら、自由になれるかもしれないわ。』『そんな可能性はないだろう？』エベルがたずねました。『外には、キリンが見張りについているんだ。どうやって、それを突破する？』

そこで、私は、エベルをつかまえて、穴のところへ引っぱろうとしました。エベルは来てくれました。エベルはひざまずいて、私が作った穴から外をのぞきました。エベル『あれ、ガザ！』エベルは言いました。『見張りがいない！　逃げられるよ……。よくやった、どろがお！』エベルは、私の頭をやさしくなでてくれました。

私が計画を持ってやってきたのだ――しかも、今こそ逃げるチャンスなのだ――とわかってもらえると、話はかんたんでした。ふたりとも手足をついて戸口の下を這って、私について外に出てきてくれました。

一番危険なのは大型のネコ科の動物たちだ（えものがいるとなると、ほかのどんな動物よりもじょうずに、あとをつけてきます）ということは、私と同じようにエベルにもわかっていました。

そして、エベルはとてもかしこいことをしました。ガザに小屋の外で私といっしょに待っていてと言うと、エベルは小屋のまわりをぐるりと走って、あらゆる方角へ少しずつ走りだしたのです。場所のあちこちに自分のにおいをつけて、トラたちがあとをつけようとしたときに混乱させようというわけです。それがすむと、エベルはすぐもどってきました。それから、私たちは出発しました。

ベリンダと取り決めておいたように、私はふたりを東へ連れ出しました。しかし、ざんねん！　一キロ半も行かないうちに、前方の空が、うっすらと白んできて朝の訪れを示しているではありませんか。おそらくは、キリンたちも、ありもしない米さがしをやめて、とっくに小屋にもどってきていることでしょう。そして、もう今にも、動物たちみんなが、私たちの逃亡のことを知ってさわぎだすでしょう。

私の心配は、さほど、はずれていませんでした。やがて、よろけながら、あわてて前に進むうちに、うしろの遠くのほうから、オオカミのうなり声と、ハイエナのほえ声が聞こえてきました。私たちが逃げたことが、ばれたのです。

小屋を出る前に、においをつけまくって、にせの手がかりを残してくれたエベルは、ほんとにかしこかったと思いました。というのも、それで追っ手が混乱していなければ、私たちはあっという間につかまっていたにちがいないのです。メスのトラは、東にむかった私たちのほんとうのあとを見つけるまで、まちがった方角へ何度も飛び出していって、ずいぶん時間をむだにしたことだろうと思います。

さて、このころには、水が見つかっているはずだと期待していたのですが、水は見つかりません。ベリンダの忠告にもかかわらず、私は最後に探検したときから、どれほど水が引いてしまったのかさっぱりわかっていなかったのです。あたり一面、平らな地面が広がるばかりで、どこにも水が見あたりませんでした。

ふいに、うしろから、ライオンのほえ声が初めて聞こえました。いっしょに狩りをしているほかの連中より、一歩早くやってきたのです。そのおそろしい声を聞いて、かわいそうなガザはエベルにしがみつき、どこかかくれ場所をさがしてと、たのみました。

実は私自身、かくれ場所をさがそうと考えはじめていたところでした。かくれてうまくいくとは思えなかったものの、それでも、においをかぎつけられてしまった今となっては、このひらけた土地で敵から逃げきる希望はありませんでした。

私は、根こそぎたおれている大きな木によじのぼって、岩場かほら穴――友だちをかくしておける場所――はないかと、あちこちを見まわしました。そういうところで、ベリンダの助けが来るまで――あるいは、ゾウが、足の速いトラたちに追いついて追い払ってくれるまで――少なくともふたりを守っていられるかもしれないと思ったのです。ゾウに助けられると、ふたりは奴隷として畑仕事をさせられることになります。しかし、少なくとも食べられるよりはましです。

とつぜん、ガザが悲鳴をあげて、西のほうを指さしました。そこに、地平線のむこうから見えてきたのは、まさにネコ科の大型動物たちではありませんか。メスのトラを先頭として、全速力で走ってきます。エベルは、岩をひろいあげて少女の前に立ちましたが、もちろん、これほどの敵を相手に戦うなど(先頭の集団だけでも二十四頭はいるでしょう)、狂気の沙汰《さた》です。

私はとほうに暮れてしまって――とにかくふたりを遠ざけたいという以外、なんの計画もなく――木から這いおりて、エベルについてくるように合図して、よろよろと先へ進みました。」

どろがおは、少し口をとざしました。例のやさしそうな、にっこりとした笑いが、その年とった顔に浮かびました。

「よ、ろ、よ、ろ、と、という、のは、ほんとにそのとおりでした。」やがて、どろがおは言いました。「あんなにめちゃくちゃに走ったことは、生まれてこのかた、ないと思います。私はつまずいたり転んだりして、百回も鼻を地面に打ちつけました。トラたちのうなり声とほえ声が、刻一刻と近づき、大きくなってきました。私は、この人間たちの運命はもうおしまいだと、本気で思いました。

トラたちのはるかうしろのほうから、ゾウの声が聞こえてきました。トラたちに、止まれと呼びかけています。しかし、革命が起こっていたので、トラたちはゾウの命令など、もはや気にとめませんでした。私が肩越しにちらりとふり返ると、あの野蛮なメスのトラが、ほんとにものすごい速さで私たちのほうへ飛ぶように走ってきているのが見えました。トラの夫も妻のとなりで、走っています。ライオン夫婦もすぐうしろにいます。

ほかにどうすることもできないので、私はよろよろと前へ進み、ふたりのおびえた若者たちに、息を切らしながら、はげましのことばをかけました――けれども、私の心には、ほんとうの希望などなにも残っていませんでした。

やがて、メスのトラが、そのいまわしいつめでえじきをつかもうと思えばつかめそうなところまで来て、私たちのことをあざけり、笑いかけました。私がつまずいたり転んだりするたびに、私のことを『のろまのあほう』などと呼ぶのです。

しかし、トラが、あざけり――笑ったのは――早すぎました。私の不運が幸運に変わるときは、もうすぐだったのです。」

第四章　ゾウ帝国の崩壊

「私が完全に絶望した最後の瞬間――目の前で、少年少女がずたずたに引きさかれるのを見るのだと思ったとき――奇跡が起こりました。足もとの地面がとつぜん、くずれたのです。次の瞬間、なんと私は、沼のなかを泳いでいました！　四方八方、平らで、かわいた土地が広がっているように見えた場所は、ほんとうは大きな沼地だったのです。ちゃんとした水ではありませんでしたが、どろになっており、それだけでもずいぶんましでした。

エベルとガザは、すでに腰まで沼につかっていました。ふたりは、私の背中によじのぼりました。その重さのため、私はしずみはじめました――見えなくなるくらいに。ひとりは乗せられても、ふたりはむりなのです。

エベルが気づいて、すぐにおりてくれました。どろのなかへ逆もどりしたわけですが、どろのなかにエベルがいつまでもいられないことはわかっていました――エベルは、つかれきっていましたから。そこで私は、私の甲羅の肩に片手でつかまるように合図しました。この方法で、エベルのあごがどろの上に出るようにしておくことができました。こうして、少女を背中に乗せ、少年を引っぱって、私は沼地の奥へ進んでいきました。私は、さっとふり返って、うしろでくやしがってうなっているメスのトラに、どなってやりました。

『さあ、つかまえられるもんなら、つかまえてみな、このメス悪魔——どろんなかじゃ、カメみたいなのろまのあほうは、自由自在さ！　ここまでおいで、来られるもんなら！』

そして、信じられるでしょうか、ドリトル先生、」——またもや、どろがおの目には、あのにっこりとした笑みがちらりと浮かびました——「メスのトラは、頭にきてしまって、ほんとに私がやってみろと言ったとおりに、私たちのところへ来ようとしたんです。飛びかかるためにうしろにさがると、私たちめがけて沼地のなかへ飛びこみました。たぶん、ひとっ飛びで私の背中に飛び乗り、あっという間にふたりの若者を殺せる、とでも思ったんでしょうね。

ところが、すごいジャンプ力があるにせよ、このときばかりは、距離を読みまちがえました。バッシャーンというものすごい水しぶきをあげて、私の六十センチ手前に着地し、ぬかるんだ沼地にズブズブとしずんでいき、耳のところまでどろにつかりました。あのジャンプは、命知らずでしたね。深いどろのなかじゃ、トラは子ネコみたいに、なすすべがありませんでした。大きな前足がどろのなかで動けなくなりましてね。もがけばもがくほど、どんどんしずんでいくんですよ。

とうとう、トラの夫とほかの仲間たちが、くさりのようにつながりあって、かわいた陸地から手をのばして、少しずつメスのトラの大きな体をかたい大地へと引きあげました。しかし、ああ、なんというぬれねずみでしょう！　ご存じのとおり、ネコ科の動物はぬれたり汚れたりするのをいやがります。そして、その美しいしまの入った毛皮は、あんなに自慢の毛皮だったのに、頭からしっぽまでどろでぐしゃぐしゃになっていました。どでかい、おぼれたドブネズミのようでした。

こうして、私たちは、とにかく安全になりました――が、エベルにとっては、気持ちのよい状況ではありませんでした。ガザを背中に乗せたまま、私は沼のなかでゆっくりとエベルを引っぱりましたが、そのように進むのはエベルにとっては、おそろしくつかれることでした。私も、ベリンダの助けなしに、長い距離を進むのはむりだとわかっていました。

しばらくのあいだ、私は、どうして妻はすがたを見せないのだろうと、いぶかしく思っていました。どこに行ってしまったのか、見当もつきません。エベルの力が果てようとしていることも、見ればわかりました。私は、その場で動くのをやめて、しばらくエベルを休ませました。

一方、沼地の岸辺に、トラたちの群れが動いているのが見えました。連中はたがいに話していました――おそらく、次にどうしたらいいか相談していたのでしょう。

やがてゾウが到着して、止まれと命じたときに止まらなかったことをしかりつけ、ドシンドシンと足ぶみをしはじめました。この肉食動物たちは、しばらくたがいにひそひそしあったのち、とつぜん堂々と反抗してゾウにさからったので、ゾウはかなりびっくりしました。

『もう、おまえの言うことなど聞かないよ』と、メスのトラは、うなりました。『おまえは大きいけど、世界じゅうの動物のリーダーになるには、ばかすぎる。あたいが、おまえの代わりに選ばれたんだ。行っちまいな――命のあるうちに。おまえは、もう皇帝じゃないんだ。』

　すると、そのかわいそうな善良なゾウが、決してリーダーの器ではなかったことが、わかる事件が起きてしまいました。もちろんゾウは、サイやカバやほかの大きな草食動物たちが助っ人にやってくるまで、この裏ぎり者たちとおだやかに話をすべきだったのです。ところが、ゾウは、その鼻でメスのトラの耳をなぐりつけたので、トラはうしろにふっとんで、背中からたおれてしまいました。

　トラは、とつぜん、かんしゃく玉に変わったかのようになりました。私は安全などろのなかから見ていたのですが、トラはすっくと立ちあがると、かんかんに怒って、目がつりあがっていました。そして、ゾウに飛びかかると、めちゃくちゃにかみつき、ひっかき、ひきちぎりました。

ほかのネコ科の動物たちも参加しました。ゾウが厚い革のような皮膚をしていなければ、リボンのようにずたずたになっていたでしょう。それでも、やがて、あちこちから血がひどくたれました。ゾウは、トラやヒョウたちにおおわれるようになり、みんなの口は血で真っ赤になりました。それから、ふいにゾウはごろりと転がり、その巨大な体の下じきにして何頭かを殺しました。つぶされても、けがだけですんだ者たちは、ただちにほかの動物たちに食べられてしまいました。もはや自分の身を守れなくなっていたからです……。ガザは、その光景を見まいとして、目をおおいました。動物だけで運営される世界は、もはやこれでおしまいだと、私は思いました。

とうとう、ゾウが立ちあがり、残りの動物たちを体から払い落とし、痛みにうなりながら、全速力で逃げていきました。何頭かが追おうとしましたが、メスのトラが、追うなと命じました。

ゾウの帝国が崩壊したのです。そして、人間が動物に仕えていたという、世界史のふしぎな一章は、終わりをむかえたのでした。」

第五章　なつかしい友との再会

「教えてくれたまえ、どろがお君」と、先生は言いました。「ゾウが逃げさってから、人間はまた支配をして、いろいろなことを動かすようになったのかね？」

「そうではありません――と言うか、まだですと言うべきでしょうね、ドリトル先生」と、カメは、あくる日の晩に話をするために腰を落ち着かせながら言いました。

「もちろん、しばらくのあいだ、狩りをする動物の多くがメスのトラをリーダーとしていました。しかし、草食動物は、とにかくメスのトラに近づかないようにしていました――たいていは、こわかったからですが。

たとえば、オスのゾウは出ていって、ノアがいる田舎で、自分の妻といっしょになりました。そこから、のちにゾウ夫婦は、もっとよい食料をさがして、さらに遠くへさまよい出ました。

同じことは、結局、肉食動物にも起こりました。みんなは、あのメスの悪魔がえらそうに親分風を吹かすのにうんざりし、その野蛮な性格にも愛想をつかしたのです。

それから、ふたつめの革命が起こりました。動物たちは、尊敬できるボスを求めていたのです。恐怖やずるい手を使わずに、統治ができるボスを求めていました。ライオンはいいやつでした。えものを殺して食べますが、少なくとも正直でした。みんなはライオンを選びました。こうして、ご存じのように、ライオンは今日にいたるまで〝百獣の王〟と呼ばれているのです。

しかし、人間が世界を支配すべくもどってくることについては、それは、エベルが小屋から逃げだして何年もたってからでなければ起こりませんでした。

そして、のろまなカメである私は、その三つめの大革命を可能にするのに大いに貢献したのです。その当時は、人間の友だちを、だめになった世界の残酷な飢えから救うことだけに集中していたので、そのことに気づいていませんでしたが。

この最後の革命については、すぐにお話しします。とにかく今は、先生、エベルとガザの物語を、メスのトラがまだ動物王国の女王として、人間をみな殺しにしようとしているというところから話を進めますので、ご承知おきください——そして、狩りたてられた私たち三人は、どろのなかで、ベリンダが早く来てくれないだろうかと思いながら、待っていました。おわかりになるでしょうか？」

「ああ、だいじょうぶ、だいじょうぶだ」と、ドリトル先生。「それで、教えてくれないか、次になにが起こったんだね？」

「とうとうトラたちは」と、どろがおは、つづけました。「ばらばらになりながら、自分たちの陣営へ帰りはじめました。メスのトラがあんなにえらそうに肉を食べさせてやると約束したのに、みんなほとんど肉にありつけなくて、がっかりしていることが、すぐわかりました。

みんながすっかり地平線のかなたに消えてしまうと、私はすぐに、エベルとガザを沼から出して、かたい地面に置いてやりました。そのほうが、気持ちよく休めるからです。でも、敵が思いがけずもどってくるかもしれないので、私は沼地のはじからあまりはなれませんでした。

このころには、ベリンダのことがほんとうに心配になってきました。私がどんなに助けてもらいたがっているか知っているはずなのに！　いったい、どこへ行ってしまったんでしょう？

たそがれて、月がのぼろうというころになって、ベリンダはすがたをあらわしました。

『今までどうしてたんだい、ベリンダ？』私は、たずねました。

『ああ、あなた！』ベリンダは、ため息をつきました。『あのばかなキリンたちから、なかなか逃《のが》れられなかったのよ。小屋からじゅうぶん遠くまで、だまして連れていったんだけど、そのあとキリンたちからはなれるのに、もっと長くかかってしまったの。

例の野生の米が見つからない言いわけを次々に考え出さなきゃならなかったんだけど、何時間もあちこち引きまわしているうちに、うしろで警告のほえ声が聞こえたわ。あなたたちが逃げたことがばれたんだなってわかった。それで、あたしも、キリンをふりきって逃げなきゃいけない時がきたって思った。ところが、だめなの。あいつら、もっとしつこくあたしにくっついてくるの。こうなったら、あたしといっしょにいることにして、米を少しでも手に入れたほうがいいって言うのよ。』

かわいそうなベリンダは、ほとんど泣きそうでした。

『まあ気にするなよ』と、私は言いました。『とにかく帰ってきたんだから――そこんとこが、大切なとこさ。その女の子を君の背中に乗せて。私は男の子を運ぶから。もう出発しよう。メスのトラが、またいつやってくるかわからない。暗くなってきたから、おそわれやすいからね。』

乗客を背中に乗せて沼地を進んでいきながら、私はベリンダに、ゾウがたおされて、逃げたという話をしてやりました。

『でも、あなた、』私が話し終えると、ベリンダはたずねました。『この若者たちを沼地へ運んでいったりして、どういうつもりなの？　どこに置こうというの？　なにを食べさせるの？』

ベリンダはいつも三つセットで質問をするのでした――きっと、なんらかの答えをしてもらおうと三倍たしかにしようというのでしょう。私は、いつものとおり、一番答えやすい質問を選んで答えました。ベリンダは、ほかのふたつはきっと忘れてしまうのです。

「ふん！」と、ロンドン・スズメはうなりました。「そいつは、どろんこ君、よくわかる話だぜ。」

ベッキーは聞こえなかったふりをしましたが、先生がささやきました。

「しーっ、チープサイド！――もっと敬意を払ってくれんか。たのむよ。」

「『ベリンダ』と、私は呼びかけました。」（カメの声がつかれてきていたので、ぼくは時計をちらりと見ました。）

「『ふたりをかわいた土地に置いてやるつもりだよ――そこに着けばね――この沼地の反対側に。』

『だけど、反対側があるだなんて、どうしてわかるの？』ベリンダはたずねました。

『この沼地がこの世の果てだったらどうするの？　どうしてわかるの、あなた？』

『ベリンダ、』と、私。『わかっているわけではないが、前へ進むしかないんだ。トラたちから逃げるためには、こっちの方角に行くしかないんだよ。もし、しばらく行って沼地が海に変わったら、好都合だ。泳げるようになったら、旅は楽になり、速くなるからね。おいで。』

それで、しばらく議論はやみました。一晩じゅう、私たちはだまって旅をし、つかれた若者たちは私たちの背中で眠りました。私は、星をたよりにして、相変わらず東へむかっていました。そして、この体にまとわりつくどろのなかから、きらきら光る自由な空を見あげていると、またシャルバの町のことを思い出しました。

私は、牢屋《ろうや》となっていた池の水につかりながら空を見あげていた夜のことを考えました。あのころ、あちこちできらめく遠くの光が、とじこめられたさみしさの友だちになってくれたように思えたのでした。そして今夜の星々は、乾期にシャルバの動物園の上空に見えた星々とそっくりでした。

おわかりでしょう、先生。大洪水の前、今みたいな春夏秋冬はなかったんです。一年は、半分に分けられていて、乾期か雨期しかありませんでした。海があふれて津波となって、地下でものすごいゴッゴッゴッという音がして、大洪水といっしょにふしぎなことが起こった理由というのは——四十日ぶっつづけで雨が降ったからだけではなく——当時の地球の回転が変わったからだと言う動物に出会ったこともあります。しかし、ほんとうにそうなのかどうか、私にはわかりません。

とにかく、その夜、ベリンダといっしょにどろのなかをヌチャヌチャと進みながら、私は、えらそうなシャルバの町と、町があった場所はどうなってしまったのだろうか——水にしずんでしまったのか、それとも水の上にあるのだろうか——と、また考えはじめました。

夜が明けてきて、真っ平らな沼地の風景にも変化のきざしが見えました。霧が前方のあちこちに出てきました。私の背に乗ったエベルが寝返りを打って、眠りながらなにかつぶやいたとき、夜明けの冷たい風が沼地の上をパッとかけぬけました。私は、その風のにおいをかいで、妻をふり返りました。

『ベリンダ』と、私は言いました。『湖に着いたようだよ。前のほうに、大きな水面があちこちにあるだろう。ほら、流れていくもやともやのあいだで、灰色の光が水面にきらめいて、おもしろいよ。ほんとに大きな湖に近づいたのだとしても、私はおどろかないね。』

『どうして湖だとわかるの？　海じゃないの？　どろばっかりの地の果てまで来ちゃったとしたら、どうするの？』ベリンダは、たずねました。

『ベリンダ、』私は、うんざりして言いました。『それがなんであれ、私は前へ進むんだ。引き返すことはできない。これから行くところは、湖だと私は思うよ……たのむから、もう質問しないでくれ！』

少しずつ、どろは、およげるほど深い水に変わっていきました。そして、太陽がすっかりのぼってしまうころには、私たちは、広々とした水のまんなかにいて、東のほうには、陸地はまったく見えませんでした。私たちは、大きな湖か海のまんなかまで出てきていたのでした。

『この水、塩からいわ』と、ベリンダ。

『わかるもんか。』私は、パッと言い返しました。一晩じゅうどろりとしたどろのなかを進んできて、私はちょっといらいらしていたんです。（それに、エベルの体重は、決して軽くありませんでしたし。）

『たとえ君でも、その点ははっきり言えないよ、ベリンダ』と、私は言い直しました。『今じゃ、どこの水も、ある程度は、しょっぱくなってるんだ。海と川がごっちゃになってしまったからね。この水そのものだって、自分が淡水か海水かわかってないと思うよ。川といったって、どこから流れているか、半分はわからなくなっているし、残りの半分はこれからどこへ流れるかわからないでいる――まったく、大洪水っていうのは、めちゃくちゃだよ。』

『それは、まあそうね。』ベリンダが、ぶつぶつ言いました。『そしてこの大洪水は、あなたの頭をちょっとおかしくしてしまったんじゃないかしら。』

『そうかもしれない』と、私は言いました。『あ――でも、足が動かせるようになって、水が深くなって泳げるようになったのは、ほっとするね？』

『そうね』とだけ、ベリンダは言いました。

しかし、そんなベリンダでも、その日の午後、なつかしい友だちのワタリガラスにばったり会ったときは、ぶつぶつ言うのをやめて陽気になりました。ワタリガラスは、水面すれすれのところを、反対の方角へ飛んでいくところでした。ずいぶんひさしぶりでした。私の甲羅にとまったので、私はトラ革命の話をしてあげ、どうして今逃げているのかを説明してあげました。

『ふん！』と、ワタリガラスは鼻を鳴らしました。『ゾウさんは、そりゃ、かわいそうなことをしたね——それなりに、いいやつだったんだけどねえ——生まれつきのリーダーじゃなかったにしても。でも、ほんと、あのでかいしましまのネコちゃんは、ゾウさんよりも事態をひどいもんにしちまうだろうよ……よう、エベル！　……元気かい、ガザ？』

エベルとガザは、それがワタリガラスからのあいさつなのだろうと思って、ワタリガラスににっこりしました。

『すごいじゃないの、おいらの言ったこと、通じたよ！』ワタリガラスは、得意げに言いました。『こっちは、人間のことばをずいぶん使ってないから、きれいさっぱり忘れちまったけどね……。それにしても、おいらの今年の仕事は終わってくれて、やれやれだ！』

『仕事って？』ベリンダが、たずねました。

『そりゃあ、』とワタリガラス。『つがいの季節だからね。むかしは、楽なもんだった。

メスが卵をあっためて、オスは、近くの枝にとまって歌えばよかった――トラララ――トラララ――トゥィドルディー――トゥィート――おっと！』

ワタリガラスは、咳《せき》をして、歌うのをやめました。

『おいらの声は、悪くなってきてやがら。このじめじめした気候がいけないんだ。だけどね、カメさんよ、苦労してるのはあんたひとりだけなんて思ってるなら、おいらみたいに大家族の子どもたちみんなに食べさせるほどの虫を見つけてみろってんだ――もちろん、洪水の年には、念のために卵が余分に一個あったほうがいいだろ！　こっちまうのは、虫は洪水だといなくなっちゃうんだ。干し草の山んなかで針をさがすようなもんさ。

かみさんは、おいらのせいだと言うんだ。ちゃんと仕事もしないで、ほっつき歩いてるからだってさ。あの大雨からこっち、ほっつき歩いてるやつがいたら、お目にかかりたいもんだね。まあ、仕事は終わったし。ガキどもは、自分で勝手に飛びまわり、あっちこっちにぶつかってら。かわいいもんだ！　……だけど、ねえ、どろがお、これからどこへ行くんだい？』

『どこだっていいんだ――メスのトラから逃げられるならね』と、私は答えました。

『この水はなに、ワタリガラスさん？』ベリンダがたずねました。『海？』

『とんでもない！』黒い鳥は、しわがれ声で言いました。『これは、ただの湖さ。あと二、三時間このまま泳いでいったら、反対側の陸地が見えてくるよ。』

『反対側って、どんなところ？』私は、たずねました。

『たいしたとこじゃないな』と、ワタリガラス。『低くて、沼地だよ、どこまでも。でも、そんなこと言っても、今どきどこもひどいからね。しょうがないさ。おいら、魚をつかまえようとしてるんだけど――なんか食べなきゃいけないからね。でも、おいら、魚つかまえるの、へたなんだ――こんなにおぼれそうになったことないよ。シャベル顔のペリカンがここにいて、やりかたを教えてくれたらいいんだけどなあ。もうずいぶんごぶさたしちゃってさ。』

『じゃあ、海は、どこなの？』ベリンダがたずねました。『これが、湖でしかないなら？』

『うん』と、ワタリガラス。『この湖の一番遠くにある岸のあたりに、外へ流れる小川がある。水にしずんだ大きな森のなかを流れている。木々はみんなくさってる――けど、まだ立っているんだ。ゆうれいみたいにね。ぞっとする場所だよ。その流れを追っていけば海に出る。できたてほやほやの海だ。おいら、そこから来たところなんだ――海がものすごく大きく見えたから、岸のところで引き返してきた。だけど、反対側には、もっと大陸があるんだろうと思うよ――だれか行って見てきてやろうってやつがいれば、わかるさ。いったんそこへ着いたら、もうだいじょうぶだろうね。あれだけでかい水は、どんなトラにも渡れないよ。賭《か》けてもいい。』

私たちの旅の道連れは、水だらけになった大地の悲しい風景をひとりさびしくさまよったすえに私たちに会えたのが、ほんとうにうれしそうでした。しばらくは、ひとしきり、自分が見てきたものについて、おしゃべりをつづけていました。そして、とうとう私たちは、いっしょに旅をしないかと聞いてみました。ワタリガラスは、ちょっと考えてから、こう言いました。

『そいつは、まったく悪くない考えだね――今となっちゃ、ほかの動物といっしょに行く気もしないし――あのいやな、怒りっぽい、ばあさんネコが親分をやってるかぎりはね。あのこっそりと、ひとのことをのぞきまわるトラには、がまんができないね――あっちも、おいらのこと、きらってるし……そうだね、いっしょに行くよ。おいらたち、前もいっしょに旅して、ずいぶんうまくいったしな。』

そこで、ワタリガラスは私たちの道連れとなって、ふたたびいっしょに旅をすることになりました。この湖の広大な水の上では、ベリンダも私も、再会できたおしゃべりな友だちであるワタリガラスがいっしょにいてくれると、なんだかとっても希望が出てきて、安全な気がするのでした。」

第六章　ジャンガニカ湖の名前の由来

「太陽が西にしずもうとしていたとき、私たちはついにむこう岸に着きました。ここでも、陸地を旅することはたいへんでしたが、止まったりはしませんでした。月とワタリガラスをたよりにして、さらに内陸十キロのところの、かたい大地にたどり着くまで、まっすぐがんばって進みました。

そしてとうとう、私たちは乗客を背中からおろし、自分の足で歩かせてあげることができました。荷物をおろせて、ベリンダと私は、なんとほっとしたことでしょう！あまりにもつかれ果てた私たちは、きちんとしたキャンプの用意をする余裕もなく、たちまち寝てしまいました。

けれども、あくる朝、いつでも問題になるあの食料問題で、またこまってしまいました。エベルとガザは、この二日間なにも食べていません。ですから、私は引き返して湖の底をさがしてこようと思いました。もしうまくいけば――もう一度、人間たちのすみかを見つけ、若者たちに食べ物を取ってこられるかもしれません。

おどろいたことに、湖の底は、どろではなく、砂利でした――少なくとも、そのときは。そして、私が鼻をつっこんだその広大な水のまんなかの下にあったのは――想像もつかないものでした。それは、私がかつて入っていた池の牢屋《ろうや》の、曲がってねじれた鉄格子だったのです！　ついにシャルバの町をさがし当てたのです！

そして、ドリトル先生、目の前にごらんになっているまさにこの湖こそ、そのときシャルバの町が見つかった、そして今もシャルバの町をおおいかくしている、その湖なのです。

その鉄格子のひっかき傷すべて、ペンキのはげたところすべてを私はよく知っていました。水のなかでその鉄格子のにおいをかいでいると、囚われの身だった、つらい不幸な日々のことが目の前にさっとよみがえってきたのは、ふしぎでした。鉄のにおいは、シャルバの残酷な王マシュッに対する嫌悪を私の心によみがえらせました。

私は、鉄格子をはなれて、公園を横切って、宮殿のくずれた門をぬけていきました。そして、大理石と斑岩《はんがん》でできた静かでりっぱな広間に入ると、頭をのけぞらせて、笑いました。

『こうして』と、私は言いました。『マシュッ王は死ぬ！　だが、カメのどろがおは生きつづけるのだ！　さあ、地下貯蔵庫へおりていって、王の奴隷だった者たちに、王の食べ物を持っていってやろう！』

私の運は、悪くありませんでした。世界じゅうから取りよせられたごちそうや珍味が、たくさんありました。しかし、まだ食べられるのは、びんづめにされたものだけでした。

私は、中くらいの大きさのびんをとり――なかになにが入っているかもわからないまま――水面に泳ぎあがって、岸へ運びました。私たちが一晩をすごしたキャンプ場までの数キロ、それを運んでいくのは、かなりたいへんでした。

腹ぺこのエベルとガザは、よろこびのさけびをあげて、びんのふたをあけにかかり、しばらくして、あけることができました。なかには、香料をつけたナツメヤシのシロップづけが入っていました。中国から取りよせた珍味です。

『ジャンガ！』と、エベルが手をたたいて言いました。つまり、それがナツメヤシを意味する、エベルの国のことばというわけです。

『ニカ、ニカ！』ガザが、エベルにむかって首をふりながら、笑いました。ガザの国のことばでは、ナツメヤシは、そう呼ばれるのです。

『ジャンガニカ！』

ふたりは、いっしょにさけぶと、そのくだものを、飢えた口いっぱいにほおばりました。こうして、このことばは、ナツメヤシの名前であると同時に、それが見つかった湖の名前となったのです。そして、今日にいたるまで、人は、ここをジャンガニカ湖と呼ぶようになりました。

新鮮な食べ物はないかと、あたりを調べてみましたが、人間や動物が食べられるものは、なにも――まったくなにも――ありませんでした。

そこで、私たちはワタリガラスに、前に言っていた川を通って海岸まで行くには、どれほどかかると思うか、たずねてみました。一週間だろうと、ワタリガラスは言いました。

そんなに長い旅をするためには、若者たちを少し休ませておかなければならないとベリンダは考えました。そして、私が宮殿の地下貯蔵庫まであと数回行って、できるかぎりの食べ物を取ってくることになりました。

私ひとりきりで、びんをひきずってくるのは、つらく、時間のかかる作業で、しかも取ってこられるのは少量でした。というのも、私が水の下へもぐっていくときは、かならずベリンダに若者たちの護衛についてもらったからです。こうして、一週間すべてを使いきりました。海の旅に出発したあとで食料が手に入ることがあるのか、わかりませんでした。

母のようなベリンダは、もちろん、たとえ海に出られたとしても、人間が食べるものは見つけられないかもしれないと心配して、ワタリガラスや私を大いにこまらせました。しかし、ワタリガラスは、ふつうの海岸なら、海の魚をとる海鳥をつかまえることができるはずだから、少なくとも魚をとってもらえるはずだと言いました。

しかし、いよいよ出発できるという段になって、もう一度、この荒れはてて食べるものとてない世界で、私たちにおそろしい危険がせまってきました。ある日——それは、たしか、日曜——」

「すみませんが」今度、物語を中断したのは、臆病《おくびょう》なサルのチーチーのていねいな声でした。「何曜日かは、けっこうです、気にしないで。どうか、なにが起こったのか、教えてくださいませんか——すみませんね。」

「ああ、もちろんです」と、カメは答えました。「とにかく、それは、私たち全員が食べ物をさがしに出かけているときのことでした。私たちは、まわりのかわいた土地が湖の岸辺のどろの湿地に変わるあたりを一列縦隊で進んでいました。たまたまガザが先頭でした。とつぜん、ガザが悲鳴をあげました。みんなが急いでかけつけてみると、ガザはふるえる手で、やわらかい地面についたあとを指さしています。

それは、巨大なトラの足あとだったのです！

『あのメスのトラだわ！』ガザは、ガタガタとふるえる歯のあいだから、ささやきました。『ここまでつけてきたのよ！』

『どうやってあの湖を渡ることができたのかしら？』ベリンダがたずねました。

『どうやってかなんて、どうでもいいよ。』ワタリガラスが、しわがれ声を出しました。『やつは、ここにいるんだ。あの足あとにまちがいはない。あすはまだ海岸に出る計画じゃなかったけれど、こうなると計画変更だ。すぐに出発しなければならない——それに、海岸に着いても、そこで砂のお城なんか作ってる場合じゃなくなった。進みつづけなきゃ。海を越えるんだ——食べ物や、船のことも気にしちゃいられない。これまでもなんとかやってきた。また、なんとかやるしかない。でも、おいらが見たあの大海原に出てしまえば、どんなトラだって、追っかけてこられやしないさ——元気に出発しようじゃないか、みんな!』」

第七章　巨人たちの墓場

「それから、とにかくもう大急ぎに急ぎました。質問したり、議論したり、心配している場合ではありません。ベリンダさえ、だまっていました。これまでどう逃げようかと考えてきたのは私たちカメでしたが、こうなると、なにもかもワタリガラスの言うとおりにすることにしました。どうするかをワタリガラスが言い、私たちはそれにしたがうのです。それまで住んでいたすみかにもどりたいと言う者はいませんでした——毛布や、若者たちが持っていたほんのちょっとしたものも、取りに帰っている場合ではありませんでした。ワタリガラス司令官の命令どおり、私たちはとにかく出発して、ただちにワタリガラスの言っていた川をめざしたのです。湖から海へ流れこむ川を。

もちろん、メスのトラとその人食いの仲間たちが、においをかいで私たちを追ってくるだろうとは思いました。しかし、ワタリガラスがあのどろについた大きな足あとを見てからの動きが早かったので、やつらが私たちを見つけることはありませんでした。ものすごいいきおいで逃げていたので、トラたちには追いつくことも追いつめることも、できなかったのです。ワタリガラスは、私たちにどんな危険がせまっているかを知っており、あの川への近道を知っており、とりわけ、いったん水のなかを進めば、どんなトラもにおいをたどって追ってくることはできないと知っていたのでした。

さて、私たちは例の川に着きました——私たちのよろこんだことといったら！　私たちがたまたま着いたあたりでは、川が氾濫《はんらん》して広がって流れていました。私たちは若者たちをふたたび背中に乗せ、ただちに急流に飛びこんで、下流をめざしました。一方、ワタリガラスは、岸のくさった木々のあいだを行ったり来たり飛びまわって、うしろから敵が来ないか、前に危険はないかと、するどく目を光らせてくれました。最初の数キロは、強力な流れに身をまかせていればよかったので、楽に進めました。しかし、さらに行くと、川にはどこへ行くのかわからない支流がたくさん出てきて、ワタリガラスに道を教えてもらわなかったら、ぜったい道に迷っていたことでしょう。

これが、かわいそうなエベルとガザが、メスのトラから逃げるためにおこなった最後の旅でした。つまり、これきり二度とメスのトラを見ることはなかったのです。それでも、あの旅は、人間が経験したなかで最悪の旅だったと思います。

旅はぜんぶで七日かかりました。湖から海への道筋は、ドリトル先生が海からこの湖までいらっしゃったときの道筋のほぼ逆です。でも、ああ、そのとき、このあたりは、すっかりちがっていました！

ワタリガラスが死んだ森と言っていたあたりへと進んでいくと、主な流れはどんどん細くなっていき――さらに細くなり――最後には、だれも泳げないような、どろ水が少しあるばかりとなりました。

しかもときどき、巨大な流木が岸と岸のあいだにつっかえていて、通れなくなっていることもありました。そうなると、私たちは乗客をおろし、その障害物をくぐったり、またいだり、あいだをぬけたり、ぐるりとまわったりするなどの方法が見つかるまで、待っていてもらわなければなりませんでした。ワタリガラスがこのあたり一帯を〝死んだジャングルの国〟と呼んだのも、納得のいく話でした。

先生、私たちがなんとか海へ出ようとして必死に通りぬけていた、あの水没した森の気がめいるような暗さをお伝えすることは、とうていできません。ものすごい大きさの木々がまだ立っているのですが、どれも、枯れていて、やせおとろえ、葉っぱもなく折れていました。ほかの場所では、すっかりたおれたり、たがいに寄りかかってごちゃごちゃにからまりあったりして、まるでとんでもない帆柱が重なって天高くそびえる壁となっているかのようでした。

そして、こうした死んだ植物は、ひどいアフリカの熱気のなかで、蒸気をあげ、くさって、悪臭を放っていました。まさに巨人たちの墓場です。かつては、ここは緑のすてきなところで、色鮮やかなオウムや、きらびやかなチョウがいて、ランが明るく咲きほこっていたのですが。

鳥も、どんな動物も、見あたりませんでした。これまでいつも命でいっぱいだったジャングルで、命が止まってしまったのです。

七日間というもの、人間の友だちに食べさせるものは、かけらも見つかりませんでした——ただ、海水と淡水のまざった、にごった、いやなにおいのする水ばかりがありました。流れがかすかになって、どんなにゆっくりであろうと前へ進むのさえむずかしい場所も多く、エベルとガザも——おなかがすいて、つかれきってはいても——歩いてもらわなければなりませんでした。ワタリガラスは、木々の高いところから見張りをしました。というのも、どこかの肉食動物たちの群れと、ひょっこりはち合わせしないともかぎらないと、まだ心配していたからです。

あるときベリンダが、私に近づいてきて、ささやきました。

『あなた、あの子たち、これ以上はもたないわ。少し休ませてあげて、そのあいだに私たちのだれかが、食べ物がないかさがしてきたらどうかしら？』

しかし、私は、こう答えただけでした。

『ワタリガラスにまかせるんだ、ベリンダ。あいつは、いいリーダーだよ。』

とはいえ、私自身どんなに希望をなくしていたかは、だまっておりました。

ところが、やっぱり一時間かそこいらで、ガザがつかれきって気を失って、どろのなかにたおれてしまいました。私がガザを正気にもどそうとしていると、妻がやってきました。私は妻にエベルを見つけてくれとお願いしました――エベルは、かつて、おぼれ死にしそうな人間を生き返らせてみせてくれたからです。

十分もしないうちに、たおれた木々がもつれあっている反対側から、妻が私に呼びかけるのが聞こえました。

『ここよ。エベルを見つけたわ。死んでるのかどうかわからないけど――とにかく気を失ってるわ。あなた、来て。エベルが起きてくれないのよ！』

私はそこへぐるりとまわってかけつけました。少年は、たおれた丸太の上につっぷしていました。どんなにゆすっても、生きているしるしを見せてくれません。私は自分の耳をエベルの胸に当て、規則的なドキンドキンという心音を聞きました――とてもゆっくりで、かすかですが、聞こえています。

『えらいぞ、エベル！』私はつぶやきました。『君はタフだ――君はタフだよ、ありがたいことに！　――ベリンダ、ここにワタリガラスを連れてこなきゃ。』

『先の下流にいると思うわ』と、妻。『でも、ここに連れてきてなにができるというの？　ああ、あなた』と、妻は泣きました。『この子たちを海へ連れ出すなんて、むりなのよ！　太陽は燃えつきて、大地そのものが死に果てようとしてるんだもの。』

『ワタリガラスがどう言うか、聞いてみようじゃないか。』

私はそう答えると、頭をのけぞらして、オウムの鳴き声をまねしました――危険なときの合図として、取り決めておいたのです。音は、葉のない木々のこずえをぬけて、下流へひびきわたりました。すぐに、同じような合図が返ってきました。二分後に、われらが案内役は、私たちの足もとにパタパタとおりたちました。

いつもはおしゃべりのワタリガラスが、このときばかりは、だまりこみました。ワタリガラスが若者それぞれを見ながら、こいつはまずいことになったと感じていることが、わかりました。

『おいらのせいだ。』とうとうワタリガラスは、重々しく、しわがれ声で言いました。『急がせすぎたんだ。食べ物もないから、できるだけ早くこの旅を終わらせたほうがいいと思ったんだけど。それに、あたりに、ようすを教えてくれそうな鳥が一羽もいなくって、なおさらむずかしいことになった――もっとも、こんなひどいところからいなくなったからって、鳥を責めるわけにもいかないがね。』

『だけど、どうしたらいいの？』妻が、またどっと泣きながら、たずねました。『こんなにがんばってきたのに、ふたりをみすみす死なせるなんて、できないわ！』

『ああ、ちょいとお待ち』と、ワタリガラスは、やさしい声で言いました。『まだ、あきらめちゃいけないよ、おくさん。海岸に着きさえすりゃ、この子たちは、だいじょうぶだ。反対側の海岸まで、海を越えていくのは長旅になるが、ずっと楽にできるはずだ。ここは、ひどいところなんだ。この死に果てたジャングルは。そんなことは承知していたんだがね――だけど、前もってそんなことを話して、あんたがたをがっかりさせてもしょうがないだろ？　今、おいらたちにできるせいいっぱいのことは、この子たちをここで休ませてやることだ。そのあいだに、おいらひとりで海岸までひとっ飛びしてくるから。あっちには鳥が住んでる。きっと魚もとれるよ。食い物を持ってどれくらい早くもどってこられるかは、わからないけどね。たぶん、あんたがたが思ってるほど、かからないよ。だって――ふしぎなことだけど――あの木のてっぺんで、空気が変わってきてるのを感じたんだ。ひょっとすると海からしめった風が吹いてるのかもしれない。とにかく、河口からそんなにはなれちゃいないって思うんだ。』

そう言うと、ワタリガラスは、青黒いつばさをパタパタと動かして、がいこつのように骨ばかりのジャングルをぬけて、天高く飛びたっていったのでした。

『さようなら！』ワタリガラスは、さけびました。『気を落とすなよ。まだ、負けたわけじゃないさ。』

第八章　ベリンダの心変わり

「落ち着かない心で、ベリンダと私は、ワタリガラスが消えていくのを見守りました。また私たちふたりっきりになってしまったのです――しかも、どうしようもなく具合の悪い若者たちのめんどうを見てやらなければなりません。

私たちは、川岸にほら穴のようなものを見つけ、そこへエベルとガザを連れていきました。その入り口付近に、まだのっそりと水が流れていました。それから、大きなかわいたヤシの葉を何枚も重ねて、水をすくってふたりにかけてあげたり、あおいであげたりしました。

しかし、そんなことを何時間つづけたところで、ふたりは相変わらず、ぴくりとも動かず、生きているとは思えませんでした。

『むだだわ』と、妻は言いました。『それに、ワタリガラスが帰ってきて――生魚をくれたとして――いったいなんになるでしょう？　意識がもどらなければ、食べさせることすらできないわ。たしかに、暑さのなか強行軍でやってきたのがこたえたんでしょうけど、一番の問題は、飢えよ。』

もちろん、それはそのとおりでした。しかし、次に妻が言ったことで、私は息が止まるかと思いました。

『どろがお』と、妻は、うちわを取り落として、すすり泣きました。『このままここで、このりっぱな人間たちが死んでいくのを見ているなんてできないわ……あなた、あたし――あたし、行くわ……すべてが終わるまで。』

それから、妻が背をむけて、ゆっくりと歩きさっていくので、私と若者たちをすっかり見捨てることにしたのだとわかりました。すると、ふいに、なにか絶望的な怒りのようなものが、私のなかで、にえたちました。

『待て、ベリンダ！』私は、どなりました。『止まれ！　以前にもガザの命はないと絶望したことがあったじゃないか。それでも、がんばって、やってきたじゃないか。がんばるんだ。命令だ！』

『この子たちが死ぬのを見てるなんて、できないわ、あなた。』妻は、泣きべそをかきました。『ほんと、むりよ。』

妻がさらに森のなかへ入っていくのを見て、私の心はふたたび落ちこみました。これほど、どうしようもなく自分が無力だと感じたことはありませんでした。

『ベリンダ。』私は、うしろから呼びかけました。『私に君を止められないことは、君もわかってるね。でも、私がこんなにも君の助けを必要としている今、私をひとりにしていくなら、君は一生、それを後悔することになるよ。』

それを聞いて、妻は止まりました。どうしてだかは、わかりません――女というのは、ふしぎな生き物です――ゆっくりとむきを変えると、もどってきました。そして、二歩と歩まぬうちに、ハマグリが六つほど、空からパラパラと降ってきて、私たちのあいだの、どろだらけの地面に落ちました。

妻も私も、空を見あげました。私たちのほら穴の入り口近くに、背の高い、葉のないマホガニーの木が立っていました。そのてっぺんの、はだかの枝に、二十か三十羽ほどのペリカンが集まっていました――大きなシャベル形のくちばしには、あふれるほど魚がいっぱいです。

この奇妙な鳥たちにまじって、ワタリガラスがいるのがすぐわかりました。ワタリガラスは、さっと私たちのところへおりてきて、しわがれ声で言いました。

『よう、元気かい？　子どもたちは、どんなだい？』

『相変わらずだよ』と、私。『できるかぎりのことはしたけど、まだ生気がもどってこないんだ。』

『ふむ』と、ワタリガラス。『なんとかして起こさなきゃね。意識のない口に、火を通してない魚を押しこんでも意味ないからね――生魚しかなかったんだ――それに、この際、お上品にやってる場合じゃないよ。ひっぱたいて起こすんだ。それしか方法がなければ。』

そこで私は、まずエベルから、ヤシの葉のやわらかい茎で顔をひっぱたきはじめました。ワタリガラスは、ペリカンの一羽に合図して、もっとハマグリを持ってこさせました。それから、ベリンダに指図して、ハマグリを口で割らせて、ハマグリの汁を二リットルほど用意させました。

私はかわいそうなエベルを十五分ほど、びしばし、情けようしゃなくたたきました。すると、エベルの血が通いはじめたようで、やがて、ひどいことをしないで、とかなんとか、夢うつつでつぶやきました。そこで私は、両の前足をエベルのわきの下に入れて持ちあげて、すわらせ、エベルの歯がぬけ落ちるのではないかと思えるまで、ゆさぶりました。すると、エベルは、ふらつきながらのっそりと立ちあがり、私に、はむかおうとしました。

『これでだいじょうぶ』と、ワタリガラスが、ぴしゃりと言いました。『さ、女の子にも同じようにしてやりな。ふたりとも、ハマグリの汁が飲めるように、目をさましてもらわなくちゃいけない。』

やさしいガザに、こんなことはしたくなかったのですが、命令は命令です。ガザをたたいて、六、七本のヤシの茎を折ってだめにすると、ガザも目をさましました――

そして、逃げようとしたのです！　もちろん、弱っていたので、すぐにたおれてしまいましたが。

　しかし、ふたりが意識をとりもどしてくれたので、事はずっと楽になりました。ベリンダは、ハマグリの汁をふたりの口のなかへ流しこんでやり、ふたりはごくごくと飲みました。

　ふたりの若者が、食べて休むことで、めきめきと回復するようすは、すばらしいものでした。ふたりはたがいに話をし、ほほ笑みあいました。もう一度ふたりは、まさに死につかまりながらも、助かったのです。

　私はしあわせでした――ふたりにとっても、自分にとってもうれしかったのですが、なによりもベリンダにとってよかったと思いました。つまり、考えを変えて、私たちを見捨てなくてよかったということです。もし、あのひどい瞬間に私からはなれてしまっていたら、妻はぜったい自分をゆるせなかったと思います。かわいそうな、母親らしいベリンダ！　また泣いていました――でも、今度は、ほっとして、うれし泣きをしているのです。

　数日後に、ワタリガラスは、『人間たちのようすを見ながらそろそろ出発しようか』と言いました。

『ねえ、どろがお』と、ワタリガラス。『もうすぐ旅が終わるとわかって、うれしかったよ。もうあと三、四日で海に出る——ゆっくり進んだとしてもね。』

それからワタリガラスは、ペリカンたちに上空を飛んでついてくるようにと命じました。私たちは、ふたたび海への行進をはじめたのです。」

第九章　とうとう海だ！

その夜、先生の動物たちは、寝に行くとき、いつになくおしゃべりでした。

「どうやら、センセ」と、チープサイドが言いました。「どろがおじいさんのお話は、おしまいに近づいてるみたいですね――ありがてえや！……なつかしいロンドンを早くおがみてえもんだ！　医学博士ジョン・ドリトルセンセ、この霧ぶかい沼のまんなかで、あの大洪水前から生きてる物語野郎の話をどんだけ長いあいだお聞きになってるか、お気づきですか？」

「いや」と、先生。「だが、ともかく、聞く価値のある話だよ。」

「ティー、ヒー、ヒー！」と、白ネズミが笑いました。「チープチャイド、先生は夢中になると時間なんて気にちないのさ。」

「ああ！」とつぜんガブガブが、さけびました。「おうち！　考えてもみて！　――すてきなイギリス産の大きなカリフラワーのことをただ考えただけで！　ああ、おいしそう！　ぼく、アフリカの野菜には、ひどくあきちゃったよ。」

「なつかしいプリンスは」と、ジップ。「今ごろ、どうしているかなあ――子犬たちを訓練して――しっぽをなくさないような猟犬にしているのかなあ。おれだったら、そんな仕事、ごめんだけれどね。」

「ああ！」サルのチーチーがつぶやきました。「アフリカは、もちろん美しい国さ。でも、長いことはなれていて、むかしの友だちともごぶさたしてしまうと、好きなものもおどろくほど変わるんだよ。なつかしいパドルビーをまた見られるのは、すばらしいな。」

「そうかもね」と、オウムのポリネシアがぶつぶつ言いました。「もしあのひどいイギリスの気候さえなかったらね――雨、雨、いつだって雨だ！」

「ほんとのところは」と、フクロウのトートーが言いました。「ほんとのおうちというのは、仲間がいるところだよ。先生がいて、毎晩暖炉のまわりで先生のお話が聞けて、ゆったりして、お休みできる。そして――」

「ちょれから、いちゅもなにか、新ちいことが起きるんだ」と、白ネズミ。「ぼく、先生のおうちよりほかに住みたいとは思わないよ。たとえば――」

「あの台所の窓は」と、ダブダブ。「パテを新しくしなきゃいけないわ。マシュー・マグは、牢屋《ろうや》に入らないでやっているのかしら……。それに、おうちのおそうじといったら！　まあ、先生がおっしゃるとおり、『案ずるより――』」

という具合に、みんなは、おしゃべりをつづけました。たいていはパドルビーとなつかしいおうちのことでした。そうしているうちに事務所に着いて、ぼくは、ノートを床下の保管場所に安全にしまいました。それから、ぼくたちは、帰って寝ました。

「ねえ、スタビンズ君」と、先生は横になって、わらのまくらにパンチを入れて、形をととのえながら言いました。「チープサイドの言うとおりだと思うよ。どろがおの大洪水の物語は終わりにきている。あれのおくさんのベリンダが、われわれがここを出ていく前に帰ってきてくれるといいんだが。どろがおは、ひとりにしておくべきではない――リウマチがあんなに悪化しているんだから。」

ぼくも同じことを考えていたところでした。「ベリンダがここにいて気をつけてくれないと、ぼくらがいなくなったあとに、どろがおは、きちんと薬を飲まないでしょうね」と、ぼくは言いました。

「それが心配なんだよ」と、ドリトル先生。「まあ、とにかく、われわれはまだここにいるわけだし。いよいよ出発ということになる前に、きっと、ベリンダは帰ってきてくれるだろう。」

「先生は、湖の河口に近いほうでぼくらが見たあのぼろぼろになった建物のことを、どろがおにお聞きになるおつもりですか？」ぼくは、たずねました。

「聞くだろうね。」先生は答えました。「聞くと思うよ。だが、ノアの時代のことについて、どろがおから聞きたいことが何百万もあるからね。そこまで話をもっていく余裕があるかどうかわからんよ。いつも、そんなことになってしまう。質問できるときに、どんなにたくさん質問をしたところで——一番大切な質問を忘れていて、あとで気づいて、手おくれということになるんだ。まあ、とにかく、やれるだけのことをやろう、スタビンズ君。おやすみ！」

あくる日の夕方、どろがおは、話をこんなふうにつづけました。

「事態はかなり楽になってきました。若者たちの体力には、気をつけてあげなければなりませんでしたが、二日めが終わるころ、ベリンダがこう聞いたのです。

『地面が、ずっと、かたむいてきていない？　歩くのが、たいへんじゃなくなってきたっていうか——それとも、ただの気のせいかしら？』

『いや』と、ワタリガラス。『下り坂になってるよ。ここから先、なだらかにね。これは海の斜面だ。おいらたちは、高いところにあったジャングルの平原から、浜辺のところまでおりてきたんだ。枯れた木がまばらになってきたのに、気づかないかい？——生えてるのが、少なくなってきただろ？』

『そうね』と、ベリンダは、七日ぶりに、にっこり明るく笑って言いました。

そして、やがて川はどんどん広く、深くなっていきました。こんなことは、ドリトル先生にはたいしたことには思えないかもしれませんが、私にとって、足が底につかないで——つまり、ごちゃごちゃにからまった木々の上を越えたり、泣きたい思いで木々のまわりを這《は》いまわったりしないでよいというのは——いやまあ、こんなこと言ってもはじまらないですね？　泳げることのうれしさを理解してもらおうなんて、とてもむりでしょう。

くさりかけた森のおそろしく、よどんだ世界が、私たちのつかれて熱くなりすぎた体にまとわりつくこともなくなりました。きれいなにおいの海風が顔に吹いてきて、新鮮でした。

これからは気候もよくなると期待して、みんな前方に目をこらして、元気を出しました。やがて、川がどんどん広がって、きちんとした、すてきな湾になっているのがわかりました。ははは何キロもあります。

私は、若者たちに、背中に乗るように合図しました。そして、ベリンダと私は力いっぱいきれいな水をかいて、この自然にできた港——ファンティッポ港——を渡っていったのです。ワタリガラスは、前方を飛んで、岸辺の高い木にとまりました。なんて小さな点に見えたことでしょう！　でも、遠くに小さく見えたと言っても、ワタリガラスの低いしわがれ声が私たちに次のように呼びかけるのは聞こえてきました。

『前方に高波！　——砂州のすぐむこうは海岸だ。海の波が砂浜に寄せているのが見える。やったぞ、みんな！　ゆっくり来てくれ。もうだいじょうぶだ――海だよ、とうとう海だ！』」

第十章　船を造る

「もちろん」と、どろがおは話をつづけました。「カメが二頭に鳥が一羽、海を渡るぐらい、たいしたことはないでしょうが、弱った人間のめんどうを見てやらなければならないとなると、なかなかたいへんでした——なにしろ、これは、だれも渡ったことのない海なのです。今では、大西洋と呼ばれていますが、当時は、よろしいですか、できたてほやほや、だれも知らない海だったのです。

私たちがこれから先の長い旅のことを話していると、ワタリガラスが次のように言いました。

『こいつは、ちょいとめんどうな旅だぜ——細かなことまでぜんぶ準備しようなんてことをしてたら、ばかを見ると思うな。まったく！　なにをしようと、ぜったいびっくりするようなことが出てくるよ——思ってもみなかったようなことが。』

『そうだね、ワタリガラス君』と、私。『そのとおりだ。』

『まず手に入れなければならないのは、』と、ワタリガラス。『おいしい新鮮な水だ。

また雨が降るまで、とりあえず――それがないと海で生きていけない。次に、精がつく食料をたっぷり。ペリカンたちの話では、とちゅうに島があちこちにあるそうだ。その島で、食べ物はもっと見つかるだろう。海鳥がとちゅうまでいっしょに飛んでいってくれると約束してくれた。おいらたちが、もっとひどい目にあうといけないからってね。それから――とても大切なことだが――嵐にも悪天候にもたえるような船を造らなきゃならない。あんたがたがここでそれを造っているあいだ、おいらは、ちょっくら先へ行って、あんたがたがひと休みできる島があるか見てくるよ。どう思う？』

『いいと思うよ』と、私。

『よし。じゃあ、善は急げだ』と、ワタリガラス。『スピードが重要だっていう気がしているんだ――前に急いで失敗したことは、棚にあげるけどね。』

『今度は、あなたがいないあいだ、ちゃんとこの子たちのめんどうを見るわ』と、ベリンダは言いました。『ご心配なく。』

こうして、ペリカン二羽を連れて、ワタリガラスは飛びさりました。

そのすがたが見えなくなると、妻が言いました。

『あなた、まず食料を確保しましょう。みんなで狩りに出るの。エベルとガザが元気になって手伝ってくれたら、船造りはずっと楽になるわ。』

すぐに私たちはみんなで食料をさがしに出ました。このころまでに若者たちは――

私たちのことばを依然として話せないのですが――私たちの身ぶりで意味をよくわかってくれるようになりました。なにをしてほしいか身ぶりをすると、それがなんであれ、すぐわかってくれるようになったのです。

ふたりの元気も上むいて、この食料さがしのピクニックのときには、ずっと陽気にしていました。もうずいぶん体力もついたようです――空気が変わったせいでしょう。たしかに、私たちのあとから笑ったり話したりしながらついてくるふたりは、とてもすてきなカップルに見えました。

『今度はあまり一生懸命食べ物をさがしていないようだよ、ベリンダ』と、私は、肩越しにふたりをちらりとふり返りながら言いました。

『ねえ、どろがお』と、妻はささやきました。『飢え死にしているのでないなら、食べること以外にも大切なことはあるのよ――しぃ！　ばかね、あれはふたりが愛しあってやっていることよ。そんなにじろじろ見ないの！　あれは人間のやることであって、あなたには関係のないことなんだから。』

『まったくそのとおりだ』と、私。『あれは人間のやることだね。だって、カメはあんなふうに愛しあわないもの――海草を投げつけあったりするなんて。まったくおかしなことだ！』

海岸に沿って、私たちはいろいろな貝を集めました。集めた貝は、潮がやってこないところまで運び、あとで取りに来られるように、地面にうめてしるしをつけました。

海岸から少しさがったところに、あちらこちらに枯れた木がまだ立っており、その木の幹に、食べられるキノコがどっさり育っているのが見つかりました。これもまた集めました。

飲み水を運ぶための入れ物を作るのは、あまりかんたんではありませんでした。しかし、メスのトラから最後に必死に逃げてきたときに、幸いなことにエベルは例の石のナイフを持ってきていたのでした——ベルトにはさんでおいたのです。そのナイフで、アザラシを殺して、皮をはぐことができました。エベルは、わく組みにその皮を広げて、日なたに干しました。

『動物が殺されるのを見るのは、いやだわ。』ベリンダは、広げられた皮を、思いをこめてながめながら言いました。『でも、今度ばかりは、こうしなければいけなかったんだわ。飲み水を運ぶものがなくてはだめだもの。この皮を、がんじょうな草の糸できちんとぬい合わせれば、風呂《ふろ》おけ二杯分ぐらいの水は入るわ。さあ、船造りにかかりましょう。ワタリガラスは、すぐにも帰ってくるかもしれない。早く出航しようと、いらいらしてカーカー鳴くわよ。』

準備のなかでも、船造りが一番たいへんでした。私たちは、枯れ木の柱を使って、いろいろな船やいかだをたくさん造りました。でも、いざ海へこぎ出してみると、くるりとひっくり返って、飛びあがり、私たちの頭の上に落ちて割れてしまいました。そして、荒波が来ると、みんなばらばらになってしまったのです。ここでは、湖よりもずっと荒い波が来るのです。

船造りが軌道に乗ったのは、ワタリガラスが帰ってきてからでした。ワタリガラスは、こうした旅で私たちが使える乗り物は一種類しかないとすぐ説明してくれました。『枝をたばにしてアウトリガー（船の外に取りつけられた安定用の浮き材）みたいにするんだ』と、ワタリガラス。『まず、しずむことはないね。先のとんがった長い枝を使って、枝のたばをふたつ作ってくれ――そいつを砂浜にならべておくんだ。それから、たばの上にどっしりした横木を渡して、たばとたばをしっかりくっつけて、大きな平台を作るんだ。』

『なんでくっつければいいのかしら？』ベリンダがたずねました。『釘《くぎ》もないし。』

『なに、もちろん、樹皮から作ったロープを使うのさ』と、ワタリガラス。『何メートルもある長いのがいるよ。たばをまとめるのと、横木を固定するのとにね。あの若い連中はどこに行った？――あいつらなら、かんたんにやってくれるだろうよ。』

『えっと』と、私。『さっき見かけたとき、砂丘で追いかけっこをしてたよ――新しいゲームだね。どろを投げつけあってた。ベリンダが言うには、そいつは人間のある種の行動で、恋に落ちているしるしなんだって。だから、そっとしておきなさいって。』

『どろを投げつけあってるだと！』ワタリガラスは、怒って鼻を鳴らしました。『やらなきゃいけない仕事があるってわからないのかね――しかも、急ぎの仕事だ。すぐ近くの諸島にいる海鳥の話では、この季節、今日あすにも風むきが変わるかもしれないそうだ。そしたら、追い風じゃなくて、むかい風になっちまう――スピードは半減する。長い旅になるんだぜ――しかも、さらにむこうの島がどんなふうなのか、見当もつかない――なのに、あのガキどもは、どろを投げつけあってるだと！』

『だけど、あの子たちは、まだ若いのよ』と、ベリンダ。『ましなものが食べられるようになって、生まれ変わったみたいなのよ。』

『なにが〝生まれ変わった〟だ！』と、ワタリガラスはぴしゃりと言いました。『風が変わる前に、出発しなきゃならんのだ。悪いけど、すぐ連れてきてもらいたいね。』

そこで、私はさがしに出て、いかだを造る仕事があるからと、ふたりを連れ帰りました。

ワタリガラスは、ふたりのどろがかかった顔をちらりと見てから、私にふたりを連れていって、ロープを作ってほしいことを説明してくれと言いました。

ロープを作る樹皮がとれる木は、その湾の岸には一種類しかありませんでした。でも、その木を見つけると、いろいろな太さのロープが何巻きもできました。撚《よ》ったり編んだりして、強くしたのです。そいつを背中に乗せて、若者たちを甲羅につかまらせて、私はふたたび砂州のむこうの海岸まで湾を泳いで渡りました。

『よおし！』と、ワタリガラス。『じゅうぶんあるね。仕事にかかろう。』

ワタリガラスの指示にしたがっていくと、やがて、いかだがどのような形になるのかわかってきました。それは、ふたつの浮きに乗った船のようなものでした。浮きと浮きをつなぐように横木を渡すと甲板のようなものができ、その上に小屋を載せて、そこで生活したり、荷物をしまったりするのです。両側に窓があり、両はしに戸口があります。そして、草ぶきの屋根がついています。それができあがるまでに、私たちは、それをいかだではなく、船と呼ぶようになりました。船みたいに見えてきたからです。

『さあて』と、ワタリガラス。『次に作るのは、パドルだ。やわらかくて軽い木をとってきてくれ、あんたがたカメさんよ。そいつをバリバリとかんで、パドルの形にするんだ。水をかく部分はひらべったく、にぎるところはがんじょうにね――飲み水のたくわえはどうなっている？　少なくとも六日分はないとだめだぞ。』

そこでベリンダが、アザラシの皮で水袋を作ったことを話しました。

『いいぞ！』と、ワタリガラス。『じゃあ、パドルを作ってくれたら、できあがりだ。まず船をからっぽのまま海に出してみて、荒波でどうなるか見てみよう。そのあとで、船を岸にあげて、荷物を積みこむんだ。』

第十一章　平和の島

「私たちのふしぎな船に荷物が積まれると、ふたりの若者は、よろこびました。こぎ手がすわるところも、とっても気持ちよくしつらえられていました。小屋の床いっぱいに、やわらかい草がしきつめられており、こぎ手たちはその両はしにひざまずいて、窓からパドルを外に出してこぐのです。こぎつかれたら、ふかふかの草の上にごろりとなって休めばいいのでした。

船の小屋は、船の中央部分だけを占めていました。船の小屋って、〝船楼〟って言うのですか？」カメは、この質問を、ベテラン船乗りのポリネシアにむけました――ポリネシアは、そうだと、うなずきました。

「そして小さな船のはしのほうは屋根がなく、食べ物や飲み水や予備のロープをたくわえることはできませんでした。

舵《かじ》――のようなもの――はありました。長いパドルです。でも、たいていは、最初の諸島への行きかたを知っているワタリガラスとペリカンをたよりにしながら、舵を切るつもりでした。そして、夜には、星をたよりにしました。

最後にワタリガラスが『うわあ！　もう少しで帆を忘れるところだった』と言って、私を森にもう一度やって、竹の柱を取ってこさせました。私たちはその先に、かわいたヤシの葉を編んだものをつけました。そうすると、持ち手の長い巨大なおうぎのようになって、それを船尾に結びつけて、右へ左へ動かせば、好きな方角へ進めたのです。

『こいつはいいぞ――風が変わったりしたときは、便利だね』と、ワタリガラス。

『さあ、みんな、アフリカにさよならを言うんだ。出発だぜ！』」

おばあさんオウムのポリネシアは、これまでのところ、どろがおのお話にたいくつしているようすでしたが、今はどろがおの船旅の話にとても夢中になって、とつぜん船乗りの歌を歌いだしました。

船よ、進め、

荒波越えて――

その声はとてもしゃがれていました。チープサイドは、うなりました。

「ああ、だまれよ、ポリバケツばあさん！　――声に油させよ――てめえは二度とオペラにゃもどれないぜ――連中の船が三キロも行かねえうちに岩にドカンとぶつからねえってほうに、いくら賭《か》ける？」

「おいおい」と、先生。「物語を聞かせてくれないか。」

「ええっと」と、どろがお。「その先は、島ばかり――島、島、そしてまた島です。ドリトル先生、今はすっかり消えてしまいましたが、前にお話ししましたとおり、当時はたくさんあったのです。

私たちは、大西洋の一番せまいところを渡りました。今ではアフリカのベニン湾と呼ばれているところから出て――私のわかる範囲で言えば――南アメリカのブラジルにある大きな出っ張りにむかったのです。

ワタリガラスは、諸島から諸島へと案内してくれました。どの諸島もちがっていました。しかし、どの島にも、海鳥や貝やカニといったもの以外の生物はいませんでした。ひとつかふたつの島では、中央の高い火山が相変わらずけむりをあげていました。そういう島ではハマグリも海草も見あたりませんでした。そこの沖合に私たちは、ひと休みするためだけに錨《いかり》をおろしました。地下――海の下――からは、ゴロゴロという音がひびいて、一晩じゅう眠れず、大洪水のときの地震が思い出されました。そして、そこから一刻も早くはなれることができると、ほっとしたのでした。

ほかの島よりずっとはなれたところにある群島もありました。一千キロくらい島ひとつ見えず、たいくつなほど海がずっとつづくときもありました。この船旅のあいだに、運がむいてないと思ったのは、そのときだけでした。まず、風がぱたりとやみ、船を必死でこがなければ先へ進めませんでした。と思うと、今度は風が吹きまくり、私たちに吹きつけました。嵐になろうとしていたのです。

ベリンダと私は、海に入って泳ぎ、ロープで船を引っぱりました。しかし、そんなことをしても、船は少しも先へ進みません。ひとつありがたかったのは、どしゃぶりの雨が降って、ヤシの葉に水がたまり、使ってへった飲み水の補充ができたことでした。しかし、海は大きく荒れていました——波は二十メートルから二十五メートルほどの高さまであがり、私たちの船がばらばらになってしまうのではないかと思ったときもありました。

けれども、三日めに、ひどい天気がとつぜんすっきりと晴れあがりました。風はおだやかになり、たそがれがせまるころには、夕日が、前方二十五キロほどのところに、すてきな島がひとつあるのを照らしだしてくれました。

嵐でひどい目にあっているあいだ、もちろんペリカンに魚をとってもらうこともできず、かりにもらえたとしても、ガザが食べられたとは思えませんでした。というのも、小さな船がはげしくゆれたせいで、ガザはまた、ひどく弱ってしまったのです。

暗がりのなかで、私たちは島の南岸に、錨をおろして静かに休める入り江があるのを見つけました。

あくる朝、休んでいるガザの看病をエベルにまかせて、私たちは海岸にあがって、なにか新しい食べ物がないかとさがしに行きました。

この島は、これまで見てきたどの島よりも大きいようでした。とてもうれしかったのは――とりわけワタリガラスがよろこびました――ここが、海鳥がいつも巣をかける場所となっていたことでした。海鳥たちから、もうひと息で――あと五百キロほどで――私たちの旅が終わると聞かされたときのうれしさといったら、みなさんには想像もつかないと思います。ここより先は、ひと休みする島もないけど、それだけの距離を一気に進めるなら、南アメリカ大陸が見えるだろうと言うのです。この鳥たちは、年の初めに、そこからやってきたのだそうです。

どうやら、私たちがこの島に着いたのは、この地帯で春（大洪水後初めてできた新しい季節）がはじまろうとしていたときだったようです。ものすごい速さで、あちこちで巣作りがなされていました。朝日を浴びて、島のけわしい斜面には、何千もの海鳥が、がけの岩棚にかけた巣の上にすわっていました。

かわいそうなガザが何か月も卵を食べていないことを思い出して、私たちは母鳥たちに、卵をくださいとお願いしました。母鳥たちは、いやだと言いました。そこで、ワタリガラスが、私たちはトラの仲間（あらゆる鳥の敵です）と戦いながら世界の半分を渡ってきて、今トラの仲間から逃げているところなのだと説明しました。それを聞くと、鳥たちは考えを変えて、それぞれの巣からひとつずつ新鮮な卵をこころよく私たちにくれました。それはぜんぶで何十個にもなりました。

こうしてガザの食事にも変化をつけることができて、とても短いあいだにガザはすっかり元気になりました。

この島では、冷たい飲み水となる、すてきな泉もありました。岩のあいだから、わき出ているのです。私たちは、水袋の残りの水――くさって、におっていました――を捨てて、この泉からきらきら流れる新しい水につめかえました。

また天候がくずれたりして、おくれるといけないので、ワタリガラスはふたたび私たちを急がせました。島には、船を直すために一日半しかいませんでした。

船は、嵐のせいで、ぼろぼろになっていました。できることといったら、せいぜい、いたんだところの古いロープの撚《よ》りをほどいて、もう一度ロープを撚り直すぐらいでした。船は、まわりで仕事がしやすいように、がけの下のせまい海岸へ引きあげてありました。船をささえる枝をしぼり直し終えたところで、ワタリガラスがこう言いました。

『このつながちゃんともつことを、願おうじゃないか。すごく重要だぜ。またひどい天気にでもなったら、荒れる海のなかで直すなんて、まずむりだからな。まあ、うまくいくよう期待しよう。波が高いときは、船を引っぱっていってくれよ、カメさんたち――さあ、いよいよ旅の最後だ。出発だ！』

島からこぎ出て、つぎはぎだらけの帆をあげて、西へむかいはじめたところで、思いがけず、海鳥たちの見送りを受けました。これは、私には、決して忘れられないものとなりました。がけは、ゆうに百二十メートルはあって、ずっと上まで岩棚に巣がかかっていました。とつぜん、そこにいた百万もの鳥たちが、つま先立って、私たちにむかってつばさをパタパタと打ち、かん高い声で「さようなら」とさけんだのでした。その音たるや、耳がどうにかなりそうなくらいでした。

そして、島全体がはばたくつばさでおおわれたため、まるで魔法のように、またたく間に海から空にいたるまで真っ白に変わったのです。

私はガザをちらりと見ました。ガザはそのとき、生卵をすすっていましたが、さようならの大合唱がひびいたとき、涙がほほを伝いました。私はそばにいたので、ぼそぼそとこう言う声が聞こえました。

『さようなら、海鳥さんたち、さようなら！　みなさんのおうちが、いつまでもみなさんのものでありますように――みなさんだけの――平和の島でありますように！』

第十二章　アメリカ！

「最後の旅は、これまでの船旅のなかで一番楽でした。風はむかい風になることは一度もありませんでした――ときどき、ぱったりやむことはありましたが。

一日に百五十から二百キロぐらいは進んだと思います。ともかく、二日めの午後三時ごろ、空気がなんだか変わってきた感じがしました。風がとぎれがちになってきたのです――そよ風のようになって、北から、南から、東から、西から、短くパッと吹きつけるかと思えば、やむこともあり、熱いときもあれば、冷たいときもあります。

私たちの小さな船では、だれもがおしだまりました。西のかなたに、かすかなもやがかかって、水平線が見えなくなりました。わけがわかりません――なにが起こってもふしぎではありません。

とつぜん、ワタリガラスがカアと鳴きました。

『どろがお、なんだって、そんなにきょろきょろしているんだね？』（私はワタリガラスに見られていたなんて気づいていませんでした。）

『わからないな』と、私。『海がこんなになったのを見たことがないんだ。とにかくなにか新しいことだと思うけれど、なんだかわからない。風は、少しへんになっているようだし。西から吹いてくることさえある。もし、島で聞いた話が正しければ、陸から百五十キロもはなれていないはずなんだけど。でも、もうすぐ着くはずだというのに、あの前方にたれこめたもやのせいで見晴らしがきかないよ——それに海流が——はげしい潮の流れが——船を南西へ押し流している。どういうことだろう？』

『たしかに、ふしぎだよな。』ワタリガラスは、うなりました。『どうも新しい気候って感じがするね。』

『それは、どんな感じだっていうの？』ベリンダがたずねました。『あなたたち、ふしぎだ、ふしぎだ、とばかり言ってないで、たまには筋の通ったことを話してちょうだいよ。』

『もちろんだ』と、ワタリガラス。『おいらにも、こいつがどういうことか、わかったらね……おや、ごらん！　ガザをごらん！』

ガザは、風と同じぐらい、ようすがへんでした。深く息を吸い、夢遊病者のようにふらふらと立ちあがり、エベルのところへやってくると、両肩をがっしりとつかみました。エベルは、びっくりして飛びあがり、たずねました。

『どうしたんだい、ガザ？　なにがあったの？』

もやのむこうから。あの水平線のもやのむこうには、なにがあるのかしら？』

そしてガザは、ふたたび息を深く吸いました。その目はきらきら輝いていました。まるで夢うつつのようすでした。その声は、ほとんど聞こえませんでした。

『ジャスミン。』とうとう、ガザはつぶやきました。『スミレに野バラ……スズラン……ライラック――お妃さまが愛したお花すべて――そして、とりわけモクレン。お花が咲くってこと、忘れかけていたわ！』

それから、ふたたび風のようすが変わりました――ある方向から吹いてくるのではなく、ゆっくりとした竜巻となって、ぐるぐるまわっているのです。遠くにあったもやが少しずつうすくなっていきました。

とうとう、見えました――陸地です！

でも、だれひとり口をききませんでした。目の前でゆっくりと見えてくる光景に、息をうばわれてしまったのです。陸地がどんどん高くなり、船が近づくにつれ、もやのカーテンも消えていきました。海面から、ずっとずっと上、山々が白い雲に頭をつっこんでいるところまで、さまざまな色でいっぱいでした――陸地、花咲く豊かな陸地――大洪水がやってくる前と同じ陸地です！

それでもまだ、だれも口をききませんでした――ただ、じっと見つめていました。

すると、ふいにガザが、前へ飛び出して、船の舳先《へさき》の柱をつかみながら、歌いだしました……ああ、その歌いっぷりといったら！

マシュツ王は、自分の妃の宮殿にいる貴婦人《レディ》たちを楽しませるために外国から連れてきたこの奴隷こそ、世界一すてきな声の持ち主だと自慢していました。

ガザは、そうっと歌いはじめました——口のなかでつぶやくように。私たちカメは、シャルバの動物園で牢屋《ろうや》の池からガザの歌声を聞いたことがありますが、それ以来初めて聞く歌声でした。もやが晴れていき、強まる追い風で船はどんどんアメリカ大陸へ近寄りました。この巨大な大陸は、見渡すかぎり、右へも左へも果てしなくのびていました。ガザはゆっくり声を高め、やがて朗々と力いっぱい歌いあげたのです。エベルは前へやってきて、そっとガザの腰に腕をまわしました。

やがて、ガザの美声にすっかり夢中になったワタリガラス（自分でも歌い手になりたがっていました）が、いっしょに歌いだしました。しかし、そのしわがれ声は、あまりにも音がはずれていて、ガザもふくめて、みんなどっと大笑いしました。それから、みんなで、とにもかくにも歌いました。ガザは舳先からもどってきて、私の首に腕を投げかけ、エベルはベリンダに同じことをしました。すると、まじないが解けたかのように、みんな、がやがやとおしゃべりをはじめました。

こうして、笑って歌ってふざけながら、私たちは、アメリカ大陸に上陸したのです。」

第十三章　ワタリガラスは新世界を探検する

どろがおが話をやめて、床のお皿からどろ水を飲むあいだ、完全にしーんとしました。ぼくは、動かしつづけていたえんぴつを置いて、こりをほぐすために、手をのばしました。そうしながら、聞いていた者たちの顔をぐるりとながめました。決して、おとなしく話を聞いてくれる連中ではありませんでした。(何百匹というサルの大工さんたちは、落ち着きがありませんでした。)しかし、みんなカメの話に夢中になっていることがわかりました――つまらなそうにしていた者でさえ、そうなのです。けんかっ早いスズメのチープサイドでさえ――もちろん、まだ寝ているふりをしていましたが――片目をあけて、一生懸命聞いていました。ほかの者たちは、早くカメに話をつづけてもらいたくて、明らかにうずうずしていました。

「いやはや!」先生は、カメが水を飲みほすと、ため息をつきました。「そいつはどれほどわくわくしたことだろうね!　新世界を発見するなんて。人間は、私たちのささやかな歴史を記す際、いつもコロンブスが新世界を発見したとしてきたんだがね。」

「いやまあ、先生」と、どろがおは、右の前足の甲で口をふきながら言いました。「私がお話ししているのは、大洪水直後のことですからね――それに、クリストファー・コロンブスには、前を飛んで道案内してくれるようなワタリガラスなんていなかったことも、お忘れなく。

さて、もうすぐ到着だというときになって、ワタリガラスは私をわきへ連れていって、こう言いました。

『にいさん、おいら、ちょっくら長旅に出てくるよ。あんたとおくさんとで、しばらく若者たちのめんどうを見てくれよ。なにしろ、ここに敵がいないかどうか、だれかが気をつけてやらなきゃいけないからね。たしかに、今んところ、だれも見かけてないけど、だからって、ここにはだれもいないってことにはならないからね。この海が今あるところは、かつて砂漠だったと思われてるわけだよ、な？　それにマシュッツ王は、アメリカは自分のものだといつも言っていた。だけど、こんな遠くまでやってきたやつはいないと思う。それに、太平洋砂漠を横断しようとしたやつで、シャルバの町に帰ってきたやつはいない……。へんだと思わないか、え？　とにかく、調べなきゃならない。』

それから、まあ数か月、ワタリガラスは帰ってきませんでした。

ワタリガラスが帰ってくる前に、私は自分があとにしてきた国々をなつかしく思いはじめていました。どうしてだかわかりません。でも、おうちは、いつだってなつかしいものです。みんなどうしているのかなあと、いつの間にか考えていました……そう、たぶん年をとったからかもしれません。私は古い世界に属していました――ところが、この若者たちは、新しい世界をつくることだけを考えていたのでした。

このことをベリンダに話してみると、ベリンダは同感だと言ってくれました――このときばかりは――完璧《かんぺき》に。

『そりゃ、もちろん、ここにずっと――いつまでも――いるわけにはいかないわ』と、ベリンダは言いました。『あたしだって、お友だちがどうしているか知りたいもの。ガザとエベルは、ここではとてもすばらしくやっているじゃない。どろがお、あなたが行くというとき、いつでもあたしも行くわ。』

こうして、私たちカメは、ワタリガラスがもどってきたら、すぐにエベルたちにさようならを言おうと計画していました。なんの準備もしませんでした。海ガメというのは、旅に出ようと決めたら、ただ立ちあがって出ていくのです。たくさん荷物をつめたり、忘れているものはないかと前の晩に夜通し起きていたりするのは、人間だけなのです。私たちカメに必要なのは、水と――水でなければ――どろだけです。

ワタリガラスがやってきました。あいつがあんなにしゃべりまくったことはありませんでした。先生もそこにいらしたらよかったのに。科学的なことをずいぶん話してましたよ。

もちろん、おもしろく聞いていました。でも、私たちは、自分たちがふるさとに帰ることをワタリガラスに伝えたくてしかたがありませんでした。ところが、ワタリガラスは、話しつづけて止まらないのです。

『なぜこの国は、おいらたちがあとにしてきたところとちがって、洪水の被害からこんなに立ち直っているかわかるかい？』と、ワタリガラスは問いました。『なぜなら、』と、ワタリガラスは自分で答えました。『(地球の軸がずれて、地中海の水がジブラルタルの山々をぬけて飛び出していったとき）あの大津波は、そのとちゅうに新しい大西洋を造っていったけど、そのまま西に進まなかったんだ。たぶんメキシコ湾流が関係してたんだろうね。大津波は、大西洋砂漠をつっきっていったとき、とちゅうで力つきてしまったらしい。アメリカにはアンデス山脈やロッキー山脈といった大きな山があるからね――まっすぐ西へ進んで内陸へ入りこむんじゃなくて、南北にのびる海岸線のあたりでちゃぷちゃぷして、毒のある海水を陸から洗い流してくれたんだ。』」

どろがおは、にこにこしながら、しばらく口をとざしました。「ああ、あのワタリガラスの科学ときたら！　こちらは、口をはさむこともできませんでした。」

「まあまあ」と、先生。「なぜあの大陸が大洪水の被害を受けなかったのかということを発見することは、ワタリガラスにはわくわくすることだっただろうね。」

「ええ」と、どろがお。「でも、ワタリガラスはまだ話を終えていませんでした。私は、ワタリガラスに、トラたちがいたかどうかたずねました。

『もとからここにいたのが、いくらかいるね――北にオオヤマネコ、南にジャガーって具合に。だけど、ベンガルトラとかアフリカライオンみたいな、凶悪なやつはいない――人を食うやつはいないね。でも、ともかくトラの仲間がいたってことは、びっくりしたね。』

『それはよかった』と、私は言いました。『さて、妻と私から君に話したいことがあるんだが……ベリンダ、ベリンダ！――さっきまでここにいたんだが。へんだな。……ベリンダ、ベリンダ！……どこに行ったんだ？』

答えはありませんでした。

『ここで待っていてくれ』と、私。『浜辺の小屋へ行って、見てくるから。』

小屋へ行くとちゅうで、ベリンダと会いました――とても興奮していました。

『ああ、あなた』と、ベリンダは息をはずませて言いました。『あかちゃんが生まれるの――ガザの！　なんてすてきなんでしょう？　さっきわかったの――ああ、そうじゃないかしらとは思ってたんだけど。でも、やっぱりそうだったわ。人間がたがいにどろを投げつけるようになると、愛しあっているしるしだって、話したの、おぼえてるでしょ……ああ』（ベリンダは、また息をはずませました。）『私、ぞくぞくしちゃう！　あなただけにこのすてきな知らせを伝えられてよかったわ。ワタリガラスに聞かれる前に。だって、もちろん、こうなったら、あたしたち出ていけないもの――あかちゃんが生まれるまでは、むりでしょ？』

『むりかい？』

『なに言ってるの！』ベリンダは、さけびました。『あたしがいなかったら、あかちゃんのめんどうはだれが見るの？　ガザは、子どもなんて初めてなのよ。それに、これはアメリカ初のあかちゃんになるんだわ。人間は、子育てのことなんて、なにも知りゃしない。なにかが起こったらどうするの――疝痛《せんつう》や口蹄病《こうてい》（どちらも動物の病気）にかかるかもしれないでしょ……？』

私は、答える前にじっくり考えました。私には、大洪水や、メスのトラや、人食い動物から助けてやらなければならないのは、ただエベルひとりでした。女の子のほうは、まあ、エベルをひとりにしないために必要なだけでした。

私はやはり、人間がいない地球のほうが好きでした。人間は、戦争やらなにやらで、世界をめちゃくちゃにしたではありませんか！　それなのに、妻は、人間たちの新しい種族を増やす手伝いをすることを私に求めているのです！

ベリンダには私の考えが読めたようです。というのも、すぐに、とてもやさしくこう言ったからです。

『あなた、ノアになんて言ったか忘れてしまったの？　エベルを助けて、エベルが自分自身のしあわせな世界を築けるようにしてやるだなんて、大きなこと言ったじゃないの。教えて、ガザが男の子を産まないで、どうしてそれが可能なの？　あたしたちが何度も命をかけて、このふたりを悪魔のようなメスのトラから助けてあげたり、そのほかたくさんの危険から救ってあげたりしたことを忘れたの？』

それでも、しばらく私は答えませんでした。

するととつぜん、目の前に、あるイメージが見えてきました。あのふたりを生かすために、私たちカメがどんなに苦労してきたかというイメージです。私たちがふたりのもとを去ったりしたら、すぐ新たな危険のために生まれた子どもたちが失われるかもしれません。そうしたら、これまでの苦労も水のあわです。そこで私は言いました。

『ベリンダ、最後までめんどうを見てやろう。君の弟のオドケモノが言ってたように、どうなるかわかったもんじゃないけどね。私はふるさとが恋しいけれど、最初のアメリカ人がアメリカに生まれるまでは、君といっしょにいるよ……男の子だと思うのかい？』

『あら、どろがおったら！』と、ベリンダ。『決まってるじゃない！』」

第十四章　農場

「さて、偉大な日がやってきました。最初の新たな人間が新世界に生まれる日です。最初の人間というのは、もちろん、私たちの知るかぎりにおいて最初という意味です。だって、あらゆる歴史書が流されてしまった今、私が見た大洪水の前にどれほど多くの洪水があったかなんて、だれにわかるでしょう？」

「まったくだ」と、先生は、考え深げにつぶやきました。「実に興味深い考察だ。」

「ドリトル先生、これから何度世界的な洪水が来て、地球の生命をすっかり新しくしてしまうかだって、わかりはしませんよ。

ともかく、このあかちゃんは、どこにでもいるような子ではありませんでした。そうです、やっぱり男の子でした。とてもかわいらしいあかちゃんでした。最初からタフで強いところは、おとうさん似でした。そして、にっこり笑うと——おかあさんに似て——あまりにかわいいので、小鳥たちが思わず木から落ちるほどでした。その名は、アデンといいました。

私たちはみんな、アデンに夢中になりました。夢中にならずにはいられないのです。子どもなんてやっかいなだけだなんて言っていたワタリガラスでさえ、だれも聞いていないと思うと、あのしわがれ声でゆりかごの上から子守歌を歌ってやるのでした。そして、かわいい子を楽しませるために、ばかげたまねもしてみせました――あかちゃんは、それを見ると、ケタケタ、キャッキャッといつまでも笑うのでした。

そして、私も告白しなければなりませんが、私だって、似たようなものでした。あかんぼうのほうも、私にとてもなついてくれているように思えました。はいはいができるほど大きくなると、私の背中にのぼろうとしました。

そこで、日よけのついた、小さな柵《さく》で囲った遊び場を作って、それを私の上にしっかりと結びつけたら、あかちゃんは安全にそのなかで遊べるではないかと私は提案しました。これは実行に移され、私はこうしてあかちゃんをあちこち連れていってあげました。

ときどき、ひそかに、海岸の浅いところへ水遊びに連れ出したり、その海岸から、潟や内陸にある湖までちょっとした探検の船旅へと連れていってあげたりもしました。あかちゃんは、こうした水遊びが、なによりも好きでした。あかちゃんは、私があかちゃんの言うことをなんでも聞くけらいであるように感じはじめていました――子守りであり、遊び場であり、乳母車であり、自分だけの船であるというわけです。

しかし、一番のめりこんでいたのは、ベリンダ自身でした。朝から晩まであの子のことで大さわぎするようすを見たら、だれだってあのあかんぼうはガザの子ではなくて、ベリンダの子だと思うことでしょう。

アメリカにこんなに長いこと、とどまることになったのは、ほんとに妻のせいでした。最初の計画では、ほんの一、二週間のつもりだったのに。

とうとう、ワタリガラスが、私にこっそり言いました。

『聞いてくれ。あんたがたがここから立ちさるのがどんなにむずかしいかはわかるよ。つまり、たとえば、あそこにいるガザなんか、満足そのものじゃないか――おだやかで、うれしそうで？　……だけど、ひとつ教えてやろう。』

『なんだい？』と、私はたずねました。

『ガザにまた生まれるよ――それも、すぐに。』

『なにが生まれるって？』

『あかんぼうに決まってるじゃないか。』

『どうしてそう思うんだい？』

『ああ、おいらはベリンダみたいに大げさなことを言ってるんじゃない』と、ワタリガラス。『だけど、農場に暮らす人たちっていつも子だくさんってことに、おいら気づいたんだ――たぶん、空気が新鮮なせいかなんかなんだろうな。ガザがもうひとり産むってのは、理にかなってることだ。もひとり産んだら、カメのにいさん、ベリンダといっしょに、おいらたちはどこにいることになる？　教えてやるよ。ガザがあかんぼうをふたりめんどうを見なきゃならないときは、要するに、おいらたちは一生ここにいることになるんだ。にいさんが断固として反対しないかぎりね。おいらたちは、ここで子守り女みたいに、二年間もぶらぶらしちまった。旧世界はまる二年もすりゃ、すっかり変わっちまったかもしれない——もうベリンダに話してみたかい？』

『ああ、話したよ、ワタリガラス君。だけど、なにを言っても、いつもどおりの言いわけばかりだ。何度も何度も議論を重ねたのに。』

『おや、議論なんかするもんじゃない——ベリンダは女だ。にいさんは、その年にもなって、もっと分別があってもよさそうなもんだ。議論したって、負けるに決まってる。議論しちゃだめだ。言い聞かせるんだ。ただ、こう言うんだ——おいらたちは水曜の朝八時にシャルバにむけて出発するからねって。それだけでいい。』

『わかった。君の言うとおりだと思うよ』と、私。『今晩、妻に話してみる——きっぱりとね。ひょっとするとあとの祭りかもしれないけどね、もし私が——ところで、君、手伝ってくれないかな——その、あの、妻を説得するのを？』

『びっくりだな！』ワタリガラスは笑いました。『もちろん、手伝うさ。おいら自身、アメリカのしあわせな暮らしにはちょっくらうんざりしてきたところさ……あの子さえいなけりゃ——』

かわいそうなベリンダ！　またガザに子どもが生まれるのではないかということには気づいていたようです。ともかく、わが友のうしろだてがなかったら、私はまたもや妻の言うとおりになっていたことでしょう。しかし、ワタリガラスは、何気ないふうに、こう言ったのです——あれやこれやをしばらく話したすえに——

『あーあ！　もう寝る時間だ——あ、そう言えば、どろがおとおいらは、あさっての水曜、アフリカへ出発するからね。君もいっしょに行くかい？——ああ、おいらの晴れ着のしっぽの羽が、あのあかんぼうの下じきになって、こんなになっちゃったよ！まあ、元気なあかちゃんだ！　——おやすみ。』

そして、ベリンダがそれに答える間もなく、とっとと階段をおりていってしまったのでした。私はワタリガラスについていって、農家の戸口から見送りました。しかし、ワタリガラスが帰ってしまう前に、私たちは、台所に立ち寄って、エベルとガザに話をしたのです。

私たちがアフリカをめざして出発するのだということを、身ぶりでわかってもらうのに、一分ほどしかかかりませんでした。ガザは少し泣きました。しかし、エベルは、私たちがいなくなってひどく悲しい思いをするだろうけれど、こういう時がくるだろうと思っていたと言いました。おそかれ早かれ、カメはむかしの古巣へもどっていくだろうと、エベルは何度も妻のガザに話していたのです。それは、まったく当然のことでした。

それで、決まりです！　ワタリガラスにおやすみを言って、翌日に会う手はずを決めると、私の心から大いなる重しが取りのぞかれたように感じました。

時は、すばやくすぎました。私たちの門出を祝って、農場では盛大なパーティーが催されました。エベルは、ときどきは遊びにもどってきてくれるかとたずねました——そして、私たちは、そうしたいと答えました。しかしながら、だれひとりとしてパーティーをあまり楽しんでいませんでした——ただひとり、小さなアデンだけは、なにもわからず、楽しそうにしていましたが。

あくる日、私たちは海岸へおりていきました。妻と私は、海のうず巻く青緑の水のなかへ入っていき、ワタリガラスはその上空を飛びました。エベルとその家族は、砂浜から私たちに手をふりました。私はさようならは好きではないので、別れが短く終わりそうで、特にうれしく思いました。だれもが——ワタリガラスでさえも——別れについて同じように感じていたと思います。

しかし、まだ満足に口もきけない小さなアデンのおかげで、ようすは一変してしまいました。とつぜん、アデンは、私たちが去っていくことについに気づいたのです。

なじみの動物の友だちがいなくなるのだとわかったのです。アデンは、どっと泣きだすと、そのぷくぷくした両手を、私たちのほうへさしのべました。『リンダ！』と、アデンはたどたどしくさけびました。『行かないで！　アデンはリンダにいてほしいよ。』

　すると、妻は私のそばで静かに泣きながら、がむしゃらに海の大波をついて進んでいきました。小さなアデンをふりむくことはありませんでした——ふりむくのがこわかったのでしょう。

　それから、私はいつしか考えていました。どうして泣くことがあるのだろう？　妻はよくやるのですが、とつぜん、妻は、私が考えていることに対して、声に出してこう答えました。

『ああ、あなた、あなた。』妻はすすり泣きました。『あの子たちだけじゃ、なんにもできないわ——ほんとに！　あたしたちより脳みそはあるかもしれない。だから、一見、世の中をあたしたちよりもうまく切りもりしていくみたいに見えるけど、危険がせまっても、あたしたち動物みたいにそれがわからないのよ。あたしたちだって、どうしてわかるのかわからないけど。あの子たちは、嵐の海では、なすすべがないわ。あたしたちは、丸太をまたぐみたいに進んでいけるけど。あの子たちは、飢えてしまったら、どうしようもないわ。あたしたちなら、何週間も食べずにいられるけど。あの子たちは、ジャングルの野獣の前では手も足も出ないわ。そして、おそかれ早かれ、あたしのアデンは、あなたやあたしが生きのびてきたところを戦っていくことになる――あたし、泣いてるわ、あなた――泣いてるのは、あたしたちには、もうあの子をあたしたちの――あたしたちの動物の勘で守ってあげられないとわかっているからよ。』

海岸にいる人間の家族をなかばふり返りそうになる妻のようすは見るにしのびなく、胸がはりさけそうになりました――それから、思いきって、妻は旧世界のほうへ、東にむかって、しっかりとした足取りで進んでいきました。

『どういうわけか、私にはわかるの』と、妻は言いました。『もうあの子たちには会うことはないって。ほかの人間たちがやってきて、このすごい土地を発見するわ。そしたら、どうなる？　どこかの新しいマシュッが出てきて、今まで築いてきた平和で友情にあふれた小さな世界をこわしてしまう――ガザが子どもたちに教えてる、正義や正直さを大切にするやさしい心をだいなしにしてしまう……。教えてちょうだい、あたしたちがもどってきたとしても、そのとき、あたしのために、だれがあたしのアデンを見つけてくれるの……あたしのあかちゃんを？』

しばらくのあいだ、私は答えませんでした。妻にかけてやるなぐさめのことばが見つからなかったのです。でも、やがて私は言いました。

『ベリンダ、これまでこうしたことを口に出して話したことはなかったけれど、ひょっとしたら、こうなるようにすべて定められていたんじゃないかな。たぶん、マシュッよりも偉大な力を持つおかたは、この大洪水で人間が死んで消えてしまうことなどお考えになっていなかったのかもしれない。そして、平和を愛するカメである君と私とをさしむけて、人間を完全な絶滅から救うようにしむけたのかもしれない。もしそうなら、私たちはうまくやったということじゃないかい？　……シャルバの美しい田舎を見るのを楽しみにしようよ。終わりよければすべてよしって言うじゃないか。さあ、さあ！　元気を出して！』

しかし、妻は、涙を見せまいとして、答えることもなく、そのまま泳いでいってしまいました。私も、とても物悲しい思いがしました。

私たちの気持ちは――というより、なにもかもが――わけがわからず、奇妙でした。目の前に広がる大海原は、今や、荒涼としてつまらなく、なつかしいとも思えませんでした。人間の家族といっしょに生活していたために、私たちは変わってしまったのかと、私は自問しました。ただ、私たちがあとにしてきたあの人たちがいそがしく楽しい人生を送れるようにしてあげたのは、私たちではなかったのでしょうか？　私たち、独立独歩のカメが、あたたかい血をした人間と何年もいっしょに暮らすうち、やや人間のようになったということなのでしょうか？　私たちは、旧世界がなつかしくなりましたが、この別れは、まるで自分の家族との別れのように思えたのです。

とつぜん、上空から、日没後の空——宵の明星以外はなにもわからない空——から、ちょっとした陽気さが降ってきました。ワタリガラスの大きながらがら声でした。けれども、おかげで、さびしくなくなりました。

『よう、下にいるカメさんたちよ！　針路を南東微東に取れ——どうやら、すてきな夜になりそうじゃないか。朝になったら、また、おいらから連絡を入れるよ。』

こうして、ドリトル先生、大洪水についての私の話は、終わります。」

カメが話し終えたあと、五分近くだれも口をききませんでした。先生自身、まるでこれまで聞こうと思っていたすべての質問がきれいさっぱり心から消えてしまったかのように、深くもの思いにしずんだまま、じっと床を見つめていました。

とうとう、ハッとしたように、先生は気を取り直して、言いました。

「ああ、失礼した、どろがお君」と、先生。「今まで聞いたこともないほど興味深い話を聞かせてくれたことに礼も言わずにもうしわけなかった。君にいろいろ質問をしたいのだが、スタビンズ君といっしょにすべてのノートを見返して、すべき質問を思い出さなければならん。今それを待っていてもらっては、君に夜ふかしを強いることになってしまう。今晩、君はすでに、いつもより長く話してくれた。どうか薬を飲んで、すぐに休んでくれたまえ。私がどれほど君に感謝しているか、わかってくれるね。」

カメは、「お話しできて、うれしく思います。先生、おやすみなさい」とだけ答えました。

第十五章　秘密の湖を行く

チープサイドが命名した〝カメ町〟は、店じまいをすることになりました。大量の薬が、どろがおのために調合され、岸辺の家に保存されました。ドリトル先生は、やってきたサルの大工さんたちにたのんで、小さな小屋はほとんどとりこわしてもらいました。というのも、天気が荒れれば、そうした小屋はこわれて、ぼくらがいなくなったあと、みっともない残がいとなると思われたからです。しかし、カメの大きな小屋は、長くもつように補強されました。

サルたちは、それから、街路清掃隊となって、古い建物のがらくたをかたづけ、道のごみをそうじし、あちこちをきれいにしました。

「なにもわざわざこんなことしなくたっていいんじゃねえんですか、センセ」と、チープサイドは言いました。「当分のあいだ、だれも、どろがおの霧のお城に遊びにやってきやしませんよ。」

「かまわんよ」と、ドリトル先生。「カメはどろんこかもしれないが、物事をきちんとしておきたい生き物なのだよ。ずっとむかし、郵便局の鳥たちにカメのための島を造ってもらったとき、鳥たちがいなくなる前に、いろいろしつらえてあげたことに、カメはよろこんでくれたからね。」

「ええ、そして、いまわしい地震で、ぜんぶだめになりかかっちまいましたよ」と、スズメはぶつぶつ言いました。「ここは世界一すてきなとこかもしれねえが、おれのつつましい意見じゃ、大洪水は、このあたりじゃまだ終わっちゃいねえんじゃないかな。地球は、おなかが痛えよって、まだゴロゴロしてるみてえですぜ。来るとちゅうで、古い建物の残がいが顔を出してたのをおぼえてますか？　おや、どうしたんですか、センセ？」

「いかんいかん、忘れるところだった！」と、先生は言いました。

「忘れるって、なにを？」と、チープサイド。

「どろがおの庭だよ」と、先生。「どろがおは、なによりも、きれいな庭が好きなんだ――私のようにね。すぐにとりかからなければ……ちょっと失礼。」

先生は、急いで立ちさり、大勢のサルのリーダーたちに質問しました。サルたちは、すばらしいかげを作ってくれるヤシの木に成長するヤシの実や、カメの薬の材料となる――植物の球根だけでなく――あらゆる種をすべて手に入れてくれました。そこで、それらを庭に植えると、ドリトル先生は、患者に処方してあげた薬が足りなくなる心配をしなくてすむようになったのでした。

こうしたことがなされている一方で、ぼくは、事務所の床下をほって、防火金庫をあけていました。そこにあるノートをめくって、先生がカメに聞くべき質問を整理しようとしていたのです。

それにしても、なんというたいへんな仕事でしょう！　ぎっしり書きこまれたノートが、こんなにたくさんあるなんてことが、今まであったでしょうか？

三時間かけても、あまりはかどりませんでした。ポリネシアが、先生ご自身を連れてきてくれました。先生は、ぼくの仕事を見やって、言いました。

「この記録全体は、秘書としての君の優秀さを物語るものだよ、スタビンズ君。」先生は、ほとんどノートにうもれるようにして、床にすわりました。「しかし、おどろいたものだね。この資料から、私が聞くべき質問を選りだすのは、何週間、ひょっとすると何か月もかかる仕事だね！　とにかく一番重要なのを選ぼうじゃないか――そして、うまくいくように祈ろうじゃないか？　それ以外、やりようがないと思うね。」

そこで、その晩、もう一度カメの小屋にみんなが集まったとき、ドリトル先生は、次々に質問をくりだしました。どろがおは、同じように速く答えをくりだしましたが、わからないときには首をふりました。

質問はほとんど科学についてのものでした――大洪水がどんな変化をもたらしたの

か、ということです。とてもおもしろがって聞いていた動物もいれば、そうでない者もいました。しかし、みんな、真夜中すぎまで寝ませんでした。終わったときには、だれもがつかれきっていて、カメにおやすみを言って寝に帰るときには、だれもひとことも口をききませんでした。

小屋に帰ってみると、お客さんが待っていました。それは、先生とパドルビーの動物たちとのあいだを何度も往復して連絡係となってくれていた野ガモでした。〝動物園〟の近くの馬小屋にいる年寄り馬が、屋根の雨もりがひどくなってきているとこぼしている、というのです。

「わかった」と、ドリトル先生。「すぐにパドルビーに帰ることにしよう。わざわざご苦労だったね。うちの庭にいる鳥たちによろしく伝えてくれたまえ――もし私たちより先に家に着くようだったら。」

あくる日、出発の準備がすっかりできると、どろがおは、湖のはしまで泳いでいって、お見送りをしてもよいだろうかと言いました。ドリトル先生はこの申し出によろこんで、すぐに「もちろん」と答えました。

「ひょっとすると」と、先生は笑いました。「ゆうべ聞き忘れた質問を、見送ってもらうとちゅうでいくつか思い出すかもしれんな。質問する機会は、これを最後にして、もう長いことなかろう。」

こうして、午後おそく、ぼくらはみんな、島のてっぺんにあるカメ町の残がいから、ずっとおりていった道のふもとの船着き場から、出発しました。秘密の湖にかかる霧はひどくはありませんでしたが、ときおり、濃く重い霧がカヌーの近くまでせまってきたので、どろがおに道案内に来てもらってよかったと思いました。どろがおは、この湖（中央部は、はば何百キロにもなります）なら、真っ暗でもどちらへ行けばいいかわかるのです。どろがおは、ぼくらのまわりをおおうもやを気にもとめず、船尾でカヌーをこぐ先生のパドルの近くにいつづけたので、たがいにはなればなれになってしまうこともありませんでした。

「教えてくれたまえ、どろがお君」と、先生は一キロほど進んだころ、言いました。「マシュッ王は、君の言うような権力をどのようにして手に入れたのかね？」

「子どもたちを通してです――だいたいは」と、カメは静かに言いました。

「子どもたちだって！」先生はおどろいてさけびました。「わからんね。」

「実は」と、どろがおが答えました。「マシュッ王は、教育熱心だったのです。しかし、子どもたちを正しく教育しませんでした。正直で公平なのがよいというのではなく、この王は、自分が権力をにぎるには、まちがった教育をすればよいと気づいたのです。

ああ、マシュッは頭のよい人でした。自分のことばをうたがわないように子どもたちに教えこみ、それから、その子たちが大きくなって投票ができるようになると、ひとりの人間がシャルバを統治するという計画をたくみに説明したのです。国家を運営するには多くの人の力が要るけれども、たったひとりがトップに立つべきだと、やつにはわかっていたのです。やつのことばが法律とならなければなりませんでした。そして、やつはひとつの計画のみを夢見ました——すなわち、やつが、マシュッが、そのトップになるという計画です。やつは、政府のトップであるばかりか、シャルバの王に選ばれる日を指折り数えて待っていたのです。」

「どろがお君」と、先生は、じとじととして冷たい霧のなかから、たずねました。「もちろん、君が話してくれることは、一言一句信じるけれども——どうして君がこうしたことを知るようになったのかね？　君は動物園に囚われていたはずだが。」

「はい、先生」と、カメは言いました。「ノアが、大洪水前の時代のことをよく話していたのです。先生を別とすれば、動物語を話せたのはノアだけだったというのは、おぼえていらっしゃいますね。動物園長として、よい待遇を受けていたとはいえ、ノアも囚われ人でした。あの老人は、ひとりごとを言うくせがありました。しかし、スパイに聞かれるのをおそれて、いつも動物語で話していたのです——寝言までも。そこで、もちろん、動物以外はノアのことばがわかりませんでした……。ノアは、マシュッがきらいで、マシュッにまつわるすべてをきらっておりました。」

「なるほど」と、先生。

「それに」と、どろがおは、つづけました。「先生にお話しした大部分は、ずっとあとになって、エベルとガザから教えてもらったことです。ふたりが新しいことばをこしらえていたころに。ベリンダと私は、それをとてもよく理解するようになりました。そして、エベルとガザがむかし話に花を咲かせるのを、私たちはよろこんで聞きほれていたのです。」

「もちろんだ。もちろんだ。」先生は答えました。「カメというのは、ふつう、ほかの人のことを気にしないものだからね——それは、かしこいことだと思うが。それでまあ、どうしてかなと思ったまでだよ、むかしの政府とか政治とか、そういったおおやけのことについてそんなにくわしいのはなぜか、とね。君の記憶はたいしたものだ。ありがとう。どうか、つづけてくれたまえ。」

「マシュッ王！」と、どろがおは、ため息をつきました。「あの人は、よいことをしようとさえ思えば、できた人だったのに。しかし、だれにも理解できない、なぞの人でした……。まあ、とにかく、もう今はいない人です。でも、あの人が生きているあいだ、あの人ほど、あがめられた人はいないでしょう——そして、きらわれた人も。」

そして、ぼくが思っていたとおり、ふいに、このふしぎな物語は終わってしまいました。カメはだまりこみ、霧は、まさにジャンガニカ湖らしく、なんの前ぶれもなく晴れたのです。そこには、左舷《さげん》の船首のすぐ近くに、前に見た廃墟《はいきょ》となった建物がならんでいました。

「ほうら、こいつだ、センセ！」と、チープサイドがさけびました。「来るときに見た、しずみかけたボロ屋ですよ……。うっへぇ！　若いころにゃ、おれも岸辺におんぼろの家を見たことがあるけど、こんなのはなかったな……。すっげえ、なんてめちゃめちゃだ！」

ぼくは、船尾にいる先生を見ました。（それまでは、霧にかくれて先生の声がときどき聞こえるだけだったのです。）先生は、近くを泳ぐどろがおを見おろしていました。カメは、うしろ足で水をかきながら、建物をよく見ようとして首をできるだけ長くのばしました。

「シャルバ！」どろがおは、息をのみました。「私は、あのすべての道、すべての石を知っている。だが、どうして、これが湖の水面に出てきたのだろう？　私がこのあいだあの町を歩いたとき、あれは水面下六十メートル、ジャンガニカの湖底にあったのに！　これは、魔法ですよ、ドリトル先生。」

「いや」と、先生はやさしく言いました。「ちがう。魔法ではないよ、どろがお君。たんなる地震のせいだと思うね。君を生きうめにした、あの地震のせいだ。こういったふしぎなことは、よく起こるのだよ。こちら側の湖の底を、一気にもちあげたため、建物が水面に出てきたのだ。それだけのことだ。」

「シャルバ！」と、カメは、ふたたびつぶやきました。「過去からよみがえったシャルバの町。大洪水からよみがえったシャルバ……死からよみがえったシャルバ！」

第十六章　宝物殿

「私たちが出発する前に、町を少し案内してくれると、ありがたいのだが、どろがお君」と、やがて先生は言いました。「だが、君をつかれさせてしまうとこまるがね。わかるだろう?」

「もちろんです」と、カメ。「いらしてください!」

そう言うと、カメは先を歩いていきました。町のなかへとつづくうらぶれた路地にならぶ建物も、ぼくらが最初に急いでいるときに見た建物となにもちがっていませんでした。通りには水があふれ、まさに運河となっていました。その水がこわれた窓から建物のなかへ出たり入ったりしています。家々──小さなお店のようなもの──は、どれもこれも、どこかこわれていました。

しかし、カヌーを進めるうちに気づいたのですが、多くの家々が同じ高さにありました。これは、先生の説明では、湖の底の一方のはしが一気に──町をまっぷたつにすることなく──もちあがったせいだろうとのことです。

多くのわき道をぬけ、細い裏通りをとおって、どろがおは、やがて大きくひらけた場所へぼくらを連れていってくれました。一見すると、それは市場か公園か、そういったものに見えました。それを取り囲む建物は、もっとずっとよい状態にありました。「ここは勝利の広場と呼ばれていました」と、カメが言いました。「かつて、この中央にすてきな花をつける木がいっぱい植えられ、噴水があり、公園のベンチがならんでいたんです。

今、先生がまわりにごらんになっている建物はすべて、マシュッ王が最後の大きな戦い——ダルデリア族との戦い——から帰ってきたときに建てられたものです。その有名な勝利を記念して建てられたのです。この広場のどの家も、王の住居の一部でした。左側にあるのは王室の馬小屋です。そのとなりは王の護衛隊の宿舎で、そのむこうには王室の調理場の残がいが見えます。それだけで町ぐらいの大きさがあったのです。そのほかは、事務所や政府の建物でした。

そして、こちらにむかって、くずれた塔がならんでいる、あの大きなところが、宮殿そのものでした。マシュッ王が空前絶後の栄華をほこって住んでいたところです。」

カメがぼくらに見せてくれたものが、どんなものであったかを説明するのは、むずかしいです。もちろん、この町を計画した人は、すばらしい芸術家、偉大な建築家でした。広場は、信じられないほど大きく——はしからはしまで一キロ半はあったと思います。そして、はばは八百メートルはあったでしょう。使われている石は花崗岩《かこうがん》でしょうか。とにかく、この何千年もの年月にたえられるほど、とてもかたい石でした。今でさえ（公園を囲んでぎっしりと建ちならんだ建物が、あちこちでくずれてなくなってしまっているところもありましたが）、この広大な町の構想を見れば、じゅうぶん美しく壮大であることがわかり、ただもう息をのむほどのすばらしさなのでした。

古代建築にかなりくわしい先生は、あのような建物の様式は、これまでに見たことのないものであり、どの時代のものとも言うことができないと、あとで教えてくださいました。勝利の広場のずっとはしにあった宮殿は、特にぼくらの注意をひきました。少なくとも、外側は、完璧《かんぺき》でした――高く細い塔のひとつが、先端近く少しこわれていたのをのぞいては。それは、かつてのようすのまま、ずっと前に死んだ王の、ほこらかで壮大な住居として、そこにありました。

「スタビンズ君」と、とうとう先生は、奇妙に押し殺した声で言いました。「あの巨大な玄関を見てみたまえ！　あんな彫刻がほどこされた石細工を見たことがあるかね？」

宮殿は、広場のほかのものよりも少し高いところにあるようでした。というのも、これほどはなれたところからでも、宮殿の前にかわきかけた地面が見え――そこに、宮殿のまわりをぐるりとめぐる大きなテラスがあったからです。

ふいに、どろがおが、また話しはじめました。その声にハッとしたぼくらは、自分たちがこの魔法にかかった過去の記念物に、われを忘れて長いこと見入っていたことに気がついたのでした。

「宮殿の前にかわいた土地があるということは」と、どろがお。「一階には入れるということでしょう。もしうまくいくようでしたら――マシュッ王の住居をご案内いたしましょうか、ドリトル先生？」

「君は、まさに私が言おうとしたことを言ってくれたよ」と、先生は笑いました。

「そう願いたいね。大洪水の前に生きていた王の宮殿を見る機会なんて、だれが逃《のが》してもいいと思うものかね？」

こうして、カメは広場を横切って泳いでいき、ぼくらは期待に胸をふくらませながら、そのすぐあとからカヌーをこいでいきました。大きな玄関の前の土地に着くと、ぼくらはカヌーから出て、カヌーをしばりました。テラスのてっぺんと玄関まで、はばの広い階段がつづいていました。

どろがおの巨大な体（大きな、どろんこの箱馬車のようでした）は、とっくに――ぼくらが、もやいづなでカヌーを固定しているすきに――宮殿の階段をよじのぼっていました。急いでそのあとを追って宮殿のなかに入ると、ぼくらのだれもが、とても厳粛に、静かにしていることに気づきました。まるで――どういうわけか――特別な礼拝のために教会のなかへ連れてこられた子どもの一団のようでした。

なかは、とてもうす暗く、目が慣れるのにしばらくかかりました――外が日光であふれていたわけでないにもかかわらず。しかし、やがて暗がりのなかで、ぼんやりとまわりが見えるようになってきました。

廊下みたいなところにいるようです。家具や道具類は、めちゃくちゃでひどい状態です。どろや、ぬるぬるしたものが、あたりをおおっていました。

巨大ガメは、廊下をガシガシ進んでいきました。ドリトル先生とぼくは、そのあとにつづきます。どろがおは、そのすごい筋力で、どんなに重たいものでも、なにもかもわきへ押しのけて、ぼくらが進めるように道をつけてくれたのです。

まもなく、ぼくらは、天井の高い、広大な部屋へ出ました。ぼんやりと見える天井は、床から三十メートルはあったにちがいありません。ここは、それほどどちらかっておらず、めちゃくちゃになっていませんでしたが、屋根の梁《はり》や横木が落ちてきているところがありました。この壮大な部屋のはしに、背の高いいすがぽつねんと、低い台座の上に置かれていました。

今度は先生が、案内役のカメより先に進み出て、ペンナイフをポケットから取り出すと、その大きないすのひじかけから、どろどろしたものをそっとかき取りました。たちまち、そのうすいどろの下から、美しい緑の石があらわれました。

ぼくはドリトル先生のすぐうしろにいたので、先生がこうささやくのが聞こえました。

「なんてこった、これは翡翠《ひすい》だ！　この形から、木ではなかろうと思っていたが――こいつは、大金がかかっているね。まがいものなしの翡翠だ。いす全体が！　しかも、磨きといい、色といい、ほりあげられたときと同じぐらい見事なものだ……。このいすは、どろがお君、もちろん、王座だろうね？」

「はい」と、カメ。「この部屋は、王座の間とか、謁見の間とか呼ばれておりました。ここでマシュツ王が閣議を開いて、判断を下したのです。そして、しばしば――でも――おや、まあ、たいへんだ！　見てください、先生――あそこ――宝物殿が！　……なんと――なんと、あいている、あいている！」

どろがおは、ふつうはとてもおだやかな動物でした。それが興奮したり、あわてたりするのは、よほどのことです。だからこそ、先生もぼくも、どろがおの興奮した声に、すぐにふり返ったのでした。どろがおが見つめていたのは、この部屋のむこうにある、別の小さな部屋へつづく扉でした。謁見の間の高い天井からこの扉のすぐ上のところまで大きな割れめができていて、扉がたまたまあけっぱなしになっているのではなく、こわれてあいているのは明らかでした。扉のわくが、上のところで折れており、そのために扉は内側に押しあけられたのです。扉はかなり厚くて、がんじょうでした。もともと六つついていたちょうつがいは、今や、すべて折れ曲がり、扉はちょうつがい一個だけでぶらさがっていました。

「さあ、ドリトル先生」と、カメ。「このこわれた扉のむこうになにがあるか、ごらんになりたいでしょう。」

第十七章　世界征服者の王冠

　ふたたび、口もきけないほどわくわくして、ぼくらは案内役のどろがおのあとを追いました。どろがおは、じゃまになる横木を軽々とどかしました。ものすごく重たいものもあったのですが、チープサイドが言っていたように、どろがおがいったん頭を甲羅のなかへ引っこめて、うんしょと押すと、たとえ聖《セント》ポール大聖堂であろうと、動かないわけがないのでした。そして、前へ進みながら、カメは、これから入っていく小さな部屋について、こんなふうに教えてくれました。

「マシュッ王は、そこに王冠の宝石をしまっておいたのです。だから、宝物殿と呼ばれていました。十人の宮廷護衛兵たちが、昼も夜も毎時間、見張りをしていました。マシュッは、征服した国じゅうにスパイを放って、世界一の錠前屋をさがしました。そして、まる二年ものあいだ、さがしまわったすえに、世界一の錠前屋が見つけ出され、シャルバに連れてこられました。その男は、王のためにすばらしい仕事をしました——宝物殿を造り、これまでなかったほどがんじょうな扉を作ったのです。

「なるほど」と、先生は、上を見やって、口をはさみました。「たしかに、がんじょうだ。」

「どんなどろぼうも入ることはできません」と、カメはつづけました。「たとえ、見張りについた十人の兵士たちを味方につけたとしても、むりです。この錠前屋は、おじいさんでした。王は、この仕事へのほうびとして、ありとあらゆるお礼やおくりものを約束しました――すてきな家で老後をすごせるとか、そういったことです。ところが、仕事がすむと、マシュッツは、ほうびを与えるどころか、おじいさんを殺してしまいました。つまり、マシュッツは心配したのです――おじいさんがこの宝物殿の秘密をもらしやしないか、錠によけいな鍵《かぎ》をつけて、しまってある宝物やお金をだれかといっしょに持ち出しやしないか、と。」

「だが」先生。「どこで――どうやって――マシュッツは、そんなお金や宝物を手に入れたのかね？　この扉の大きさから判断して、この部屋はずいぶん大きそうだが。」

「はい」カメは返事をしました。「自分の国民の税金から集めたものもありますが、たいていは、戦場でつかまえたり殺したりした王や王子からうばったものです。マシュッツはお金に夢中でした。お金そのものがほしいというわけでなく――戦争をするためのお金がほしかったのです。どんどん戦争をしたかったのです。そして、お金を手に入れるためなら、なんだってやったのです。」

ぼくらは、扉の前に立っていました。

「着きましたよ、先生」と、どろがお。「その男の子は、左の下のすみから這《は》って入れるでしょうが、私はこの扉ぜんぶをバタンと倒すまでは、なかへ入れません――そうしたところで、私の甲羅がぎりぎり通るぐらいのはばしかありませんが。」

ぼくは、ひざをついて、扉の下を這っていきました。動物たちは、ぼくのあとからつづいていこうと、一列になって待っていました。

「わくわくした」なんてことばでは、ぼくの背筋を走った感覚を説明できません。ぼくのなかに、キャプテン・キッドをはじめとする歴史上の海賊たちが全員いるような気分でした。これはまさに人生最高の瞬間でした。

なかは、さらに暗くなっていました。ぼくはトートーを呼び（あのフクロウなら、暗闇のなかでも目が見えるからです）、ここへ来て、手さぐりで前へ進む手伝いをしてほしいとお願いしました。先生もまた、はいはいをして来て、ぼくの左足先をつかんで、はなればなれにならないようにしました。

しかし、ここでも、数分すると、暗闇に目が慣れてきました――少なくとも、たいていのものが、かなりはっきりわかるようになりました。四方の壁には、どっしりしたたんすがならんでいました。ただし、宝物殿のなかは――こわれた扉のほかは――なにもかも、すっきり整理されていました。もちろん、どこもかしこも、どろがうっすらとかぶっていて、長いあいだずっと放っておかれたことを物語っていました――まるでおばけが、あちこちで動いて、ささやいているかのように、どろのまくがゆれていました。

やがて、ひざまずいていた先生が立ちあがって、部屋全体をとても注意深く調べはじめました。

「なんてこった、スタビンズ君。」すぐに先生は、つぶやきました。「マシュッ王の宝物殿とな！　ぞくぞくするじゃないか？　この四つの壁の内側にかくされている秘密に際限はないにちがいない。なにしろ何千年にもおよぶのだからね。国家にとって重要ないし貴重な書類も、すべてここに安全に保管されていたにちがいないのだ……。ええっと――ええっと、あれはなんだろう。」

先生は、その目を、壁ぎわにならぶがんじょうな箱から、部屋の中央へむけました。そこには、人間の胸ほどの高さぐらいあるものが、なににもささえられずに立っていました。なにかをしまう箱のようです。大きくはありませんが、その側面はかたく、なかを見ることはできません。しかし、上部は格子になっていて、そこからなかをのぞくことができました。

ここで初めて先生は、ポケットからマッチ箱を取り出して、マッチをすりました。チープサイドがぼくの肩にとまりました。ぼくら三人は、静かに格子越しになかをのぞきました。大きな箱の底は、入りこんだ砂で部分的におおわれていましたが、なにか半分うもれた金属のとんがった部分がいくつか円を描いて、つき出ていました。こんな気味の悪い部屋にいると、想像力がどうにかなってしまうのかとも思いましたが、この半分うまったものは、王冠にちがいないという気がしました。

「ふん！」と、チープサイドがピーチク言いました。「どうやらマシュッ王の帽子みたいじゃねえか、センセ——うわあ、助けてくれ！」

チープサイドがそうさけんだのは、先生がつまんでいたマッチが燃えつきて、部屋じゅうにものすごい轟音《ごうおん》が鳴りひびいたときでした。

「なんだ、あの音は？　屋根が落ちてきたみてえな音だぜ。」

ぼくらは、さっとふり返りました。でも、それは、どろがおでした。どうやら、どろがおは、重たい扉を押したおして、ゆっくりとそれをふみつぶしながら、部屋に入ってきたようです。

どろがおは、先生のところまでやってきながら、こう言いました。

「あの錠前屋のおじいさんの仕事は、私が思ったよりも大したものでした。あの最後のちょうつがいは、こわせないのではないかと思いましたよ。」

「さあて、どろんこカメさんよ」と、チープサイド。「あんたの筋力を、このあたりにある宝箱のひとつで試してみちゃどうだね？　どうも、こんなかには、干しアンズよりもましなもんが入ってるみたいだぜ。」

　すると、ひとことも言わずに、カメは、その甲羅の肩のところを、その大きな宝箱のひとつの角に押しつけました。うしろ足を床にぐっとふんばると、ぐいぐいっとおしました。この重たい金属の箱を壁に押しつけて、つぶそうとしているのです。

　やがて、バキッというするどい音がしました。鍵がこわれたのです。箱は、ばらばらになりました。そして、豪華な宝石や金貨がなかからザクザクと流れ出し、カメに降りかかって、床に落ちました。

「すげえや！」スズメがつぶやきました。「見てみろよ。お皿ほどもあるでかい金貨だぜ。あんなのがつまった箱がひとつでもありゃ、イングランド銀行を買いしめられるぜ！　――しかも、あの真珠やダイヤを見てみろよ――メンドリの卵ほどでかいルビーだ――よだれがたれちまうじゃねえか。おれをささえてくれよ、トミー、くらくらしちまう。さあ、センセ、これで、一生、左うちわで暮らせるってもんですよ。」

「だが、私のさがしているのは書類なのだよ、チープサイド」と、ドリトル先生。

「ノアの時代の世界について教えてくれる書類だ。真珠やルビーなど、私にどうしろというのかね？」

「ああ、別にセンセが首からぶらさげりゃいいなんて言うんじゃありません、センセ」と、スズメ。「だけど、こいつは、本物のお金になります！　足もとにひと財産ころがってるってわけです。」

アヒルのダブダブが、よちよちと部屋のなかを歩いて前へ出てきました。

「さあ、先生。」まるで、いたずら小僧に言い聞かせるかのように、ダブダブは言いました。「これまでもこんなことがありましたけどね、でも――一度でいいから――聞きわけてください。パドルビーで家事をするのに、これまでじゅうぶんなお金があったことがありましたか？ 先生はいつだってお金がないんです。さあ、ハンカチにその大きなルビーをたくさん包んで、しばってください。重いったって、カヌーがしずむようなことはありません。そしたら、もうお金の心配はしなくてすむんです。お願いですから！」

「いや、いや」と、先生はすばやく言いました。「なにをしろと言っているのか、わかっておらんようだね。この宝物はみんな盗まれたものだ。征服された王さまや殺された王子から、うばわれたのだ。これらの金貨は、罪のない人々、戦争で殺された女の人や子どもたちの苦しみの声でさけんでいるのだよ。お金だって！ くだらん、この世の呪いだ！」

足もとできらきら光るダイヤのネックレスを指さす先生の声は、ほとんどどなり声に近いものでした。

「いかんいかん、ダブダブ！」と、先生はくり返しました。「この宝物は見つけたところに置いておくんだ。これらの貴重な石には血がついている！」

白ネズミがちょろちょろと前に出てきて、その顕微鏡のような目でダイヤモンドを調べました。それから、ダブダブを見あげて、重々しく首をふりました。

「血は、ちゅいてないよ。」

アヒルは、つばさを肩のようにがっかりして落とすと、むこうへ行ってしまいました。近くに立っていたオウムのポリネシアは、まゆをつりあげて、つかれたように「こうなるのは目に見えてたじゃないか」と、ぼそりと言いました。

「ざんねんだぜ、ざんねんじゃねえか、ダブダブちゃんよ」と、いつも陽気なチープサイドがピーチクさえずりました。「この小さな山だけでも、たっぷりイワシが買えるってのによ――まあ、しょうがねえか。『悪銭身につかず』って言うもんな。」

「どろがお君」と、先生はたずねました。「この部屋のまんなかにある箱のなかにあるものは、なにか知っているかね？」

「ああ、それですか？」と、カメ。「ええ、それは、世界征服者の王冠というものです。マシュツ王がダルデリア族を打ち負かして、最後の勝利をおさめたあと、見せかけの忠心をいだいた連中が大勢王のもとにやってきて、とても豪華な金の王冠をさし出して、世界征服者の王冠を戴《いただ》いてほしいとお願いしたんです。王は今や地球上のかなりの国を自分のものとしたので、世界征服者の王冠がふさわしいと連中は言ったのです。

しかし、まだ征服されていない民族がひとつだけありました。それはゾナバイト族と言いました。その国は――あまり大きくありませんでしたが――シャルバから遠くはなれていました。山に住む人たちで、いくさに強い民族でした。マシュッは、前に戦いをしかけたことがあり、なかなか手ごわいと思い知らされたのでした。マシュッの軍隊をけちらしたのです。シャルバの軍隊が負けるなど、前代未聞でした。

マシュッは、悪い人でしたが、ばかではありませんでした。シャルバからはるばるゾナバイト族にいくさをしかけに行ったりすれば、たいへんなお金がかかってしまうとわかっていました。それに、ばかではなかったので、世界の征服者として自分に王冠を渡そうとする連中は、ただおべっかを使っているだけだろうと見当をつけていました――きっと自分たちを将軍にしてほしいとか、そういったことなのだろう、と。

そこで、王は、はっきりと、思ったとおりを言ってやりました。

『だめだ』と、王は言いました。『わしは、ゾナバイト族が征服され、全世界がほんとうにわしのものとなるまでは（それが、王がずっと求めていたことでした）、世界を征服した王として王冠を戴かないぞ。ゾナバイト族の国がシャルバの支配を受けるまでは、おまえたちがさし出すものは、にせものの、あざけりでしかない。そして、おまえたちにも、それがわかっているのだ。』

『そのうえ』と、王は、つけくわえました。『わしが宇宙の支配者となるとき、そんな派手で、けばけばしいものを頭に載せたくはない。青銅製の、なんの宝石もついていない、金のかからない単純な王冠にしてやる！　そうして、ゾナバイト族をぶっつぶして、わしが真に人類の長となるとき、わしがやつらをどれほどつまらないものとみなしていたか教えてやる――シャルバ側が望みどおり世界一となるのをじゃましていた最後のあわれな敵どもをな。』

こうしたことは、先生、その箱に入っている王冠の、頭のぐるりに接する帯のところにシャルバ語で書かれていると思いますよ。

そうしてマシュッ王は、戦争の準備にかかりました。ゾナバイト族のことをばかにするかのようなことを言ったにもかかわらず、この戦争の準備は、史上最大でした。敵湯水のごとくお金を使い、手下の発明家たちが思いつく最新の極悪非道な道具で、敵をやっつけようとしたのです。

あちこちの河口に巨大な艦隊を造り、敵のいる遠い国まで兵隊を船で運ぼうとしました。ぜったい確実な方法で勝とうとしたのです。人類が見たこともない最大の軍隊を集めました。今度こそゾナバイト族をみな殺しにし、男も女子どもも二度と立ち直れないようにしてやるのだと豪語しました。」

カメはため息をついて、しばらく話すのをやめました。そして、そのうす暗がりのなかでも、そのしわしわの口のすみあたりに、例のかすかな、にっこりとした笑みが浮かんだのが見えた気がしました。

「しかし、シャルバの軍隊が出航する五日前、大洪水となりました。前にもお話ししたとおり、最初は、ただのおだやかな雨でした。王は、とにかく艦隊を海に出すように命じました。隊長たちは命令どおり、出航しました。しかし、どの船も、シャルバの競技場あとをのみこみながらやってきた津波につぶされ、しずんでしまいました。」

またもや、どろがおは考えこみ、思い出にふけるようにして、だまりました。やがて、うす暗い部屋でぼくらの上にたちこめていた沈黙は、ドリトル先生の声によってやぶられました。

「つまり」と、先生はゆっくり言いました。「マシュッツは、地球の完全な支配者とはならなかったのだね？　王は、この世界征服者の王冠（先生は箱の上部に手を置きました）を身に着けることはなかったのだね？　だが、王がそのあくなき欲望を手にすることを止めるには、大洪水が起こらなければならなかった……。もし、大洪水がなくて――王が戦争に勝っていたら、今ごろどんな世の中になっていたことだろうね。」

先生の声は低く、ゆっくりになって、かろうじて聞きとれるほどになりました。先生はまるで夢を見ているかのように、目を半分とじて、そっとひとりごとを言っているのでした。

「君たちのおかげだ、勇敢なゾナバイト族！　――そして、大洪水がもたらしたあらゆる苦痛にもかかわらず、大洪水のおかげだ！　マシュッはもう少しで、世界征服者の王冠を戴くところだったのだ！　……この箱からその王冠を出してくれるかね？」

「もちろんです」と、どろがおは言いました。そして、前足を細い箱のまわりに投げかけると、ぎゅっとしめつけました。てっぺんの格子がポンとはずれて、カランカランとブリキ板のように床に転がりました。先生は、なかへ腕をのばして、青銅の王冠を取り出しました。先生は、そでで少しごしごしとこすり、王冠のぐるりに刻みこまれたふしぎな文字を調べました。

「ダブダブ」と、先生は静かに言いました。「これはパドルビーまで持って帰るよ。マシュッ王自身が言ったとおり、なんの価値もないものだ――ただの青銅だ。だから、盗品を持ち帰るなんて感じなくてすむ。」

先生は、それ以上なにも言わないで、むきを変えると、扉のほうへ進みました。

チープサイドは、まだぼくの肩にとまっていました。

「トミー。」ぼくらが先生を追って部屋から出はじめたときに、チープサイドはぼくの耳にささやきました。「まったくもって、センセらしいじゃねえか？――見てみろよ。ひざまでダイヤモンドにつかってるってのに、王の宝物殿から持って帰るのは、古びた真鍮《しんちゅう》の帽子ひとつだぜ！　ちぇ、こいつは、ぶったまげるじゃねえか！」

外では、宮殿のテラスに太陽が陽気にかがやいていました。しかし、夕方になっていたので、日ざしはかなり低くなっており、ぼくらは、マシュッ王の豪華な家のなかにそんなに長いことといたとは気づいていませんでした。野ガモが伝えてくれた、パドルビーの足の悪い年寄り馬からの伝言を思い出して、ぼくらは急いでカヌーのもやいづなをほどきにかかりました。

先生は、青銅の王冠を大切にしまいました。貴重なノートの包みと同じく、カヌーの底にしばりつけたのです。

「これは、スタビンズ君」と、先生。「船が転ぷくしたときの用心だよ。ほかの荷物がなくなっても、木製のカヌーは浮かぶから、そのなかにしばりつけておけば、最も貴重なものは助かるという寸法だ――いやいや、ガブガブ、おまえのナツメヤシの砂糖煮《プリザーブ》を取りに、宮殿の地下貯蔵庫に帰ったりはしないよ――すまんが、時間がないんだ。」

それから、先生は、さようならを言う前に、薬についての最後の指示をカメに与えました。食べるべきものと、食べてはいけないもの、元気でいるためにすべきさまざまなことも教えました。

「ちゃんと気をつけるんだよ、どろがお君？」と、先生。「また病気になったりしたら、野鳥がいつも君の伝言を私に届けてくれることを忘れないでくれたまえ。君の物語については、わが友よ、感謝してもしたりないよ。」

「お話しできて、ほんとうによかったです、ドリトル先生」と、カメ。「感謝だなんて、私なんかよりも、先生のほうがずっと私にいろいろしてくださいました。私の心は、先生が立ちさるのを見て、悲しみでいっぱいです。でも、お出でにならねばならないのですね。」

先生は、うなずいて同意なさいました。

「ざんねんだが、友よ、行かねばならんのだ。」

どろがおは、湖をじっと見つめました。湖面には、夕日を浴びた宮殿の塔の影がのびて、しのび寄る夜の闇にとけこんでいきました。

「それでも、先生」と、どろがお。「私がお話ししたことを本にお書きになって、今日のすべての人々に読んでもらうなら――ひょっとしたら――うまくすると、戦争はすっかりなくなって、マシュツ王のようなリーダーは二度とあらわれないかもしれませんね。」

先生はだまっていて、少し考えてから、ため息をついて、こう答えました。

「まさしく、そうであってほしいものだ。少なくとも、本を書くことは約束するし、じょうずに書くよう最大限の努力をするよ。どれぐらい多くの人が、それを気にかけてくれるかということは別問題だ。なにしろ、人間というのは、意見をしても聞きやしないからね、どろがお君――自分が聞きたくない、忘れてしまいたいというときには、聞かないのだ――とりわけ、自分がとりあえず危険でなくなって、短い平和がやってくると、もう戦争は起こらないだろうと勝手に信じたがるのだ。」

ふいに先生はふり返って、カヌーをのぞきこみました。だれもが自分の場所で待っていました。先生は船尾にすべりこんで、長いパドルを取りあげました。

「いいぞ、スタビンズ君」と、先生は声をかけました。「もやいづなは、はずれた。押し出してくれ！」

そして、ぼくがカヌーの舳先《へさき》を階段から押し出すと、どろがおは、テラスのはしのほうへどたばたと泳ぎだしました。そこからならジャンガニカ湖の南側が一望のもとに見渡せるのです。どろがおは一番いいところから、ぼくらを最後まで見送ろうというのです。

秘密の湖の水が川へと流れこむこのあたりでは、強い流れがぼくらを押し出してくれました。石の建物を通りすぎてからは、あとでやってくるつらい作業にそなえて力をたくわえておくために、ぼくらは、カヌーをそのまま流れにまかせておきました。

湖がさらにせばまってくると、前方にするどい曲がり角が見えました。あの角を曲がってしまえば、もう宮殿も、見送ってくれているカメも見えなくなるのです。先生とぼくは、うしろをふり返りました。

テラスのはしには、まだ、夕空にくっきりと黒々とした巨大なすがたを浮かびあがらせて、どろがおおが立っていました。右の前足を、ぼくらにむかって、さようならと、ふっています。ぼくらも手をふり返しました。

「さようなら、どろがお君！」先生は、つぶやきました。「君が、世界史をどれほど変えてしまったか、だれにもわからんよ――ひとりの人間、エベルが親切にしてくれたお返しに……さようなら、お元気で、がんばって！」

ぼくは、マングローブでおおわれた岸辺をちらりと見やりました。両岸がせまってきています。角を曲がりました。ぼくは、もうふり返りませんでした。カメが見えなくなっていることは、わかっていたからです。

「そのとおりだぜ、センセ」と、チープサイドがふいに言いました。「まあ――元気にやってくれと言いたいですね――命あるかぎりずっと。」

ぼくは、あれっと思って、ちらっとスズメを見やりました。スズメの言ったことばが気になったのではありません。奇妙な、のどをつまらせるようなひびきが、その声にあったからです。そして、この無作法で乱暴なロンドン・スズメのチープサイドが――なにもかもじょうだんにしてしまうあのチープサイドが――ひょっとすると生まれて初めて、泣きそうになっているのだとわかりました。

実のところ、だれもが「がっかり」した気分になっていました。ものすごくわくわくしたあとでは、よくあることです。たそがれが、真の闇へと変わってきていました。大きな星がいくつか出てきて、その光が、暗い湖面にかがやく小道を浮かびあがらせました。ぼくらはまだパドルを休めていました。なにもしなくとも、強力な流れによって川へと運ばれることがわかっていたからです。

こうして、ぼくらの〝幸運な航海〟は終わりました。旅の目的は達成されました。このカヌーに乗っているだれもが、上首尾に終わった仕事をあとにして、これからなつかしいおうちへ帰れることを陽気に語っていてしかるべきところでした。しかし、ぼくらは、みんな暗い気持ちで考えていました――だれもが、同じことを――どろがおをひとりであとに残してしまうことを。

あの巨大な動物を連れて帰ることができないのは、しかたのないことでした。いずれにせよ、イギリスの気候は、巨大ガメには寒すぎます。でも、生まれ故郷のアフリカでも病気だったのです……いや、どろがおをこんなふうにひとりぼっちにしてしまうなんて、ぼくらの幸運な航海のことでよろこんだりできません。

両側のマングローブがどんどんせまってきて、もう少しで川へ入ります。ドリトル先生がだれよりも落ち着かない気持ちでいらしたことは、先生がそう言わなくても、ぼくにはわかりました。ふいに先生が言いました。

「スタビンズ君、あの前方にあるものは、なんだろうね？　湖から川へ流れ出る近くになにかあるだろう？　こちらへむかってくるようだ。見たまえ。ときどき星明かりが、ぬれた体にきらめいているのが見えるよ。」

先生がほんとに遠目のきく、すばらしい視力を持っていることに、ぼくはもう長いことおどろかないことにしていました。それで、ぼくは、こう答えただけでした。

「ええ、先生、なにかありますね――動いてます。でも、なんだかわかりません――この明るさでは、ぼくには、よく見えません。」

少しして、先生は息をのみました。

「なんてこった！　カメのようだ……だが、なんという大きさだ！　さっきテラスのところにいたどろがお君と別れたばかりでなければ、あれはどろがお君だと断言するところだがね。」

やがて、むこうもこちらが見えたということがはっきりしました。なんのためらいも、おそれもなく、まっすぐカヌーにむかってやってきます。すばやく泳いでいるのですが、水にもぐっているので、その頭しか見えません。

夜の闇のなかからあらわれたこの奇妙な生き物が、ぼくらの船首とほぼならんで泳ぐようになるまで、ぼくらは口をあんぐりあけて、横を見つめていました。たしかにどろがおによく似ているので、日の光でしっかり見ても、どろがおとまちがえただろうなと思いました。そのカメは、水がしたたる頭をゆっくりと水からもちあげて、カメのことばでこう言いました。

「あなたは、もしや、ジョン・ドリトル先生ではありませんか?」

「うむ、そうだよ」と、先生は答えました。「だが――」

「ありがたいわ!」カメが口をはさみました。「まさか先生にお会いできるとは思っておりませんでした。どろがおが事故にあったというのは、ほんとうですか? まだ生きていますか? どこへ行けば会えるか教えてくださらないでしょうか?」

「よろしい、ベリンダ」と、先生は言いました。「どろがお君はまだ生きている――そして、元気だよ。」

「まあ、ドリトル先生」と、カメは言いました。「海鳥たちが、先生がここにいらっしゃると教えてくれたとき、あたし、なんとか間に合って先生にお会いしたいって祈ったんですの――でも、どうして、あたしがベリンダだとおわかりになったんですか?」

「うむ」と、先生は、ほほ笑みながら言いました。「君はいつも、三つつづけて質問をするからね。君の夫がそう教えてくれたよ。私は、これまで、だれかに会えて、こんなにうれしかったことはないよ。」

そう言われると、カメは顔をそむけて、暗い水を見ました。

「恥ずかしいですわ、先生」と、カメはささやきました。

「なぜかね？」と、先生。

「夫をおきざりにしてしまったからです」と、ベリンダ。「こんなに長くではなく、ほんの数週間だけ出るつもりだったんです。ガザとエベルとあたしのあかちゃんのアデンから何年も何年もはなれていても、あたしはまだ別れた人間のお友だちが恋しかったんです。そして、戦争がまたはじまった、それも美しいアメリカで起きたと聞いて、あたしは居ても立ってもいられなくなって、もう眠れなくなったんです。

あたしのあかちゃんのアデンのことをずっと思っていました——あるいは、今では、その子どもの孫たちの時代になっているんでしょうね。それでも、みんな、あたしの子です。アメリカでは、人々はアジアから来た外国人と戦っていました。エベルとガザは老齢で死んでいました。エベル族は打ち負かされて、結局この世から消えてしまうのでしょうか？　その種族も、私とどろがおのものです。

夫は、そうした旅ができないほど病気でした。私は長いこと考えました。エベル族を助けるのに、あたしの動物の勘が少しでも役に立つのであれば——今までだって、ガザやエベルを助けてきたんだから、今度だってできるはず。ついにあたしは決心して、出かけることにしたんです。」

ベリンダは少し泣きはじめました。

「そうして」と、泣きながらベリンダはつづけました。「ある夜、かわいそうなどろがおが眠っているあいだに、あたしはそっとぬけ出して、もう一度海を渡りました。近くに住んでいたシギに伝言を残して、あたしはどうしても行かなければならなかったんだと伝えてもらうことにしました。」

「わかるよ。元気を出したまえ」と、先生。

ベリンダは話をつづけました。「巨大なカメが消えてしまったと海鳥たちから教えてもらったとき、あたしはもう心配で心配で気がどうにかなりそうでした。あたしは、世界一やさしい夫が病気のときに、ひとりきりにしてしまったんです！　……あたしは、できるかぎり速く泳いで、ここへもどってきました。」

ベリンダが息をつくためにことばを切ったとき、ベリンダはあまりにつかれ果てていて、浮かんでいるのもやっとだということに、ぼくは気がつきました。

「でも」と、ベリンダは先生にたずねました。「どろがおは、だいじょうぶでしょうか？　海鳥が話してくれたような地震でけがをするようなことはなかったのでしょうか？　どちらへ行けば、どろがおに会えるとおっしゃいましたかしら？」

「まっすぐだよ、ベリンダ」と、先生。「数キロ手前で別れたばかりだ。今ごろは、私の郵便局の鳥たちが数年前にどろがお君のために造った島へ帰ろうとしているところじゃないかな。」

「ありがとうございます」と、ベリンダ。「では失礼して、先を急ぎます。ドリトル先生、どうやら、先生にこれまで会ったことがない動物は、あたしぐらいだったようです。アメリカでも、どの鳥も、動物も、魚も、先生のことや、先生にご親切にしていただいたことを話しております。ではまた、お目にかかれますように。」

どろがお夫人は、すでに蒸気船のように水をかきわけて、カヌーをはなれていき、島をめざして進んでいきました。

「やれやれ、ありがたや」と、先生はため息をつきました。「これで、ほっとした。ともかく、どろがおをひとりぼっちにするのは、いやだったのだ。だが、ベリンダが、あれのめんどうを見てくれるだろう。」

みんなは、ふっと明るくなりました。カヌーの前やうしろやまんなかで、どっと陽気なおしゃべりが起こりました。チープサイドは、マストのてっぺんにぴょんと飛びあがり、どんどん見えなくなっていくベリンダのうしろすがたにむかって、さけびました。

「ベリンダにばんざい三唱！　——ばんざあい！」

ぼくら全員が、それにさわがしく唱和しました。そして、ばんざいが終わると、ポリネシアがひとりでこんな歌を歌っているのが聞こえました。

あの子は、ほんとにいいやつさ。
あの子は、ほんとにいいやつ――やったあ！
ああ、ベリンダはいいやつ――やったあ！

先生とぼくは、どっと笑いました。というのも、オウムは、歌詞を「船乗りのホーンパイプ」という歌のメロディーに乗せて歌ったからです。
それから、先生とぼくは、思いをひとつにして、星にかがやく水のなかへ、同時にパドルをつっこみました。カヌーは、矢のように川面を進みました。（おかげで、笑っていたみんなは、荷物の上にどっとたおれこみました。）ぼくらは進みました――下流へむかって、西へむかって、なつかしいパドルビーのおうちへむかって。

訳者あとがき

本書は、前巻の第九巻『月から帰る』（一九三三）から十五年の歳月を経て、作者ヒュー・ロフティング（一八八六〜一九四七）が亡くなった翌年の一九四八年に刊行された遺作である。その十五年のあいだに第二次世界大戦が起こり、世界崩壊の危機を体験した作者の〝戦争への怒り〟と〝平和への祈り〟が本書に深く籠《こ》められている。その結果、シリーズ最長の物語となり、最も思索的な作品にもなっている。

本書が捧《ささ》げられている息子クリストファーとは、三人目の妻ジョゼフィンとのあいだにできた子である。最初の妻フローラとのあいだに生まれた子供たちコリンとエリザベスのために「ドリトル先生」の物語は語り始められたわけであるが、その妻を失い、二人目の妻キャサリンも再婚から一年も経《た》たぬうちにインフルエンザで失うという不運に遭って、失意のうちにドリトル先生を月の彼方《かなた》へ送り込んでシリーズを終えようとした話は、第八巻の訳者あとがきに記したとおりである。しかし、読者の強い声に応《こた》えてシリーズは続行し、新たに生まれた息子のためにも、本書が書かれることになった次第である。本書刊行時に十二歳だったクリストファーは、やがて父親の遺産管理人となり、二〇二一年に八十五歳で永眠した。ご冥福《めいふく》を祈る。なお、クリストファーのお孫さんのザック・ロフティング氏は二〇二四年十二月で二十八歳になるというから、時の経つのは早いものである。

さて、そんなわけで、本書の前半では、永遠の命を求めて長寿の研究に携わろうとするドリトル先生の姿が描かれる。その研究に希望を失いかけた先生は、第三巻『郵便局』に登場したカメのどろがお（マッドフェイス）を思い出す。何千年も前に起こったノアの洪水を経験した、驚くほど長寿のカメである。そして「あのカメから長寿についてなにか教えてもらえるかもしれない」というトミー・スタビンズの提案を受けて、どろがおの故郷である秘密の湖ことジャンガニカ湖を訪れ、第一巻『アフリカへ行く』に登場したワニのジムとも再会を果たす展開となる。

先生がどろがおから聞き出すノアの箱舟の話は、もちろん『旧約聖書』の「創世記」の第六～九章に基づいている。地上に増えた人間の堕落に怒った神がこれを洪水によって滅ぼすとともに、「正しい人」であるノアの家族とすべての動物を救うという、世界大リセット・プロジェクトである。箱舟に乗る人間は、ノアとノアの三人の息子セム、ハム、ヤペテとその妻たちであり、箱舟に乗る動物についても、「清い動物をすべて七つがいずつ取り、また、清くない動物をすべて一つがいずつ取りなさい。

空の鳥も七つがい取りなさい」と聖書に書かれてあるとおりになっている。ノアは神から「長さ三百キュビト、はば五十キュビト、高さ三十キュビト」の箱舟を造るように命じられており、この長さ：はば：高さ＝30：5：3の比率は、現在タンカーなどを造船する際に最も安定するとされる比率であるため、それが聖書に記されていること自体驚異的なのだが、本書ではそれが「長さ百キュビト、はば五十キュビト、高さ三十キュビト」（284、287ページ）となっている。これは、ひょっとすると、ロフティングが、ソロモンの建てた森の家の大きさ（「列王記上」7：1）と混同したためかもしれない。

いずれにせよ、大洪水となり、「百五十日の後には水が減って、第七の月の十七日に箱舟はアララテの山の上に止まった」と聖書にあるとおり、箱舟はアララテの山に乗り上げる（341ページ）。その後、ノアが放ったハトがオリーブの葉をくわえて戻ってきたことから、洪水が収まったとわかり、こうして、オリーブの葉をくわえたハトは〝平和の象徴〟となるわけである。

ところが、なんと本書ではオリーブが見つからない！　オリーブを探して困っているハトをワタリガラスがなぐさめてジョークを飛ばす（357〜358ページ）が、平和の象徴のオリーブが見つからないというのは、実は意味深長である。というのも、物語の後半では、どろがおの語る戦争の話が中心となり、平和はまったく得難いものとなるからである。世界を制覇しようとした独裁者マシュッツ王とはヒトラーを暗示するという説もあり、物語の後半は、動物世界の覇権争いをたとえ話として、戦争の続く現代をどう生き抜くかを描く深刻な物語となっている。

「長寿の秘密を探る」という当初の夢のテーマが途中で消えてしまうことを問題視する研究者もいるが、これについては、G・シュミットが「ドリトル先生が求める平安が時間の延長〔長寿〕だけでは得られないことは明らかではないだろうか」（Gary D. Schmidt, *Hugh Lofting*, Twayne's English Authors Series 496（Twayne Publishers, 1992), p. 119）と指摘するとおりであろう。今もって戦争に日常を踏みにじられる不条理な現代に生きる私たちは、ロフティングと共に憤《いきどお》るしかなく、永遠の命の夢を見る余裕はないのだ。命のバトンは次の世代に託すしかない。

ロフティングの平和主義と戦争反対の主張はすでに『ドリトル先生の航海記』（一九二二）でしっかり描かれている。バグ・ジャグデラグ族が友人であるポプシペテル族から穀物を奪おうとして起こした戦争に、ドリトル先生は大変怒って、バグ・ジャグデラグ族をやっつけたあげく、これからは互いに助け合うべしとする平和条約を結ばせるのである。動物のことを考えたら、みんなどの国に生きていようと同じ動物であることは明らかなのに、なぜ人間は愚かな戦争をいつまでも続けるのか。どうして人間同士助け合おうとしないのか。ロフティングの実に真っ当な声は、今もなおその有効性を失うことがないのは残念な事実である。

ロフティングは、一九四二年に「殺された者たちにとっての勝利」（*Victory for the Slain*）と題する反戦詩を刊行している。そこに籠められた憤りは本作の通奏低音ともなっている。ここに抜粋を訳出して、本稿の締めくくりとしたい。

戦争を終わらせるための戦争だって？――また戦争か？
人類は永遠に殺し合わなければならないのか、
人間的な意志という
まっとうな理性的指示に逆らって？
また戦争か！
いつになったらわかるのだろう、
戦争の最終的な勝利者は、いつだって、殺された者だったということが。

二〇二四年八月

河合祥一郎

本書は、二〇一四年七月と同年八月に小社より刊行された『新訳　ドリトル先生と秘密の湖』上下巻（角川つばさ文庫／児童向け）を一般向けに加筆修正したうえ、新たに文庫化したものです。

新訳《しんやく》

ドリトル先生《せんせい》と秘密《ひみつ》の湖《みずうみ》

ヒュー・ロフティング　河合祥一郎《かわいしょういちろう》＝訳

令和6年 10月25日　初版発行

発行者●山下直久

発行●株式会社KADOKAWA
〒102-8177　東京都千代田区富士見2-13-3
電話　0570-002-301（ナビダイヤル）

角川文庫 24378

印刷所●株式会社暁印刷
製本所●本間製本株式会社

表紙画●和田三造

●お問い合わせ
https://www.kadokawa.co.jp/（「お問い合わせ」へお進みください）
※内容によっては、お答えできない場合があります。
※サポートは日本国内のみとさせていただきます。
※Japanese text only

ISBN 978-4-04-115505-9　C0197

◇◇◇

角川文庫発刊に際して

角　川　源　義

第二次世界大戦の敗北は、軍事力の敗北であった以上に、私たちの若い文化力の敗退であった。私たちの文化が戦争に対して如何に無力であり、単なるあだ花に過ぎなかったかを、私たちは身を以て体験し痛感した。西洋近代文化の摂取にとって、明治以後八十年の歳月は決して短かすぎたとは言えない。にもかかわらず、近代文化の伝統を確立し、自由な批判と柔軟な良識に富む文化層として自らを形成することに私たちは失敗して来た。そしてこれは、各層への文化の普及滲透を任務とする出版人の責任でもあった。

一九四五年以来、私たちは再び振出しに戻り、第一歩から踏み出すことを余儀なくされた。これは大きな不幸ではあるが、反面、これまでの混沌・未熟・歪曲の中にあった我が国の文化に秩序と確たる基礎を齎らすためには絶好の機会でもある。角川書店は、このような祖国の文化的危機にあたり、微力をも顧みず再建の礎石たるべき抱負と決意とをもって出発したが、ここに創立以来の念願を果すべく角川文庫を発刊する。これまで刊行されたあらゆる全集叢書文庫類の長所と短所とを検討し、古今東西の不朽の典籍を、良心的編集のもとに、廉価に、そして書架にふさわしい美本として、多くのひとびとに提供しようとする。しかし私たちは徒らに百科全書的な知識のジレッタントを作ることを目的とせず、あくまで祖国の文化に秩序と再建への道を示し、この文庫を角川書店の栄ある事業として、今後永久に継続発展せしめ、学芸と教養との殿堂として大成せんことを期したい。多くの読書子の愛情ある忠言と支持とによって、この希望と抱負とを完遂せしめられんことを願う。

一九四九年五月三日